I0649557

IM PRESS

Ирина Чайковская

ВОЗВРАТНАЯ ГОРЯЧКА

РАССКАЗЫ О РУССКИХ ПИСАТЕЛЯХ XIX ВЕКА

БОСТОН · **2021** · BOSTON

Ирина Чайковская
Возвратная горячка
Рассказы о русских писателях XIX века

Irina Chaykovskaya
Vozvratnaya Goryachka
Stories about Russian Writers of the 19th Century

ISBN 978-1950319497 (pbk)

Library of Congress Control Number: 2021937780

Published by M·Graphics | Boston, MA

✉ mgraphics.books@gmail.com

🖥 mgraphics-books.com

Book Design by M·Graphics © 2021

На обложке: Gustave Caillebotte. *Paris Street, Rainy Day* (1877). Wikimedia Commons (public domain)

Фотографии в тексте: Wikimedia Commons (public domain)

При подготовке издания использован модуль расстановки переносов русского языка **batov's hyphenator**™ (www.batov.ru)

Отпечатано в США

Возвратная горячка

(рассказы и повести)

ПРЕДИСЛОВИЕ АВТОРА

Можно ли переселиться в другой век? Человечество об этом мечтало — и отражением этой мечты служат все истории о «машине времени», могущей перенести нас как в прошлое, так и в будущее. Насчет будущего не знаю, фантасты каким-то чудесным образом пытаются его воссоздать, но у них очень мало «строительного материала», исключительно фантазия.

Что до прошлого, то его выстроить проще. О нем мы знаем гораздо больше, и наши путеводители в прошлое, заменяющие машину времени, — книги. И не только художественная литература, но и письма, дневники, воспоминания... Они помогают реконструировать какой-то временнóй отрезок, скажем, в веке XIX-м. Если у тебя, к тому же, хорошее воображение и ты способна домыслить то, что стоит за строчкой письма или стихотворения, то можно попробовать воссоздать бытие тех, кто тогда жил.

С некоторых пор я как раз и занялась таким воссозданием — начала писать рассказы о русских писателях XIX века — Тургеневе, Некрасове, Герцене, Белинском...

Мой первый рассказ из этого цикла — «Старый муж» — был посвящен Пушкину. И даже не совсем ему. Героиней рассказа выступает его жена Наталья Николаевна Пушкина, и уже из ее признаний тетушке Наталье Кирилловне мы узнаем что-то о преддуэльной ситуации в семье поэта и о нем самом.

Дальше я, как говорится, вошла во вкус. Так получилось, что, работая над большой статьей о Тургеневе и читая его переписку, я очень быстро написала рассказ «Безумный Тургель», где попыталась рассказать о непростом периоде жизни писателя —

приезде в Россию в 1864 году в связи с обвинением в связях «с лондонскими пропагандистами» (Герцен, Огарев, Бакунин).

В рассказе, естественно, была и лирическая тема и очень дорогой мне кусочек «гадания» в берлинской кофейне, целиком мною придуманный... и однако и тогда мне казалось, кажется и сейчас, что все именно так и было.

Нужно сказать, что это ощущение, что все именно так и было, меня не покидает и в связи с другими моими героями — Авдотьей Панаевой, Виссарионом, а для друзей — Висяшей — Белинским, Павлом Анненковым...

Кстати, о последнем. Он наименее известен из моих героев, хотя вклад его в историю литературы, в частности в пушкиноведение огромен. Кроме того, что он был первым составителем и редактором Первого собрания сочинений Пушкина, он умудрился быть свидетелем многих значительных событий российской истории — в молодости в Риме записывал под диктовку Гоголя поэму «Мертвые души», в 1847 году сопровождал умирающего Белинского на силезские воды и присутствовал при сочинении исторического «Письма Гоголю», в 1855 году, по приглашению самого диссертанта, слушал в Петербургском университете защиту магистерской диссертации «Эстетические отношения искусства к действительности» Николая Чернышевского, был связан с герценовским «Колоколом», вел многолетнюю переписку с Тургеневым и входил в его ближний круг... Но рассказ не только об этом.

Читая письма Павла Анненкова, при всем его нежелании рассказывать кому бы то ни было о своей личной жизни, я увидела, какую роль играла для него поздняя женитьба на Глафире Ракович. А вирусная инфекция, которой заболела Глафира Александровна по возвращении пары в Петербург из заграничного путешествия, показалась мне очень похожей на сегодняшний коронавирус. Дальше — больше.

Вдумываясь в события тех лет — а это была великая эпоха отмены крепостного права — я увидела в ней много сходного с сегодняшними событиями в России. Лучшие люди России —

Анненков, Белинский, Герцен, Тургенев, Некрасов, Чернышевский — по-разному представляли себе судьбу страны и вели себя по-разному. И как много было в их поведении и рассуждениях общего с тем, что мы видим и слышим сегодня.

Когда-то мои первые рассказы о писателях «Старый муж» и «Безумный Тургель» я послала «на погляд» замечательному актеру Михаилу Козакову и прекрасному критику Станиславу Рассадину (увы, нет сейчас ни того, ни другого). Михаил Козаков, знаток и великолепный чтец пушкинских стихов, особенно похвалил рассказ «Старый муж», заметив, что я очень точно передала то, что тогда происходило. Станислав Рассадин, наоборот, выделил «Тургеля», сказав, что он более динамичен.

Теперь, дорогие читатели, отдаю эти и прочие рассказы на ваш суд.

Ваша

Ирина Чайковская
Большой Вашингтон
Март 2021 года

ВОЗВРАТНАЯ ГОРЯЧКА

Сила юности, мужество, страсть
И великое чувство свободы
Наполняют ожившую грудь;
Жаждой дела душа закипает...

Николай Некрасов.
Рыцарь на час, 1862

Болезнь называлась «возвратная горячка». Ранней весной 1865 года ею заболела жена Павла Васильевича Анненкова — Глафира. Пользовал ее сам доктор Боткин, незадолго до того открывший эту болезнь, ранее не различаемую от тифа, указавший на ее эпидемию в Петербурге и описавший в своем только что появившемся «Эпидемическом листке».

Шел десятый день болезни, доктор Боткин, приезжавший ежедневно к вечеру, по окончании работы в клинике Шипулинского, отошел от постели больной и направился к супругу, с помертвелым лицом ожидавшему его в дверях жениной комнаты. Подхватив обширного тела Анненкова под руку, врач повлек его на диван в гостиной. — Как она, Сергей Петрович? — губы Анненкова дрожали. — Не скажу, что все кончилось, сказал врач, снимая очки и протирая их суконной тряпицей, — но улучшение определённо есть... и даже, — он помедлил, словно взвешивая, говорить или не говорить, — и даже, я бы сказал, наступил перелом. Температура спала, больная не бредит, головные боли ее больше не мучат. Он помолчал. Супруг стоял ни жив, ни мертв. — Что осталось? — сам себя спросил врач, и сам себе ответил. — Слабость. Не может открыть глаз. Поднять руку... Но я назову вам верное средство, — он повторил, —

верное средство, — и пристально взглянул на Анненкова, внимавшего ему с полуоткрытым ртом. — Хотите узнать какое? И он громко и отчетливо произнес: «Куриный бульон. Крепкий куриный бульон. Прикажите кухарке готовить каждый день, чтобы свежий. Ну и вообще... кормите супругу, Павел Васильевич, — исхудала.

Анненков, измучившийся за эти дни и сбившийся с ног, просиял, расплылся в улыбке, захватившей все его широкое крупноносое лицо, в глазах проступили слезы: — Спасибо, Сережа! Ты, право, волшебник. Ты, это, оставайся, пообедаем вместе. Выпьем за здоровье больной.

— И рад бы, Павел Васильевич, да дома жена на сносях, с обедом поджидает.

— Когда думает рожать?

— Да месяца через два. Уже и имя придумали — Эжен, то бишь Евгеша.[1]

— А вдруг девочка?

— Тогда тоже Евгеша, да непохоже, что девочка. Жена бы радовалась, все же два мужичка у нас уже имеются, Сергею 6 лет, Петруше — 4 года.

— Не хотел, стало быть, сына назвать в честь Василия Петровича, отца тебе заменившего. Мы с Василием, старшим твоим братом, — ровесники, люди 40-х годов, с Белинским начинали. Идеалисты, мечтали о переменах в стране. Крепостничество, деспотизм... Тогда казалось, никогда перемен не будет. Не ждали, что сверху начнется. Да и сложилось у всех по-разному. Кто как Виссарион, как Тимоша Грановский, уже в могиле, один в 37, другой в 42 года, кто как Тургенев, обретается за рубежами и оттуда рецепты присылает в своих романах, а кто как Василий Петрович, твой брат, во всем разуверился и живет до истечения жизненного цикла, удовлетворяет свои гастрономические преференции... Аннен-

---

[1] Евгений Боткин (1865–1918) вырос, стал, как и отец, врачом, служил лейб-медиком у Николая II и его семьи. Расстрелян вместе с царской семьей в Ипатьевском доме. Посмертно причислен к лику святых страстотерпцев.

ков говорил — и не мог остановиться. Внутри словно открылся фонтан, требующий выплеска. В таких волнениях провел он эти полторы недели, такие жуткие картины себе рисовал, видя безжизненное, страшно похудевшее тело своей Глафиры, из которой словно вампиры высосали все жизненные соки, что теперь воистину наслаждался, выговаривая человеческие слова. — Мне сейчас 52, но я, правду скажу, не весь порох растратил, еще поживем, все же переживаем мы момент исторический... Манифест, реформа. Пытаюсь не отстать от жизни, в комитетах участвую... опять же жена молодая... Нужно соответствовать. Он остановился, тряхнул головой, словно прогоняя наваждение, и предложил совсем другим, ласково-умильным тоном: — Чаю выпьешь со мной, Сергей Петрович? Ты же после работы приехал. Не отказывайся.

— Что ж, от чашечки не откажусь.

Хозяин вышел распорядиться, вернулся со счастливым лицом: «Спит моя Глафира, а я уже и кухарке наказал насчет куриного бульона». Слуга принес две чашки, кипяток, заварной чайник, кусковой сахар, вазочку с круассанами. Хозяин прищурился: «Эх, Сергей Петрович, не Боткина мне чаем угощать, у вас в доме небось, ты таких чаев накушался... Но круассанчик рекомендую. Мы, видишь ли, с Глафирой Александровной всего-то месяца четыре, как вернулись из путешествия по Европам. Берлин, Италия, Швейцария, Лазурный берег, Париж. Мне-то не впервой, а жена была в потрясении. Там и к круассанам пристрастилась. Теперь их наша кухарка каждое утро выпекает. И заметив, что гость все время молчит и в разговор не вовлекается, тихо спросил: «Как ты обо всем этом думаешь, Сережа?» — Об чем, Павел Васильевич? — Ну... обо всем. Что происходит...

— Если вы о политике, то я об ней, честно скажу, давно уже не думаю. Идет как идет. Вижу, что народ наш, бедный, в своей тяжбе с государством всегда в проигрыше, его, горемычного, за громогласно провозглашенную свободу заставили денежки заплатить, как это не увидеть? но помочь я ничем не могу. Делаю свое врачебное дело. — Он поднял глаза и посмотрел на собеседника. — Я, Павел Васильевич, не Базаров тургеневский, и в споры на политические темы стараюсь не вступать.

— Хорошо, Сергей Петрович, про политику не будем. — Анненков улыбался, ему понравилась отсылка Боткина к Тургеневу, давнему и милому сердцу другу. — А про горячку возвратную, что налетела на Петербург, как думаешь? С чего вдруг жена моя ее подхватила? Живем скромно, одеваемся тепло, едим избранно, откуда на нее такая напасть?

Боткин уже закончил чаепитие и, стоя, вытирал губы, стряхивая крошки с усов:

— Благодарствуйте, Павел Васильевич, за чаек, действительно, чисто французский круассан, я ведь тоже в Париже будучи и посещая физиологическую лабораторию профессора Бернара, к ним пристрастился. Отличное было время!

Вы когда из заграницы вернулись? В ноябре? После берега Лазурного, после италианского благорастворения воздухов, прямо в нашу темную ночь, в сырость и грязь петербургскую? Организм наш, Павел Васильевич, на все реагирует, а на такие встряски особенно. Глафире Александровне, по всему видно, теплый климат потребен, солнце, свет...

Доктор собирался откланяться. Анненков, неуклюже поднявшись из-за стола, подошел к нему бочком, он заметно волновался, шея его побагровела: «Вот еще, Сережа, что хотел спросить. Мы с Глафирой Александровной женаты четыре года, уже не молодожены, но вроде того... Все думаю насчет деток, не повлияет ли эта холера на возможность иметь потомство?

— Не волнуйтесь, Павел Васильевич, будут у вас детки в свое время, и горячка тому не помеха. Больше радости, веселья, тепла, с мая прогулки на природе, ну и конечно, полноценное питание. Помните про куриный бульон!

И доктор Боткин, выхватив из рук слуги свой плащ и цилиндр, стремительно выбежал из дверей.

***

Павел Васильевич подошел к постели жены. Ночная сиделка, примостившаяся было возле кровати со своим вышиваньем, тактично отошла в сторонку. Рука Глафиры белела поверх одеяла, он осторожно взял ее маленькую ладошку в свои, медвежьи. Жена тихо вскрикнула: — Павлуша, ты? — Я, Глафирушка. Как ты? Доктор сказал, что наступил перелом, стало быть, болезнь уходит. Глаз она не открыла, но в лице уже не было привычного страдания. — Я чувствую, что уходит. Голове стало легче, и сознание проясняется, уже не бред, а картины разные. Помнишь, Павлуша, Туровку? Мне все мерещится, как мы с тобой по степи гуляем, среди поля розовых маков... Она остановилась — речь была ей трудна — и добавила: «Ты, Павлуша, сходи, погуляй. Что ты все время возле меня... А я полежу, мне сейчас точно легче».

Анненков отдал распоряжение насчет больной, оделся, взял извозчика и коротко приказал: «На Фонтанку, к Симеону». Степенный бородатый извозчик, в широком синем кафтане, понятливо кивнул и стегнул лошадей. До церкви Св. Симеона и Анны было недалеко, и весь недолгий путь Анненков наслаждался ездой, жадно вдыхал промозглый и острый весенний воздух. Впервые за время болезни жены он вылез из дома, впервые мог распрямиться и свободно вздохнуть, радость от мысли, что жене полегчало, его переполняла. Сегодняшний вечер, — думал Павел Васильевич, — он может себе позволить пообедать в Клубе.

В Английском клубе, где он не был целую вечность, его знали и привечали.

***

Он всегда чувствовал себя немного «чудовищем». Когда лет семь назад прочитал аксаковскую сказку «Аленький цветочек», узнал себя в заколдованном мохнатом чудище. Толстый, неуклюжий, не знающий, куда деть руки, с какой-то бесформенной фигурой. Тургенев звал его «четыреугольный», считая, что даже деревья в его симбирском имении должны быть

15

Павел Анненков

ему под стать, четвероугольные. А он обижался, внутренне возражая, ну да, «четвероугольный», но это на первый взгляд, на взгляд человека стороннего. А ты загляни внутрь, посмотри, что там в области сердца, сколько таится нежности и доброты. Так бы, наверное, и прожил жизнь нерасколдованным, с замороженным сердцем, — да и были примеры — оба брата оставались холостяками во всю жизнь, но Господь смилостивился, послал ему девушку, которая его поняла и полюбила, полюбила такого, каким он был, со всеми странностями и привычками, накопленными за 48 лет холостой безбытной жизни.

По случайности, свел их все тот же Тургенев. Повез приятеля в один знакомый дом, где собирался тесный круг людей, связанных родством и дружеством. Это были петербургские малороссы, кто-то из них оказался здесь не по своей воле, был сослан за причастность к тайной организации и за крамольный род мыслей, включающий национальное освобождение их родины, кто-то сам переселился из своего уездного городишки или дремучего села в северную столицу в поисках карьеры и новых впечатлений. Завсегдатаем здесь был Тарас Шевченко, которого в то первое посещение, так запомнившееся Анненкову, как раз не было. Но была Мария Маркович, русская, из-под Орла, впитавшая малороссийский фольклор и написавшая под псевдонимом Марко Вовчок серию национальных рассказов; Тургенев, не без помощи своих здешних приятелей, перевел их с мовы на русский. Книга недавно вышла и вызвала всплеск эмоций со стороны как русских, так и малороссов. Анненков видел, что Тургенев увлечен и самой молодой писательницей. Едва представив Павла Васильевича хозяйке салона, приветливой хлопотливой женщине, лет тридцати, он, по своей, хорошо знакомой его другу, давней привычке, мгновенно улетучился. И потом Анненков мог видеть его исключительно возле Марии Александровны Маркович, по-видимому, бывшей центром притяжения для всего здешнего мужского элемента. Она стояла в кружке мужчин, стройная, со светлой косой, венцом легшей вокруг головы, и что-то оживленно рассказывала звонким голосом, с вкрадчивыми малоросскими модуляциями. Анненков расположился в сторонке, наблюдая гостей, в особенности женщин. С женщинами с молодости обходиться он не умел, их боялся и робел перед ними, словно были они особой, неведомой ему человечьей породой, однако при этом каждую пытался примерить к себе, в смысле, «подошла бы мне или нет». Повелось это с юности, но вот до сих пор, до самого что ни на есть критического возраста — все же 46 лет — ни одна ему так и не подошла. Он уже и смирился, что, как и братья, Иван и Федор, останется холостяком, а все же, стоя на отдалении, с особым пристрастием рассматривал дам.

Внимание его привлекла сцена, развернувшаяся невдалеке. Еще подъезжая с Тургеневым к дому Карташевских, Анненков заметил, как из соседнего экипажа выпрыгнул молодой человек, с иголочки одетый, и, небрежно с ними раскланявшись, устремился в ту дверь, куда они зашли несколько погодя. По ухваткам был он чиновник какого-нибудь важного столичного департамента, типа финансового, держал себя самоуверенно и даже несколько развязно, по-видимому, решив, что его положение дает на это право. Хозяйка, заметив «нахала» (так окрестил его Анненков) около себя, подхватила его под руку и подвела к девице, стоявшей у стенки и явно скучавшей.— Знакомьтесь, Иван Александрович,— донеслось до Анненкова,— Глафира Ракович, моя строгая тетушка. «Не иначе, женишка девице представляет»,— подумал Павел Васильевич, вглядываясь в умненькое, серьезное личико девицы, которое как будто когда-то уже видел. Женишок же, или «нахал», по определению Анненкова, не нашел ничего лучшего, как в голос рассмеяться: — Не шути́те, Варвара Яковлевна, какая тетушка? Вы хотите сказать, племянница?

Тут уж рассмеялась Варвара Яковлевна, но смехом слегка нервическим. — Полноте, Иван Александрович, не настолько же я стара! У нас разница с Глафой всего-то один год, и тот не полный. Глафира младше меня на год — и она действительно моя тетя, а я ее племянница.

По-видимому, загадки родства были за пределами понимания «нахала», он осклабился, согнулся в поклоне и попытался поцеловать ручку девицы. Но та, густо покраснев, ее отдернула. Возникла неловкость, которую хозяйка решила замять вопросом к гостю: — Знаю, Иван Александрович, что вы на водах в Карлсбаде встречались с моим братом. Как его здоровье? Он жаловался в письмах на кашель. — Да плохо, — ответствовал «нахал», — одна слава, что воды целебные. Брат ваш кашляет по-прежнему, не чахотка ли у него?

Варвара Яковлевна изменилась в лице:

— Бог с вами, какая чахотка! Да и чахотку нынче лечат. Может, ему отправить бергамотов французских? Я слышала, прекрасное средство против чахотки, главное — природное. — И она обратилась к девице, про которую все временно забыли:

— Ты, Глафа, недавно с Полтавщины. Растут у вас в имении бергамоты?

— Растут в теплицах. Но против кашля их нужно много съесть, штук 20.

«Нахал» снова не мог удержаться от смешка.

— Помилуйте, кто же может съесть 20 бергамотов?

Хозяйка, желая снова снять неловкость, мирно заключила:

— Ну, двадцать не двадцать, но я слышала, что много.

Анненков подумал, что, если девица не отступит, он обязательно к ней подойдет и познакомится.

И почти против воли услышал: — Да их легко есть, они маленькие и кисленькие, наподобие лимона, но не такие резкие. Не меньше 20, иначе кашель не пройдет.

Почти сразу после этих слов Варвара Яковлевна увела своего гостя — для представления прочим завсегдатаям гостиной. По-видимому, она уверилась, что тот фрукт, который являет собой ее тетя, — не для него. На их месте, подле молодой особы, как-то само собой, оказался Анненков. Пушкин, к которому Павел Васильевич, со времени своего корпения над его тетрадями,[2] относился по-родственному, в таких случаях употреблял слово «нечувствительно». Анненков нечувствительно оказался против странной девицы и нечувствительно завел с ней разговор. Впоследствии он даже не мог вспомнить, о чем они говорили, но впечатление от этой встречи было так сильно, что, приехав тем вечером домой, он долго сидел на постели без движения. Силы его покинули. Он был потрясен, ошарашен, сбит с ног. И это было началом той двухлетней эпопеи, которая в конце концов завершилась венчанием в Исаакиевском Соборе 26 февраля 1861 года.

* * *

В Клубе все было по-старому. Обслуга, знавшая Павла Васильевича, кланялась и расплывалась в улыбках, завсегдатаи радостно кивали, многие подходили поздороваться и перекинуться словом.

Подбежал один из знакомых комитетчиков, что-то затараторил о насущных нуждах... Анненков слушал вполуха, он поймал себя на мысли, что все связанное с его работой в различных комитетах сейчас отошло для него на второй план. Его женитьба совпала с подъемом дремавших в обществе сил, пробужденных реформой, дарованной царем народу. И в обществе, да и в Анненкове, поначалу было много энтузиазма, желания реформу подтолкнуть, помочь обеим сторонам — крестьянам и помещикам — в их новом положении. Однако дело шло туго. Крестьяне бунтовали, видя, что земля остает-

---

[2] Павел Анненков — первый биограф Пушкина («Материалы к биографии Александра Сергеевича Пушкина», 1855), он издал «Собрание сочинений Пушкина в 7 томах» (1855–1857), ему принадлежит труд «Александр Сергеевич Пушкин в Александровскую эпоху» (1874).

ся у помещиков и им придется платить за земельный надел. Начались студенческие бунты против «грабительской реформы».

Верное своим привычкам, правительство на крестьянские и студенческие бунты отвечало жестокими расправами — казнями, крепостью, ссылкой... Получалось, что реформа внедрялась с помощью кнута. И крестьяне так ее и воспринимали — как очередной рекрутский набор, как ссылку в Сибирь или на Амур. Приехав сразу после женитьбы в родное Чирьково под Симбирском, Павел Васильевич увидел совсем не «счастливых поселян». Мужики смотрели исподлобья, как люди, которых обсчитали. Пыл Анненкова поугас. Его внутренние силы перенаправились с общественных нужд на семейные. Болезнь Глафиры ускорила этот процесс.

Комитетчик, не встретив внимания, отошел. А Павел Васильевич медленно проследовал в уединенный уголок обширного ресторанного зала, полуотгороженный китайской ширмой, и приказал человеку принести себе кушанья и шампанское. Он заказал стерляжью уху, жаркое из дичи и на сладкое — свежую клубнику со сливками.

Пока ждал заказ, мысли сами собой вернулись к прошедшему. Сегодня в разговоре с Боткиным назвал он нескольких друзей-приятелей, сверстников, с которыми шел по жизни. Двоих не упомянул. И не потому, что ушли из памяти. Он сам вычеркнул их из числа друзей — как не было. Сильную обиду нанесли, не оба, один из них, тот, кто верховодил в этой паре, — Герцен. Павел Васильевич был человеком добродушным, хоть и с некоторой хитрецой, друг Тургенев часто говорил об его «степном лукавстве», но в чем никогда не был замечен, так это в прощении обид. Не пустеньких обидок, на которые взрослый мужчина не обращает внимания, а обид настоящих, корневых, проходящих по самой твоей середке. Такую обиду нанес ему Герцен в своем письме. И случилось это — как и положено для таких дел — в самое счастливое для Анненкова время, когда со своей Глафирой как молодожен разъезжал он по Европам. В такое время трудно застать человека его корреспондентам. Но Герцен сумел — застал, написал на гостиничный адрес в Милане, прямо в разгар их с Глафирой бултыханий на озере Комо.

Клубный подавальщик, лет более тридцати, но расторопный и легкий на ногу, поставил на стол уху в чугунном котелке и плетеную корзинку с караваем только что испеченного ржаного хлеба, его здесь полагалось не резать ножом, а рвать руками. Подавальщик был знакомый. Анненков к нему обратился: «Здравствуй, Петр! Как у вас дела идут?»

Тот не спеша проговорил: — Не шибко идут, Павел Васильич. — А что так? — Давно вы у нас не были, Павел Васильич, за это время кое-что поменялось. — Что например? — Да господа... вы только на свой счет не примите... помельчали господа, многие с гнильцой. Ни выпить, ни съесть нормально, алкоголь с ног сшибает, гниль, одно слово. А мошенников развелось! Давеча, слышно, у нас в карты один генерал проигрался, так наотрез отказался платить, и как сказывают, вовсе он не генерал, а самозванец.

Подавальщик покачал головой, хитро посмотрел на Анненкова — и отправился за жарким.

Анненков тем временем прикончил уху и принялся за принесенное — с пылу-жару — жаркое. Еда казалась ему необыкновенно вкусной, он запивал ее шампанским — и оно тоже казалось отменным. Увидев Петра, несшего ему десерт, он продолжил свои расспросы: — А какая причина... этой гнили, как ты думаешь? — Да и думать неча, трещина по стране прошла, сами знаете какая. Опять же, англичанка гадит, как без этого? — и снова взглянул с хитрецой.

Анненков вынул из портмоне купюру, протянул подавальщику. — Помню, ты был неженатый, а как теперь? Небось женился, деток нарожал? — Никак нет, Павел Васильевич. Тут в городу и жениться не на ком, одно баловство. Я за женой в деревню поеду, но нужно сначала денежку прикопить, время мое еще не пришло.

Клубника была сладкая и сочная, сливки густые, обед явно удался. Разговор с Петром прервал его мысли, но ему хотелось додумать, довспоминать, вытащить свою обиду на поверхность, чтобы ее изжить. Он пил шампанское и вспоминал.

* * *

С Герценым он пересекался многажды. Люди одного поколения, рожденные в победном 1812, были они сверстниками и даже поначалу единомышленниками. Поездив по заграницам, повидав мир, Анненков не мог не видеть отсталость России, необходимость для нее большей «цивилизованности», которая еще с петровских времен шла с Запада. С другой стороны, и Герцен, и он были патриотами; в те давние 1840-е, когда разгорались в их кругу жаркие дебаты о будущности родины, — и они, и Хомяков с Костей Аксаковым, причисленные впоследствии к партии «славянофилов», видели в русском народе крепкое ядро, самобытность, огромный запас нерастраченных сил. Все ратовали за то, чтобы эти силы высвободить, то есть освободить народ от крепостного ярма.

Почему-то вспомнился один эпизод. Году в 1845 это было, в деревне Соколово, что верстах в 20 от Москвы. Собрались на «герценовой даче». К ее обитателям, герценовской семье, состоящей из самого Александра Ивановича, Натальи Александровны и их двоих маленьких детей, Коли и Таты, обычно присоединялось большое число гостей. Впрочем, там же, на даче, на все лето обосновались и Николай Кетчер, товарищ Герцена по университету, и Михаил Семенович Щепкин, великий артист, не столь давно похороненный на московском кладбище. Да, из той когорты нет уже и Грановского, великого историка, лежат они на Пятницком со Щепкиным рядом. А тогда, в Соколове, ранним летним вечером Щепкин вдруг надумал спеть для хозяев и гостей народную песню. Свадебную, да еще от лица невесты. Всей компанией, человек в десять, двинулись к берегу речки Сходни, протекавшей поблизости. Солнце садилось, вечерело. Вышли на луговой простор, вид был... таких нигде за границей не найти, чисто русский, заросший травой берег, васильки, редкие березы, а на той стороне до горизонта заливные луга.

Михаил Семенович остановился подле березы, обхватив ее ствол, и начал тихо-тихо, тоненьким дрожащим фальцетом, как девушка, которой до невозможности страшно: «Матушка, матушка, что во поле пыльно?». В сущности, слушатели эту песню знали. Но было интересно, как ее «сыграет» большой актер. В ответ на вопрос дочери густым своим голосом, голосом Фамусова и Городничего, ровным и уверенным, вывел он ответ матушки, успокаивающей свое дитятко, предчувствующее беду, — «не бойся, не выдам». Страх девицы все нарастает, а матушка все повторяет привычные успокаивающие слова: «не бойся, не пужайся». А под конец, когда уже голосок девический замирает и обрывается от ужаса и понимания, когда страшная реальность уже прямо перед нею, матушка тем же покойным голосом завершает предательство — со словами «господь с тобою» отступается от своего дитяти и отходит в сторону.

Трагическое было исполнение. Слушатели были потрясены. В глазах Герцена стояли слезы. Он бросился к Михаилу Семеновичу, вытирающему платком мокрый лоб, затряс его: «Это же Россия, Михал Семеныч, это она — наша матушка, выдающая своих детей на заклание!». Все, кто был рядом, — Тимофей Грановский, Кетчер, Аксаков и он, Анненков, — сгруппировались вокруг трагика, кто молчал, потрясенный, кто что-то кричал, давая волю чувствам, хорошая была минута: минута, когда все сердца бились заодно, когда каждый из присутствующих осознавал себя частью великого братства, братства людей, верящих, что и от них будет зависеть судьба родины.

Сегодня он, Анненков, задумался бы о другом. Почему свадебная песня, сложенная в народе, так страшна, не потому ли, что страшна участь, ожидающая несчастную девушку? И главное в ней — отсутствие воли, полное подчинение мужу и свекрови. Русская баба — раба в семье. Раб-мужик отыгрывается на своей бабе... Путешествуя по Европам, он видел, насколько гуманнее там семейные отношения.

Мысли перекинулись на другое.

Было совсем недавно, за год до женитьбы, в августе 1860. В тот год, начиная с весны, он в энный раз колесил по Европам. Изъездил Италию, побывал на двух прекрасных озерах Комо и Маджоре, оттуда через Симплон махнул в Женеву. Двигался повсюду быстро, ибо был, несмотря на нескладность и излишнюю массивность фигуры, хороший ходок. Через несколько лет, женившись и путешествуя уже с женой, должен он был соизмерять свою сноровку ходока с силами довольно хлипкой Глафиры. И ему это не было в тягость, даже нравилось, что в сравнении с молодой женой, он еще молодец!

А тогда в последних числах августа он отправился на остров Уайт, где была назначена встреча со старым другом Тургеневым. Иван Сергеич дописывал на аглицком острове, расположенном в проливе Ла-Манш, свой роман о нигилисте. Неподалеку, на берегу того же Ла-Манша, в курортном Борнмуте (Анненков насмешливо называл его в письмах «Бурный Маус») отдыхал с семьей Герцен. Грешно было его не навестить. Они с Тургеневым отправились. Провели с Герценом два чудных денечка; удивительно, но погода на туманном Альбионе тому способствовала, было тепло, светило солнце... Анненков, большой любитель воды, мало того, что утром и вечером купался в довольно прохладном море, так еще и нанял лодку у местных рыбаков, купил в лавке удочки и коробку песчаных червей — и немного порыбачил, взяв с собой 16-летнюю дочку Герцена Тату, скучавшую под придирчивым присмотром Натальи Алексеевны, неофициальной жены отца. Барышня была презабавная, нервная, порывистая. К Анненкову как-то сразу прониклась доверием. Видно было, что дома ей неуютно, с мачехой (та была законной женой друга Герцена, Огарева) не ладит, а отец — в вечной работе, и ему не до нее. При этом отца она боготворила и стремилась ему подражать. Всю пойманную ими рыбу, а они наловили окуней да макрелей полное ведерко — выпустила назад в море, со словами «Давайте, Павел Васильевич, даруем рыбкам жизнь и свободу». На возвратном пути, как хорошо помнит Анненков, спросила:

— А верно ли говорят, что я на маму похожа?

— Кто говорит?

— Да Тургенев сегодня сказал.

— Ну, раз Тургенев сказал, будьте уверены, что так и есть.

Следующего вопроса он не ожидал:

— А письма в Петербург папа́ просил вас отвезти?

— Не-ет. Какие письма?

— Еще попросит, вы ведь надежный человек, не подведете... Только, пожалуйста, не говорите папа́, что я догадалась...

Вечером они с Тургеневым должны были уезжать. Однако Иван Сергеевич уехал один, Анненкова хозяин попросил остаться для серьезного разговора. Заперлись в кабинете, Герцен ходил, Анненков сидел в кресле, слушал. Александр Иванович сказал, что он и его дело нуждаются в таких людях, как Анненков, — исполнительных, верных, многознающих, и, в то же время, не заподозренных властями в отсутствии лояльности. Спросил, хочет ли Анненков поучаствовать в «общем деле» — присылать материалы для «Колокола».

— Если это не поставит под удар мою жизнь и репутацию...

— Да я многого от вас, Павел Васильевич, не попрошу: присылайте свои наблюдения, вы ведь и в журналах свой человек, и в Английском клубе...

На следующий день поехали в Лондон на герценовскую городскую квартиру, и там — вот когда Павел Васильевич вспомнил Тату — Герцен вручил ему довольно толстый пакет с письмами — для передачи в Россию. Почтой отправлять их было нельзя из-за перлюстрации всей герценовской переписки.

Таким образом, он, Анненков, человек отнюдь не мятежного нрава, над чьей «архимандричьей физиономией» подтрунивал друг Тургенев, стал корреспондентом мятежного «Колокола», что в общем-то льстило его самолюбию и добавляло самоуважения. «Колокол» до реформы читали по всей империи, как говорится, и в хижине, и в царском дворце. Как же приятно было ему, всегда слегка пасовавшему перед Тургеневым, — ведь талант! большой писатель! — просить того посылать в Лондон некоторые его, Анненкова, письма — одни целиком, другие в отрывках, договорившись предварительно о «волшебной» шифровальной фразе — «передайте нашей старице»...

Продолжалось это год, как раз до Реформы. 19 февраля 1861 года был объявлен царский манифест «О Всемилостивейшем даровании крепостным людям прав состояния свободных сельских обывателей». Реформа спускалась сверху, и читающая публика все меньше откликалась на обличительные статьи «Колокола», в то время как те становились все более радикальными. Павел Васильевич видел в этом влияние «помощников» — жаждущего крови Огарева и беспочвенного выдумщика и провокатора Бакунина, обоих он недолюбливал. Тираж «Колокола» уменьшился до 500 экземпляров. Тут подоспели волнения в Польше 1863 года. Общество разделилось. Герцен безоговорочно стал на сторону поляков... Тургенев и Анненков молчали.

И тут пришло ТО письмо. От Герцена. Павел Васильевич запомнил дату — 6 августа 1864 года. Письмо, положившее конец сношениям и переписке. Больше всего Анненкова обидел и уязвил тон — тон барина, наставляющего своего холопа, по странности, имеющего свой взгляд на важные вопросы современности... Герцен писал: «...мы стали глупы, глухи, без чутья», и ясно было, что эти слова обращал он вовсе не к себе, а к Анненкову. Последние два слова письма укололи в самое сердце: «...это старость». Он пишет о старости того, кто в 48 лет, один из немногих среди друзей-сверстников, — нашел в себе силы жениться? Тургенев, Боткин, Некрасов — не женаты. Жениться на молодой, после целой жизни, проведенной наедине с собой... Жениться — и не хныкать, не ныть, а найти в себе силы и желание начать жизнь с нуля! И это старость?

Герцен об его женитьбе знал — и мог такое написать! Осколок засел в сердце, остальное, долетавшее в письмах знакомых, даже определение «посредственность», данное ему

Герценым, уже не удивляло и не возмущало. Герцен за что-то ему мстил, пытался что-то доказать... ему? или самому себе? Анненков мог только догадываться о причинах. Когда-то казавшийся героем и борцом, ныне богатый барин, в комфорте живущий за границей, поучал соотечественников, как жить, и был ими недоволен. Как? Они не выступают с ним в одном строю? Они позволили себе иметь собственное мнение? Они примирились с подачкой, брошенной сверху? Так заклеймим же их как предателей, отступников, собрание посредственностей. Путь с Герценым был теперь для Анненкова закрыт. Но и с такими, как Катков, лижущими властный сапог, было ему не по дороге.

Бутылка с шампанским опустела. Пора было уходить. Несколько раз мимо его укромного уголка прошмыгнула какая-то фигура, плохо видная из-за ширмы. Наконец, в закуток заглянул, а потом вошел высокий худой человек, в модном сюртуке, с серым, изможденным лицом, в котором Анненков узнал Некрасова. Анненков поднялся навстречу вошедшему, тот быстро проговорил:

— Извините, Павел Васильевич, я узнал у полового, что вы здесь обедаете. Решил присоединиться.

— Да я уже вроде пообедал.

— Прошу вас задержаться ненадолго, я, собственно, вечером думал расписать пульку, да вот перед игрой к вам заглянул — как к старому товарищу и советчику. Помните, лет десять тому, когда Чернышевский в мое отсутствие опубликовал «Поэта и гражданина» и цензура на нас ополчилась, я к вам обратился за советом и помощью? Вот и сейчас в этом нуждаюсь, — он помолчал и вдруг предложил, — выпьете со мной водочки?

— Нет, увольте, на сегодня больше не ем и не пью.

Некрасов вышел на минуту — и скоро все тот же Петр, ловко поменяв на столике скатерть, принес ему на подносе стакан водки, несколько ломтей ржаного хлеба и нарезанный кружками малосольный огурец. Указав на водку, Некрасов проговорил сипловатым своим голосом: «Обычно я перед игрой не пью, да и вообще стараюсь водку не пить, но тут...расстройство большое, Павел Васильич, вы, я полагаю, еще не слышали...

Он сел и охватил голову руками.

— Я за эти несколько лет, Павел Васильич, измучился так, словно воистину через каторгу прошел. Вроде чего-чего не переживали: денег на печать «Современника» не было, цензура свирепствовала, Краевский авторов переманивал, но журнал жил, его читали, подписка росла. И вот с этого заколдованного 1861 года, года Освобождения, пошла такая свистопляска — только держись. В ноябре 1861 умер Коля Добролюбов, ужасная потеря для России, для журнала, и ужасная рана в моей душе. Он был мне как сын или брат младший... В том же году Михайлова арестовали, Михайлу Ларионыча, чудный поэт, Беранже перевел, Гейне! Талант имел и душу чистейшую. Сослали в Нерчинск, в каторгу, на рудники, пишут оттуда, что немного ему жизни осталось, а ведь нет и 37. В феврале 1862 Иван Панаев умер, мой давний компаньон и друг, а через несколько месяцев взяли того, на ком журнал стоял,— Чернышевского, и с ним вместе Александра Серно-Соловьевича, державшего важную для нас книжную лавку на Невском, какие люди, а? Обоих приговорили к каторге и вечному поселению в Сибири... Одна радость, что опубликовали мы в «Современнике» роман Николая Гаврилыча, в Петропавловке написанный, в Алексеевском равелине. Вы, поди, читали? В трех номерах за 1863 год, чудом цензуру прошел, да и приключения с рукописью были. Вы слышали небось? Я ее потерял, когда вез на извозчике. Потом, слава тебе господи, один бедный человек, вознаграждением прельстившись, ее принес в редакцию.

Анненков сидел молча, понимая, что Некрасову нужно излить душу. Сам он «семинаристов» — Добролюбова и Чернышевского — не любил. Последнего, с его высоким вкрадчивым голосом, скромненько себя держащего,— и при этом умудрявшегося сквозь препоны цензуры проводить через журнал свои радикальные взгляды, считал обманщиком, заманивающим молодежь ложными целями и посулами...

Некрасов, до того державший стакан с водкой в руке, поставил его на скатерть, и продолжил, не глядя на Анненкова.

— Три года назад «Современник» уже закрывали за якобы «вредное направление». Восемь месяцев стояли. Сколько я кабинетов исходил, кому только ни кланялся... Наконец, начали работать — с оглядкой, конечно, с робостью, да и перьев уже тех не было. Но все же отчасти дух прежний остался. И что же теперь? Из верных источников узнал, от самого Адлерберга, министра двора. Есть план наверху закрыть «Современник», уже насовсем. Что ты будешь делать — не нравится им наше направление, видно, все журналы хотят подравнять под «Русский вестник» Каткова.

Он поднял глаза: «Как думаете, Павел Васильич, закроют?»

Анненков помолчал, словно обдумывая сказанное Некрасовым. На самом деле, мог бы ответить сразу.

— Закроют, Николай Алексеевич, даже не сомневайтесь. Обязательно закроют. Нынче у правительства все козыри на руках.

— Вот и я думаю, что закроют. Но бороться буду, буду бороться до последнего — как та мать, что телом своим ребенка от пули закрыла.[3]

Взял стакан, быстро вылил его содержимое в рот, тяжко закашлялся. Крякнул, закусил корочкой с кружком огурца и взглянул на Анненкова:

— Говорят, вы, Павел Васильич, удачно женились. Счастливы? — Анненков выдержал пытливый взгляд, глаз не отвел:

— Счастлив, Николай Алексеич.

Про болезнь Глафиры он говорить не хотел.

— А я все по бабам, то одна, то другая. С Авдотьей расстался...

До Анненкова доходили слухи, что Авдотья Панаева, после смерти законного мужа, так и не дождавшись предложения от

---

[3] В 1866 году, желая сохранить журнал, Некрасов в Английском клубе прочитал оду в честь Муравьева Виленского (Муравьева-Вешателя), подавлявшего Польское восстание. Ода не помогла, в том же году «Современник» был окончательно закрыт.

Некрасова, вышла замуж за молодого сотрудника редакции. Некрасов об этом умолчал. Оглянувшись по сторонам и понизив голос, словно боялся тайных свидетелей, он зашептал: — Ночи не сплю, Павел Васильич, верите ли? Страх такой иногда находит, сердце берет в тиски. Читали «Записки из мертвого дома»[4] во «Времени»? Вот она, каторга, какова. Не мне с моим здоровьишком ее выдержать... Он безнадежно махнул рукой и поднялся: — Пойду, Павел Васильич, — ждут меня, там партия составилась. Запомнилась фраза, сказанная на прощанье, с выраженьем несказанной муки: «Когда играешь — не так чувствуешь ужас жизни... и свое ничтожество». Он протянул Анненкову худую жилистую руку, руку чернорабочего, а не писателя, — и покинул закуток.

* * *

Приехав домой и умывшись, Анненков первым делом прошел на половину Глафиры. Она спала, рядом спала ночная сиделка, ее вязанье валялось на полу. Он наклонился над женой — и услышал слабый голос: — Ты, Павлуша? — Я... Не спишь, Глафирушка? — Уже выспалась, теперь представляю картины. — Какие? — Когда я была счастлива, — она поправилась, — когда мы с тобой были счастливы.

Он подумал, что со дня их женитьбы у него было больше счастья, чем во всю прошлую жизнь. Обвенчавшись, они сразу поехали в его имение Чирьково, что под Симбирском. Ехали на пароходе по Волге из Твери до Симбирска, по июньскому припеку, с ветерком. В поволжских городах — Твери, Ярославле, Костроме — сходили на берег, обедали в лучших домах, вплоть до губернаторских, — у Павла Васильевича было обширное знакомство. А в самом имении тоже было

---

[4] Автор «Записок из Мертвого дома» Федор Достоевский был осужден и сослан на каторгу за чтение в кружке петрашевцев «Письма к Гоголю» Виссариона Белинского. Павел Васильевич Анненков, в 1847 году сопровождавший Белинского на силезский курорт Зальцбрунн (вместе с Тургеневым) для лечения от чахотки (вполне безнадежного), присутствовал при написании этого письма.

хорошо — простая деревенская жизнь среди вековых сосен, рядом с рекой... Он блаженствовал. Летом следующего года отправились в гости к старшей сестре Глафиры, на Полтавщину, в деревеньку Туровка, где расположилось имение Ульяны Марковичевой. Близкой воды там не было, зато какие вокруг простирались степи, с какими ночными запахами, прилетавшими ближе к ночи, таких душистых ночей он не помнит и в Италии! Глафира свиделась там, кажется, со всеми своими родственниками — Кочубеями, Тарковскими, Галаганами... Сказать по правде, слишком было там многолюдно. В этом они с Глафирой сходились. При наезде гостей часто от них прятались, убегали в сад.

Глафира, между тем, что-то прошептала, он наклонился и услышал: «Помнишь, Павлуша, как мы ругались в Эмсе, после дождя?»

Ну как же, конечно, он помнил. Эмс — было первое место в их заграничной поездке, где погода наконец-то установилась и после берлинских холодов и дрезденской робкой весны их встретило майское цветение, пение птиц, райское тепло. Они поселились на княжеской вилле, с превосходным видом из окна — Анненков не поскупился, платил хозяевам по три талера в сутки — за вид и комфорт. Однажды, когда они возвращались с источника (оба пили на курорте лечебную минеральную воду), начался дождь, вроде, и не сильный, но оба промокли, так как вышли без зонтов. Происшествие вызвало смех у обоих — мокрое платье облепило тело, волосы торчали в беспорядке. Он первый начал ее поддразнивать: «Ну и мокрая же ты курица», она, верная своему характеру, кинула ему в ответ: «А ты жирный кот-котище». «Курица, курица, мокрая курица», — он от нее убегал, она его настигала, била маленьким кулачком и кричала прямо в уши: «Кот, котишка, жирный кот». Оба смеялись. Оба по-детски радовались.

И вот Глафира вспомнила этот эпизод как счастье.

Ночью Анненкову не спалось — мешали впечатления дня. В тяжелом полусне громоздились видения — фигуру улыбаю-

31

щегося доктора Боткина сменял комитетчик, что-то говоривший о земельной реформе, а подавальщик Петр слушал его, лукаво прищурившись, на них наплывала тень Герцена, грозившая обоим пальцем, за нею появлялся Некрасов с искаженным лицом и пистолетом у виска, двое стояли у двери в зловонную каторжную нору, один из них — Достоевский — из нее выходил, другой — Чернышевский — входил... Тоска сжимала сердце; видно, сегодня он не заснет до утра. Неожиданно пришла спасительная мысль: надо уезжать. Здесь нечего больше делать. Да и доктор сказал, что Глафира нуждается в теплом климате. А уж если пойдут детки (сладкая на это надежда жила в Павле Васильевиче),[5] пусть они растут и учатся в стране более упорядоченной и цивилизованной, чем его бедная родина. Успокоенный этой мыслью, Анненков повернулся на другой бок — и заснул сном праведника.

---

[5] У Анненковых родилось двое детей, дочь Вера (1867–1956) и сын Павел (1869–1934). Всю вторую половину жизни супруги прожили за границей — в Берлине, Дрездене, Баден-Бадене.

Зуб Шамана

1

Гора была в Альпах, в окрестностях Женевы. Про себя — по созвучию с французским *Dent de Jaman* — Натали называла ее Зуб Шамана. Гора имела форму правильного конуса, она располагалась вдали от обычных прогулочных троп и манила своей новизной. Натали, в легком открытом платье и широкой защищающей от солнца соломенной шляпе, и ее спутник, снявший безрукавку и нацепивший ее на длинную суковатую палку, поднимались медленно, без натуги, наслаждаясь тишиной и горной прохладой, столь отличной от накипающей внизу полдневной августовской жары.

Георг шел сзади, на каменистых и скользких участках осторожно брал ее за локоть — и она в этот момент останавлива-

33

лась и замирала, словно к чему-то в себе прислушиваясь. Затем он отпускал ее локоть, и они продолжали путь, разговаривая мало и почти машинально и ведя параллельно внутренний, тайный, диалог друг с другом. Вслух говорили они по-французски. Для обоих этот язык был чужой. Внешность Натали — ее бледное лицо, с высоким лбом, темно-русыми волосами и ясно глядящими серыми глазами, — выдавала ее славянское происхождение. Она не была молода, усталые и даже страдальческие складки лежали возле губ, во взгляде порой проступали тревога и беспокойство, но, оглянувшись назад и встретив его ласкающий и восхищенный взор, она светлела и молодела, словно от животворных молодильных яблок, про которые слышала в детстве в доме спесивой московской княгини, призревшей сироту. Крепостная старушка-няня нашептывала ей перед сном эти сказки — про Василису Премудрую, про Ивана-царевича, ходившего за тридевять земель в тридесятое царство за живой водой и молодильными яблоками... И вот теперь она сама оказалась за тридевять земель от московского дома и, похоже, в этом новом для нее тридесятом царстве (куда прибыла она всего год назад) действительно водятся и молодильные яблоки, и живая вода...

Ее спутник не был похож на Ивана-царевича, но проглядывало в нем что-то от заморского принца или, скорее, от галантного маркиза эпохи Реставрации, — тонкий стан, высокий рост, маленькие изящные руки. Выходец из Германии, имел он вид совсем не немецкий: волосы и красиво подстриженная борода — темные, нос — довольно длинный и отнюдь не арийский, глаза тоже были не положенного цвета — жарко карие, почти черные, они сверкали и искрились, когда он был в ударе. Если же его охватывала меланхолия, а случалось это довольно часто, ибо Георг был поэтом, к тому же новейшим, то есть революционным, глаза потухали, становились мертвыми. Не из-за этой ли своей двойственности первый, ставший знаменитым среди свободолюбцев поэтический сборник назвал он вначале «Письма мертвеца», а затем, испугавшись, переправил название на «Стихи живого человека»?!

В тот день, в тот час и в ту минуту, в присутствии этой женщины был он живым.

Она ему нравилась, его зажигала, но одновременно внушала почти детскую робость.

Ее муж был его старшим другом, поводырем, ободрил и обогрел его семью в наступившую для них всех годину беженства и изгнания. Он не может, не имеет права платить Александру за все его благодеяния черной неблагодарностью.

Наталья Захарьина-Герцен

Легкая фигура Натали, ее летящая походка, ее милое, умное и такое понимающее лицо — все ему в ней нравилось. Их приятельство началось совсем недавно, в этом злосчастном 1848 году, в Париже, куда он с Эммой и двумя маленькими детьми попал после неудачного Баденского похода, — истерзанный, разуверившийся в своих силах. Тогда именно Натали и ее благородный муж, отогрели его сердце, вдохнули в него бодрость. Сказать по правде, он побаивался Александра. Тот, старше его пятью годами — с Натали Георг был ровесником, — в свои тридцать шесть лет был уже сформировавшимся лидером, мужественным и сильным борцом, прошедшим и через тюрьму, и через ссылку. И какую тюрьму — российскую, какую ссылку — в Сибирь! При всем при этом Александр оставался человеком открытым, любящим общение и веселое застолье, его блестящая эрудиция и остроумные, легко рождающиеся каламбуры вошли в поговорку среди его парижских друзей, как и его фантастическая преданность жене и детям. Да, Натали любил он безумно. Георг слышал стороной о какой-то романтической истории их брака, чуть ли не о похищении невесты ссыльным женихом, но подробностей не знал и, честно говоря, знать не хотел. С самого начала питал он к Александру странное амбивалентное чувство любви-соперничества. Словно подспудно осознавал, что когда-нибудь им придется встретиться на узкой тропе, и встретиться уже врагами.

Про Эмму, свою жену, он совсем не думал, обходил ее в своих размышленьях. И вовсе не потому, что была она для него лишней, ненужной обузой, от которой хочется поскорее освободиться. Наоборот, Эмма была частью его самого, так же необходимой ему, как собственная рука или нога. И это делало ее продолжением его, хотя и с довеском ее женских, увы, мало привлекательных штучек. Как-то: обильной плотью, громким голосом, неуемной болтливостью и назойливым нескончаемым обожанием его, ее супруга и повелителя. Ради его комфорта она готова была питаться сухой коркой, ради его душевного и плотского здоровья — жертвовать своим. Из этого следовало одно: что бы он ни сделал, Эмма от него не отвернется, даже в случае, если ситуация причинит ей страдание и боль. И были тому примеры... Эмма не могла не знать об его похождениях в парижских салонах, о связи с парижской Клеопатрой мадам Агу, которая некоторое время назад имела каприз принимать его в своем будуаре. Эмма терпела и молчала, возможно, сознавая все свое женское несовершенство в сравнении с его мужским великолепием, а, еще вернее, оттого что принимала его таким, каков он был, — избалованным маменькиным сынком, с полным набором разнонаправленных черт: чувствительностью и себялюбием, ранимостью и высокомерием, нежностью, сменяющейся сухостью и бесчувствием.

Натали, между тем, бежала вперед по тропинке. С каждым минутой пребывания ее на этой волшебной горе тело ее освобождалось — от земного притяжения, от прожитых лет, от смутного, гирей нависающего будущего. Под этим южным, ласково греющим солнцем, под невиданной синевы небом, на этой колдовской лесистой тропе она удивлялась перемене в себе. Такой — свободной, раскрепощенной, забывшей о своих земных обязанностях — она себя еще не знала. Внутри росли и искали выхода не свойственные ей раньше желания. Словно она возвращалась к себе настоящей из того темного выстуженного склепа, где долгие годы проходила ее не имеющая ни цвета, ни запаха жизнь.

Вот ей уже не тридцать два, а двадцать пять, двадцать, четырнадцать... Да, ей четырнадцать — и не годом больше. Она девочка, а за спиной, на одной с ней тропе, — ровесник, прекрасный как принц из сказки. Время остановилось, а она, обогнав его, все бежала и бежала вперед по колдовской, шаманской тропе.

Задумавшись, он вдруг потерял ее из виду. В этом месте тропинка делала крутой вираж над обрывом и утыкалась в зеленую лужайку, окруженную сомкнувшими кроны могучими деревьями. Она остановилась над обрывом в тени величественного бука, обвитого цепкими зелеными листьями плюща. Спиной почувствовав его появление, но не оглянувшись, она спросила, указывая на кольчатое тело плюща:

— Что это? Все говорят, Георг, что вы прекрасный ботаник.

— Это плющ, всего лишь плющ, Натали, дитя субтропиков. Древние эллины надевали его на головы на празднествах в честь бога Диониса, покровителя вина, веселья и любовных утех.

Ему показалось, что она вздрогнула. Он потянул к себе ползучее растение и оторвал довольно длинный его фрагмент.

— Смотрите, Натали, он похож на зеленую змею, — и он обвил плющом свою юношески стройную шею.

— Погодите, — ее голос звучал взволнованно и неровно, — змея может быть ядовита, как и любовные утехи... Дайте-ка эту змею мне.

Она перехватила растение, прижалась к нему губами и положила его к себе на грудь.

Их взгляды встретились. Отвернув от него лицо и словно против воли она вымолвила:

— Мне бы хотелось, Георг, чтобы когда-нибудь на месте этого плюща лежала ваша голова.

Он задрожал и выдохнул:

— Натали, вы... вы меня любите?

— Глупый, — она уже обхватила его шею, он отступил на шаг. — А.., — он хотел сказать Александр..., но она зажала ему рот.

— Не бойтесь, я все беру на себя, я люблю вас как никого никогда не любила, я ждала вас всю жизнь, это... сильнее меня...

Он обнял ее вздрагивающие плечи, рука накололась на черную маленькую ягоду плюща, прячущуюся у нее на груди. Где-то он читал, что ягода плюща ядовита и сулит смерть тому, кто ее попробует. Это была последняя ясная мысль в его сознании. Дальше он погрузился в водоворот, гибель и воскресение.

2

Мария Каспаровна Эрн, вот уже два года прозывающаяся Марией Рейхель, в январе 1852 года получила письмо от Александра Герцена. Маленький конверт был послан из Ниццы в Париж, в их с Адольфом небольшую уютную квартирку; прочитав его содержимое, Мария разрыдалась. Александр Иванович — даже про себя она звала его так, ибо была младше его на 11 лет и всегда чувствовала себя девчонкой в сравнении с ним, — Александр Иванович писал, что нет у него человека в мире, к которому имел бы он больше доверия, чем к ней, Марии. Огарев в России, она, Мария Рейхель, за границей. Скупо и без излишних подробностей писал он о болезни Натали, об угасающих надеждах на ее выздоровление. Здоровье самого Александра Ивановича пошатнулось настолько, что он стал думать о возможной внезапной смерти. Как тогда быть с детьми — Сашей, Татой и недавно родившейся Ольгой? На случай внезапной смерти он завещает своих детей семье Рейхель.

Рыдания Марию душили, она радовалась, что Адик был на репетиции и не мешал ей плакать вволю. Бедная-бедная семья Герценов! За что, почему этим необыкновенным людям выпали такие поистине нечеловеческие испытания? Уже не в первый раз пришло Марии в голову, что, в сущности, перед ее глазами разыгрывается настоящая греческая трагедия, трагедии рока, где нет ни преступников, ни виновных, где все участники попали под жернов судьбы и испускают дух в ужасных мучениях. Господи, господи, за что?

Ночью ей не спалось. Она слышала, как пришел Адик, как тихо лег с краю, стараясь не потревожить ее сон. Она его не окликнула, притворилась спящей. Адик очень хороший, чуткий, он живет только музыкой и немножко ею, Марией. Но он немец, и с ним трудно бывает говорить о некоторых вещах, например, о Герценах. Адик тотчас переводит разговор на своего обожаемого поэта, Гервега. Он считает его не коварным интриганом и соблазнителем, а жертвой. Он винит во всем Натали. Бедная женщина, мало она настрадалась от всей этой истории! Адик ничего не понимает — ни в женском сердце, ни в сердце своего приятеля Гервега. Он хорошо понимает только в музыке, и то, только в той ее части, что создавалась на его родине — Бетховен, Шуман, Брамс — о да!

Про нелады в семье Герценов слухи доходили давно. Муж был близким приятелем Гервега, тот с ним переписывался, и как казалось Марии Каспаровне, вел себя не по-мужски, выбалтывая в письмах подробности драмы, поразившей обе семьи. Сама она тоже кое-что видела, хотя разобраться в этом запутанном клубке была не в силах. Больше всего ей было жаль Александра Ивановича. Как горестно он написал ей в предыдущем письме: «Укатал меня этот 1851 год». В прошлый его стремительный приезд в Париж было заметно, как он измучен физически и морально. Был он как обычно подтянут, подшучивал над нею, вспоминая Вятку, рассказывал Адику забавные анекдоты о русской провинции, но от нее не укрылось, что его пальцы, державшие стакан с водой, дрожали. Герцен приехал в Париж со своим новым приятелем, Энгельсоном. Передавали, что их видели в злачных парижских местах, в кафешантанах..., что Александру Ивановичу приходилось порой тащить на себе упиравшегося нетрезвого спутника. Сам он, от природы здоровый и сильный, плохо

Александр Герцен

поддавался алкогольному яду, к посредству которого, видимо, решил прибегнуть.

Мария Каспаровна видела его до катастрофы с Колей и Лизаветой Ивановной, но уже тогда чувствовались ее ужасные предвестья. Гнездо в Ницце, свитое обеими семьями, Герценов и Гервегов, с треском, громом и даже молниями — развалилось. Гервеги электрическим разрядом вылетели из него в Женеву, Герцен — в Париж, Натали с детьми осталась на месте, и можно себе представить ее тогдашнее душевное состояние! Она оказалась яблоком раздора в трагическом разладе двух семей. Мария Каспаровна безмерно сочувствовала Натали, но не могла отделаться от мысли, что сама никогда в жизни не променяла бы такого человека, каков был Герцен, на слабого, тщеславного и капризного, как ребенок, Гервега. Неужели Натали не видела разницы между ними? Почему колебалась? Как вообще могла возникнуть ситуация, что эти две семьи поселились в Ницце в одном доме? Неужели Александр Иванович не сознавал, что мечта Натали о совместной жизни с Гервегами напоминает троянского коня, внесенного в горделивую Трою руками самих, настигнутых безумием троянцев? Должен же был он понимать, что акция эта чревата теми же точно последствиями, что и коварное взятие Трои запрятанными в коне греческими воинами?!

В сущности, у Марьи Каспаровны были, конечно же, были ответы на эти вопросы. Но ей не хотелось даже наедине с собой стать обвинительницей Натали, сойтись в этом обвинении с Адиком, который с самого начала твердил: она виновата. Сейчас Мария Каспаровна все еще не уверена в виновности Натали. Хотя по всем раскладам получалось, что та обманула доверие Александра Ивановича, переросшее все мыслимые границы.

И, однако, до конца Мария Каспаровна не была убеждена в правильности своих умозаключений. Зная кроткую, чистую душой Натали, вечную страдалицу — то в роли бедной воспитанницы у черствой княгини, то — жены поднадзорного, политического ссыльного в провинциальном Владимире и отдаленном Новгороде, то матери, у которой после рождения первенца Саши умерло один за другим трое, трое! новорожденных детей, а оставшийся в живых четвертый был от рождения глухонемой...бедный Коля! — зная все это, можно ли поверить в ее измену? И — что еще непонятнее — в измену, творящуюся под боком у собственного мужа, чуть ли не у него на глазах — не видящих, усыпленных сознанием, что жена — неизменный оплот, верная и любящая подруга? О святая, святая простота! Недаром Александр Иванович, при всем своем уме и образованности, ощущал себя на Западе, как не раз ей, Маше, признавался, каким-то вестготом или даком, попавшим в изощренный, насквозь лживый Римский мир.

О, он с этим миром никогда не сочетался. Она, будучи девочкой, видела его совсем юным, двадцатитрехлетним — веселого, полного надежд, несмотря на то что тогда он был в ссылке, среди полудиких людей! Боже, как давно она его знает! Мария Каспаровна напряглась, цифры ей сроду не давались: даты запоминала легко, а вот арифметики страх как не любила. Семнадцать лет как они знакомы с Александром Ивановичем, с самой Вятки, куда ее семья перебралась из Тобольска, поближе к чиновному брату Гавриилу.

Перед глазами возникла картина: снежная пустыня на тысячу верст и их одинокие сани, а в санях она, мамаша с папашей и попугай Коля в коробке, у нее на коленях. Попугай, бедняжка, замерз в дороге; как же она по нем убивалась! Грех сказать, но плакала так же неистово, как недавно по другому Коле, своему любимцу, сыну Герценов, утонувшему в море вместе с пароходом. Глухонемой мальчик, однако такой толковый в свои восемь лет, такой умный и так ее, Машу, любивший... Эта ее кровоточащая рана никогда не заживет. Глаза снова наполнились слезами, и она спешно переключилась на мысли о Вятке, о себе двенадцатилетней, избалованной матерью и братьями, единственной девочке в семье.

Александр Иванович, хоть и ссыльный, служил в вятской канцелярии при губернаторе вместе с ее братом Гаврюшей — в провинции образованных людей не хватало, да и для надзора было удобно: «поднадзорный» всегда находился перед глазами начальства. А уж за Герценом не только начальство наблюдало — все вятское общество, кто просто с любопытством, а кто и с завистью или с восхищением. Держался он довольно независимо, одет был по-столичному, невзгоды сибирской ссылки помогал ему преодолевать верный Матвей, сопровождавший барина еще из Москвы. Все связанное со столичным ссыльным было ей, девочке, бесконечно интересно, важнее всего другого. Вокруг судачили, что у москвича «роман» с Полиной Медведевой, жившей с ними по соседству вместе со старым и вечно нездоровым мужем. Один из соседей, ссыльный грузин, — все называли его «грузинский князь», — даже отказал молодому шалопаю от дома, видимо, опасаясь за свою молоденькую жену-грузинку, последовавшую за ним в ссылку. Папаша, как Мария Каспаровна помнит, брал сторону обманутого мужа, кстати скоро умершего, и ругал «беспутного Герцена», а мамаша во всем винила «Прасковью», говорила, что та сама кинулась на шею молодцу, которому тоже-де погулять не грех после почти года тюрьмы и трехлетней ссыльной жизни в пермской и вятской глухомани...

Александра Ивановича мамаша в обиду не давала, привечала, а она, Маша, была в него по-девчоночьи влюблена, держала свои чувства в тайне и злилась на себя за то, что ужасно краснела, когда он, частый гость в их доме, после чая к ней подходил и на свой особый шутливый манер задавал разные смешные вопросы. По его же совету и рекомендации мамаша повезла ее на учебу в Москву, где, естественно, первым делом они оказались на Арбате, у старика Яковлева, Герценова отца, — с приветом от ссыльного сына.

Был старик непрост, людей не любил и даже презирал, мать Александра Ивановича, вывезенную им из чужих краев, смешливую и сентиментальную Лизавету Ивановну, мало того, что женою не признавал,—держал на отдалении, словно какую--нибудь приживалку; но к ней, Маше, почему-то отнесся по-доброму. Глаза опять наполнились слезами, и Мария Каспаровна, в темноте стала нащупывать успокоительные капли на столике возле кровати. Снова ей вспомнилась Лизавета Ивановна, да будет земля, а точнее, вода ей пухом. Несчастная женщина, всего каких-то два месяца назад она вместе с внуком Колей гостила у них, Рейхелей, в Париже, а на обратном пути в ужасный роковой день, 11 ноября 1851 года, их пароход столкнулся с другим, при совершенно ясной погоде, и все трое—с ними был еще Колин воспитатель, добродушный здоровяк Иоганн Шпильман, все трое утонули...

Не иначе — рок преследует эту семью...

Мария Каспаровна до капель не дотянулась, надо было постараться успокоиться. О чем она думала до Лизаветы Ивановны? Вспоминала свой приезд в Москву, старого барина, хозяина дома на Арбате, Ивана Алексеевича Яковлева. Вот и нужно сейчас продолжить о нем... Почему он так к ней, Маше, привязался? Может, потому что Сашу своего вспоминал, когда на нее глядел? Говорят, в детстве был Саша Герцен озорником, мальчиком резвым и шаловливым, что плохо сочеталось с вековой скукой арбатского дома, где все зависело от прихоти смолоду замуровавшего себя в четырех стенах, вечно брюзжащего и недовольного барина. Тогда Маше дела не было до того, почему старик день-деньской сидит в своем кабинете, вечно окружен лекарствами, общается только с небольшим числом близких, и все норовит уязвить домашних, поддеть, устроить садистический спектакль... Сейчас она думает, что причина того заключалась не только в его мизантропическом характере, развращенном самовластьем, но и во времени — не было в тогдашней России для него, пожившего и послужившего за границей в самые горячие «наполеоновские годы», ни настоящего дела, ни достойных собеседников...

Она, Маша, нравом была не в Сашу Герцена — тихая, хоть и водились чертенята на дне ее омута, мечтательная, музыкальная. Старик повадился слушать, как она на фортепьянах играла, даже иногда слезу вытирал, чтобы потом еще ехиднее поддеть беззащитную Лизавету Ивановну, мало евшую за обедом: дескать, здесь ей не Германия — и копченых сосисок не подадут... Опять у нее в мыслях Лизавета Ивановна! Куда от этого деться! В окне темно. Как еще далеко до сизого январского рассвета, как давит на мозг темнота... Память — по контрасту — высветила яркий весенний день, первое марта 1838 года. На всю жизнь запомнила она эту дату, развеявшую ее тайные, хотя и неопределенные мечты; для Натали и Александра Ивановича была она священна.

Именно в этот день политический ссыльный Александр Герцен, переведенный из Вятки под надзор полиции города Владимира, на свой страх и риск прискакал в Москву — увидеться с нареченной невестой. Рисковал головой — мог бы снова отправиться Сибирь, если бы кто из Третьего отделения узнал об его проделке. Только никто не узнал. Мало народу было посвящено в это дело. От старого барина все было скрыто. Маша узнала уже после — от горничной, которая имела ухажера в доме старой княгини. Сколько разных неожиданных мыслей всколыхнулось тогда в ее голове, полурадостных и полуревнивых! Как хотелось ей оказаться на месте Натали! Была та Герценовой кузиной, незаконной дочерью старшего брата Ивана Алексеевича Яковлева, Александра, прижитой им от крестьянки и взятой на воспитание их сестрой, чопорной княгиней Хованской, проявившей неожиданную сентиментальность.

Муж во сне вздохнул, что-то пробормотал, со стоном перевернулся на другой бок. Тоже что-то его мучит, беспокоит. Мария Каспаровна помнит, как, когда они только поженились, она рассказала Адольфу эту историю о приезде ссыльного Герцена в Москву для тайного свидания с невестой. Как жадно Адик слушал; ему не верилось, что такое бывает.

Да, все у Александра Ивановича и Натали сложилось в ту пору как в романе какого-нибудь Дюма-отца: они едва знали друг друга до его ссылки, перед отправкой в Сибирь она пришла к нему в тюрьму вместе с его матерью — проститься; завязалась переписка, молитвенная и страстная; в Вятке он уже числил ее своей невестой и просил в письме прощения за свой «грех» с Полиной; а потом подоспело это тайное свидание в Москве, в доме княгини, когда подкупленный Кетчером слуга вызвал Натали и они с Герценом, безмолвные и взволнованные, провели несколько незабываемых минут в ее девичьей келье. Эпилогом их романа, также достойным Дюма, стало задуманное и блестяще осуществленное поднадзорным женихом похищение невесты. Зная, что ни отец, ни тем более княгиня не согласятся на их брак, Александр Иванович умыкнул Натали на тройке, привез к себе во Владимир и сумел уговорить тамошнего попа их обвенчать.

Марии Каспаровне казалось, что Адик не поверил ее рассказу; почему-то самые бешеные немецкие романтики признают романтическое только в книгах и даже не предполагают, что оно существует в жизни. Между тем, все это она видела своими глазами или слышала от Натали в 1847 году, по дороге из России за границу, в долгие часы ожидания дилижанса, когда непогода или случайность задерживали их передвижение. Но кажется, Адик так ей и не поверил...

— Мари!

Она в испуге повернулась лицом к мужу. Он приподнялся на постели и глядел на нее.

— Адольф, ты не спишь?

— Мне показалось, ты тоже; я слышал — ты плакала.

— Тебе померещилось, спи.

— Но я не могу спать. Они отняли у меня сон.

— Кто, Адольф, кто отнял у тебя сон?

— Гервеги. Сегодня днем я получил письмо от Георга.

— Да? И что же он пишет? — Она подумала о странном совпадении: она получила днем письмо от Герцена, муж — от Гервега.

— Ничего нового, он пишет все то же.

— Почему же ты так взволнован?

— Там есть одна подробность. Я ее не знал. Она чувствовала, что Адик борется с собой. Ему хотелось с ней поделиться, но одновременно что-то ему мешало.

— Что такое, Адольф? Ты же знаешь, мне все это не менее важно, чем тебе.

— Мари, я не думал, что женщины так коварны. Может быть, я мало знал русских женщин?

Он остановился, перевел дыхание, посмотрел на нее внимательно.

— Ты смотришь, Адольф, как принц Гамлет смотрел на свою предательницу мать. Чем русские женщины так провинились перед тобой или перед Гервегом?

— Мари, они провинились перед Богом или совестью, называй как знаешь. Георг пишет, что он связан с Натали уже три года, еще с Женевы, и она все это время заставляла его молчать. Они обманывали Александра. Георг не хотел, это она его убеждала, что нужно таиться, что Александр ничего не должен знать, иначе не даст согласия поселиться с Гервегами в одном доме... Представляешь — три года обмана! Георг так измучен...

Он взглянул на жену. Она уткнулась лицом в подушку и старалась сдержать рыдания.

Сквозь придушенные всхлипы слышались два слова, смысл которых он, немец, хорошо понимал: «Бедный Герцен».

3

Апрельским утром 1852 года Мария Рейхель шла на свидание с Эммой Гервег. Свидание было назначено на 12 утра в кафе «Бонапарт». Мария отправилась туда пешком, благо утро было ясное и теплое. Вечером же ей предстояло сесть на ночной почтовый дилижанс, отправлявшийся в Ниццу, — ее звала к себе умирающая Натали.

Время сжалось. Если раньше оно отсчитывалось неделями, месяцами и годами, то сейчас — часами и минутами. Все детство Маши Эрн, проведенное в Тобольске и Вятке, время тянулось медленно и вяло, с приездом в Москву побежало побойчее, а уж когда два возка с четой Герценов, их тремя детьми, Лизаветой Ивановной и ею, Марией Эрн, отправились из Москвы по Петербургскому тракту за границу (а было это всего каких-нибудь пять лет назад!), тут уж время зачастило, закрутилось вихрем и понеслось, не обращая внимания на седоков. За эти пять лет в жизни Марии и вокруг нее произошло гораздо больше событий, чем за все 24 года ее пребывания в России. Ей подумалось, что ее «первая» жизнь так же непохожа на «вторую», как Наполеон Бонапарт не похож на Луи Бонапарта, своего заурядного племянника, недавно захватившего власть и, на костях Второй республики, провозгласившего империю. Вспомнились строчки недавнего герценовского письма: «уже не семья, а целая страна идет ко дну». А ведь бурливое начало революции, приведшей, увы, к нынешней политической катастрофе, она, Мария Эрн, наблюдала воочию. Мало того — она в ней участвовала, если считать участием ежедневное хождение на демонстрации, присутствие на манифестациях и митингах, призывы *Viva l'Italia* и *Vive la France*, срывающиеся с восторженных уст. С горячностью юности она вместе со своими «русскими подругами» — Натали Герцен и сестрами Тучковыми, очутившимися в Европе одновременно с ними, под неизменным водительством Герцена, окунулась в веселое, захватывающее дух революционное действо.

Особенно запомнилась ночная демонстрация в Риме. Извивающаяся змеей колонна демонстрантов, начавшая шествие как раз с той самой *via Corso*, где поселились Герцены, двинулась к Колизею. Они, русские, хотели примоститься с боку, но толпа выдвинула их вперед, во главу колонны, и знамя досталось нести молоденькой, девятнадцатилетней Наташе Тучковой, схватившей его, чтобы не выронить, обеими руками. И потом, когда зажигательный оратор, простой римский работяга, Чичероваккио, с балкона призывал сограждан поддержать национальное восстание в Ломбардии, рядом с ним на балконе стояли они, «le belle russe», русские женщины: две Натальи, Елена и Мария. Как было не биться от воодушевления и восторга их сердцам: Россия, бедная, задавленная царизмом Россия, в их лице приветствовала свободу. Мария читала подобные же чувства в глазах Александра Ивановича, в свете факелов она хорошо различала его в толпе, он пристально глядел в их сторону, как ей казалось, — на Натали.

Дни, проведенные в Париже, тоже запомнились мятежом, но уже далеко не таким карнавальным. На глазах Марии Рейхель свершалась февральская революция 1848 года, когда французы с презрением изгнали короля-буржуа Луи Филиппа и торжественно провозгласили Вторую республику. В тот день Александр Иванович явился с шампанским, все выпили за «медовый месяц революции». Но длился он недолго. В июле французы снова взялись за баррикады; на Елисейских полях, где жили Герцены, отчетливо была слышна пальба с Марсова поля: правительство расстреливало восставших рабочих. И как результат — очередная победа деспотизма, покончившего с республикой и вручившего власть Луи Бонапарту. А тогда, летом 1848 года, в самом начале гибельных событий, в Париже после неудачного Баденского восстания появился Георг Гервег со своим верным «оруженосцем» Эммой.

Свежий ветер — то ли с Сены, то ли из недалекого Люксембургского сада — холодил голову Марии, играл волосами, прикрытыми легкой шалью. Она отдалась движенью, ветру — радовалась небольшой прогалине в жестко спрессованном времени. Странно: еще совсем недавно она могла неделями рыдать и терзаться, месяцами переживать все то тяжелое, что припасала для них жизнь. Но вот уже почти полгода — со смерти новорожденного сына — она словно окаменела, слезы высохли; к удивлению Адольфа, она стала «железной». Ребенок, которого она успела назвать Колей, родился и умер ровно через год после смерти того, герценовского Коли, ее любимца, чье тело было поглощено морской стихией. Тогда два парохода столкнулись, кто говорил из-за тумана, кто — по недосмотру, а кто и вообще считал происшедшее необъяснимой случайностью; выжить удалось немногим. Не были найдены тела трех: добрейшей Луизы Ивановны, преданного Шпильмана и Коли, славного мальчика, умевшего в свои восемь лет читать и писать по-немецки, звавшего Машу «ма» — единственным подвластным ему слогом.

Когда-то еще в Москве, на оживленной вечеринке у Грановских, хозяин дома Тимофей Николаевич стал играть с маленьким Колей, привезенным к нему родителями. Спрятавшись от малыша за угол, он громко его позвал, но тот продолжал играть и не повернул к нему головы. Звук погремушки за спиной также не привлек его внимания. Именно тогда впервые открылось, что мальчик не слышит. Правда, Мария была уверена, что Натали знала обо всем еще до открытия Грановского, хотя и предпочитала молчать. Бедный, бедный Коля! Когда пароходы столкнулись, Луиза Ивановна, увлекаемая водой, крикнула Шпильману: «Спасите Колю!». Но было поздно. Видя, что вода поднимается, Шпильман выпустил из рук веревку, брошенную ему из лодки, и побежал к Коле. Он поднял его на руки и бросился с ним в воду. Больше их никто не видел.

Подходя к кафе, Мария взглянула на часы: было почти двенадцать. Вчера вечером консьержка подала ей записку от Эммы Гервег, в которой та просила о встрече. Сначала Мария думала отказаться от этого свидания. Но сегодня утром, после того как Адольф отправился на музыкальный урок, неожиданно для себя переменила решение — она должна встретиться с женой человека, ставшего смертельным врагом Александра Ивановича.

В «Бонапарте» было не слишком многолюдно, в этот час здесь обычно собирались пенсионеры и праздные рантье, чтобы почитать газету за стаканом сидра и обсудить с соседом по столику последние политические новости. За одним из столиков за чашками горячего шоколада весело щебетала группа типичных, бальзаковского возраста парижанок, в модных широкополых шляпах, украшенных птицами и плодами. Рядом с ними, возле самой стены, сидела Эмма, в точно такой же огромной шляпе; перед ней стояла рюмка абсента. Мария подумала, что модная парижская шляпа выглядит на Эмме нелепо, подчеркивая отсутствие изящества и провинциальность облика. С другой стороны, белотелая веснушчатая немка, с выступающими из разреза платья мощными формами, неприглаженной рыжей гривой волос и тяжелой гренадерской походкой, почему-то нравилась мужчинам. Мари слышала, что черноокий красавец-карбонарий Орсини и польский патриот Хоецкий, входящие в ближний круг Герцена, влюблены в Эмму и даже были бы не прочь на ней жениться, уйди она от Гервега.

Мария кивнула Эмме и присела к столику. Тут же подлетел гарсон с вопросом, что мадам изволит заказать. Есть Марии не хотелось, спиртного она не пила.

— Минеральной воды, пожалуйста.

Гарсон принес бокал и бутылку холодной шипучей жидкости, обе женщины сделали глоток, одна — воды, другая — крепкого, пьянящего полынного напитка. Эмма простодушно пояснила: «Вы, наверное, удивлены, что я пью абсент, к тому же в такой ранний час. Я сегодня в неважной форме, а спиртное помогает».

Она подняла рюмку и с гримасой отвращения сделала еще один глоток. Мария не ожидала от немки такой откровенности. В сущности, она плохо ее знала, хотя знакомы они были еще с 1848 года, с момента появления Гервегов в Париже. Эмма всегда представлялась Марии придатком ее мужа, личностью инфантильной и мало интересной. Несколько раз в последнее время она слышала об ее жадности, о желании поживиться за чужой счет, в особенности за счет Герценов, чьим гостеприимством эта пара всласть попользовалась в Ницце, деля с ними одну крышу. О чем, интересно, она хочет говорить с ней, Марией?

Эмма, хитро сощурившись и оглянувшись на парижанок, сняла с себя шляпу и положила на стул, слегка пригладила непокорные рыжие пряди и с какой-то веселой отчаянностью взглянула на Марию.

Та ответила ей настороженной улыбкой. Эмма, нервно откашлявшись, начала:

— Мари, я подумала, что по праву давнего знакомства я могу встретиться с вами и поговорить начистоту. Иначе говоря, облегчить сердце. Здесь в Париже у меня не осталось друзей, и, когда возникла нужда сюда приехать, — у меня в Париже срочные дела — я сразу подумала о вас: вот тот человек, вернее, та женщина, с которой мне необходимо поговорить. Вы не поверите, но кроме Натали Герцен, у меня никогда не было конфиденток. Сейчас Натали, хотя мы живем с ней в одном городе, для меня недоступна. Герр Герцен не хочет меня принимать.

Мари, не моргнув выдержала въедливый Эммин взгляд, устремленный на нее в упор. Опустив глаза, та сделала маленький глоток, поперхнулась, изогнулась всем корпусом, показывая, что подобной гадости она сроду не пила, и ... продолжила свои излияния.

— Положение мое и детей — ужасно. Нам всегда помогал мой отец, но сейчас он разорился и денег не присылает. Мой муж никогда не работал — он, как вы знаете, поэт, к тому же, предпочитает жить вдали от семьи. Он совсем неплохо устроился в Цюрихе на деньги молодящейся фрау Кох, бывшей многолетней подружки нынешнего французского императора. Вы, бесспорно, об этом слышали... от ваших друзей.

Снова быстрый взгляд в сторону Марии, на который ответом была все та же настороженная улыбка.

— Продажа вещей — вот единственный источник моего нынешнего существования. Сейчас распродаю мебель из парижской квартиры. Кстати, вам не нужен рояль хорошей немецкой фирмы? Он в приличном состоянии — глупый упрямый Горас наотрез отказался заниматься музыкой, и рояль стоял никому не нужный, а у вас муж музыкант...

Мария ответила, что у них дома уже есть инструмент, но она спросит у знакомых.

— Спросите, спросите, дорогая, вы очень меня обяжете. Не знаю, что я буду делать, когда выйдут последние деньги; если бы не дети, я бы покончила с собой.

Сказано было так обыденно, что Мария даже не вздрогнула, лишь через секунду осознав, что сказала собеседница, а та с невозмутимостью продолжала:

— Я так понимаю этих несчастных женщин, которые ради детей идут на улицу, на панель... Это все равно как на войну. В революционном 48-м я сопровождала Георга в Баденском походе. Тогда я не была такая пышка, как сейчас, оделась мальчиком и стала его оруженосцем... Впрочем, вы, наверное, об этом слышали. Какие-то идиоты распространили слух, что Георг спрятался от правительственных солдат в бочку с сеном, будто бы я ее катила... Все это, уверяю вас, чистая выдумка. Георг, при всей своей избалованности и эгоизме, человек безрассудно храбрый... Я никогда не полюбила бы труса. Герр Герцен очень бы хотел, чтобы это было так, но это не так.

Снова быстро взглянув на Марию и что-то для себя решив, Эмма круто изменила тему.

— Я знаю, вы подруга семьи Герценов. Я благодарна им обоим — за кров и пищу. Не все богатые люди способны делиться с бедняками... Когда мы жили в их доме в Ницце, мои дети повеселели, отъелись, научились говорить «щи» и «кисель» — их кухарка освоила русские блюда. Горас подружился с Сашей Герценом, а малышку Адду взяла под свое крыло разумница Тата. Я понимаю, Мари, вы сейчас думаете, что я рисую какую-то невозможную идиллию. Но так было, было! И Натали была моей лучшей подругой, с которой я всем могла поделиться, и она при начале нашего знакомства могла мне написать, что счастлива в обществе моего бесподобного Георга... и ни я, ни она не видели в этом ничего дурного... В этом была одна чистая светлая радость, ничего темного и постыдного, уверяю вас.

А потом... Потом Георг мне сказал, вернее написал, ибо я тогда жила в другом месте, что они полюбили друг друга и Натали со всей очевидностью доказала ему свою любовь.

Не могу вам передать, Мари, какие тигры и пантеры проснулись в моей душе.

Я любила Георга и не хотела его отдавать, но он писал, что нуждается во мне и что ему нужна моя поддержка. И я... сейчас я не понимаю, как это могло случиться... я стала посредницей в их романе, я передавала их письма от одного к другому — они буквально закидывали друг друга письмами, — это было здесь, в Париже, куда Натали приехала из Женевы. Приехала к мужу, который ревновал, требовал ответа и определенности и был по-детски счастлив, что Натали теперь с ним, что она предпочла его. Он *думал,* что она предпочла его. На самом же деле...

Георг Гервег

Это был спектакль для одного зрителя. Все было разыграно как по нотам. Мы трое были заинтересованы в том, чтобы отмести ревнивые подозрения мужа Натали. Герр Герцен, убаюканный слаженным представлением, пошел навстречу мечте жены — поселиться в Ницце всем вчетвером, в одном доме, «гнезде близнецов», как Натали его называла. О, тогда я хорошо поняла мудрость французов: «Чего хочет женщина, того хочет Бог».

Не спрашивайте, Мари, легко ли дался мне этот спектакль.

С утра до ночи я твердила про себя как заклинание: «Я должна принести эту жертву, я должна принести эту жертву». Глупая, я считала тогда, что ее требует моя любовь к Георгу. Моя непонятная, не подвластная разуму любовь к нему... Я, Мари, не очень ученая женщина, я очень земная, мало читала книг... Натали — о да! Она прочитала их бессчетно, особенно французов, особенно романы Жорж Занд. Мне всегда казалось, что она ощущает себя героиней какого-то ее романа. Она была неземная, в противоположность мне. Может быть, потому Георг так ею увлекся...

Эмма остановилась и довольно долго молчала, играя куском сахара, поданного к абсенту...

Кафе наполнялось народом, так как наступил обеденный час, француженки в шляпах исчезли, к освободившемуся столику подбежали дети, мальчик и девочка, за ними чинно ступали их буржуазного вида родители. Закрыв глаза рукою и опустив голову, Эмма продолжила.

— Да, Георг меня предал, он забыл свой долг мужа и отца, но я, я его не предам. Мне горько, что к нему несправедливы, что его оскорбляют. Вы спросите кто? И я вам отвечу: герр Герцен. Георг привел мне фразу из письма, посланного ему, якобы, Натали. Но я уверена, автор письма — ее муж. Натали никогда не смогла бы так оскорбить Георга. Он отослал письмо обратно. А на дуэль он вызвал Герцена еще раньше, до этого оскорбительного письма. Мне не хочется, Мари, приводить эти слова... они так не свойственны порядочному человеку, их могла продиктовать только бешеная злоба. Она убрала руку с лица и вскинула голову, глаза ее горели. Он написал Георгу: «Ваш вероломный, низко еврейский характер...». О, откуда, откуда он взял, что Георг еврей? Пусть даже и так, неужели название народа, давшего миру Библию, может служить оскорблением? Эмма, словно в поисках поддержки, повернулась лицом к посетителям кафе и прокричала в пространство, не обращая внимания на шум: «Вы великий человек, герр Герцен, но вы ошибаетесь: Георг не еврей, еврейка — я».

Буржуазная пара из-за соседнего столика опасливо покосилась на Эмму.

Та быстро поднесла рюмку с абсентом к губам и допила остатки горькой полынной настойки. Потом, порывшись в ридикюле, оставила на столике несколько франков, к которым Мария добавила горсть мелочи. Обе встали. Эмма надела свою огромную шляпу. Ее щеки пылали, ноги заплетались. Она с трудом продвигалась к выходу, неуклюже лавируя между столиками. Марии несколько раз пришлось поддержать ее, чтобы она не упала. Выйдя из кафе на свежий апрельский ветерок, обе остановились, чтобы перевести дух. Высокая Эмма склонилась над Марией и прошептала: «Поверьте мне, Мари, они не подходили друг другу: Георг — человек моря, это его настоящая стихия, а она — женщина воздуха и гор. Море ей только вредило. Море принесло ей несчастье».

С этими словами она открыла ридикюль и извлекла из него маленькую, покрытую лохматым ворсом деревяшку.

— Что это? — Мария подумала, что Эмма сошла с ума.

— Это? Это детская игрушка, я отобрала ее у Адды. А ей она досталась от Nicola. Это его лошадка, с которой он играл вместе с моей малышкой. Я часто видела его с вами и подумала, что вам эта игрушка нужнее, чем моей дочке, — как память...

И, оставив лошадку в руках оцепеневшей русской, на нетвердых ногах, растрепанная, в съехавшей набок шляпе, она отошла от Марии.

4

«Маша», — крик показался ей таким пронзительным, что Мария Каспаровна, и без того бледная, побледнела еще больше и кинулась навстречу поднявшейся с постели женщине. Женщина была отдаленно похожа на Натали, но намного худее и нематериальнее, несмотря на вздувшийся под легкой фланелевой рубашкой живот. Она ждала ребенка, но исхудавшее до прозрачности тело и страдальческое лицо свидетельствовали о глубоком нездоровье, физическом и душевном.

Александр Иванович, встретивший Марию Каспаровну на станции, предупредил ее, что надежды на выздоровление Натали нет, что врачи дают ей всего несколько дней жизни. И, по-видимому, это была правда. Но в правду эту не хотелось, да и трудно было поверить, — так неправдоподобно красивы были и стоящий на пригорке дом, и апрельский, пестреющий цветами сад, и плещущее за ним, легко различимое за стеклом веранды бескрайнее лазурное море. Как тяжело, как несправедливо покидать мир в цветущую пору весны, в 35 лет! Нет, не помогла магическая восточная пентаграмма, начертанная Герценом на двери дома! Что-то более мощное и неотвратимое владело судьбами его обитателей.

Александр Иванович деликатно удалился, предупредив гостью, что больной нельзя утомляться. Натали снова легла, Мария Каспаровна села рядом с постелью.

Натали устремила на нее благодарный взгляд: — Маша, как я рада, что ты здесь. Теперь я спокойна за детей. Ты о них позаботиться... Саше уже 13 лет, он очень серьезный мальчик, занят своими химическими опытами, немножко скрытный и ужасно колючий, но с возрастом это должно пройти. Оленьке всего два года, она родилась слабенькой, но сейчас выровнялась, с нею не должно быть проблем; больше всех меня волнует Тата, ей восемь, уже сейчас видно, что непроста, — мечтательница, все ходит рисовать море на закате. Сердце у нее — как мое, сильно чувствующее и уязвимое, с таким сердцем трудно жить... Александр ... не знаю, как он устроится без меня, он меня любил и любит, а я разбила ему жизнь... Мне так захотелось счастья — отдельного, для себя... И я была наказана. Наказана сверх меры. Наш Коля... он теперь среди рыб, медуз и омаров. Холодно, Маша, холодно на морском дне!

Она зябко поежилась, но не дала Марье Каспаровне накрыть себя одеялом, только пожаловалась на нехватку света и попросила поставить рядом свечу. Было это удивительно — в комнату даже сквозь жалюзи проникали охапки закатных солнечных лучей.

— Маша, — Натали смотрела пытливо и вопросительно, — ты не могла бы напомнить мне одну песню? Я все время пытаюсь ее вспомнить — и не могу. Помнишь, ты рассказывала про грузинку, жену грузинского князя, они были сосланы в Вятку. Ты напела мне песню, которую от нее услышала. И вот я лежу... вспоминаю... припомнила только слова, а мелодию забыла... Правильно ли я вспомнила?

> Милый, мне горе принесший,
> Скорей на коня!
> Мчись, чтоб проклятье мое
> Не настигло тебя.

Странно, Мария Каспаровна не только не помнила мелодии, но и слова слышала как в первый раз. Каким образом и почему вдруг вспомнилась Натали эта восточная песня, — осталось для ее подруги загадкой. Увидев, что больная закрыла глаза, Мария Каспаровна на цыпочках покинула комнату.

А поздно ночью в доме начался переполох — нервная встряска от приезда подруги вызвала у Натали преждевременные роды, ставшие прологом последующей драмы: смерти матери и новорожденного дитяти.

Мария Каспаровна не отходила от Натали все полутора суток ее беспамятства и бреда, чередуясь в своем дежурстве с Герценом.

В ее памяти остались отдельные слова, произносимые умирающей, были они похожи на заклинания или на какой-то тайный шифр... «Гора-конус, — шептала в бреду Натали, — цветущий плющ у меня на груди. Зуб шамана...». И через минуту: «О будь благословенна, моя любовь...».

Ранним прозрачным утром начала мая Натали умерла.

Хоронили ее без священника — на окрестной горе, что уступом врезалась в море.

Младших детей увела к себе знакомая итальянка. Следом за гробом, украшенным венком из кроваво-красных роз, впереди небольшой группы разноплеменных изгнанников, шли Герцен с сыном Сашей и Мария Каспаровна.

Когда подходили к горе, солнце начало садиться, обозначив на небе огромные кровавые полосы, под цвет покрывавшего гроб венка. Очень быстро, по-южному, стемнело, и гроб опустили в могилу уже при свете месяца. А потом они трое немного постояли на вершине, обдуваемые живительным горным ветром, осушавшим слезы. Вокруг, вдоль всей горы, простирался цветущий сад, столь любимый Натали при жизни, а внизу в лучах месяца таинственно сверкало и переливалось агатовой чернотой бездонное и грозящее море.

5

Вечерело. Нужно было спускаться. Но ей не хотелось уходить с этого места, от этой колдовской горы. Гладя его жесткие темные волосы, она шептала:

«До встречи с тобой я не знала, что такое любовь, я была девственницей, хотя у меня были муж и дети... Все что происходило со мной до сегодняшнего дня — ушло, испарилось, исчезло. Оно было ненастоящее — настоящее началось только сейчас. И это настоящее так прекрасно, что в веках будут слагать песни про нас с тобой, о мой Георг. Мы должны запомнить — и эту гору, и эти деревья над нами, и этот зеленый плющ, что соединил нас. В письмах к тебе я буду рисовать конус — и ты догадаешься, что это наша гора, наша колдовская гора».

Ее голос, его женственные модуляции были ему приятны. Он не вслушивался в значение слов — его волновали интонации и придыхания. Живой человек в нем на них откликался, в нем пробуждалось страстное неодолимое чувство. Но и мертвый не дремал и продолжал нашептывать: эта женщина влюблена, она почти безумна, но в тебе сохранились остатки разума, и ты не можешь не думать о будущем, о последствиях, о тяжелом пробуждении.

И как он ни гнал мертвеца, и как ни старался избавиться от его нашептываний, тот упорно наговаривал свои унылые скучные трюизмы, приобретавшие вполне узнаваемые графические очертания коренастой фигуры с крепкой шеей и пристальным, слишком пристальным взглядом. Георг даже заслонялся рукой, чтобы избавиться от наваждения. Фигура, однако, наступала. Спасительная мысль пришла, когда они в закатных солнечных лучах спустились к самому подножию горы. Глядя как Натали стремительно и безотчетно бежит по тропинке, он подумал: «Эта женщина ведет меня. Она, а не я инициатор движения. Да сбудется же предначертанное». Ему сразу стало легко. И, догнав Натали, он указал ей на огромные кровавые полосы, обозначенные на закатном небе, и даже прочитал свое стихотворение, посвященное закату.

Ворожея

«... мне до сих пор не ясно, как понять все то, что было, под какую рубрику все это отнести»...

«Но ведь Вы не зависите от себя... а от чего или от кого Вы зависите — это для меня тайна».

Из письма И. С. Тургенева
М. А. Вилинской-Маркович
(Марко Вовчок), 1861

П‌ро себя, когда ехал в экипаже по Парижу, Т. повторял: еду на свидание к старому товарищу, еду к старому товарищу. Шутка сказать, они не виделись семь лет, с 1863, с приезда Т. в Лондон, в пристанище старого товарища, политического изгнанника, когда до ночи велись между ними споры — о «желчевиках», которых к тому времени не осталось даже на развод, о российской политике — обоим казалась она не достойной новых времен, но Т. был к ней снисходительнее, о революции — здесь они резко расходились, ибо Т. революции не признавал категорически...

Тогда в Лондоне тот, к кому он ехал сейчас на улицу Риволи, был еще полон сил, никто не сказал бы, что их них двоих Г. старше — причем на целых шесть лет: волосы не седые, энергичная походка, громкая, пересыпанная каламбурами речь. Младший же тогда уже был наполовину сед, ипохондричен, в сущности, очень одинок. Любимая женщина? Считалось, что она у младшего есть, он следовал за ней по пятам — певица, была она в вечных гастролях,— старался стать полезным для ее семьи, престарелого мужа, взрослеющих дочерей, своевольного подростка-сына...

У старшего же по части женщин был полный конфуз. Любимая жена давно умерла, смерть ее в какой-то степени разрешила мучительную проблему, назревшую в семье. Дело в том, что она полюбила другого человека, немецкого поэта, о чем Г. долго не догадывался, хотя его дом стал местом свиданий для тех двоих...

Его нынешняя жена формально, по документам, числилась женой его лучшего друга О., тот давно уже «выбыл» из треугольника, поселился в другом месте у другой женщины. Нынешнюю жену Г. звали так же, как и умершую, — Натали. Да, имя было то же, но, в отличие от Натали № 1, была она жесткой, капризной и требовательной. Т. она не то, что не любила — относилась к нему пристрастно, с недоверием, он это чувствовал и платил ей тем же.

По дороге на улицу Риволи он смотрел в мутноватое окошко экипажа. Для промозглого январского утра на улицах было много народу, заметно больше мужчин, чем женщин.

Интереснее было наблюдать за женщинами. Вот, например, за той, что медленно идет по самой кромке тротуара, вдоль садов Тюильри, лица ее Т. не видит, что-то есть знакомое в ее облике и походке. Кого-то она ему напоминает. Но додумать мысль Т. не успел: прямо перед окном возникло жизнерадостное, хотя и покрасневшее от холода, лицо мальчишки-газетчика.

— Monsieur, les dernières nouvelles politiques, s'il vous plaît![1]

Т. приоткрыл окошко, поеживаясь от резкого ветра, протянул руку с мелочью и ощутил в ладони свежеотпечатанный лист. То была не газета — а еще пахнущая типографской краской листовка с карикатурой на Наполеона Третьего.

Усатый и тщедушный император, при всех регалиях сидящий на колченогом стуле, спрашивал у только что назначенного от оппозиции министра правительства: Olivier, est-il possible de arrêter cette secousse?[2] В ответ тот разводит руками:

---

[1] Мсье, последние политические новости, не желаете? *(фр.)*

[2] Оливье, нельзя ли прекратить эту тряску? *(фр.)*

C'est la faute de votre parent déséquilibrée, sire. Votre trône chancelle grâce à lui. Il est sur le point de tomber.[3]

С похорон молодого журналиста Виктора Нуара, убитого бешеным корсиканцем, племянником императора принцем Пьером Бонапартом, прошло уже пять дней, но волнения в столице не утихали. Свободолюбивые парижане были недовольны самопровозглашенным властителем, он им надоел.

Т. подумал, что в такой ситуации император, чтобы удержать власть, может, чего доброго, затеять войну; от следующей мысли сжалось сердце: если начнется заварушка с Пруссией, их баденскому гнездышку придет конец. Сам он на похоронах Нуара не был, слышал, что они едва не переросли в потасовку, толпа чуть было не схватилась с национальной гвардией. Говорят, что Г., который на похоронах был, в тот день простудился и теперь лежит... А людей в таком положении обычно навещают старые товарищи...

Т. немножко побаивался предстоящей встречи. Расстались они не мирно. Не хочется вспоминать те хлесткие язвительные слова, которые писал про него Г. Язык у него был подобен отточенному кинжалу, резал по-живому, без всяких рассусоливаний, столь свойственных самому Т. Обвинял его Г. в сервильности перед русским царем. Не было сервильности, тогда, семь лет назад, когда он вынужден был отчитываться перед российским Сенатом о своих связях с политическими эмигрантами, вел он себя достойно, от друзей юности не отрекся... Но поди докажи это им, друзьям юности. Почему-то им легче видеть в нем слабака и даже предателя... Короче, когда он потянул за ленточку звонка в квартиру Г., сердце у него забилось совсем по-студенчески... Открыла служанка-француженка, попросила подождать в передней, сказала, что доложит. Визитер он был неожиданный, это правда. Знал за собой: как только назначал с кем-то свидание, тут же возникали обстоятельства, из-за которых встреча откладыва-

---

[3] Во всем виноват ваш неуравновешенный родственник, Ваше Величество, из-за него ваш трон шатается. Еще немного — и он упадет (*фр.*)

лась. И так могло повторяться до бесконечности. Его психика не выдерживала определенности, обязательств, угрюмой точности… А вот так — легко, играючи, словно по случайности, по внезапному зову… это было по нем, так он ездил к своим знакомым, к дамам, в основном к русской их части, ибо иностранцам неожиданный визит, визит без уведомления, казался нереспектабельным.

Когда-то здесь, в этом городе, М. горько пеняла ему на его необязательность, он назначал день и час встречи — и не являлся… Свои письма к нему она подписывала «преданная вам навсегда»… Гм, навсегда. Семь лет назад как отрезало — она перестала отвечать на его письма. Вот тебе и «навсегда».

Что-то в ней было такое, обжигающее…

Хотя огонь горел внутри, на поверхности же — редкое спокойствие, молчаливость, скромность, достоинство, о котором хочется сказать «величавое». И еще что-то… какая-то тишина и несуетность, ее окружавшие, словно была она сиделкой, врачевательницей ран, знахаркой, ворожеей. Да, ворожеей. Вот для нее подходящее слово.

Русская, орловчанка, научилась малороссийскому наречию, начала писать «на мове» полуфольклорные рассказы. Говорили они о несчастной крепостной доле дивчин и хлопцев, но какая-то особая песенность превращала горькие очерки в былины и сказания. Что до песен — знала их бесчисленно, правда, певала редко — в хорошую минуту.

Говорила и двигалась тоже по-своему — неспешно, округло… тут ему вспомнилась дама, замеченная им в дороге… где-то возле садов Тюильри. Она? Похожа, похожа, несомненно, но нет, не она. М. сейчас в России, в снежном и обледенелом январском Петербурге… Бьется в тисках своей неверной, щедрой на перемены женской судьбы.

Правда, стоит ли ей сочувствовать — вот вопрос. И не были ли ее простодушие и душевная ясность только маской, под которой скрывалось желание слопать тебя со всеми потрохами? Желание, столь свойственное многим хищным или одиноким представительницам дамского племени.

Открылась боковая дверь и в переднюю, где он переминался в ожидании, выглянула девичья головка, причесанная на прямой пробор, с толстой косой и слегка заспанными или же заплаканными глазами. Черты лица у девушки были грубоваты и сильно напоминали физиономию Натальи Алексеевны.

— Лиза? — он окликнул ее тихо и неуверенно — помнил дочку Огаревых еще ребенком, но за прошедшее время она превратилась в барышню.

Иван Тургенев

Ходили слухи, что она дочь Герцена, Наталья, ее мать, нашла способ не вдаваться в подробности отцовства, Лизу она звала «моя дочка». Моя — и больше ничья.

Головка, бросив на Т. опасливый взгляд, мгновенно исчезла. Зато приоткрылась вторая дверь, и из нее показалась Тата Герцена; увидев одиноко стоящую могучую фигуру Т., она устремилась к нему: «Иван Сергеевич, как я рада. Мне послышался ваш голос, и я подумала, что для папы было бы живительно общение с вами... Как хорошо, что вы пришли... в такой момент. Не смотрите на меня, — она закрыла лицо руками — я на черта похожа, знаю. Долго болела, но сейчас иду на поправку».

Он осторожно отвел Татины руки от ее лица:

— Что вы, Тата, от меня прячетесь, я вас люблю любую, какой бы вы ни были. Да и неплохо вы выглядите — бледноваты, но и ваша мама была такая. Вы просто копия своей мамы.

Вы были маленькая в 48 году, я тогда жил у вас в Париже. В самую что ни на есть революцию. Заболел внезапно чем-то вроде холеры, и ваш папа меня выхаживал — и спас.

Говорил он весело, но на последних словах почувствовал, что раскисает, и постарался скорее закончить: «Александр

Иванович поступил истинно по-христиански, ибо мы с ним, как вам должно быть известно, политические противники».

— Как можно, — Тата всплеснула руками, — как можно быть вашим противником, Иван Сергеевич, даже политическим? А я, правда, на маму похожа? Все говорят, что я в отца.

— Вы копия вашей матушки, Тата, такая же худенькая, бледная и глазастая.

Вообще-то он уже плохо помнил Наталью Александровну, видел ее когда-то мельком в Москве, потом в Париже в бреду болезни, но ему хотелось сказать что-то хорошее этой не очень счастливой и бесконечно одинокой на вид девушке, дочери старого товарища.

Тата ожила и даже зарумянилась, словно дорвалась наконец до нужного собеседника, до родной души: «Я и правда, Иван Сергеевич, похудела. Во Флоренции у брата Саши так заболела, что думала — умру. И папа приехал меня выхаживать — и тоже, как вас тогда, выходил и спас».

— Иван Сергеевич, а, Иван Сергеевич, — это Наталья Алексеевна спешила к нему, с выражением несказанной радости на лице, радость должны были изображать и задушевные модуляции ее голоса, и его небывало высокий регистр — обычно она говорила низким прокуренным басом. — Простите нас с Александром, Иван Сергеевич, за невольную задержку. — Она умоляюще сложила руки на груди и продолжила, не дожидаясь его реакции. — Он завтракал, да, да, такой поздний завтрак. Для Александра это привычно. Давайте я сама провожу вас в кабинет. Александр сказал, что хочет переговорить с вами наедине. — И обратившись к горничной, хозяйка добавила совсем другим голосом: «Emilie, apportez deux cafés au bureau de M. Herzen».[4]

Т. повернулся к Тате, чтобы с ней проститься, но ее уже и след простыл. Верно, скрылась при приближении Натальи Алексеевны.

Кабинет, куда хозяйка ввела гостя был просторен и почти свободен от мебели. Прямо против двери, но на большом от

---

[4] Эмилия, принесите два кофе в кабинет мсье Герцена! *(фр.)*

нее расстоянии, располагался книжный шкаф, налево, возле окна, письменный стол. Хозяин же полулежал на подушках в противоположной от окна, самой дальней от него точке, в массивном кожаном кресле, укутанный черно-красным шотландским пледом. Может, потому что кресло было большим, Г. показался ему странно маленьким, почти бесплотным. При этом его рукопожатие было на удивление крепким. Поздоровавшись, он схватился за кресло, и Т. обратил внимание, с какой силой вцепилась его рука в кожаный подлокотник. А Наталья Алексеевна продолжала ворковать неестественно высоким голосом:

— Александр Иваныч у нас немного приболел, но лежать не хочет. Вы уж, пожалуйста, не слишком увлекайтесь...

Она не закончила фразы, так как в комнату вошла служанка с подносом, хозяйка обратилась к ней по-французски, и снова Т. отметил, как меняется ее голос в зависимости от собеседника: «Emilie, pourquoi n'avez-vous pas frappé? Vous n'avez pas oublié le sucre?»[5]

Горничная ничего не отвечала, поставила на стол чашечки с дымящимся кофе, разложила ложечки, блюдце с бисквитами, в центре водрузила молочник со сливками и белую сахарницу.

Кивнув Г. и его гостю и не взглянув на хозяйку, она неслышно вышла. Наталья Алексеевна направилась вслед за ней, видно было, что она раздражена и с трудом сдерживается. Еще какое-то время до них доносились негодующие французские фразы в низком регистре. Потом все смолкло.

Г. и Т. глядели друг на друга.

— Проститься приехал, а, Иван Сергееич? — голос Г. был все тот же, громкий, саркастический. — А что, если я возьму, да и не сыграю в ящик? А? Что тогда? Зря, значит, гонял из своего Бадена?

Но увидев лицо собеседника, набежавшую на его щеки краску, резко себя оборвал:

---

[5] Эмилия, почему вы не стучитесь? Вы не забыли про сахар? *(фр.)*

— Прости, Иван! Лежишь тут — мысли всякие приходят. Вот когда позавидуешь амебе, у которой мыслей нет — одно пищеварение! Я ведь рад тебе — рад как старому товарищу. Мы с тобой, хотя и разной породы лошадки, да конюшня у нас одна.

Ну, что нового привез? Как твой роман? Надымил, говорят, на всю Россию — никто ничего не разберет — и все скопом чихают и ругаются.

Т. подхватил:

— В точку ты попал, Александр Иваныч, в самую мою болезненную точку. Я после «Дыма» зарекся романы писать. Не умею угождать тем и этим.

— А зачем отдал роман Каткову? Михаил Никифорыч яко каток для сил прогресса, его «Русский вестник», если и катит, то исключительно по государевой дороге. Из-за того тебя сразу в ретрограды зачислили.

Т. взвился:

— Ты, Александр, сам посуди, кому, кроме Каткова, было отдавать? Не Некрасову же, с которым, как ты прекрасно знаешь, я давно разругался. Стало быть, «Отечественные записки» отпадают. И что остается? Дима Писарев приходил у меня роман просить — три года назад, в 67, когда я в Петербург приехал с «Дымом». И что? Ты бы первый надо мной посмеялся, если бы я отдал «Дым» в их «Дело». Несерьезное, мальчишеское издание. Чего у Катка не отнимешь — так это солидности. «Русский вестник» — солидный журнал; да, ты прав, — консервативного толка, но мне было не до жиру. Сейчас на всю Россию всего два журнала и есть — левые некрасовско-щедринские «Отечественные записки» и правый катковский «Русский вестник». И ничего посредине. Вот разве Стасюлевич начал с недавних пор издавать «Вестник Европы».

— Да, Дима с дымом, Дима с дымом... — казалось, Г. о чем-то задумался; взяв в руки чашечку с черным кофе, он одним глотком вылил в себя ее содержимое.

Между тем, Т., придвинув к себе молочник, добавил в кофе сливок и сахару, взял с тарелки бисквит и стал медленно его жевать, прихлебывая из чашки. Г. продолжал:

— Вот ты, Иван, про Писарева вспомнил. Странный был юноша, от тебя приявший святое благословение на разрушение эстетики.

На протестующий жест собеседника Г. живо отозвался:

— Ну, хорошо, не спорю, не от тебя — от героя твоего, Евгения Базарова. Твой Базаров заменил этому реалисту Христа и религию.

Т. молчал, дожевывая бисквит, и Г. продолжил:

— Года два тому мне написали про его безвременную кончину. Утонул в Рижском заливе, в расцвете лет и чувств. И еще одно имя в том письме поминалось. Женское. Знаешь, наверное, о ком я. Давно хотел с тобой на этот счет переговорить. Ты, Иван, известный сердцеед, Ловелас ты наш Седые Власы, растолкуй же мне, что она такое, что это за серенький волчок и откуда он к нам прикатился...?

Он остановился и внимательно поглядел на собеседника, словно спрашивая: ты понял, о ком я веду речь?

Еще бы не понять! Самое удивительное, что именно о ней он думал, когда ехал к Г. И даже видел ее возле садов Тюильри из экипажа. Скорей всего, не ее, а свою мысль о ней, воплотившуюся в зрительной галлюцинации. Ну да, тому почти два года, как он узнал, что ее троюродный брат, сделавшийся ее возлюбленным, Дмитрий Писарев, 27-летний критик и нигилист, утонул, если не у нее на глазах, то на глазах ее подростка-сына, которого эта женщина вечно таскала с собой. И потом тело утопленника эта несчастная везла на пароходе в свинцовом гробу в Петербург. Как будто мало ей было той первой поездки, когда она сопровождала на родину свинцовый гроб скончавшегося от чахотки во Франции еще одного своего милого, тридцатиоднолетнего Александра Пассека.

Колдунья? Ворожея? Обольстительница-Цирцея, приносящая гибель влюбленным в нее мужчинам? Но ведь и ей не позавидуешь! Два свинцовых гроба на протяжении двух лет! Как не сойти с ума, не наложить на себя руки, как и чем жить после таких потрясений?

Он вспомнил, что одна из героинь М., целительница и певунья, от обрушившегося на нее горя начала пить. Подумал, что часто писатель, сам того не подозревая, в своих сочинениях рисует свое будущее. А вообще он никогда ее не понимал: эта реальная женщина, а не «героиня романа», бывшая одновременно наивной и хитрой, ясной и запутанной, чужой и такой своей, — от него ускользала.

Г. ждал от него ответа, его пальцы гладили черный кожаный подлокотник.

— Ты о М.? Но ведь ты сам знаешь все не хуже меня. Ты по ее поводу переписывался со своей кузиной и подругой детства, Татьяной Петровной Пассек, матерью Александра Пассека. Не под ее ли нажимом ты написал мне из Лондона грозное письмо: угомони, мол, совратительницу юных, нельзя же так бесстыдно вертеть хвостом, что за новая Жорж Санд объявилась в Париже! Краснею, как вспомню, что поддался тебе, написал М. что-то весьма свирепое, зубодробительное. Прочел ей в общем дешевую мораль. А она — возьми да и обидься.

— И ты сразу пошел на попятный.

— Я понял, что не имею права читать мораль взрослой женщине с сыном на руках, труженице, писательнице...

— Договаривай, Иван. Скажи наконец, что сам был влюблен в нее без памяти.

— Возможно, и так. Против нее трудно было устоять. Она имела дар делать с людьми все чего желала. Ты ведь ее видел, она приезжала к тебе в 59-м в Фулем. Что скажешь?

— Скажу, что после нашей встречи решил, что только ей могу прочитать главы о Наташе и о чертовом Гервеге... Тебе их не читал, а ей, практически незнакомой, захотел... старый я мерин... Ну, положим, мне понравились ее рассказы, было в них что-то свежее, цепляющее. Но так вот с бухты-барахты впустить в свое подполье незнакомку?! Здесь при всем моем материализме нельзя не допустить магии и ведовства со стороны сей вдовы соломенной. Кстати, приехала она тогда в Лондон с мужем и с мальчишкой. Муж... но ты, наверное, знаешь, — малоросс-провинциал, из принципа говорящий только по-малороссийски, эдакий увалень, словно специально созданный для ношения рогов. Забыл, как его звали.

— Афанасием Васильичем, он был лет на десять, по крайней мере, ее старше, никак не мог прижиться за границей, все здесь ненавидел, денег не зарабатывал, то есть сидел у нее на шее, его отъезд в Россию в 1860 году был вполне ожидаем.

Т. немного помолчал, повертел пальцем пустую чашку:

— К тому же, я думаю, он что-то замечал, не мог не замечать... да и жили они под конец раздельно, в разных городах, она в Швальбахе,

Мария Маркович
(Марко Вовчок)

он — в Гейдельберге. Мальчика своего, Богдана, она оставила при себе.

Тяжелый плед сполз с плеч Г., под ним оказался вязаный домашний жилет песочного цвета, лицо его раскраснелось, видно, ему стало жарко — то ли от кофе, то ли от разговора:

— Видел я и сына Татьяны Пассек, вернее обоих ее сыновей, вывезенных ею за границу.

Оба — совсем пустые малые, с пустыми глазами; хоть и нищие, — но с повадками золотой молодежи, начисто лишенные воли, цели в жизни, каких-то нравственных понятий... Татьяна... я в ней сильно разочаровался. Глядя на этих хилых отпрысков, я вспоминал Вадю, Вадима Пассека, своего университетского друга, их отца, Татьяниного мужа. Яблоня породила кислицу. Гора родила мышь. Ты, Иван, только представь себе: Татьяна задумала познакомить своих митрофанушек с моей Татой — на предмет сватовства, а? каково? ты только представь: Тата и эти недоросли. It is monstrous! Но и М. мне непонятна! Что она нашла в старшем Пассеке! Как в такого влюбиться! Ведь сразу видно, слизняк и амеба. Приехал, видишь ли, изучать европейские тюрьмы, диссертацию по ним писать. Я эти тюрьмы на нашей милой родине изучал на своей шкуре. Неужели кто-то думает, что власть захочет завести в России европейские тюрьмы! Да никогда в жизни. По российским понятиям, тюрьма — это тюрьма, а не курорт, изволь в ней мучиться... Нет, слизняк и амеба — этот ваш старший Пассек.

Г. остановился, а потом спросил, словно ненароком, с той же интонацией:

— Скажи честно, ты был с ней... близок?

— Я? ... с М? — Т. смешался. Наступила пауза.

— Я понял, ничего не говори, я все понял. — Г. не смотрел на Т. — Можешь оставаться образцовым джентльменом и не выдавать ничьих тайн.

Очень кстати раздался стук в дверь — Наталья Алексеевна просила мужчин перейти в гостиную.

В гостиной горел камин, было очень тепло, разговор шел уже между ними тремя и, может, потому все время стопорился. Наталья Алексеевна говорила о политике — она своей рукой застрелила бы Наполеона Третьего, навязавшего французам ненавистную Вторую империю. Вспоминала революцию 1848 года; тогда, будучи в Италии, она однажды шла со знаменем впереди революционной толпы. Вот и во Франции, она считает, путь к освобождению лежит через революцию. Г., возможно, из чувства противоречия, возражал, что сейчас народу нужны не революционеры, а проповедники и что революции уничтожают все достижения цивилизации и возвращают человечество к его примитивным формам. Т. почти не принимал участия в беседе. Минут через пятнадцать он поднялся.

Г. выглядел усталым, зябко кутался в плед; когда Т. подошел к нему прощаться, пожав руку, спросил совсем по-детски: «Теперь когда придешь, Иван?» И он ответил почти не задумываясь: «Завтра приду, завтра к вечеру обязательно приду». Наталья Алексеевна проводила его до двери, прошептав на прощанье: «Приходите не очень поздно, вечером у Александра повышается температура».

По дороге в гостиницу он все время возвращался к вопросу Г., на который так и не ответил. Его охватило волнение, словно М. сидела с ним рядом в экипаже — и они вместе ехали к нему в гостиничный номер.

Господи боже ты мой, — сколько же было с нею встреч в таком же гостиничном номере — он звал ее запиской, иногда почти ночью, и она приезжала, приезжала по первому зову. Ни разу не сославшись ни на ребенка, ни на дела, ни на присутствие еще кого-то в своей жизни...

Он был тогда бесконечно недоволен всем — собой, Парижем, той, которую считал своей судьбой... А М... О, как умела она прогнать его недовольство, усмирить боль, успокоить душу. Настоящая ворожея — поила его какими-то травяными настоями, о которых говорила, что проверяла их на себе, умела заговаривать душевную бучу, иногда тихо-тихо, чтобы не было слышно посторонним, напевала ему малороссийские песни.

Хотела ли она от него чего-нибудь? Ждала ли, как всякая одинокая женщина, что он соединит с ней судьбу? Он предпочитал об этом не думать. Чем и как она жила? Он этого не знал. Александр Пассек? Несколько раз он его видел. Худой, с впалой грудью и девичьими плечами, миловидный юноша, которому страшно не подходила «тюремная тема» его диссертации. Молчаливый, странный, по-видимому, очень в нее влюбленный.

Почему М. так за него ухватилась? Полюбила? Почему она так резко порвала с ним, тем, которому писала в письмах «преданная вам навсегда»?

Он помнит, как был раздосадован, даже подавлен, так и не получив от нее ответа на свое письмо.

Узнавал о ней стороной — что-то случилось? больна? уехала? Нет, была здорова, жила все в том же Париже. Доходили слухи, что М. с сыном и Александром Пассеком поселились в одном доме, что он болен, в последней стадии чахотки, что она все делает, чтобы его спасти...

То время совпало с устроенной ему русскими демократами обструкцией — они посчитали, что он не больше не меньше, как «слуга царю». От него тогда многие отвернулись.

Но исчезновение М. из своей жизни он воспринимал отдельно, по-особенному. Болезненно и нервно.

В гостинице его ждала записка от Лаврова. Петр Лаврович приглашал в гости, писал, что получил вести из Петербурга — через приехавшую оттуда М. Он дал ей кое-какие материалы для «Отечественных записок». Сегодня она уехала.

Записка выскользнула из рук. Он посмотрел вокруг невидящим взглядом. Из глубины памяти перед ним всплыла их последняя встреча — неожиданная для обоих. Об этой встрече он старался забыть, но она ждала своего часа — и вот всплыла. Через два года после того, как М. перестала отвечать на его письма, он встретил ее в Баден-Бадене, возле Магистрата, она оформляла какие-то необходимые документы для провоза гроба с телом Александра Пассека в Россию.

Она была в трауре, молчалива и сосредоточенна. Он боялся, что она поднимет вуаль, боялся увидеть ее почерневшее, измененное страданием лицо. Она не подняла вуали. Сказала только: «Вам здесь не место, Иван Сергеевич».

И отошла.

Он поднял записку с пола и медленно положил ее на стол. Его мысли блуждали.

Было еще рано, за окном серели сумерки, но он чувствовал себя разбитым и больным. Разделся и лег, решив, что завтра прямо с утра поедет в Баден. Скорее в Баден, в райский уголок, в теплое домашнее гнездо. Туда, где хотя бы на время можно забыть о жизненных бурях и грядущей смерти. Когда-то М. была для него целительницей и ворожеей, спасала от хандры и страха, теперь Баден представлялся ему островком спасения. Мысль об отъезде его успокоила — и он мгновенно уснул.

Безумный Тургель

К оляска остановилась прямо напротив массивных дверей. В свете газовых фонарей и освещенных окон легко читалась вывеска на фронтоне великолепного здания — «Гранд Отель Европа». Приехали. Подбежавший гостиничный слуга открыл дверцу и помог приезжему господину сойти на землю. Тот, в хлипком заграничном пальто на могучих плечах, двигался так медленно и осторожно, словно боялся ступать на переливающийся в огнях фонарей снег. Из дверей гостиницы выбежал хозяин, видно, застигнутый известием о прибытии гостя в разгар застолья, — в одной рубашке, красный, с бутылкой шампанского в руках.

— Эрнест, бокалы!

Длиннолицый тонкий лакей, несший сзади поднос с бокалами, подставил их под струю шампанского. Хозяин чокнулся с гостем.

— С приездом, Иван Сергеич! С приездом, дорогой!

Тот пригубил шампанское, поставил бокал обратно на поднос и заговорил мягким высоким голосом, по-южнорусски широко выговаривая гласные:

— Я, Алексей Федорович, в плохой кондиции, в дороге приболел — подагра проклятая. — Он остановился и, словно показывая, сделал осторожное движение ногой. На лице появилась гримаса боли. — Вот изволите видеть, — инвалид. — В голосе звучали простодушное удивление и насмешка над собой. — Сегодняшний вечер отдыхаю. Увольте меня от гостей и велите принести мне в номер чаю горячего и грелку.

И он, прихрамывая, поддерживаемый с двух сторон хозяином и длиннолицым лакеем, пригнувшись, ибо отличался богатырским сложением, вошел в гостиничную дверь. Сзади

73

слуга нес чемодан, неподъемно большой и такого же необъяснимо заморского вида, как и его владелец.

Номер был на втором этаже, роскошный, для особых гостей. Слуга оставил чемодан в передней, получил положенные чаевые и удалился, а приезжий прямиком проследовал к пышной двуспальной кровати, разместившейся в центре просторного, угловой конфигурации номера, с двумя огромными окнами посредине и слева, завешанными плотными бежевыми портьерами. Освободившись от обуви, скинув пальто, сюртук и оставшись в рубашке и зеленой шерстяной «венгерке», собственноручно связанной его баденской хозяйкой, фрау Анштедт, он несколько минут лежал, не открывая глаз, отдыхая. Женская рука, представлялось ему, гладит его лоб, нежный тихий голос шепчет по-немецки слова любви... О дорогая! Mein libeling! — ему нестерпимо захотелось начать писать ей письмо, описать — в шутливых выражениях — весь ужас, холод и неудобства пути, приключившуюся болезнь, свое без нее одиночество... Но письменные принадлежности лежали в чемодане, добраться до них сейчас он был не в силах. Нужно потерпеть, он еще успеет — вечер долог. Долог как все вечера в этой зимней стране, в этом снежном городе. О, долина Тиргартена, душа рвется к тебе! К твоему покою, уютной размеренной лени, к той, кто одушевляет тебя, превращая один из твоих неприметных уголков в теплое человечье гнездо, полное детских голосов, смеха и музыки. О, долина Тиргартена!

В дверь постучали. Длиннолицый, глистообразный Эрнест в черной униформе вкатил в номер и расставил на чайном столике у окна пыхтящий золоченый чайник, маленький заварной, большую тонкую чашку, разрисованную зелеными драконами, янтарные ломтики лимона на таком же, в драконах, блюдечке, печенье, бисквиты. В комнате запахло хорошим чаем, лимоном, ванилью. — Прикажете придвинуть к кровати? — лакей показал на сервированный столик, слова он выговаривал бойко и чисто. Приезжий, приподнявшийся на своем ложе, отрицательно качнул головой. — Спасибо, любезный, как-нибудь сам доберусь.

74

Взглянул на белобрысого светлоглазого лакея:

— Из немцев будешь? Вроде тебя Эрнестом называли.

Тот заулыбался

— Да нет, сударь, мы из Петербурга, из здешних мещан; дома меня Еремой кличут, Еремеем. Это Алексей Федорыч, оне все Эрнест да Эрнест. Штобы постояльцы думали, что у нас все как в ихней Европе.

— А что, немцев да французов нанимать дороже станет Алексею Федоровичу?

— И дороже, да и незачем. У нас народ расторопнее. Пока немец повернется, русский уже кругом обежит.

— Грамотный?

— Я-то? А как же. В приходской школе обучался и при гостинице курс проходил — от буфетного мальчика до лакея.

Он приосанился. Приезжий снова внимательно в него всмотрелся и обнаружил, что тот совсем еще юнец, лет двадцати двух, не более. А Эрнест-Еремей, набрав в тощую грудь воздуху, вдруг выпалил:

— Я, сударь, читал историю, что вы напечатали в книжке. Про немого и его собаку.

— И что скажешь?

— Вы уж не обижайтесь, сударь: неправда это, чтобы немой при барыне служил. Да и коли правда, когда все это было? При царе Горохе. Считай уже четвертый год, как народ у нас свободный. Что теперь про неволю вспоминать!

При последних словах он подбежал к барину, который, с гримасой боли пытался приподняться с постели, и бережно довел его до стула.

— Если вам чего надо будет, нажмите на звоночек — я тут недалеко. Меня Алексей Федорыч к вам приставил, — и Ерема, явно довольный собой, удалился.

Приезжий сделал глоток из китайской чашки, тепло разлилось по жилам, но чего-то недоставало. Опершись на стул, он поднялся и на зыбких ногах прошел в переднюю, к чемодану. Вынул из него тетрадь с листами писчей бумаги, письменный прибор, фланелевую пижаму, теплый ночной колпак; порывшись, на самом дне чемодана нащупал пузырек. Спиртное было ему запрещено докторами, но ликер он прописал себе сам. Святое дело — после долгого хождения по болотным кочкам, после бесконечного охотничьего дня, с его азартом, злостью, усталостью и тайным торжеством, с его окровавленными утками, приносимыми Дианой, — присесть на гудящих ногах к огоньку и добавить в закипевший чай или хоть так отхлебнуть глоток терпкого, продирающего нутро ликера. Последние годы неизменным его спутником на охоте был Луи, муж Полины. Луи тоже уважал ликер и, если напрячь память, то вспомнится, что этот пузырек был подарен им. Но лучше эту тему не продолжать, не касаться этого уголка памяти. Иначе...

Луи был частью жизни семьи, частью ее жизни, мужем, отцом ее детей. Но когда он думал о Полине, Луи для него словно не существовал, он стушевывался, улетучивался, уходил в тень. Собственно, она досталась Луи случайно. Молоденькая, подающая надежды певица из семьи бежавших из Испании певцов, нераспустившийся бутон, готовый выбросить невиданный цветок, — директор Итальянской парижской оперы увидел, замер, сделал предложение. И какие бы чувства он ни испытывал, — а этот уже тогда немолодой солидный человек обожал жену всю жизнь, — с ее стороны это был брак по расчету. Без сомнения, всякой начинающей карьеру артистке нужен импресарио, руководитель, мудрый советчик. Если все эти роли выполняет влюбленный муж, занимающий высокую должность в музыкальном мире, хорошо образованный и обеспеченный, — это ли не счастье для певицы! Тогда все силы она может отдать главному своему делу — пению. При всех достоинствах, а их у него была куча, Луи не был достоен ее, Полины. Как не достоен ее он, как не достоен ее тот, голландец, старик, с еврейским носом крючком и острыми сверкающими глазками, художник. Вот к нему, не к мужу, он ревновал ее мучительно, безумно. Тот, писавший ее портрет, был талантлив, одинок, жил своим искусством и в этом смысле был ей вровень Он видел, что и она увлечена, — хотя тот был почти вдвое ее старше, — что место с нею рядом занято. Ему пришлось тогда отступить, уехать, попробовать забыть, отвлечься, найти замену... Не получилось. Да и старик-художник, по воле судьбы, умер, исчез с его пути.

Скорее всего, само небо определили ему ее; было что-то в ней самой и в ее пении, что вынимало из него душу, наполняло ее восторгом и чувством сопричастности к великой неизреченной тайне бытия.

Говорили, что она некрасива, уродлива, что не на что посмотреть. Он, так чутко относящийся к кра-

Полина Виардо

соте, знающий в ней толк, не хотел бы изменить в этом лице ни единой черты. И ведь не случайно, что соперником его был именно художник.

Было в этом неулыбчивом тяжелом лице, во взгляде огромных, странно выпуклых темных глаз что-то манящее, притягательное, волнующее. И еще голос — низкий альт, с горчинкой померанца, накрывающий волной, не дающий опомниться, выносящий за пределы зала, театра, мира, — он колдовал, завораживал. Разве сравнится с этим обыкновенная красота? Красота обыкновенной женщины, ну хотя бы Авдотьи Панаевой, приворожившей его бывшего друга Некрасова? Нет, конечно. Как ни хотелось бы красавице Панаевой записать и его в полк своих обожателей-литераторов. И дело совсем не в гипнотизме, не в приворотном зелье, не в колдовских чарах «цыганки», о чем в один голос твердили и твердят бывшие и нынешние его приятели и их подруги — Николай, Афанасий, Яков, — дело в том... В чем же, собственно, дело? Он прикрыл веки и услышал начало Lieder, пропетого ее голосом. Это была их песня, шубертовский Der Doppelgänger «Двойник», при звуках которого на глаза обоих набегали слезы.

Still ist die Nacht, es ruhen die Gassen,
In diesem Hause wohnte mein Schatz;

Этими стихами и мелодией, этой одинокой печальной песней, ею спетой и им услышанной, разговаривали их сердца.

Китайская чашка задрожала в руке, расплескивая чай. Горячие капли обожгли руку. Он опомнился. Нажал на звонок. Почти сразу же, тихо постучавшись, вошел длинный Эрнест-Еремей, в своей черной, в талию, униформе, делающей его похожим на змея.

— Чего, сударь, изволите? Вот я вам грелочку захватил, — он аккуратно положил грелку в изножье кровати, — каминчик затопить прикажете?

— А сможешь?

— Отчего же нет-с? У нас за камины Теодор отвечает, но он сегодня в прогуле.

В номере было довольно тепло, но задувало из окон, и оттого хотелось залезть под одеяло и, как в детстве, подоткнуть его со всех сторон. Правда, в детстве их московский дом был на удивление теплым, с двойными рамами и голландскими печами во всех комнатах — маменька холода не терпела. Ребенком он забирался с головой под одеяло не от холода, а от детских страхов и еще от нежелания иметь что-то общее с этим постылым домом и его хозяйкой, к несчастью, бывшей его маменькой.

Пока Ерема растапливал камин, приезжий, очистив место на чайном столике, перенес туда листы писчей бумаги и дорожный письменный прибор. Обмакнув перо в чернильницу, вывел на листе дату и задумался.

Ерема, между тем, продолжал: — Вы, сударь, личность кругом известная. Потому все думают, что могут вас в любое время потревожить. Вон сейчас внизу, в рецепции, — Ерема с явным удовольствием произнес заморское слово, — газетчиков понабежало — тьма. Прослышали, что вы приехали. Им Алексей Федорыч лично русским языком сказали, мол, больны, отдыхают.

Говоря это, Ерема ловко, с помощью кочерги, орудовал торфяными брикетами и газовой смесью в самой пасти камина. Поставил решетку, и огонь за ней взъярился, взвился вверх, тепло волнами стало распространяться по комнате. Приезжий снял венгерку, расправил члены, подставляя под струи тепла атлетический торс, красиво вылепленную рано поседевшую голову, небольшие, с тонкими артистическими пальцами руки.

Уже в дверях, Ерема хитро сощурился и произнес: «А еще там две дамочки-с, очень оне хотели к вам пройтить...».

Дверь за Еремой закрылась. В комнате становилось жарко, и приезжий, притушив лампу, раздвинул портьеры на окнах и прижался лицом к холодному стеклу. Окно, к которому он прислонился, выходило на проезжую улицу перед гостиницей.

Внизу под окном прохаживались, куря и разговаривая между собой, молодые и весьма активные господа, в которых легко можно было распознать репортеров или «газетчиков», как сказал Еремей; один из этих суетливых, мало приятных господ сновал взад-вперед вместе со своим складным треножником для фотографической съемки. Было впечатление, что господа репортеры чего-то или кого-то ждут. Он поежился. Слетелись по его душу. Понятно, что их сюда привело. С силой задернул портьеру и, хромая, подошел ко второму окну, глядящему прямо на Михайловский замок. Мысли потекли невеселые.

Совсем скоро ему придется давать показания в Сенате по делу о «сношениях с лондонскими пропагандистами». Вызов в Сенат — и есть главная причина его нынешней поездки, иначе что бы привело его зимой в этот снежный промерзший город? Что там впереди? Чем обернутся его показания и что решат господа российские сенаторы? Герцена знал он еще со студенческой юности, был с ним в отношениях дружеских, переписывался, ездил к нему в Лондон навестить, последний свой роман о Нигилисте писал в его компании на острове Уайт. Много лет тому тот даже выходил его в Париже, заболевшего какой-то чудовищной болезнью, окрещенной им холерой и оставившей после себя страх, что когда-нибудь она придет снова. Тогда Герцен, волевой, по-бычьи упрямый, борец по характеру и повадкам, его спас — своим присутствием, уходом, уверенностью в счастливом исходе. Сейчас обвинение в близости к «лондонскому пропагандисту» может его погубить — обернуться тюрьмой, Сибирью, потерей всего, ради чего стоит жить. Нет, нет, он ни за что не отречется от старой дружбы, но правда и то, что революционером он никогда не был и спасение видел исключительно на пути науки и цивилизации. У них с Герценом разное видение будущего России. Он, с младых ногтей вскормленный Европой, был бы не прочь, если бы его страна не спеша, постепенно, усваивала западные уроки. А такие, как многоумный Александр Иванович, как бородатый, мало симпатичный Огарев, как кипучий Мишель Бакунин со своими завиральными идеями, — они торопят наступление хаоса и кровопролития.

Последнее время ему все чаще мерещится тюрьма — не та тюряжка, куда он был водворен, по высочайшему приказу, за статью на смерть Гоголя и где провел тягучий месяц, за которым последовала ссылка в Спасское, — а одиночный каземат Петропавловки, смрадные нары Мертвого дома, решетки, кандалы, звероподобные пьяные надзиратели... Все это было реальностью в той стране, где он сейчас находился. Это называлось путь писателя. Из современников по нему десять лет отшагал мятущийся христианин Достоевский, сейчас идет пуританин и умница Н.Г., в Петропавловку упрятан еще один критик-гений — Писарев; только чахотка, вызвавшая раннюю смерть, спасла от каторги пророка Белинского и колючего, милого сердцу Добролюбова. Его тюремный месяц с обедами от мадам Панаевой и шампанским, распитым с жандармским капитаном, — райские кущи в сравнении с этими судьбами. И однако, он бы не хотел повторения даже этого тюремного опыта. Тогда, оказавшись в Спасском под надзором полиции, без права выезда в столицы, он почувствовал, что жизнь кончена. Что он никогда больше не вырвется из клетки, никогда больше не увидит ее.

Вот она, Россия. Под жернова властей попал даже он, умеренный либерал, осмелившийся высказаться. Выражение «умеренный либерал» почему-то стало крутиться в его мозгу, что-то в нем не соответствовало его натуре.

Да, он действительно умеренный либерал; монархия, по типу английской, освобожденная от своих безобразных крайностей, его бы вполне устроила. Но — и в этом парадокс — при всей своей умеренности и при всем уповании на гомеопатические средства и постепенные преобразования, революционерам он явно сочувствует. Они ему интересны, в них живая жизнь, а не дружининская мертвечина, к тому же, он видит, что несмотря на их сегодняшнюю малочисленность, победят — они. Ведь вот и Нигилиста своего он писал совсем не в осуждение, как подумали некоторые, писал с удивлением и восторгом, с мыслью обо всех этих добролюбовых, мальчишках, странных, диковатых, ограниченных, многого не понимающих, но цельных, мыслящих, верных зову сегодняшней жизни.

Ох, Россия, Россия, разве устроит тебя путь, пройденный другими, «цивилизованными» странами! И однако, как страшна, как гибельна та дорога, на которую толкают тебя Герцен и его фанатичные молодые последователи.

В голове вертится еще одна картина, еще более страшная, чем тюрьма, куда можно попасть за «непослушание» правительству. Деревня, хоть бы и Спасское. Он с приятелем в господском доме, расположились, обсуждают мировые проблемы. И тут — мужики. Гуртом валят в гостиную:

— Мы, батюшка барин, дело до тебя имеем.

— Какое?

— А велено нам тебя повесить, уж ты, батюшка, не обессудь. Мы уж и веревочку припасли, — в руках у говорящего намыленная веревка. После некоторой довольно зловещей паузы он продолжает:

— А и приятеля твово тоже велено повесить».

— Когда?

— Сейчас. Но вы можете помолиться — мы же христьяне, не дадим вам, батюшки наши, отойти без молитвы.

В дверь постучали, вошел Еремей и вкатил тележку:

— Я, сударь, насчет ужину. Прикажете здесь накрывать?

— Благодарствуй, Еремей, ужинать не буду. Помоги мне, будь любезен, добраться до постели и принеси туда бумагу и перо.

Худосочный Еремей подставил плечо барину-богатырю и благополучно довел его до кровати. Тот прилег, придвинул к себе тетрадь и вновь задумался над первой фразой письма. Еремей тем временем убирал в свою тележку посуду с чайного столика, временами быстро взглядывая на гостя, словно намеревался что-то сказать. То ли гость почувствовал это его намерение, то ли никак не мог придумать первой фразы, но, повернувшись лицом к Ереме, спросил: «Что скажешь, любезный Еремей, есть ли еще под окнами газетчики? Ушли или нет две увиденные тобою дамы?»

— Все ушли-с, — Ерема радостно кивал, — газетчиков Александр Федорыч лично окоротил, и дамы те, тоже ушли-с, оне кое-что для вас оставили — я вам после принесу, когда приду камин тушить. Мгновение помолчав, словно поколебавшись, Ерема продолжил: — Вопрос у меня есть, сударь. Вы, как за границей побывавшие, могли бы мне его разрешить.

— Что такое? Спрашивай, коли смогу — отвечу.

— А вот верно ли, что немцы сырое мясо едят?

— Немцы? Сырое мясо? Да ты не путаешь? — гость поневоле расхохотался. — Может, ненцы–самоеды, что за Полярным Кругом живут?

— Нет, сударь, не путаю. Я про немцев говорю, которые из Берлина и других городов. Мне один постоялец рассказывать изволил.

Ерема был серьезен и ждал ответа.

— Сказки, он пошутил; впрочем... есть там такое блюдо, называется тар-тар, оно из сырого мясного фарша с солью, перцем и разными пряностями. Я когда был студентом, с голодухи эту дрянь мазал на хлеб и ничего — жив остался.

Ерема осуждающе покачал головой: «Одно слово — басурмане. Меня режь — не возьму в рот сырого». Покосился на гостя и хитро сощурился: «Ну разве что с голодухи...». И он покатил свою тележку к двери.

Удивительно, какую власть над нами имеют некоторые слова. Казалось бы, Берлин ну и Берлин. Подумаешь — Берлин, город каких много…

В Берлине он провел два студенческих года, изучая философию, в коей немцы были большие знатоки. В душной, набитой студентами аудитории многоречивый профессор Вердер объяснял диалектику Гегеля. Странно, но эта, казалась бы, далекая от жизни материя породила интеллектуальный взрыв на его далекой от философий родине и, можно сказать, сформировала радикальное мировоззрение, отрицавшее российскую действительность, не бывшую для радикалов «действительной».

В ту пору двадцатилетний студент, он жил на одной квартире со Станкевичем, юношей, пятью годами старше, и, возможно, поэтому таким недосягаемым: в сравнении с ним он казался себе лживым и недостойным. А тот — царевич, не ведающий, что он сын царя, — держался просто и свободно, и не заметно было по его жизнерадостной кипучей натуре, что чахотка уже его гложет и что обречен он на смерть в 27 лет. Он и не подозревал тогда, что старший его товарищ был предводителем московского университетского кружка, вспоившего таких радикалов, как Виссарион Белинский, Александр Герцен и Михаил Бакунин.

Жили по-студенчески скромно, питались в дешевых трактирах незамысловатой немецкой снедью — жареными колбасками и картофельным салатом, запиваемым белым пивом (Станкевич) или кислым рейнским вином (он). Однажды вместе со Станкевичем оказались в кофейне на оживленной Курфюрстендамм. Собственно, там располагался модный столичный ресторан, но молодые люди, влекомые интуицией, миновали главный вход, спустились по неприметной деревянной лестнице до самого подвала, толкнули неказистую дверь и окунулись в мир Востока: вдоль небольшой круглой комнаты, без окон, в искусственном свете, стояли цветные диваны, на стенах висели украшенные причудливым орнаментом ковры, воздух был напитан восточными благовониями. Время было раннее, может быть, потому комната была пуста… К ним подбежал кельнер и спросил, желают ли господа выпить турецкого кофе или, может быть, они хотят узнать свою судьбу? Узнать судьбу? Станкевич сразу загорелся, а ему, по правде, было немножко страшно, он предпочел бы не узнавать. Но кельнер уже вел их по узкому коридору. Распахнув безликую дверь, он втолкнул в нее молодых людей — и тут же удалился.

За круглым столиком сидел человек в чалме, белой рубашке и черном сюртуке, с полуседой красиво подстриженной бородой. В углу на жаровне стоял большой медный кофейник с ручкой, в котором кипел испускающий божественный запах напиток. Человек в чалме обратил на них взгляд выпуклых горячих глаз и по-немецки предложил выпить с ним кофе. Юноши заняли место за столиком, кофе был разлит по чашкам.

Дальнейшее удержалось в памяти отдельными фрагментами. Человек в чалме заглянул в пустую чашку Станкевича. Тот сидел со светлым лицом не опуская глаз, спокойно ожидая приговора судьбы. Гадатель бросил на него быстрый взгляд и тихо произнес несколько слов, коротких, но разящих.

Он сказал: «Два года». Потом в руках гадателя оказалась его чашка. Он помнит, что гадатель его спросил: «Вы поэт?». И на отрицательный ответ улыбнулся и продолжил: «У арабов таких, как вы, называют Меджнунами, влюбленными безумцами. Запомните: вам суждено стать Меджнуном».

Он не помнит, как они со Станкевичем вернулись домой и разговаривали ли по дороге; еще долго после посещения кофейни он экономил на еде — мать посылала ему в обрез, а он оставил тогда у гадателя все бывшие при нем деньги.

В Берлин, город своей молодости, наезжал он потом бессчетно — его сюда тянуло. После безвременной смерти Станкевича делил здесь квартиру с Бакуниным, уже тогда полным фантастических идей и таких же планов переустройства общества. За протекшие с тех пор четырнадцать лет чего только ни приключилось с неугомонным Мишелем — Шлиссельбург и Сибирь, недавний побег с поселения через Японию и Америку в Лондон к Герцену... Такой же выдумщик, как и в юности, только ставший еще более опасным, ибо всерьез пытается на свой лад осчастливить человечество. Кто мог знать тогда в берлинском сообществе студентов, что Мишель станет одним из «лондонских пропагандистов», за близость к которым в России «притягивают к Иисусу»!

О, Берлин... если бы ведали пруссаки, с какой нежностью он произносит имя их столицы...

Покинув Баденское гнездо для поездки в Россию, он не мог миновать Берлин, где Полина пела концерт в Deutsche Staatsoper, не хотел отправляться в свое страшноватое путешествие не увидясь с нею. Луи в этот раз ее не сопровождал, в свои шестьдесят четыре был он вполне здоров, но гастрольным сквознякам предпочитал пребывание в уютном баденском пристанище, тем более что гастроли жены были недальние и катились по уже накатанной дорожке. В сорок лет уйдя с оперной сцены — сказалось раннее начало, — Полина продолжала выступать с сольными концертами, включала в программу немецкие, французские, испанские песни и романсы. В тот раз в старинном здании берлинской Оперы публика особенно неистовствовала, когда Полина пела пьесы, написанные ею самой... Одна из них та, что очень ему нравилась — испанская Havanaise, с гордой своевольной мелодией, пропетая пряным, влекущим за собой голосом — голосом Кармен, — вызвала настоящий фурор. После концерта, оваций, цветов, поздравлений они поехали в ресторан — по случайности тот самый, с которым когда-то, много лет назад, соседствовала кофейня. А после ресторана... Никогда и ни одному человеку он не рассказывал о минутах блаженства. Зачем? Их нужно, как говорила шекспировская Офелия, «замкнуть в душе». Ни в одной своей повести, ни в одном романе или рассказе он не нарисовал ее портрета, ни одну героиню не наделил ее характером, он скрыл ее от глаз толпы, он окружил флером их отношения. Туда, за этот флер входа нет. Но если его книги будут читать после его смерти и если будет у них хоть один чуткий читатель, он уловит сквозь наслоения горечи, несбывшихся и обманувших надежд пробивающийся негромкий голос влюбленного безумца, сдавленный крик несказанного счастья, тайную песнь торжествующей любви...

Лежа в петербургском гостиничном номере, он вспоминал. Слезы катились по щекам, расплывались по писчей бумаге. Оранжевые отблески пламени плясали на промокшей странице. Плакал он не от скорби, а от благодарности. Здесь, вдалеке от нее, он ощущал бесконечную связь с отсутствующей возлюбленной. Словно дерево, у которого она была одновременно и корнями, и кроной. Нащупал рукой бумажный лист, привстал, слова опережали досадное, медленно скрипящее по бумаге перо. Он писал по-немецки:

Я не могу рассказать, как наполнен Вами, каждую ночь — Вашим дорогим присутствием. И всю ночь я грежу Вами...

Я не могу жить далеко от Вас. День, когда Ваши глаза не светят мне — потерянный день. Но довольно, довольно или я потеряю контроль над собой...

Рука притормозила, он на минуту задумался и сделал приписку:

Запирайтесь на ночь каждый вечер!

В дверь деликатно постучали, он вздрогнул, спрятал лист обратно в тетрадь. Вошел Еремей. В руках у него белели три розы. Вытянув вперед руку с цветами, он торжественно произнес:

— Вот, сударь, приятные молодые дамочки велели передать, оне хотели самолично, только Алексей Федорыч не дали.

— Записки там нет?

— Как же, есть. — Еремей протянул постояльцу карточку с нарисованной розой, а сам занялся живыми цветами. Поставил их в китайскую вазу на столик у окна. Затем перешел к камину, чтобы затушить еще живший в нем огонь.

Перед уходом подошел к самой постели, поинтересовался:

— Вам, сударь, может, раздеться помочь?

— Ступай, Еремей, благодарствуй. Я уж как-нибудь сам.

— Вы, сударь, не стесняйтесь. Мы привычны. И суденышко можно принести, горшочек ночной.

— Ты, Еремей, пожалуй, принеси мне еще одно одеяло, боюсь, ночью будет холодно. И разбуди меня, пожалуйста, в девять часов.

Одеяло — огромное, стеганое, кремовых тонов — было принесено. Еремей важно удалился.

Перед тем как начать приготовления ко сну, он зажег лампу и поднес к глазам карточку. На ней бисерным женским почерком было выведено:

Спасибо Вам за Наталью, Лизу и Елену!
Слушательницы Педагогического училища

Спалось плохо. Мешал сильный одуряющий запах роз, болела нога, одеяло давило как могильная плита, под ним было нестерпимо жарко. В мороке сна приходили видения. Все его русские женщины — барыни и крестьянки — выстроились в цепочку хоровода и отплясывали «русскую» под треньканье мужицкой домры. Идеальная Татьяна, страстная Мария, нежная, как ангел, Ольга, Авдотья Ермолаевна, на сносях, с большим животом. В центре круга он разглядел и их с Авдотьей Ермолаевной дочку, Полинетту, неумело машущую руками, недовольную, что пришлось танцевать по-русски. Подумалось горько, что Полинетта, воспитанная в семье Виардо, ушла от России, но и к Франции не пристала. Неразвитое сердце, не любящее ни музыки, ни поэзии, ни природы и ни собак, в то время как он, ее отец, только это и любил. За пределами круга, в стороне от остальных, бойко отчебучивала цыганочку молодая красавица, чернобровая, с румянцем в пол-лица. Она ловила его взгляд, но он отворачивался, не хотел смотреть. Женщина эта, по имени Феоктиста, была на его совести. Она жила с ним в Спасском, потом в Петербурге. Родился ребенок — он не уверен был в своем отцовстве, к тому времени Феоктиста была выдана замуж за мелкого чиновника-пьяницу. Мальчика, названного Иваном, сдала она в приют. Что сталось с этим ребенком? Жив ли он, какова его судьба? Боже, что он наделал! Он застонал и сам сквозь сон услышал, что стонет. Как непереносим этот нескончаемый морок, бесконечная тягучая пляска! Как жаждет вырваться из беспросветной муки душа.

Он прислушался. Откуда-то издалека донесся чуть слышный звук, постепенно он усилился. Он узнал голоса и мелодию. Это дети Полины: строгая разумная Луиза, смешливая шалунья Диди, певчая птичка Марианна и общий баловень крошечный семилетний галчонок Поль, сидя в лодке, распевали во все горло утреннюю песню. А вот и сама Полина, нарядная, в легком белом платье, с чайной розой в волосах, — она управляет детским хором. Как звонко и нежно звучат ребячьи голоса. Но вот пение прекратилось, дети заметили его, стоящего на берегу, и радостно захлопали, закричали: «Тургель, Тургель, иди к нам!».

Когда ровно в девять часов Еремей, постучавшись, вкатил в номер тележку с завтраком, постоялец еще спал и по лицу его бродила блаженная улыбка.

Ночной дилижанс

Подруга темной участи моей
Николай Некрасов

Он проснулся от незнакомого шума. К привычному звуку лошадиных копыт примешивался какой-то новый, странный. Поглядел направо в ночное, наполовину занавешенное окошко. Звук шел оттуда, с той стороны, понемногу нарастая.

— Piove, — протяжно произнес мужской голос впереди. Он узнал голос postiglione — кучера. А «пьове», «пьове»... значение слова было близко, рядом — он огляделся, снова быстро взглянул на стекло, по которому растекались струйки. Дождь! «Пьове» — это итальянский дождь. В декабре! Накануне Рождества! Вот так Италия!

Попутчики, между тем, спали. Худолицый господин, сидящий напротив, даже слегка посапывал полуоткрыв рот, должно быть, от нехватки воздуха. Маленькая девочка, он знал уже, что ее звали Анита, прислонилась кудрявой головкой к коленям матери, дородной белотелой итальянки. Молодая пара на одной с ним скамье сидела тихо и тоже, верно, спала. Он прикрыл глаза, стараясь войти в сон, чтобы перебить тоскливые мысли. Но сон не шел, мысли были сильнее. Удивительно, как эта девочка, Анита, на нее похожа! Только что кудрявая, а у нее волосы гладкие, черные как вороново крыло; когда она их расчесывает, от расчески летят искры, и хочется, и страшно до этих блестящих искристых волос дотронуться — вдруг загоришься! Цвет кожи похож — такой же смуглый, и глаза — большие, темные, словно вопрошающие. Эта итальянская девочка совсем не в мать. Та белая, дородная, рыжеволосая. Прикрыв глаза, он увидел внутренним зрением другую картину: на скамейке напротив него сидела она с Анитой на коленях. Похожие как две ягоды с одной веточки, радостные, нашедшие друг друга. Наплывом, заслоняя ее и маленькую итальянку, встал перед глазами привычный ужас: в свете тусклой лампы ее обезумевшее помертвевшее лицо, дождь за окном, мертвое тельце в колыбели. Тогда тоже шел дождь. Их, первенец, мальчик умер. И этот ужас их больше не отпускал. Дети рождались и не жили. Тому уже почти два года, как умер четырехмесячный Иван. Он сам тогда не успел еще оправиться от непонятной разрушительной болезни, казавшейся смертельной не ему одному... и тут эта смерть. И ее окаменевшее лицо, точно греческая маска. Маленький цыпленок с легким пухом волос, сероглазый, крепенький...Зачем, почему он должен был видеть его смерть? Ее пережить? Тогда в том своем состоянии, он думал, что следующая очередь — его. Разве имела она право в тот момент его бросить, уехать, оставить одного с его непомерным Делом, с болезнью, с тяжестью на душе и мучительной русской хандрой!

Давно еще, лет за семь до того, когда их второе дитя ушло из жизни, едва родившись, она точно так же уехала, бросила его на произвол судьбы. Тогда он вел себя как безумный, как ребенок. Читал ее письма из-за границы и — смеялся, плакал, ревновал, метался, пытался сдержаться, писал туда, в ее Европу, страстные, переполненные обидой послания. Казалось, жизнь замерла, остались только ее письма, тоненькая ниточка между ним и возлюбленной. Однажды она написала, что не вернется, а, если даже и вернется, то не к нему, а к бывшему мужу. Что с ним сделалось! Он пытался представить себе жизнь без нее — и не мог. Смерть была лучше. Это тогда, во второй раз в жизни, стал он бояться проходить мимо водоемов и со страхом смотрел на потолочные крюки. Первый же раз тоже был связан с ней. В самом начале, когда был он человеком безвестным, только-только напечатавшим свои робкие опусы, а она — хозяйкой салона, женой известного в журнальном мире литератора, она с удивлением и даже с насмешкой встретила его признания, и он чуть было не утопился с горя.

Только его упорство и страсть смогли ее привлечь, заставить обратить на него внимание. Внешностью и обхождением взять не мог, брал другим — напором и силой чувства, посвященными ей стихами, грандиозными замыслами, которых сделал ее поверенной.

А тогда, в не столь давнее время, когда второй их ребенок ушел вслед первому, она словно помешалась. Уехала за границу и написала, что не вернется.

И вдруг — он не мог поверить глазам! — новое письмо, заветные листочки, в строчки которых он недоверчиво вглядывался перед тем, как прочесть. Что там — опять худое? или неожиданно доброе? В тот раз было доброе. Она легким тоном, как само собой разумеющееся, сообщала, что пошутила. Решила его разыграть. Посмотреть, как он примет известие. Заодно проверить крепость чувств. Одним словом, то была шутка. Она от него не уйдет и к мужу не вернется. Он читал, и слезы текли по щекам. Письмо его воскресило. Она, она была его воскресительницей.

Ему, дурню, тогда и в голову не приходило то, что сегодня ясно, как день: подло и низко — так шутить. Сейчас он изумляется себе тогдашнему, ни одним упреком не задевшему капризную своенравную свою подругу.

Да что там семь лет назад! Совсем недавно, спустя несколько месяцев после похорон пуховолосого цыпленка, сына Ивана, который уже пытался беззубо улыбаться, уже щурил на мир свои серые — отцовские — глазенки, именно тогда — после неожиданной его смерти — она заявила, что им нужно расстаться и уехала — брать морские ванны «от страданий печени». Уехала — в самый разгар его непонятной ни ему, ни врачам болезни, когда он в прямом смысле умирал, — его бил озноб, он задыхался, кашлял, сипел, так как полностью потерял голос. Она снова его покинула, а он буквально считал дни с ее отъезда — отмечал красным карандашом на календаре — 31, 52, 64... Она не возвращалась. От потерянности он завел крупную игру, с большими чинами, кое от кого из них зависело его Дело, — и вначале везло, не проигрывал. Когда поздним вечером возвращался из клуба домой, было ощущение, что дом чужой, что там нет главного, что домашний мир и все, что вокруг, сместилось в неправильную сторону, и даже вездесущий сметливый Василий не мог тогда угодить брюзжащему недовольному барину.

А ведь еще было Дело! И оно требовало неустанного внимания, работы без отдыха, напряжения сил и нервов. Этим Делом снискал он себе имя среди современников и, если отбросить экивоки, обеспечил себе место в российской истории. Но и здесь были страшные язвящие раны, иногда хотелось впасть в летаргию, затушить память, чтобы не колола, не резала, не рвала душу. И были стихи. Они являлись сами, непрошенные. Особенно богатый их урожай, был в тот самый страшный для него год, — год смерти цыпленка, его собственного недуга и расставания с ней.

Нельзя сказать, чтобы ему нравилась такая от нее зависимость. Совсем нет, он восставал, искал утешения у других женщин, много раз уже считал себя свободным...Как правило, эти попытки кончались одинаково. Он снова приходил к ней — сумасбродной и добродушной, гордой и застенчивой, веселой и молчаливой — к ней, в которой слились для него черты русской крестьянки и утонченной нервной барыни.

Попытки кончались одинаково — до поры. Сейчас он решил твердо: баста. Он больше не раб, не крепостной. Она, наконец, должна это понять. Он уехал почти тайно. Тихонько собрал вещички, и ранним утром, когда она еще спала в их роскошном римском номере с видом на площадь Испании, по-мальчишески удрал. Чтобы не подняла на ноги полицию, оставил записочку: поехал к Т. И вот едет сейчас в ночном дилижансе в Париж. А уж там, в Париже, городе, где живет его Лучший друг, он окончательно от нее оторвется.

Интересно, как она восприняла его бегство? Уж точно говорит знакомым — а в Риме полно русских, — что боится за него, ведь он без нее — безъязыкий. Что верно, то верно — языками не овладел. Однако и без языка его здесь все понимают — торговцы, чиновники, служащие гостиниц, всем внятен язык

«сольди». Держи открытым коше-
лек — и будет не важно, знаешь ты
язык или нет. Итальянский, французский... Где, когда было этим заниматься? В Ярославской гимназии,
в которой не доучился — сбежал?
В нищей голодной молодости, когда
готов был за копейки составлять прошения для неграмотных, сочинять
неприличные куплетики для водеви-
лей? Тут же подумалось, что лукавит.
Сейчас, живя в Италии безвылазно
почти полгода, знает едва ли десяток
итальянских слов. Она над ним всегда

Николай Некрасов

подшучивает, когда он пытается ввернуть в разговор итальян-
ское словечко: «У вас выговор русский, надо мягче, напевнее».
Сама уже вовсю выпевает итальянскую лингву. Да и по-французски тараторит и такое «р» закатывает, куда там француженке!
А ведь училась не больше него — в школе при театре, где их,
будущих актерок, ничему, кроме танцев и реверансов, не учили. Ухватчива к языкам, памятлива, переимчива. Вон и по-русски как выучилась писать! Но тут — его заслуга. Это он сделал
ее писательницей. Вложил в руку стило и трезво, коротко, без
сантиментов сказал: «Пиши. Будешь мне помогать». И что ж,
начала. Вместе с нею, по необходимости, когда цензура ничего
социального, даже слабо остренького не пропускала, называя
«революционным», написали два авантюрно-сентиментальных
романа. Не Тургенев, конечно, но публике пришлось по вкусу.
И пошло-поехало: между рукодельем и приказаньем служанке,
что на обед приготовить, то одну повесть скулинарничает, то
другую. Печатали тут же, с пылу-жару, и лишь люди литературные, близкие, знали, кто скрывается под мужской фамилией,
указанной в заголовке. Слава Господу, гением себя не возомни-
ла! А могла бы, вон даже сам Учитель похвалил ее первое тво-
рение, где она вывела свою деспотку-мать. Он-то похвалил, да
цензура отругала, да и бросила в корзину.

Да, он безъязыкий. До тридцати пяти лет за границею не бывал, не случалось.

Это Лучший друг с детства к заграницам приучен, там отдыхал, обучался — он нет. Родитель не то, что в Гейдельберг, в Петербургский университет его не пускал, денежной поддержки лишил, когда узнал, что юный смутьян, ослушавшись отцова приказа, решил поступать не в военное училище, а на словесное университетское отделение. Нет, он за границей не обучался, не жил. Но и ему срок подошел, пришлось ехать. И не сказать, чтоб очень хотелось. Во-первых, как оставить Дело? Оно хоть шло уже и по заведенному порядку, но процесс живой, да и опасный, неровен час, что случится — по цензурной ли части, по коммерческой ли, да и времена такие, что всего можно ожидать — и от напуганных ростом вольнодумства верхов, и от взъерошенного народа, застывшего в ожидании перемены участи. Во-вторых, проклятое нездоровье. Собственно, из-за него и нужно было ехать. К тому времени он уже разуверился во всех своих горе-врачах — и в немцах, и в русаках: «душке» Шипулинском и в шарлатане Иноземцеве со всей его ученой командой. Его мутило, как только вспоминал холодные примочки, бесконечное питье ледяной минеральной воды, которой его пользовали в Москве по методе ученого шарлатана. Лечили от горла, а болезнь оказалась гораздо приземленнее и гаже... И вот тогда, когда провозгласили новый гадкий диагноз, все неучи-врачи от него хором отказались и указали на Вену, там, дескать, есть светило в этой области.

В июле он проводил в Париж Лучшего друга. Тот шесть лет ждал этого мига. Шесть лет его не выпускали, не давали паспорта из-за политической неблагонадежности. Кому сказать! — ему вменяли в вину некролог на смерть Гоголя! Из-за этой статьи сам ныне покойный император приказал посадить его в тюрьму, а затем сослать в родовое имение. Ну и времена! Лучший друг не хотел медлить ни минуты, получив паспорт, тут же отбыл — в Париже его ждала любовь. И он ему, своему другу, немного завидовал. Все же человеку 38 лет, а влюблен как мальчишка — и это после шестилетней-то разлуки! Что до него самого, он и сам не знал, хочет ли продолжения своего мучительного романа. Может быть, так и надо: она там, он — здесь?! Сердце его пребывало в такой хандре и таком мраке, что он боялся, что с корабля его потянет в воду, чтобы уже одним разом покончить со всем — незадавшейся любовью, не получившимся отцовством, ревностью и злостью, нездоровьем, крупными выигрышами и еще более крупными проигрышами, больно жалящими сплетнями и клеветой и неизбывной своей виной — перед ней. Да, неизбывной своей виной. Когда в августе он сел на корабль, отплывавший в Штеттин, он думал только об одном: я еду к ней.

Неожиданно дилижанс резко качнуло в сторону. Пассажиров подбросило, они повскакали со своих мест, маленькая Анита жалась к матери, не понимая, что происходит, и беспрестанно повторяла: Mammina, cos'e' sucesso? Mammina, cos'e' sucesso?[1]

В окошке на фоне темного неба и лавиной бьющего ливня проплыл свет фонаря, дверца снаружи открылась, и высокая фигура в темном плаще, с капюшоном, накинутом на голову, держа фонарь перед собой — ни дать ни взять Ринальдо Ринальдини, — появилась в проеме и возгласила отрывистым басом: Il viaggio e'finito. La ruota e' rotta.[2] Как ни беспомощен он был в чужом языке, а понял, что что-то сломалось в машине и путешественников просят покинуть дилижанс. Пассажиры, кто в чем был, стали по одному выпрыгивать под дождь. Мать и дочка пристроились перед ним, обе они — женщина и девочка — были без верхней одежды. Его собственная экипировка казалась вполне сносной — теплое фетровое пальто и калабрийская мягкая шляпа с широкими полями, она говорила, что такие носят повстанцы из отрядов Гарибальди; и пальто, и шляпа были куплены в лавке готового платья неподалеку от римской гостиницы на площади Испании.

В первую минуту ему показалось, что воду сверху льют ушатом, перехватило дыхание, ботинки сразу разбухли и зачавка-

---

[1] Мамочка, что случилось? *(итал.)*

[2] Путешествие закончилось. Колесо сломано *(итал.)*

ли, ветер и дождь норовили отнести в сторону от дороги; собратья по несчастью пропали во мраке и ливне; где-то далеко впереди тускло мерцал огонек лампы, нацепленной на шест и возвышавшейся над головой длинного, унылого кучера-«постильоне».

Не хватало только простудиться и помереть здесь в лощине между Генуей и Турином, на границе морской Лигурии и горного Пьемонта. Кажется, несчастный гениальный Станкевич, друг Учителя, умер в дороге, путешествуя по Италии?!

Карта лежала в кармане пальто, с утра он отметил на ней городишко Алессандрию, куда они должны были добраться к ночи. По всей видимости, сейчас они где-то возле... Возиться с картами он любил еще с тех пор, как писал вместе с ней «Три страны света», тогда он заполночь засиживался за географическими фолиантами и атласами, путешествуя по городам и весям со своим героем Каютиным; ну-тка, теперь сам попутешествуй, без Каютина.

Девочка впереди захныкала, мать что-то грозно ей выговаривала, но та продолжала скулить и наконец остановилась, всем своим видом показывая, что дальше идти не может. Действительно, преодолеть сильный ветер и водоворот дождя было не по силам ребенка. Мать схватила ее на руки. Он огляделся: остальные пассажиры — молодая пара и узколицый, немецкого вида господин — были где-то впереди. — Синьора, — он не умел и боялся говорить по-итальянски, поэтому просто протянул руки к девочке и перехватил ее к себе. Анита затихла в его неумелых, но сильных руках, ее мать воскликнула что-то среднее между Santa Madonna и San Benedetto. Девочка оказалась весьма тяжелой, он боялся, что выронит ее, но она цепко ухватилась за его шею обеими ручонками. Его шатало, модные итальянские ботинки, полные воды, разъезжались в стороны.

Между тем, ливень постепенно убывал, с ними поравнялся дилижанс, управляемый помощником кучера, бывалым подростком лет пятнадцати. Лошадки шли шагом, машина скрипела и заваливалась на бок, — скорее всего, в колесе лопнула рессора.

Мальчик на козлах, что-то громко им крикнул, помахав кнутом. Мать девочки встрепенулась, схватила его за рукав и повлекла к дилижансу.— Posiamo andare con la diligenza![3] Они забрались внутрь знакомого кузова, и машина, скрепя и переваливаясь, поползла по раскисшей дороге.

От одежды шел пар. Со шляпы, когда он ее сдернул, ручьем полилась вода. Анита, с непосредственностью ребенка, звонко засмеялась, мать строго на нее взглянула и что-то прошептала. Девочка насупилась, а когда подняла взгляд, он ей заговорщически подмигнул и с комическим сожалением показал рукой на свои мокрые редеющие спереди волосы — дескать, где ты, моя шапочка? С тобой я был гораздо красивее! Ему показалось, что девочка поняла его пантомиму. С детьми ему всегда было легко, легче, чем со взрослыми. Синьора, между тем, пыталась узнать, кто он и откуда.

— Di dove siete? polacco?[4]

Он понял, что его принимают за поляка и покачал головой:

— Из России, russo, di Volga.

Помимо его воли, когда он говорил о том, что русский, второе слово, которое само приходило на язык, было Волга. А ведь он родился совсем не на Волге — на Украине, где служил отец, но Волгу, против всех правил логики, считал своей колыбелью.

— Il russo? Di Volga? Siete molto bravo![5]

Неожиданно движение прекратилось. Отодвинув занавеску, он вгляделся в темноту: в ночном сумраке, при слабом мерцании фонаря, виднелось строение из белого камня странных очертаний, возле которого сгруппировались их товарищи по несчастью во главе с длинным печальным кучером-постильоне. Над входом висела вывеска; он больше догадался, чем прочитал: Locanda Alessandria.

---

[3] Мы можем поехать в дилижансе *(итал.)*.

[4] Вы откуда родом? поляк? *(итал.)*

[5] Русский? С Волги? Молодец! *(итал.)*

Под утро он сумел разглядеть их ночной приют. Он больше напоминал крепость, монастырь или даже тюрьму, чем гостиницу. Долгие, непомерно вытянутые стены, сложенные из каменных глыб, маленькие окошки без ставней — непременной принадлежности итальянского жилья, общая непонятная конфигурация — все говорило о том, что здание перестраивали. Возможно, первоначально здесь была крепость, преграждавшая вход в город.

Вокруг не было жилья. Город Алессандрия начинался дальше, километрах в пяти отсюда по тракту. Зато какая природа! Вот где хорошо дышалось! Этот зимний воздух хотелось пить, вбирать в себя, так он был свеж и живителен. Постоялый двор стоял на дороге посреди огромной распаханной долины с островками деревьев и кустарников. Дальше, на линии горизонта, возвышались холмы, засаженные виноградной лозой. Холмы — предвестье гор. А там за горами, за завесой апеннино-альпийской гряды — тучная ленивая Швейцария, а за ней суетная страна франков, с ее «разменом и ярмаркой Европы» — Парижем. Всего несколько дней пути отделяют его от Лучшего друга. Поспеет ли он к нему до католического Рождества?

Уже в Риме он замечал приближение этого главного для итальянцев праздника — по оживлению в лавках, бумажным и цветочным гирляндам на улицах, кукольным представлениям на площадях. Здесь тоже ощущалась, что праздник близко: возле самой гостиничной двери он заметил рождественские фигурки из раскрашенной глины, представляющие сцену в Вифлееме — Мария, с лучезарным крестьянским лицом, с дитятей на коленях, рядом благообразный старик Иосиф и три диковатых волхва в восточных тюрбанах, с дарами, ослами и верблюдами. Его позабавила яростная, с оскаленными зубами морда верблюда, он по-мальчишески всунул ладонь в его полуоткрытую пасть...и вытащил оттуда клочок бумажки. Неровными латинскими буквами на нем было нацарапано: La polizia.

Он аккуратно, предварительно оглядевшись по сторонам, — как заправский конспиратор — вложил бумажку назад в пасть верблюду и отправился в свой номер — досыпать. Прошел мимо клевавшего носом толстяка хозяина, сидевшего внизу, в отгороженной от огромной столовой клетушке, заваленной рождественскими сувенирами; поднялся по тяжелой каменной лестнице на второй этаж. Храп худолицего немца, с которым его поселили, был слышен еще в коридоре. Он храпа не терпел и вообще спал очень чутко и мало. Вот и сейчас придется промучиться без сна часа два-три до пробуждения остальных. Он быстро разделся и лег под двойное одеяло — в комнате с каменными стенами было холоднее, чем на улице.

Как ни странно, горло не болело, не было ни жара, ни озноба, что легко могло приключиться после вчерашнего. Поглядим, что будет дальше. Если бы она была вместе с ним, сколько бы сейчас было охов, наставлений, причитаний! Как хорошо, что он вырвался из-под ее опеки, навстречу жизни. Вот уже и приключения начались — он подумал о бумажке с нацарапанными буквами. Вчера ночью, когда они только прибыли в гостиницу, его удивило, что в столовой за общей трапезой сидело довольно много людей, молодых, разбойного вида мужчин; и, хотя на длинном столе громоздились бутылки с вином и еда, ему показалось, что это больше напоминает не пиршество, а какую-то тайную сходку. Карбонарии? Гарибальдийцы? Что ж, в этих местах, в Пьемонте, Гарибальди начинал, здесь его заочно приговорили к смертной казни.

В сущности, революционеры везде одинаковы — что в России, что в Италии. Только здесь они борются против ненавистных австрияков, за объединение расчлененного на куски отечества, а в России — чтобы крестьяне не были подобием скота — не продавались, не обменивались. Неуклюжая самодержавная машина хрипела, раскачивалась и не трогалась с места; чтобы подвигнуть ее на реформы, требовалось подстегнуть лошадок...

Что крестьяне! Он, дворянин, постоянно в тисках — несвободы, страха, рабской приниженности. Может ли он прямо высказаться по какому-то хоть крохотному политическому вопросу? Изволь хитрить, изворачиваться, пои и угощай цензоров — и все равно получишь свое выстраданное детище изуродованным, в кровавых ранах от цензорского карандаша. У Пуританина — нет этого рабского страха, не потому ли, что еще непуганый? Жаль будет, если начнут пугать и если согнется…

Уже когда он был за границей, в Журнале опубликовали три его смелых стихотворения. Что началось! Он боялся, что придется возвращаться в Россию — такую бучу подняли напуганные блюстители порядка, такими карами грозили Журналу! Поначалу он ужасно струхнул, громы и молнии посылал приятелю, оставленному на замену и поставившему стихи в номер, но сейчас он даже доволен — хорошо, что читатели узнают его убеждения, его гражданские чувства! Пусть говорят между собой о них, а не об его домашних делах. А то сколько сплетен вокруг клубится! — увел жену у приятеля, ближайшего сотрудника, играет по-крупному, продул чужие деньги… Он приподнял голову, сердце так защемило, что он прижал его рукой, чуть подождал, потом перевел дыхание и снова закрыл глаза.

Да, Гарибальди. Чем не Бакунин? Такой же неуемный фантазер, наивный смельчак, героическая личность. И судьбы похожи. Оба шатались по миру, освобождая человечество на разных широтах. Гарибальди был заключен в Генуэзскую крепость, а Бакунин отсиживал пожизненный срок в Петропавловке и Шлиссельбурге. Не так давно прошел слух, что новый царь, взойдя на престол, получил от Бакунина прошение и помиловал — перевел на поселение в Сибирь. Но как-то не верится, что бунтарь, оказавшись на воле, хоть и в Сибири, угомонится, — не тот характер. Да и Гарибальди вряд ли успокоится, крестьянствуя на своем клочке земли в сардинской Капрере… вон, судя по-вчерашнему, ворон-то в этих местах все еще летает…[6]

---

[6] Мой герой как в воду смотрел: оба — Бакунин и Гарибальди — не успокоились. Бакунин через четыре года, в 1861 году, бежал из ссылки и через Японию и США прибыл прямо в объятия Герцена, в Лондон.

А Гарибальди после блужданий по Центральной и Латинской Америке и крестьянствования на острове Капрера в 1859 году продолжил борьбу за освобождение Италии (прим. автора).

Мысли перекинулись на российские дела. Сейчас он уже знает, что его гражданственные стихи поместил в Журнале не скудоумный приятель, а Пуританин, человек громадного ума и железной воли. Нет, не зря четыре года назад он переманил его из андрюшкиного журнала в свой, совсем не зря — не ошибся. Благодаря ему, да еще одному, недавно взятому на работу сотруднику, юному, но, кажется, гениальному, Журнал запоем читает молодое поколение. Молодежь — за них, студенты рвут друг у друга из рук книжки Журнала, спорят, горячатся. И пусть старички ищут в оглавлении знакомые имена — Лучшего друга, Военного рассказчика, Обыкновенного цензора, Живописателя Темного царства и Эстета, он-то сам глядит дальше и лучше видит расклад: ставить нужно не на них, отцов, а на детей, то есть на будущее, — на Пуританина и его гениального подмастерья. Таков запрос времени. Вот и его стихи появились вовремя, поспели к нужной поре. Пуританин пишет из Петербурга, что его сборник разошелся мгновенно. А книжка стихов Тончайшего лирика, изданная одновременно, так и лежит нераспроданная. Тот жаловался ему в Риме, плакался в жилетку, смешной ребенок, хотя и жесткий, и расчетливый. Как он ухватился за эту сухую некрасивую «купчиху» Марью Петровну, как нежно округляет глаза при ее появлении, как живо подает руку своей «Мари», как быстро смекнул, что женитьба не ней пахнет большими деньгами! Похоже, что дело идет к свадьбе; представив язычески бессмысленную счастливую улыбку на физиономии тридцатисемилетнего грузного молодожена, он чуть вслух не рассмеялся. Приоткрыл глаза — из маленького высокого оконца посреди комнаты лился сероватый свет, скоро совсем рассветет. Сосед все так же свистел носом то в высоком, то в низком регистре. Поразительная, не доставшаяся ему способность — спать в любой обстанове!

О чем он, однако, думал? Ах, да, о Тончайшем лирике. Его стихи могут тронуть, зацепить уснувшие было чувства, всколыхнуть память. Они так легко запоминаются, так звучны, так красивы! Он готов признать, что его стихи как голодные замарашки в рваных башмаках в сравнении с юными барышнями

Авдотья Панаева

в светлых платьях — стихами Тончайшего лирика. От себя не уйдешь — он пишет о том и так, как диктует его печальная муза. Однако затесалась между ним и Тончайшим лириком одна коренная несправедливость. О Тончайшем лирике, человеке в быту суетном и прижимистом, никто не распускает зловредных пакостных слухов. А на его голову падает обвинение за обвинением. Почему даже его приятели считают, что он на все способен?

Нет, он не ангел, и бывают мучительные дни и недели, когда он себе очень не нравится. Можно даже сказать, что он преимущественно себе не нравится — отсюда его хандра, лежание по целым суткам в прострации, без мысли, без движения, в самом убийственном состоянии духа; отсюда же его ревность — как поверить, что его любят, что его можно любить, когда он сам себя едва выносит?! Еще Учитель говорил, что в нем два человека — один активный, деятельный, умело ведущий денежные аферы, а другой апатичный и мертвый, которому все безразлично. Да, Учитель... с него-то и начались все эти ужасные обвинения. В то время как сам Учитель все понял и его не укорял, его крикливые «друзья» хором загудели, что он-де обманул, надул умирающего человека, дав обещание, не сделал его пайщиком в Журнале. Нет, он не унизился до объяснений. Да и что объяснять? Как объяснишь, что он никогда бы не вытянул Журнал, если бы не был в нем самодержцем. Сейчас, когда Дело уже идет своим ходом, он готов делиться и с Пуританином и даже с его подмастерьем. А тогда довольно было приятеля, ее мужа, с которым он нес общие расходы и делил барыши — дырку от бублика на первых порах.

Именно тогда, когда все только начиналось и не было денег ни на что — ни на печатание Журнала, ни на гонорары авторам, ни на жалованье сотрудникам, ни на объявления, ни на подкуп цензоров и чиновников, именно тогда — он неосторожно впутался в одно дело, вернее, его впутали, а еще вернее, она его впутала. Речь шла о помощи ее подруге, обретавшейся в Париже; та, ныне уже умершая, нуждалась в доверенном лице для судебного процесса над своим мужем. Самое ужасное, что ее муж, чьи деньги он помог тогда отсудить, был человеком, близким к Лондонскому изгнаннику, — его Собратом. И вот теперь тянется за ним хвост слухов, обвинений, прямой клеветы. Лондонский изгнанник, тот, кто когда-то приветствовал его начало (он до сих пор хранит его ободряющую записочку!), чья жена ссудила его деньгами для издания Журнала, теперь настроен против него, мечет в него свои язвительные, колкие остроты-стрелы. Чего бы он ни дал, чтобы дело разъяснилось! Хотя как ему разъясниться, когда он сам сейчас не понимает, каким дьяволом его занесло в этот клубок разнонаправленных хищных интересов. Он тогда неотрывно думал об оборотных средствах для Журнала, о возможности свободно манипулировать деньгами; конечно же, взятые деньги он бы непременно вернул — не было и речи об обмане или мошенничестве... Хорошо бы, если бы Лучший друг объяснил все это Лондонскому изгнаннику и его Собрату, а нет — так он сам съездит в Лондон для объяснений, если только предубежденный и непримиримый острослов захочет его принять...

И всю эту отвратительную кашу заварила она! Из-за нее он поссорился с лучшими людьми эпохи! Временами он ее ненавидел. И это его чувство легко связывалось с одной сценой, которой ему, видно, не суждено забыть.

Незадолго до своего последнего отъезда она, роясь в вещах, обнаружила в его шкафу портфель, набитый ее письмами.

— Что это?

— Портфель.

— Что в нем?

— Ваши письма.

Она была в одном из тех настроений, когда каждое слово могло вызвать взрыв. Он старался говорить без выражения, сдержанно. Она на минуту задумалась, по лицу прошла какая-то волна:

— Дайте мне эти письма, хотя бы несколько.

— Зачем вам?

— Любопытно. Не помню, что я вам писала. А ведь эти письма имеют историческое значение. Вы наверняка удостоитесь изучения будущих историков.

В голосе звучала издевка. Он открыл портфель и передал ей несколько конвертов с письмами. Руки его дрожали. Она при нем вынула одно письмо и быстро пробежала его глазами. Ее щеки зарделись.

— Какая ерунда. Зачем вы храните такую чепуху? Что здесь может быть интересного для потомков? Я пишу из Женевы, как соседский ребенок ушиб руку и как я сделала ему перевязку. Здесь историку нечем поживиться.

Она схватила другое письмо и лихорадочно стала его читать. Оторвалась от чтения и с недоброй искрой в глазах провозгласила:

— Опять ерунда. Письмо из Парижа. Сообщаю, что приболела и упрекаю вас в невнимательности. Кому это может быть интересно?

— Мне. Мне это интересно. В этих письмах моя и ваша жизнь. В них наша любовь.

— Повод для будущих сплетен. Хватает их и сейчас. Скажут, что я была бездарная, самая обыкновенная, что заедала вашу жизнь. Впрочем, — она улыбнулась, — не бойтесь, я буду писать вам из-за границы, авось, напишу что-нибудь более значительное. А эти, — она с отвращением взглянула на письма, — в огонь. И сжав листочки в маленькой ладони, она подбежала к горящему камину.

— Что вы делаете?

— Жгу наши с вами жизни. И нашу любовь.

Кровь ударила ему в голову. Он подбежал к ней со сжатыми кулаками. В отблесках камина поймал ее взгляд: смесь какого-то языческого торжества, горечи и безумия.

Она безумна, — вспыхнуло в сознании. — А это — репетиция; со временем она сожжет все. Рука, поднятая для удара, повисла.

Уж не тогда ли он явственно осознал, что их расставание неизбежно?

Во всяком случае, сегодня он бежит и от ее безумия, и от тех горящих в огне писем.

* * *

Храп внезапно прекратился. Он открыл глаза: сосед сидел на постели и, прислушиваясь, смотрел в сторону окошка. Оттуда доносились лошадиное цоканье и отрывистая немецкая речь. Поднявшись на цыпочки, он выглянул в высокое окошко. Внизу спешивались австрийские полицейские, он узнал их по красочным мундирам. Их он видел несколько месяцев назад на улицах Вены — гарцующих на белых лошадях, словно только для видимости ведающих порядком, а на самом деле выставляющих себя напоказ перед дамами. Эти яркие мундиры, как и праздная веселая толпа на улицах, поездки в экипаже по Венскому лесу, а главное — ощущение полноты жизни, оттого что рядом была она, — все это врезалось в сознание как первоначальный образ «прекрасной Европы».

Здешние австрийские полицейские, хоть и в тех же мундирах, что и в Вене, возбуждали совсем иные мысли. Невольно вспоминалась записка с нацарапанными на ней буквами.

В дверь постучали. В дверной проем просунулась мордочка мальчишки, помощника кучера. Он, выразительно жестикулируя, чтобы иностранцы его поняли, проговорил:

— Partiamo alle nove. Venite a fare colazione.[7]

Трудно было не понять его слов, так как, произнеся первую фразу, он показал 9 пальцев и зацокал языком, погоняя лошадей воображаемым кнутом.

---

[7] Уезжаем в девять. Пожалуйте завтракать! *(итал.)*

Вторую же фразу он сопроводил пантомимой «поедание пасты» — нацеплял на воображаемую вилку макароны и подносил ее ко рту, после чего на юном, но уже плутоватом лице появлялась улыбка блаженства.

Спустившись в столовую, он застал в ней всех своих попутчиков. Кроме них, никого больше не было. На длинном столе были разложены блюда с плоским итальянским хлебом, ветчиной и сыром, стояли кувшины с водой и соком. Анита с матерью, с аппетитом поедавшие ломти хлеба с сыром и ветчиной, бурно махали ему руками, он подсел к ним.

В столовую вошли те самые австрийцы, которых он видел из окна. Все сидевшие за столом невольно затихли, притаились. Одна Анита смотрела на полицейских в ярких мундирах с простодушным любопытством. Низенький толстый хозяин гостиницы, угодливо склонившись, что-то быстро им говорил, разводя руками и качая головой; в его речи то и дело слышалось «кариссими синьори». Полицейские, оглядев горстку завтракавших и, видно, не найдя в них ничего подозрительного, пошли к выходу. Семенящий за ними толстячок подхватил одну из стоящих у него на прилавке огромных корзин с вином и фруктами, перевитую рождественской гирляндой, и подал австрийцам. Те заулыбались, один из них принял корзину и, оживленно разговаривая между собой по-немецки, они удалились.

Он подумал, что, если давешние «карбонарии» еще в гостинице, то им сильно повезло.

В дилижансе он устроился на привычном месте, напротив него деловито разбирала свои богатства Анита — мать только что купила ей хвойную гирлянду и разноцветные ленты. Он и сам не удержался, чтобы в последнюю минуту не купить у хозяина гостиницы бутылку местного вина — в подарок Лучшему другу. Узколицый немец, его бывший сосед по номеру, безмолвно кивнув сидящим, занял свое место и, кажется, снова пристроился дремать. Последними вошли в «вагон» молодожены, как он их назвал, — молодая пара: невысокий горбоносый француз и гибкая смуглая итальянка. Они держались за руки и не поднимали глаз на окружающих, и было понятно почему. Они пытались скрыть от посторонних тот самый «пламень томный», по которому узнаются счастливые любовники.

Его укололо чувство острой, прямо-таки бешеной зависти. Он подумал, что та единственная любовь, которая была послана ему судьбой, должна была вечно таиться, питаться крохами, быть в тисках сплетен и кривых улыбок. Как мало было у них безоблачных счастливых дней, совместного отдыха, безмятежных радостей. По сути дела, их первая совместная поездка началась прошлым летом, когда он нашел ее в Вене, а затем они вместе поехали в Италию. И, может быть, только в Риме, впервые за много лет, он почувствовал себя счастливым. Он любовался ею до слез, как когда-то, когда казалось: подари его такая, как она, своей любовью, и сам царь будет ему не брат. Но одновременно тяжелая тоска камнем придавливала сердце: почему этот рай, эта сказочная Италия пришли к ним так поздно? Почему не тогда, когда были они юны, полны надежд и их сердца не ожесточились в схватках с жизнью. Под лучезарным римским небом его посещали кошмары: ему снилась рыдающая, беззащитная перед деспотом отцом мать, он, желторотый птенец, пытается за нее вступиться и получает оплеухи и оскорбления. Страшными видениями приходили к нему мучительное детство и нищая беспросветная юность. За что? Почему?

Он впадал в прежнюю свою хандру, и уже жалел, что увидел и это небо, и этих беззаботных, с рожденья наделенных счастьем людей. Однажды, в ожесточенье, он даже плюнул с самой макушки Святого Петра на толпу, снующую внизу. Это вам за мою пропащую молодость, за болезни, за злость, за подругу, которую мучил и мучу. Мучил и мучу. О, какая это правда! А ведь как она обрадовалась, когда он приехал, — запела как птичка, расцвела, ожила, зажглись помертвелые было глаза. Куда он едет? Зачем? Не лучше ли быть с той, что делила с тобой печали и радости? пеклась о твоем здоровье? пожертвовала тебе своим именем? молодостью? несравненной красотой?

Ты пресытился, бежишь, а она? Что делает сейчас она? Одна, брошенная?

Тут в голову стали приходить дикие ревнивые мысли, и он едва не застонал вслух, но вовремя очнулся. Огляделся. Дилижанс набирал скорость. В незанавешенное окно сквозь туманную дымку пробивались солнечные лучи. Мимо, обогнав их дилижанс, на бешеной скорости промчалась закрытая бричка, управляемая маленьким лихим кучером. Он узнал мальчишку. И, видно, узнал его не только он. Скучный немец-сосед подскочил на своем сиденье и на чистейшем русском языке выкрикнул: «У, черти! Удирают к ядреной матери!». Все на него покосились. Он покраснел, достал из кармана огромный клетчатый носовой платок и стал вытирать им потное лицо. Юноша-француз и девушка-итальянка помахали бричке из окна, сопроводив этот жест восклицаньями на французском и итальянском языках. А мать Аниты притянула к себе голову дочери и, поцеловав, прошептала: «Aiutaci, Madonna Santa!»[8]

Бричка промчалась, а он все смотрел и смотрел в окно. Ему чудилось, что с той стороны стекла глядит на него женское лицо — она, какою он увидел ее в далекой юности — с задумчивым вопрошающим взором, с алой лентой на черных, как ночь, волосах.

---

[8] Спаси нас, Святая Мадонна! (*итал.*)

Симонетта Веспуччи

Он не знал, что впереди у него не осталось времени. Надеялся, что вывернется, что болезнь как-нибудь однажды возьмет — и исчезнет. Правда, он уже пережил возраст своих родителей, те умерли рано, отец в сорок лет от мочекаменной болезни, маменька в шестьдесят три, скорей всего, от дурного своего нрава и характера. Но нынче и медицина посильнее, да и он еще довольно крепок — совсем недавно пропадал по целым дням на охоте со своей Дианкой, в ведро и ненастье скитался по нехоженым лугам, увязал в болотах. К тому же, он давно живет в благословенной Франции, это тоже плюс, климат помягче, люди поприветливей, не сравнить с хмурой, равнодушной к человеку родиной.

Болезнь однако томила, особенно по ночам, боль в груди не давала пошевелиться, перевернуться на бок — приходилось колоть морфий.

Эту ночь он провел, слава богу, без морфия, но не спал. В полудреме представлялась ему Италия времен Ринашименто, божественный Боттичелли, женская обнаженная фигура — Венера, рождающаяся из морской пены, и она же в виде Флоры, чуть юнее и беззаботнее лицом, в цветах и травах, разбрасывающая розы на своем пути. Какая-то мысль уплывала, не давала себя схватить. Он стряхнул дрему, открыл глаза. Тени на потолке сложились в виде латинской буквы S. Он тотчас вспомнил имя — Симонетта, Симонетта Веспуччи. Красавица, провозглашенная на рыцарском турнире, проводимом братом Лоренцо Великолепного, Джулиано, la bella di Firenze, прекрасная блондинка, прибывшая к флорентинскому двору из провинциальной Лигурии, где, по слухам, родилась в местечке с символическом названием Портовенере. Замужняя дама, юная, живая, наверное, писала стихи. Сразу обратила на себя внимание — даже строгий, девственно неприступный Боттичелли не устоял, все его женские модели имели лицо Симонетты, все были белокуры, юны, тонки и изящны. Что до Джулиано Медичи, младшего брата правителя, поэта и беззаботного философа, то тот просто потерял голову... Преследовал ее, чужую жену, своею любовью, победив на турнире, во всеуслышанье — посвятил свою победу ей, Симонетте. Скорей всего, за это и поплатился, когда в 25 лет был убит в церкви Санта-Мария-дель-Фьоре заговорщиком, с говорящей фамилией Пацци[1].

Тени на потолке лежали густо, до утра было далеко. Он попробовал повернуться, застонал и остался лежать на спине, в этом положении боль можно было терпеть. Кто-то много лет назад говорил ему о Симонетте, кто-то из Италии, показывал копии боттичеллиевской Флоры, то ли это был русский, то ли... Малоросс — он вспомнил, — это был малоросс, родом из Закарпатья, даже не малоросс, а русин, странный, небольшого роста человечек в зеленой венгерке, с кожаным чемоданчиком в руке. Приезжал сюда, на улицу Дуэ 50, проездом из Италии в Россию.

Он лежал, боясь пошевелиться, и старался припомнить тогдашний разговор. Сидели в гостиной на огромном зеленом диване, раньше над ним висела картина Теодора Руссо, пришлось ее продать, как и все любимые картины, чтобы помочь дочери Полинетте, когда муженек ее разорился и она убежала с детьми в Швейцарию. Это было его любимое место, его холостяцкий приют, где все было по его вкусу и размеру. Мадам Виардо редко здесь появлялась, хотя порой он был бы рад с ее помощью избавиться от докучного посетителя. А посещали его чуть не каждый день — ищущие правды российские разночинцы, студенты, художники, медички... Многие просили о помощи — денежной или словесной, и он как мог помогал, бывали и иностранцы — слава его уже гремела в мире.

---

[1] Сумасшедший (итал.).

Гость, его звали Эммануил Иванович Грабарь, хорошо говорил по-русски, хотя, по его словам, выучил язык самоучкой. Никогда не живя в России, он туда стремился как на свою заветную родину, был настоящим русофилом, ненавидел Австро-Венгерскую монархию, под властью которой, как он говорил, томилась его родная Галитчина, с кружком сочувствующих составил тайный противоправительственный заговор, был открыт — и с трудом избежал тюрьмы, скрывшись сначала во Франции, а затем в Италии. Там, в Италии, — сказал он, со значением глядя в глаза собеседнику, — с *ним и началась эта история.*

— Какая история, любезный Эммануил Иванович? — слегка испугался хозяин.

Гость был настолько мал и хлипок, что совсем не подходил на роль заговорщика, сокрушителя основ. Уж не фантазер ли или, чего доброго, слегка спятивший на своей идее? Таких среди соотечественников было много, он их побаивался. Правда, были среди них и такие гиганты, как Петр Лаврович Лавров или Герман Александрович Лопатин. Этих двоих, людей умных и высокообразованных, он выделял, их сумасшествие было сущностным, оно не бросалось в глаза.

Галичанин, все так же пристально глядя на собеседника, отвечал:

— Да, видите, стал я скучать, жена с детьми в Закарпатье, я один в чужом краю. Служил я воспитателем у малолетних детей Павла Павловича Демидова, князя Сан-Донато. Имение у него наикрасивейшее, под самой Флоренцией, природа, статуи, краса да и только, но меня больше библиотека его привлекала, с русскими книгами. Нашел там ваши сочинения, Иван Сергеевич, — и ими от душевной моей туги спасался. Одна вещь особенно мне на сердце припала.

— Какая же?

— Повесть ваша «Первая любовь».

— Вот никогда бы не подумал, что человека вашего склада, политического заговорщика, привлечет эта тема. Что же вам там понравилось?

— А княжна, молодая княжна Зинаида Засекина, — простодушно ответствовал гость, — и понизив голос, почти шепотом, продолжал. — Она очень напомнила мне одно изображение, одну картину. Я видел ее в галерее Уффици. Знаете, Иван Сергеевич, о чем я?

Странный гость ждал ответа, а в голове у хозяина снова мелькнуло: не безумен ли собеседник, но, скорей всего, он просто верит в сверхъестественные силы писателя, способного проникать в психические бездны других людей.

— Нет, Эммануил Иванович, не смогу угадать вашу загадку, сами скажите, заинтриговали.

— Ну как же, как же, вы же автор... Ведь вот, смотрите, — гость потер лоб и проговорил нараспев как стихи: «...в движениях девушки (я ее видел сбоку) было что-то такое очаровательное, повелительное, ласкающее, насмешливое и милое, что я чуть не вскрикнул от удивления и удовольствия».

— Или вот еще, — он начал не вдруг, но потом проговорил, не сбиваясь: «...я все забыл, я пожирал взором этот стройный стан, и шейку, и красивые руки и слегка растрепанные белокурые волосы... и этот полузакрытый умный глаз, и эти ресницы, и нежную щеку под ними...».

— Разве это не Флора с картины Боттичелли? Ведь точно она.

Из кожаного портфельчика гость достал листы со своими зарисовками.

— Поглядите, Иван Сергеевич, копии мои дурны, но даже по ним можно видеть, что и Венера, и Флора у Сандро Боттичелли — это один женский тип. Все она, везде она, гарная дивчина, чародейка Симонетта Веспуччи. Идеал великого Сандро, его первая и последняя любовь. Да вы про то сами все знаете.

Он повернулся к собеседнику всем своим маленьким телом, вперил в него острый немигающий взгляд.

— Могу я, Иван Сергеевич, задать вам прямой вопрос? Я, собственно, ради него к вам пришел.

Спрашиваемый поежился как от сквозняка. Что за вопрос? О чем? О Симонетте Веспуччи? При чем тут она? Какое от-

ношение имеет она к его повести? По обыкновению, ответил
уклончиво:

— Смотря какой вопрос, Эммануил Иванович, на некоторые
прямые вопросы я ни прямо, ни
косвенно не отвечаю.

— Мой вопрос совсем легонь-
кий. Кто была ваша Симонетта
Веспуччи, Иван Сергеевич?

— Вы говорите про «Первую
любовь»?

— Именно про нее.

— А для чего вам это знать,
уважаемый Эммануил Ивано-
вич?

Флора.
Фрагмент картины
Сандро Ботичелли «Весна»

Вышло не слишком учтиво,
обычно он не позволял себе с посетителями таких резкостей,
но тут что-то в нем взыграло.

Собеседник отвел взгляд и покраснел.

— Вы правы, Иван Сергеевич, это праздное любопытство,
благодарствуйте и извиняйте.

Поговорили о дальнейших планах гостя. Оказалось, что он
уже завтра отправляется в Россию. И конечный пункт у него
ни Москва, ни Петербург, а Рязанская губерния, уездный городишко Егорьевск. Он уже списался с тамошним школьным
начальством, будет преподавать французский и немецкий
в местной прогимназии. Дети и жена прибудут в Егорьевск,
когда он окончательно устроится. С родиной своей души, Россией, он встретится в ее неприметном уголке — тем лучше.
У него широкие планы, горячие надежды, наконец он увидит
то, ради чего рисковал жизнью.

Хозяин снова поежился и, улыбнувшись на прощанье, попросил уходящего написать о первых впечатлениях. Тот обещал. На этом они простились.

* * *

Днем все было как обычно: умыванье чужими руками, утренний стакан молока, посещение врача, почта с письмами из России и прочих стран, мучительные попытки написать что-то в ответ, снова молоко — в день ему было прописано 11 стаканов, потом бессмысленный день в постели, когда радость приносят только звуки, доносящиеся снизу, от Полины, в часы ее занятий с ученицами. В полдень на минутку забежала Клоди, обдав свежестью январской морозной улицы, запахом духов, прелестью очаровательной тридцатилетней француженки, удачно вышедшей замуж, но не боящейся флирта и легких приключений. Ее и младшую дочь Полины, Марианну, он любил как своих дочек, даже больше; его родная дочь Полинетта и вполовину не была ему так близка; что до Поля, в котором многие находили сходство с ним, — оба относились друг к другу настороженно, даже предубежденно, что не помешало ему подарить подрастающему, подающему надежды музыканту скрипку Страдивари. Девочек Виардо он также обеспечил приданым, да и этот дом на улице Дуэ, где он жил на правах квартиранта, куплен был на его деньги. Полновластной хозяйкой дома была, однако, Полина, и это нисколько не противоречило его собственному желанию, что бы по этому поводу ни говорили его русские друзья.

Днем ему думать не хотелось. Зато ночью, когда Полина оставила его одного в компании ночника и колокольчика, он снова вернулся к вчерашним мыслям. К той странной встрече и вопросу незнакомца: «Кто она, ваша Симонетта Веспуччи?»

Ее имя в их семье было предано забвению. Матушка запретила о ней упоминать — ни устно, ни в письмах. Екатерина Шаховская. Княжна Катенька Шаховская. Матушка уничижительно звала ее «поэтка», так как она писала и печатала в журналах стихи и поэмы. Романтическая душа. До сих пор ему непонятно, как такая девушка, в которую нельзя было не влюбиться и которая легко могла покорить и женить на себе любого встреченного ею мужчину, как она стала любовницей женатого человека, его отца. Безглядность юности? Любовь, разрушающая моральные преграды и условности света? А отец? Разве он не понимал, что губит эту молодую жизнь? Сейчас ему кажется, что отец попросту не успел. Умер раньше, чем смог что-то сделать для своей любимой... Умер в сорок лет. Знал ли он, что у его связи были последствия? Что у княжны был от него ребенок? Конечно, знал. Знала ли об этом матушка? Бесспорно. Она не была глуха и слепа, будучи старше отца и не обладая привлекательней внешностью, матушка не могла рассчитывать на его верность, но хотела хотя бы соблюдения приличий. Между тем, отец поселился отдельно, словно и не было у него жены и сыновей, сплетни и толки о его связи долетали до ушей соломенной вдовы, долетали и до них с братом. Было ему в ту пору пятнадцать, и он ничего не понимал ни в жизни, ни в любви; сказать по правде, он и сегодня, на краю жизни, понимает в них ненамного больше. Катя Шаховская. Сама весна и радость, сероглазая, светловолосая, живая — дивная, умершая в 22 года, как та, которую любил гениальный художник...

Поразительным образом все события того печального времени слились в один нитяной клубок, который вдруг стал разматываться с неимоверной быстротой.

Лето 1833 года, когда родители объединились на даче возле Нескучного, как потом оказалось, только для того, чтобы через месяц окончательно разъехаться — матушка обнаружила, что отец тайно встречается с возлюбленной; *его* поступление в университет, перевод в Петербург, отъезд матушки — одной — на лечение за границу, неожиданная смерть отца, отцовы похороны в отсутствии жены, даже не подумавшей поспешить к осиротелым детям и вернувшейся только через восемь месяцев после похорон. Все это как картины какого-то кошмарного и чужого сна следовало одно за другим и не доходило до его сознания. Как всякий юнец, он не хотел тогда думать о мраке и смерти, прогонял от себя морок, уходил в свои сферы — поэзию, науки, латынь...

Отец умер в 1834, матушка вернулась в 1835, а через год, в 1836, умерла княжна Шаховская. Правда, была она уже не Шаховская, а Владимирова. Даже до него, тогда студента, казалось, полностью отключившегося от всего происходящего, доходили слухи о ее катастрофическом замужестве — ее избранником стал бедный вдовец-чиновник, служащий почтового департамента, без имени, без денег, без положения. На что еще могла она рассчитывать после истории с отцом?

Все в этой судьбе напоминало о роке и пахло смертью и тлением. Но было в ней и другое — был росток новой жизни, зеленый вешний росток, несший семя его отца...

* * *

Следующий день прошел, как и предыдущий. Болела спина от лежанья, но перевернуться по-прежнему было невозможно из-за возникающей тотчас резкой боли. Он старался не стонать и «не мучить окружающих» своими просьбами.

Утром за ним ухаживала сиделка, днем, как правило, приходила Полина. Она поднималась к нему, оставляя другого страждущего, — несчастного Луи, своего престарелого мужа. Вот уже восемь лет, с тех пор как его разбил инсульт, этот бывший живчик обездвижил. Даже когда был он здоров, выдержать его нескончаемую болтовню, его галльскую потребность удивить собеседника, его вечные шуточки — было тяжело.

Он терпел Луи Виардо, даже выказывал дружелюбие — исключительно ради Полины. Муж, будучи на 23 года ее старше, всегда был для нее немножко «папа́», и это при том, что смотрел ей в рот и плясал под ее дудку. Сейчас Луи был парализованный инвалид и изматывал окружающих тяжкими стонами и бесконечными жалобами на все — на плохих врачей и горькие лекарства, дурной сон и отсутствие аппетита... В первую очередь доставалось Полине.

Сегодня она пришла совершенно вымотанная. Села возле его постели и задремала. В ее присутствии он всегда чувствовал прилив сил, она давал ему уверенность, что все будет хорошо. Сейчас, задремавшая и не способная защитить даже себя, Полина была вдвойне ему дорога. Он по-новому вглядывался в ее черты: склоненное на грудь бледно-оливковое лицо, тем-

ные веки, тяжелые, сходящиеся на переносице брови, начи-
нающие седеть черные завитки возле ушей. Ближе к старости
ее черты стали менее резки, приобрели величавость и покой.
Он любил в ней все, ему нравилось, что она не была красавицей, не отличалась веселостью и беззаботностью, не умерла
молодой, как ее старшая сестра, великая Малибран. В ней был
характер, была воля, редкий мужчины мог ей противостоять.
Этим она напоминала его матушку. Но у матушки не было
дара, не было той божественной искры, которая, вселяясь
в женщину, делает ее неотразимой.

Ночью он продолжал разматывать клубок, связанный
с незнакомцем. Месяцев через пять после его посещения, весной, пришло от него письмо, где в обратном адресе значился
Егорьевск Рязанской губернии. Разрезая конверт, *он* постарался представить, что будет в этом письме. Конечно же, разочарование, полнейшее разочарование в той реальной России, какую мог увидеть прибывший из Европы восторженный
русофил, жалобы на дикость нравов, на нищету и отсутствие
элементарных удобств, а также на директора и воспитанников,
констатация повального невежества и бескультурья населения... Он был больше чем уверен, что ничего другого в письме
не будет. И... ошибся.

Его странный гость писал, конечно, о бедности жителей
Егорьевска и о бытовых неудобствах, но главным в его письме было не это. Он попал в Россию в январе, окунулся в русскую зиму и описывал свое первое впечатление от снега,
мороза, метели, а потом от внезапной февральской лазури,
когда вдруг, на недавно хмурой и суровой высоте, прогляну-
ло солнце и небо очистилось и заголубело. Кроме природы,
тронула его доброта русских людей, помогавших ему, ино-
странцу, в обзаведении, квартирная хозяйка принесла ему
овчинный тулуп и шкалик «для сугреву», столуясь у нее, он
узнал вкус настоящей русской еды — ржаного хлеба, гречневой каши, квашеной капусты, соленых грибков и чая утром,
днем и вечером.

Варвара Богданович

Но больше всего поразило автора письма то, что имя писателя, которого он любил и выделял, чью повесть «Первая любовь» знал почти наизусть, не только не забыто в мелком уездном городишке, но вознесено на небывалую высоту. Он, по счастливой случайности, познакомился с некой особой, дающей уроки музыки и иностранных языков. О, это удивительная особа, она уже не столь молода, лет сорока, весьма образованна и держит себя с редким достоинством, хотя по всему видно, что живется ей нелегко. Так вот, эта дама, узнав, что он в Париже виделся с создателем «Первой любви», просияла и сказала, что он обязательно должен ее навестить, так как в ее доме представлен настоящий музей Ивана Сергеевича. Она продиктовала ему адрес съемной квартиры, в которой жила с мужем и дочерью. Выждав из вежливости несколько дней, в ближайшее же воскресенье — а оно выдалось по-настоящему майским, солнечным и теплым — он отправился по указанному адресу в гости к Варваре Николаевне — так звалась его новая знакомая.

Варвара Николаевна встретила его весьма беспокойно, несколько раз просила дочку — тихую белокурую девушку — сбегать во двор, чтобы предупредить кого-то о чем-то. Когда водила его по своему «музею», все оглядывалась на окошко, выходящее на улицу. По стенам их убогого жилища были развешаны портреты Ивана Сергеевича, один портрет особенно привлекал глаз — на нем писатель был еще очень молод и совсем не похож на себя сегодняшнего. Хозяйка сказала, что этот портрет был прислан из Германии самим Иваном Сергеевичем в подарок матери, а та однажды в гневе бросила его об пол, так что стекло разбилось на множество осколков. Когда гнев Варвары Петровны улегся, пришлось заказывать новое стекло. Был здесь и ее портрет в медальоне слоновой кости — грузной, с застывшими резкими чертами. На другом медальоне, поменьше, была изображена прелестная молодая девушка, с букетиком конвалий[2] за корсажем белого платья.

— Кто это?

Хозяйка помедлила:

— Не узнаете?

— Вы?

— А вы думали кто?

— А я думал... женщина, которую Иван Сергеевич любил.

Получилось, как всегда у него, невежливо. В письме после этого шло многоточие.

Конец письма был скомкан. Было написано, что со двора внезапно донеслись крики и брань, хозяйка побледнела, а Надя — так звали ее дочь — побежала во двор и привела в дымину пьяного, вырывающегося из девичьих рук тучного неопрятного человека, который оказался мужем Варвары Николаевны. Гостю пришлось срочно ретироваться. Хозяйка, со страданием на лице, выбежала за ним на крыльцо, извиняясь за «Дмитрия Павловича»: в воскресенье, когда не на службе, он любит посидеть в местной распивочной.

— Может, вы во вторник придете? — муж будет на службе, часа в три-четыре, я вам еще кое-что покажу, — в голосе слышалась мольба. На том и расстались.

Следом за первым письмом, с небольшим промежутком, пришло второе.

В нем говорилось, что Алевтина Филипповна, хозяйка апартамента, в котором жил галичанин, сказала ему про мужа Варвары Николаевны: «Не пара он ей. Она на фортепьянах играет и на разных языках изъясняется, а он околоточный в полиции, да и пьяница; слышно, что скоро его за пьянство прогонят со службы. А коли прогонят, тогда ей с девчонкой совсем при-

---

[2] Конвалии — ландыши (укр.).

дет каюк». На вопрос, почему такая культурная и образованная дама вышла за необразованного пьяницу, Алевтина Филипповна отвечала, что чужая душа — потемки и она в чужую жизнь не лезет.

Во вторник, после некоторого колебания, он пошел в гости к Варваре Николаевне. В этот раз все было по-другому, она никуда не спешила, угощала его чаем, играла на пару с дочкой этюды Клементи на стареньком разбитом фортепьяно. Он спросил, откуда у нее такой интерес к Ивану Сергеевичу и такая близость к его матери. Оказалось, что она с самого детства воспитывалась в доме Варвары Петровны и, не имея родителей, была ею удочерена.

— А куда, простите, делись ваши родители? — задал он бестактный вопрос. Она замялась и даже, кажется, покраснела. Тут автор письма сделал приписку, что и сам обладает этим не приличным его возрасту свойством — краснеть по всякому поводу... Он, поняв свой промах, хотел было своротить на что-то другое, но Варвара Николаевна к этой теме вернулась и сказала, глядя не на него, а на свою дочку: «Надюша знает, и я ни от кого не скрываю: считаю Варвару Петровну, по ее отношению ко мне, своей настоящей родительницей. Она мне и брильянты дарила, и как куколку наряжала, и был у меня экипаж для выезда, и учителя были — танцев, музыки, немецкого языка и французского. Варвара Петровна так своих сыновей не баловала, как меня, Ивану Сергеевичу из-за того, что жил за границей, вообще в деньгах отказала. А со мной было иначе. Тогда думалось, что все это — подготовка для будущей светской приятной жизни, а как теперь понимаю, — средство, чтобы заработать на хлеб насущный. Вот даю теперь за гроши уроки местным гимназистам — обучаю музыке и языкам. Она помолчала, а потом, все так же глядя на дочку, завершила свой горький рассказ: «Когда Варвара Петровна умерла, — мне было 17 лет, с тех пор моя судьба переломилась, покатилась под горку».

Сумная[3] настала минута, все как-то задумались, приуныли.

---

[3] Сумная — грустная *(укр.)*.

Но тут Варвара Николаевна улыбнулась и сказала неожиданно весело, с каким-то задором: «Так вы полагаете, что девушка с ландышами могла вызвать любовь Ивана Сергеевича?» С этими словами она взяла с полки журнал — это был «Современник» за 1844 год — и стала читать оттуда тихим проникновенным голосом. Это было стихотворение, ей посвященное.

> Когда в весенний день, о ангел мой послушный,
> С прогулки воротясь, ко мне подходишь ты
> И, руку протянув с улыбкой простодушной
> Мне подаешь мои любимые цветы,
> С цветами той руки тогда не разлучая,
> Я радостно прижмусь губами к ним и к ней...
> И проникаюсь весь, беспечно отдыхая,
> И запахом цветов, и близостью твоей...

Галичанин счел неуместным цитировать все стихотворение, которое, его создатель, Иван Сергеевич, знает и без него. Сам он переписал стихи к себе в тетрадь, туда же, куда записывал свои ощущения после прочтения «Первой любви».

На прощанье Варвара Николаевна вынула из стоявшего на фортепьяно стакана букетик ландышей — и протянула гостю: «Возьмите, Наденька поутру собрала их возле дома — это вам на память». От цветов шел нежный запах. Он сжал их в руке.

Конец этого письма, как и предыдущего, был непропорционально куцым. В последней фразе сообщалось, что мужа Варвары Николаевны буквально на следующий день после памятной встречи выгнали со службы, и теперь он целыми днями торчит дома и пьет горькую.

* * *

С некоторых пор каждую ночь ему кололи морфий. В ту ночь он от морфия отказался, морщась, повернулся на спину — и замер. Боль тоже замерла. Но внутренняя, более тяжкая боль души, была при нем, не уходила. Письма галичанина его растревожили. Лежа с закрытыми глазами, в полудреме, он пытался вспомнить стихи, которые посвятил девочке-отроковице, чей звонкий голос, взгляд серых глаз, милая улыбка так напоминали ему его первую любовь, Катю Шаховскую.

В памяти всплывали, казалось, давно забытые, сорок лет назад написанные строчки:

Гляжу на тонкий стан, на девственные плечи,
Любуюсь тишиной больших и светлых глаз,
И слушаю твои младенческие речи...

Да, речи были младенческие, Вареньке шел в ту пору одиннадцатый год, крошка, влюбленная в него как в старшего брата и глядящая на «Жана» с обожанием. А он, он видел в ней ту, ушедшую. Поразительное сходство. Вареньку, или Биби, как называла ее Варвара Петровна, принято было считать «грехом» Андрея Берса, в молодости служившего у них в семье домашним врачом. Берс, однако, внимания к ней не проявлял, практиковал и жил своей обособленной жизнью в Москве, приезжая на охоту в Спасское, на ребенка не смотрел, разве что хранил выписанный Варварой Петровной на его имя вексель в 15 тысяч серебром, предназначенный для девочки. Берс всегда помогал матушке в ее денежных делах.

В полусне-полубодрствовании он мучительно припоминал, было ли у него подозрение, что здесь что-то не так. Что не Берс отец Биби и что такое поразительное сходство девочки с княжной Шаховской не случайно?

Гляжу тебе в лицо с отрадой, сердцу новой,
И наглядеться я тобою не могу...
И только для тебя в душе моей суровой
И нежность, и любовь я свято берегу.

В год написания этих стихов он встретил Полину. И устремился за нею в Европу. За нею и ее мужем. А Россия и все то ужасное, что было с ней связано, — судьба несчастной княжны, смерть отца, самоуправство и жестокость матери, картины крепостной деревни — все это, он думал, осталось позади. Но вот он лежит — и вспоминает, и прошлое совсем рядом, только протяни руку. И сердце саднит от того, что был он тогда жесток и несправедлив. Да, жесток и несправедлив.

Когда в 1850 приехал на похороны матери — после стольких лет жизни в чужой стране и чужой семье, после тисков безденежья и отвратительного существования в качестве «приживала» в семье Виардо, он приехал в Москву как наследник одного из богатейших состояний. Что на него тогда нашло, почему он заподозрил в этой тоненькой семнадцатилетней большеглазой барышне, после смерти матушки оставшейся в полном одиночестве и без всякой защиты, коварную интриганку, мечтающую поживиться матушкиным наследством? Почему все сделал, чтобы выгнать ее из дома, даже и брату не дав ее приютить?

Да, они с Николаем решили честно отдать ей деньги, завещанные Варварой Петровной. Но когда? *После замужества.* А пока выплачивать проценты. Почему они не подумали, как будет жить эта юная душа после случившейся в ее жизни катастрофы?

Два года назад, приехав в Россию на открытие памятника Пушкину, на какой-то встрече в Дворянском собрании он увидел устремленный на него взгляд. Женщина в темном платье, еще не старая, но с бледным, до чрезвычайности измученным лицом, пробивалась к нему через плотный человеческий ряд: «Иван Сергеевич, вы меня помните?»

Он не помнил и смотрел на нее с испугом. «Это же я, я, Варвара Лутовинова-Богданович, теперь Житова. Вспомнили?» Эта женщина — Варенька? Это та самая Биби, которая собирала для него ландыши? Он заволновался, как когда-то в юности, когда не знал урока. С чем она пришла? С незажившей обидой? Со своим горем?

— Иван Сергеевич, дорогой, как я рада, — женщина вглядывалась в него — и слезы текли по исхудалым щекам. Как же я рада, что встретила вас хоть на склоне лет. Вы... вы меня простили?

* * *

Тени ушли с потолка, забрезжило утро. Он дотронулся до своего лица, оно было мокрым. Внезапно снизу до него донеслась мелодия, он узнал голос Полины, она часто теперь пела по утрам.

Слов разобрать он не мог, но мелодия была радостная, призывная. Он подумал, что зима совсем скоро кончится — и наступит весна. Та самая, что приходит в образе прекрасной девушки, в цветах и травах, разбрасывая розы перед собой. Может быть, весной ему полегчает — и он начнет писать рассказ, который пригрезился ему во время его зимнего лежания, его название он уже знает — «Симонетта Веспуччи».

Старый муж

Старый муж, грозный муж
Александр Пушкин

— Иван, прикрой дверь за барыней и вели никого не пускать. Маленькая сгорбленная старушка в рыжеватом парике и кокетливой белой кружевной накидке просеменила к креслу, цепкой рукой в перстнях схватившись за спинку, ловко поместила в него хлипкое свое тело и поманила пальцем вошедшую.

— Иди, Наташа, ближе, садись хоть сюда, — она указала на низенький пуфик подле себя. Та присела на пуфик. Старушка оглядела ее придирчиво: «Все хорошеешь, сударыня моя. Вот, говорят, Урсула, бабка твоя, тоже была хороша несказанно. Да и маменьку твою, Наталью Иванну, бог красотой не обидел. Красавица, только дура,[1] прости господи. Теперь твоя Наталья нумер три — тоже, небось, красавицей растет? Сколько ей времени? Дети растут быстро как трава и расцветают незаметно как цветы*. Годок уже есть?»

— Нет, тетенька, годок ей будет через четыре месяца, в мае.

Дама говорила тихо и головы не поднимала. Низенький пуфик не мог скрыть ее роста и статности. Простое платье серой английской шерсти, отороченное серебристым мехом и стянутое в талии широким меховым поясом, пепельные локоны, перевитые малиновой лентой, гляделись празднично и ярко в сумраке покоев. Старушка позвонила в колокольчик, вошел чинный слуга.

---

[1] Здесь и далее звездочкой обозначены слова и фразы, переведенные с французского. *(прим. автора)*

— Степаныч, повороши, любезный, в камине — кости мерзнут. Старые кости мерзнут даже летом*.

Красными угольками вспыхивал камин. Старуха глядела в его зев, набиваемый поленьями. Справа из трех больших итальянских окон в комнату лился свет январского дня. Поглядев в окно, дама увидела встрепанную черную ворону, неподвижно сидевшую на темном суку, бледное низкое небо, снег, бьющего в ладони кучера...

— Ступай, Степаныч, славно поворошил — эвон как камин разгорелся. Да накидку мою прихвати с собой.

Отдав накидку слуге и выждав, пока тот скрылся за дверью, старушка обратилась к посетительнице:

— Ты что, сударыня моя, грустна? Аль не рада счастью сестрину? Свадьба-то была уже?

— Вчера, тетенька.

— Ты, Наташа, можешь передо мной не таиться. Меня ты знаешь: лишнего ни про кого не говорю: ни про живых, ни про мертвых. Да и умру скоро. Не смотри так — я, сударыня, зажилась, слыхано ли, девяносто лет минет в сентябре! Да не доживу, сердцем чую.

— Не говорите этого, тетенька, не дай бог. Я осиротею без вас, у меня, кроме вас, и нет никого, с кем можно посекретничать.

— Да ты, душа моя, не охотница секретничать. Все молчишь. Ты, чай, и маменьке ни словечка.

— Вы маменьку знаете. Она и на свадьбе сестриной не была, сидит в своем Ярополье, капусту солит...

— Водочку пьет?

— Давно уже, оттого и сестры с нами живут.

— Мужчина пьяница — проспится, женщина — никогда*. Папенька твой тоже пил дай боже... Помню, как ты родилась, а ты знаешь ли, что родилась в родовом поместье Загряжских Кариан, что под Тамбовом... так вот, родилась ты, сударыня моя, ровно через день после Бородинской баталии. Тогда в Кариане много родни по Загряжской линии собралось — из Москвы бежали, от француза, все больше дамы с детьми, как твоя мать.

126

Сейчас уж не вспомню, прибыл твой папенька из армии или уже тогда из-за душевного своего недуга не служил, только он у нас вечером фейерверки затеял. Во славу победы на Бородинском поле и в честь твоего рождения. Грохот, огни, тарарам... А в полночь такую пальбу завел — всех перебудил, маменька твоя еле-еле его увела. Тогда ведь горя больше было, чем радости, — Москва-то за французом осталась... Дворовые, да и господа вместе с ними, плакали и молились.

Наталья Пушкина-Ланская

Старушка быстро перекрестилась, брильянты на ее пальцах блеснули в лучах камина кровавыми искрами.

— Не приходит в себя папенька-то твой?

— Нет, папеньке не лучше, он уже много лет в помрачении рассудка. В Москве за ним присматривают монашки, брат Дмитрий платит за уход.

— Детям твоим не передалось бы! У мужа твоего тоже дед был помешанный, при живой жене сочетался браком со своей любовницей*, фальшивую бумагу справил, что жена-де его умерла. И брат его был не лучше, Петр Абрамыч: в своей деревне восточную сераль завел из крестьянских девок. Бешеная кровь, арапская. К женскому полу прилипчивая и жестокая. Знаешь, поди, что корень всем Аннибалам, Абрам Петрович, жену свою гречанку приревновал да побоями и голодом ее, лебедь белую, чуть не до смерти извел.

Старушка остановилась и внимательно посмотрела на слушательницу.

— Да ты что, никак плачешь?

Александр Пушкин

Дама на пуфике еще ниже наклонила голову, охватила ладонями лицо, плечи ее вздрагивали от беззвучных рыданий.

— Что ты, Наташа, бог с тобой, — соскочив с кресла, старушка ласково обняла молодую женщину за плечи. — Что у тебя на сердце? Али правду говорят, что муж твой стал как тот бешеный Арап?

— Хуже, тетенька, никакой жизни не стало.

— К этому вертопраху тебя ревнует? К французу?

— Жорж не ветропрах. Он благородный, нежный, учтивый. Я, тетенька, таких, как он, в жизни своей не встречала. Дама подняла лицо, облитое слезами: в чуть косящих темных глазах светилось детское обожание.

— Да и не мудрено, сударыня моя, ты в семнадцать лет под венец пошла, вон уже четверых нарожала. Что ты в жизни видела? И что ему неймется, мужу твоему? Кто в свете не флиртует? Кто из дам светских не кокетничает? Будто сам молодым не был!

— Он в молодости не только флиртовал, тетенька. Если бы вы знали, сколько у него было романов, да и с замужними дамами.

— Ныне замужние дамы первые норовят роман закрутить. Вон кузина твоя Идалия. Зеленоглазая дьяволица.* Ей ничего не страшно, все нипочем. Все кавалергарды, что под началом ее мужа, перебывали в ее любовниках*. А муж, святая простота, только бы угощенье подали да после за зеленый стол усадили. Не муж, а божья коровка.

Молодая женщина распрямилась и повела дивными плечами, высвобождаясь из-под теткиных рук. А та с неожиданным проворством ухватив племянницу за малиновую ленту в волосах, резко наклонила ее к себе: «Верно говорят, красавица, что ты у Идалии с младшим Геккерном[2] встречалась?»

— Отпустите, тетенька, больно.

Сухонькая ладошка разжалась; бриллиантовые перстни вновь опасно блеснули; красавица повернулась к тетушке лицом, встретила взглядом застывшие, вопрошающие глаза.

— Я, тетенька, не стану скрывать — встречалась.

Старушка моргнула.

— Два месяца тому, осенью, в Конногвардейских казармах, где Идалия поселилась с мужем после его назначения полковником.

— Ты знала, что встретишь там младшего Геккерна?

— Знала. Но не предполагала, что Идалия оставит нас одних.

— Так уж не предполагала? Она хитрая бестия. Ты уверена, что она с ним не кувыркалась? Мне говорили, что у нее роман с Пьером Ланским...

— Про Ланского мне неведомо. Далека я, тетенька, от светских сплетен. А про Жоржа скажу, что ему Идалия не интересна. Ему интересна только одна женщина во всем свете.

— Ты разумеешь себя или сестру свою Екатерину?

— Я, тетенька, разумею себя.

— И как ты о сем узнала? Во время свидания?

— Оставьте, тетенька, будто вы сами не знаете, как женщина догадывается, что ее любят. Не было бала, чтобы он не смотрел на меня — восхищенно, смиренно, издалека.

— А муж твой на тех же балах смотрел на него и на тебя из своего угла.

— Пусть. Вольно мужу моему на балу не танцевать, а предаваться скуке и ревности.

Пожилая дама снова заняла свое место в кресле и позвонила в колокольчик. Вошел тот же слуга:

— Передвинь, Степаныч, кресло мое ближе к камину. И открой, любезный, хоть одну форточку — нечем дышать.

---

[2] Жорж Шарль д'Антес, барон де Геккерн

Молодая дама снова посмотрела в окно. За окном начиналась поземка, вьюжило, ворона, все так же нахохлившись, сидела на дереве, кучер исчез из поля зрения. В то время как Степаныч важно катил к камину кресло барыни, молодая дама подвинула туда же свой пуфик. Слуга подошел к окну и с силой распахнул форточку — в комнату ворвался такой жгучий ветер, что барыня замахала руками: «Закрывай, закрывай, любезный, не будем зиму впускать. Да и накидку мою мне верни».

Степаныч, с поклоном отдав барыне накидку, медленно удалился. Старая барыня прикрыла глаза и, казалось, заснула, убаюканная треском поленьев и одуряющим теплом камина, но всего через мгновение, очнувшись, с живостью взглянула на молодую:

— Щеки раскраснелись у тебя, Наташа, — от жары ли, от нашего ли разговору... Но раз начала — продолжай. То свидание у Идалии — оно... было любовное?*

— Нет, тетенька. Да и длилось оно всего несколько минут: маленькая дочка Идалии вбежала в комнату.

— А если бы не это?

— Я, тетенька, трусиха и не люблю неожиданностей. Жорж на коленях просил моей любви, умолял, заклинал, даже плакал. Я ему отказала. Отказала — а так возможно было счастье... так оно было близко... Если бы за шесть лет до того, я, по приказанию маменьки, не вышла бы замуж за человека, которого не любила, с тем чтобы вырваться из домашнего плена, уйти от строгого присмотра, мелочных придирок и сцен, я бы, тетенька, узнала счастье взаимной любви. У нас с Жоржем так много общего. Родились в один год, под одной звездою — кометою двенадцатого года; оба мы любим общество, балы, наряды — словом сказать: веселье и праздник; он добродушен и беззлобен, прекрасно танцует, наконец, он красив как греческий Аполлон, в него влюблен весь Петербург. Мы словно созданы друг для друга. К тому же, он богат, приемный отец отказал ему все свое состояние.

Если бы вы знали, тетенька, как унизительны долги, бедность, вечная нехватка денег. Если бы не вы, взявшая на себя оплату моих туалетов, мне не в чем было бы появляться на балах. Да, я расточительна, не умею экономить и не трясусь над каждым грошом, чего требует от меня нынешнее мое положение, огромные долги моего мужа казне и кредиторам. Но как горько сознавать, что при красоте, о которой твердят без умолку с утра и до ночи, ты родилась для нужды; как обидно не иметь ни своего дома, ни приличного выезда, вечно рассчитывать и экономить копейки! Такое ли будущее рисовалось мне и моим близким!

Лицо молодой женщины все больше и больше разгоралось, в глазах полыхали молнии, голос дрожал, в нем звучали искреннее волнение и негодование, она говорила, как говорят после долгого молчания, не желая и не умея остановиться.

— А про Жоржа вам, тетенька, наговорили. Вовсе он не вертопрах. Жорж родился в феврале, под знаком Водолея. Все Водолеи хранят верность своей любви.

— Побойся бога, Наташа. Ты говоришь чушь*. Водолей твой со вчерашнего дня женат на другой. И эта другая — родная твоя сестра. Какая тут верность, кому?

— Вы, тетенька, не понимаете. На сестру падает отраженный свет. Я не свободна, а она... Помню, в детстве мадам читала нам вслух из старинной французской книжки, там рыцарь влюбляется в одну даму — Золотоволосую, а женится на другой — Белокожей. Но всю жизнь любит ту, первую. Жорж — как тот рыцарь.

Молодая женщина остановилась как бы в нерешительности, стоит ли продолжать. За окном шел обильный снег, ветер, завывая, гнул деревья, вороны на месте не было. Отведя взгляд от окна, дама продолжала, понизив голос, почти шепотом.

— Скажу вам правду, тетенька: сестра его преследовала. Она надоедала ему своей любовью, своими потревоженными чувствами старой девы. Зрелый возраст не сделал ее рассудительной... у нее были с ним интимные свидания*.

Голос ее прервался, она перевела дыхание и выдохнула почти не слышно: «Она... она... ждет от него ребенка...».

Дама зарделась и вновь опустила голову:

— Увольте, тетушка, не буду продолжать. Жорж был вынужден жениться, чтобы не запятнать ее доброе имя в свете.

— Вижу, сударыня моя, ты из козочки превратилась в тигрицу, когда пришлось вступиться за младшего Геккерна. Так ли и мужа своего защищать станешь?

— А что его защищать, тетенька? Со времени злосчастного анонимного письма он ведет себя как грубый неотесанный варвар или как помешанный. Ходит чернее тучи, разговаривает сам с собой, выкрикивает ругательства и угрозы. Я боюсь, что он меня или ударит, или, чего доброго, задушит. Кормилица маленькой Натали уносит ребенка, едва заслышав его шаги. Простая женщина, она принимает его за нечистый дух* и боится, как огня. Ребенок при виде отца начинает плакать, жизнь в доме превратилась в кошмар. Меня он словно не замечает, допускает до себя только Александрину...

— Ты, сударыня, не ревнуешь ли?

— Ревнуют, тетенька, когда любят. А я... — она замялась, — я его ненавижу и... боюсь.

Молодая дама встала.

— Простите мне, тетенька, неурочный визит и горькие жалобы. Я о них пожалею, едва выйду от вас. Но сердцу когда-нибудь да нужно себя высказать, иначе, — голос дамы задрожал, но она с усилием продолжила, — иначе оно разорвется, переполненное до краев.

Дама наклонилась и поцеловала морщинистую нарумяненную щеку. Старушка на сей раз осталась сидеть в своем кресле, по-видимому, совсем обессилев. Она осенила красавицу крестным знамением: «Молюсь, Наташа, за всех вас. Молись и ты». Позвонила в колокольчик и отдала приказание молодому камердинеру, явившемуся в вышитых красных сапогах: «Иван, проводи барыню к карете, да укутай хорошенько — вон какая метель!».

И правда, на дворе снежный ветер хлестал в лицо и сбивал с ног. Кучер, в веселом приподнятом настроении, отворачивая от барыни довольное красное лицо, взобрался на козлы.

Последнее, что увидела молодая дама, заботливо укутанная мехом, из окна своей кареты, было обледенелое тело черной вороны, отброшенное прочь с дороги носком вышитого красного сапога.

После ухода гостьи старушка, неподвижно сидевшая в своем кресле, стала задремывать. Сквозь наступающий сон ее сознание уколола мысль о возможных последствиях свадьбы, случившейся вчера. Подумалось: быть сей свадьбе кровавой. Но следом пронеслась встречная утешная мысль: «Господь милостив, не даст мне стать свидетельницей сего — я уйду раньше».

И она погрузилась в сон.

P. S. Наталья Кирилловна Загряжская (урожд. графиня Разумовская), которой Наталья Николаевна Пушкина приходилась внучатой племянницей, умерла 19 марта 1837 года, полугода не дожив до своего девяностолетия и пережив на полтора месяца дуэль и смерть Пушкина.

Редакция журнала «Современник» в 1846 г.
Слева направо: А. Панаева, Н. Некрасов, Н. Чернышевксий, Н. Добролюбов, И. Панаев

Групповой портрет русских писателей — членов редколлегии журнала «Современник».
Слева направо: Иван Александрович Гончаров, Иван Сергеевич Тургенев,
Лев Николаевич Толстой, Дмитрий Васильевич Григорович,
Александр Васильевич Дружинин и Александр Николаевич Островский

Дело о деньгах

(из тайных записок Авдотьи Панаевой)

Такого сердечного смеха,
И песни, и пляски такой
За деньги не купишь...

Николай Некрасов

Часть I

1

Эти записки я сожгу, равно как и письма Некр-ва, толстую, перевязанную алой лентой пачку. И пусть потомки удивляются. Как это в своих опубликованных воспоминаниях она ничего не пишет ни о своих чувствах, ни о своих отношениях с Пан-ым, ни о своих отношениях с Некр-ым! Верно, не пишу — и делаю это сознательно. Чтобы не питать ваше больное скверное воображение, уважаемые. Слишком много сплетен вылили вы на мою бедную голову. Слышу ваши негодующие крики: «Письма Некр-ва, нашего национального гения, как у нее поднялась рука их сжечь!» А вот поднялась. И жаль, что вы, уважаемые, не прочтете ни этих любовных писем, ни этих моих записок. Очень, очень было бы для вас любопытно. Но не прочтете! Сожгу — и то, и другое.

А для чего пишу записки — сама не знаю, наверное, чтобы разобраться в себе самой. Не буду соблюдать ни хронологии, ни сюжета. Пишу для себя — что вспомнится, то и хорошо.

* * *

Отца до десяти лет я обожала и боялась. Он был очень надменный человек. Мог быть злым и саркастическим. Однажды при мне так высмеял одного актера, который пришел к нему на занятия и невнятно произносил текст, что актер зашатался и повалился на пол. Его откачивали водой. Злым отца сделал Пушкин. Это я поняла, когда еще училась в театральной школе. Нас, воспитанников, там ничему путному не учили, но при школе была библиотека, и я до дыр зачитала отысканные в ней романы Лажечникова, повести Марлинского и пьесы Озерова. Книг Пушкина там не было. Но один мой хороший приятель Саша Мартынов в будущем прекрасный актер, принес мне переписанные от руки сочинения нашего великого поэта. Я прочла их в один день и попросила еще. У Саши больше ничего из Пушкина не было, разве что одна его рецензия на игру театральных актеров, написанная еще в 20-х годах. Екатерина Семеновна Семенова получила эту статью в подарок из рук самого поэта, тогда полумальчика, и разрешила снять с нее копию. Мартынов мне эту копию принес, я прочла. Когда дошла до фамилии Брянский, подумала сначала, что это отцов однофамилец. Но тут же поняла, что это сам отец.

Ух, как Пушкин его раскурочил. Как над ним поиздевался! Как все в этом Бряноском, ну почти все, ему не нравилось — и деревянный, и неживой, и стихи плохо декламирует. А мне-то все-все в отце-актере нравилось. Был он на сцене всегда очень красивый, статный и высокий, голос его долетал до последних рядов, и, хотя низкого тембра, приятен был для слуха. В Озеровском «Эдипе в Афинах» отец всегда вызывал восторг зрителей, дамы в публике рыдали, и отца вызывали на сцену несчетно, а тут такая язвительная рецензия! Я представила, как больно было отцу это читать, как хотелось расправиться с этим мальчишкой, возомнившим себя критиком.

Какой-то молокосос из Пушкиных охаивал актера Императорских театров Брянского, самого Брянского, партнера великой Екатерины Семеновны Семеновой. О Семеновой молокосос писал с восхищением, давний соперник отца — Яковлев — ему также нравился. Можно представить, как тогда взъярился отец, как после этой статейки не знал, на кого излить ярость и негодование, как кричал на мамашу и ее постных сестер, как досталось от отцовского арапника ни в чем не повинному Алмазке.

Видно, отец не легко пережил позор этой оценки, ведь если поначалу он мог не придать большого значения высказываниям молокососа, едва вышедшего из школьных пелен, то с годами вес каждого пушкинского слова непропорционально возрастал, молокосос превратился вначале в политического изгнанника и автора известных в копиях противогосударственных стихов, потом во всеми любимого национального поэта.

Сейчас я понимаю, откуда у отца эта патологическая ненависть к стихотворцам, «виршеплетам», как он их называл. Некр-ва он не переносил, у себя не принимал, при упоминании имени — хмурился. Вообще отец был строгих понятий.

Я знаю, что в глубине души он не хотел, чтобы я стала «актеркой», одной из тех, кто живет на содержании у богатенького покровителя. Как-то случайно я услышала возбужденный разговор в спальне родителей, то и дело звучало мое имя, я насторожилась. Мамаша визгливым шепотом докладывала отцу, что Титюс, наш балетмейстер, ей на меня жалуется, что я плохо посещаю класс, не слушаю его указаний и притворяюсь неумехой. Все в самом деле так и было. Я не хотела становиться балериной, не хотела и все. В классе хромоногого жилистого Титюса стояла на нетвердых дрожащих ногах, сбивалась с такта, видела, что он едва сдерживается, чтобы не огреть меня палкой. Сдерживался он из-за моего отца — Брянского боялись. Однажды в перерыве Титюс неожиданно явился в класс. В тот момент я передразнивала француженку Тальони, гастролировавшую в Петербурге, делала пируэты и фуэте под громкое одобрение и аплодисменты товарок. Титюс видел мои прыжки, стоя в дверях. Среди возникшей тишины он проковылял ко мне, на середину залы, громко стуча палкой по паркету. Запомнился его яростный зрачок, он бешено глядел мне в лицо: «У нее стальной носок, а она притворялась расслабленной!»

Титюс обмана мне не простил, нажаловался матери, а та передала отцу. Отец, как было тогда положено, за провинность меня наказал. Бил не сильно, ремнем, не арапником, как обыкновенно бивал Алмазку. Во время этой экзекуции я надрывалась от крика, орала не столько от боли, сколько от негодования. Как он смеет меня бить! И почему? Ведь я своими ушами слышала его раздраженный шепот в ответ на слова матери: «Дунька не хочет в балерины». — Правильно не хочет, б-и они все. Продажные твари. Не балет, а великокняжеский... последнее слово он проглотил — в этом месте мать, наверное, закрыла ему рот, ибо боялась чужих ушей; жили мы на казенной квартире, и любой из соседей мог донести; шепот прекратился, и я прошмыгнула в детскую. Уже тогда, в 10 лет, я знала, что такое «б-и» и примерно представляла, что имел в виду отец.

Со времени экзекуции я разочаровалась в отце, поняла, что он такой же «раб», как все вокруг. Тогда же мне впервые открылось противоречие между мыслями и поступками взрослых. Я затаила мечту поскорее вырваться из этих закостенелых стен, где можно побить девочку, почти барышню, только за то, что она не захотела пойти в «б-и».

Привлекала ли меня сцена? Нет. Может, еще и поэтому я с такой силой противилась уготованной мне судьбе. Девочкой я участвовала в живых картинах, устроенных на Масляной на императорской сцене. Меня нарядили маленькой цыганкой, дали в руки красный цветок. Когда открыли занавес, по залу прокатился гул удивления. Видимо, публику поразила красота картины. Меня не отпускали минут десять. Опустили занавес и повторили картину еще раз. Тронули ли меня аплодисменты? Ничуть. Я ощутила странное чувство, что сидящие в зале хотят ко мне присосаться, выпить как пиявки мою красоту и юность, а потом выбросить остатки как сношенную негодную вещь. Мне не хотелось нравиться публике, подчиняться ее требованиям, идти к ней в услужение. Слишком сильны во мне были гордость и самолюбие. Главное чувство, которое владело мною на сцене, было желание поскорее убежать. Допускаю, что я могла высунуть язык почтеннейшей публике. «Испытание сценой» прибавило мне уверенности, что эта дорога не моя.

Я была горда и одинока. Вокруг, возле материного карточного стола, — в свободные от спектаклей вечера у ней собиралась большая компания за картами — дымом клубились сплетни. Обсуждалось, кто из актрис обзавелся новым обожателем, какие подарки каждая из них получила и какова их стоимость, передавались закулисные новости — «провалившая» роль Дюриха, забывший реплику пьяный Каратыжка, делились сведениями, с кого из опоздавших на вечерний спектакль артисток взял штраф Гедеонов, какую примадонну поклонники собираются ошикать в угоду другой... Я вертелась тут же, возле играющих, но их мир был мне «чужой». Мать недобрым оком глядела в мою сторону и притворно тихим голосом гнала в детскую или к скучным теткам, целыми днями сидевшим у окошек за пяльцами. Мне были неинтересны и детские игры, и блеклые бестолковые тетки. Здесь за карточными разговорами было гораздо интереснее, но все равно это была чужая стихия. Я это хорошо понимала уже девочкой. Думаю, что и мать это понимала. Она меня не любила, что, впрочем, было взаимно. Я надоела ей своим диким упрямством, своеволием, нежеланием следовать ее наставлениям. Возможно, она ощущала мое презрение к миру интриги и сплетни, царицей которого она была. Я отказывалась посещать уроки декламации, Титюс изгнал меня из балетного класса. Следственно, ставить на меня как на актрису семья не могла. Единственным моим козырем, по мнению матери, оставалась красота. Ее-то она и предполагала выгодно продать первому подвернувшемуся покупщику.

Красота досталась мне от отца, я была в него. Еще девочкой-подростком я ощущала на себе несытые плотоядные взгляды мужчин. Мне это не нравилось. Я, как мне казалась, была больше, чем просто «красивая барышня». Сколько я прочитала книг, как много думала над ними, какое бесчисленное количество историй сочинила в своем воображении! Но им, этим прыщавым юнцам и плотоядным старикам, что на меня загля-

Авдотья Панаева

дывались, все это было не нужно, они видели во мне только свежее красивое личико, стройное тело, белую кожу, контрастирующую с темными — цвета воронова крыла — волосами. К тому же мое актерское происхождение давало им право считать меня доступной.

Возле театра всегда крутятся мужчины, лакомые до нестрогих и соблазнительных «актрисок». У родителей за долгие годы службы на театре образовалось довольно много знакомств среди богатых и чиновных жителей Петербурга. Один из таковых, важный и надменный сановник Б. (сама не знаю, почему я скрываю фамилии тех, о ком пишу, может, боюсь, что в последний момент не смогу уничтожить эти записки?!) зачастил к нам. Ему было под семьдесят, седой, с плешью на затылке, узколицый и сухой, он всегда привозил мамаше огромные коробки с конфектами и пирожными, а мне — букеты оранжерейных орхидей. Б. недавно лишился молоденькой жены. Он взял ее из низов за красоту. Говорят, была она отменно хороша и быстро вошла в роль светской дамы. Умерла она родами, причем отцом ребенка молва называла сына Б. от первого брака, импозантного и солидного государственного чиновника, давно женатого. Б. был мне противен до судорог. Мамаша заставляла меня его принимать, я подозреваю, что его подарки ей не ограничивались конфектами. Было нестерпимо ощущать себя объектом его ухаживаний, слушать его несусветный вздор, пересыпанный комплиментами, на которые нужно было отвечать улыбкой. Я с ужасом ждала, чем могут завершиться его визиты. Однажды мамаша с таинственным видом поманила меня за собой в гостиную. Закрыв дверь, она торжественным, медовым, невыносимо фальшивым голосом оповестила меня, что Б. ко мне сватается и что сегодня он приезжал к ней (отец как обычно отсутствовал) делать официальное предложение.

— Предложение? И что вы ему сказали? — спросила я дрожащим голосом.

— Сказала, что, конечно, мы согласны. Кого ты еще ждешь — прынца?

Я всегда поражалась грубости и вульгарности ее интонаций и выговора. Возможно, играя в водевилях и комедиях, она переняла у своих хамоватых простонародных героинь их ухватки и манеры. Но мне приходит в голову, что она наделяла их тем, чем была доверху наполнена сама. В жизни я два раза падала в обморок, первый раз был после этих мамашиных слов. Второй, когда много лет спустя у меня на руках умер Пан-в.

Меня отнесли в нашу общую с сестрой комнату. Мне тогда только исполнилось семнадцать, и я решила не жить, если мамаша будет принуждать меня к браку с Б. Дальнейшее можно обозначить русской поговоркой: нашла коса на камень. Мамаша настаивала, я упорствовала, отец сохранял нейтралитет. Странно, что его положение на театре, его бильярд с приятелями, псовая охота, до которой был он охотник, ссудная касса для актеров, которую держали они с матерью, — все, казалось, было ему дороже, чем судьба собственной дочери. Ни разу за все это время он ко мне не приблизился, со мной не поговорил.

Как тяжко вспоминать то постылое время! Наверное, именно тогда, лежа лицом к стене на своей постели, я пережила самые мучительные дни своей жизни. Много чего было в ней потом — страдания, душевные муки, горькая неутоленная любовь, пережила я и то, чего не пожелаю ни одной женщине, — смерть новорожденных детей; жизнь моя была отравлена клеветой и порочащими слухами, приготовила мне судьба и предательство человека, который когда-то клялся мне в вечной любви, — и все же самый тяжкий груз лег на мою юность, когда дело шло о том, жить мне или нет. Именно из-за тяжести этих воспоминаний, из-за того, что по сию пору ранят они мою душу, я не поместила их в мою предназначенную для чтения книжку. Между мною и читателем там начертана незримая черта: дальше, за эту черту, входа нет. Здесь же я пишу для себя, не боясь обнажить раненую душу.

Однажды, когда я вот так лежала на постели в состоянии почти прострации, ко мне подошла сестра. Мать запрещала близким со мною общаться, я находилась на положении арестантки, которой два раза в день приносят хлеб и воду, а остальное время, заключенная в четырех стенах, она предоставлена самой себе.

Сестра, однако, нарушила запрет и быстро-быстро зашептала мне на ухо, что я должна быстро одеться и выйти в гостиную, где меня ждет один человек. Я не хотела. Мне казалось, что сестра говорит это нарочно, чтобы вывести меня из моей летаргии. Но она настаивала, беспрестанно оглядываясь на дверь. Было часов восемь вечера; мамаша, судя по всему, была в театре; но сестра все равно боялась и вздрагивала при каждом звуке. Она заставила меня надеть платье и кое-как причесаться. Я прошла в гостиную. Не успела я войти, как ко мне бросился Жан Пан-в, который последнее время довольно часто к нам заглядывал. Мне он нравился, но молва окрестила его легкомысленным и пустым малым. Очень белокурый, веселый, всегда с иголочки одетый, он казался мне похожим на королевича из сказки.

Почти каждый вечер бывал он в театре, знал всех актеров и актрис, состоял в курсе всех театральных дел и сплетен. Бросившись мне навстречу, Жан быстрой скороговоркой стал говорить, что до него дошли слухи о моем предполагаемом браке с Б. и о нежелании соединять с ним судьбу. Казалось, он был в нерешительности, стоит ли продолжать. Сестра сторожила у входа в гостиную, нас никто не слышал и не видел. Жан приблизился и схватил мою руку.

— Евдокси... Дуня, — сказал он, неотрывно глядя мне в глаза, — если я вам не противен... я мог бы... просить вашей руки у ваших матушки и батюшки.

— Вы, вы хотите спасти меня?

— Нет, вы мне давно нравитесь, я подумал, что больше подойду вам, чем этот распутный старикашка Б., как вы полагаете?

И мы с ним одновременно улыбнулись, я — сквозь слезы.

2

Вскоре после публикации моих записок я получила несколько писем от читателей. Среди них одно анонимное, очень злое. Корреспондент, скорей всего, женщина, ядовитым тоном осведомлялся, почему я так мало и с таким снисхождением пишу о своем «законном муже». «Не думайте,— писала она далее,— что я хочу вас пристыдить в связи с тем, что «законному мужу» Пан-ву вы предпочли незаконного Некр-ва. Наш век смотрит на эти вещи гораздо снисходительнее предыдущего. Мало того, я полагаю, что с вашей стороны было бы глупо упустить счастливую фортуну и не ответить на чувства нашего несравненного поэта Некр-а. Я удивляюсь только тому, что вы не позаботились обелить себя перед лицом современников и потомков. Я, например, близко зная господина Пан-ва и наблюдая за его жизнью в течение нескольких десятилетий, могу засвидетельствовать, что был он человеком весьма низких нравов, прямо сказать, стрекозлом и сводником. Известно к тому же, что женился он на вас, хотя не из корысти, но на пари со своими приятелями, раструбив среди них, что возьмет за себя первую красавицу Санкт-Петербурга. Всем в его окружении был ведом его образ жизни — как до, так и после брака с вами,— весьма предосудительный, так что с вашей стороны было очень глупо не довести хотя части этих фактов до сведения читателей».

Читала я это письмо стараясь не растравлять себя, спокойно. Ведь для этой женщины, автора анонимного письма, главное излить свою злость, нанести удар, сбить с дыхания, заставить зашататься и, может, упасть. Это первое. А второе, что написала-то она почти что правду. Ту правду, которая в виде слухов и сплетен, всегда над нами клубилась. Это так называемая видимая правда. Все видели, что Пан-в легкомысленный, неосновательный, неверный, что пребыванию в домашнем кругу он предпочитал клуб или обед в мужской компании, а ночи в семейной спальне — будуар какой-нибудь актриски или, того чаще, бордель. Но никто не видел его глаз, когда он пришел спасать меня от смертельного замужества. Никто из целого выводка его друзей даже не посмел подумать, что совершил он тогда благороднейший и чистейший поступок. Ухватились за первое, что витало в воздухе: заключил пари, увлекся красоткой. Очень часто он сам на себя наговаривал, не желая выглядеть «слишком добродетельным». Рад был прослыть «своим малым», простым, услужливым, не заносчивым. Мог что угодно сделать ради друзей, пойти на любые жертвы и самоущемления. Грешным делом, я иногда думаю, уж не из дружеских ли чувств «уступил» он меня своему ближайшему другу Некр-ву.?

Но, если разобраться, здесь все было сложнее.

Часто, когда не спится и перед глазами в ночной темноте беззвучно перелистывается роман моей жизни, я думаю: а что, если бы у нас с Пан-ым были дети? Дети сделали бы дом домом, семью семьей. С детьми мне не везло — они рождались, но не жили. А если бы хоть один ребеночек выжил! Может быть, тогда Ваня не бросал бы меня вечерами ради своего клуба или заезжей актриски? Не просиживал бы ночи напролет за картами, словно и не было дома молодой жены-красавицы, не находящей себе места от тоски и отчаяния.

Помню, когда первый раз не приехал он домой ночевать, я глаз не сомкнула, чуть не помешалась от страшных мыслей: споткнулся и упал на скользкой нечистой мостовой, попал под извозчика, под нож грабителя... Утром из подкатившего под окна экипажа наш Григорий извлек расслабленное пьяное тело барина и доставил его в спальню. Проспавшись, барин попросил рассолу. Взяв у Григория кружку, я сама понесла ее к постели. Бледный, нечесаный Жан сидел среди пуховиков и глядел вокруг себя хмурым и диким взглядом. Взял кружку и выпил рассол. Взгляд его прояснился, стал осмысленным, он поглядел на меня синими невинными глазами и сказал: «Спасибо тебе, Дуня, ты меня воскресила». Приказал Григорию одеваться, быстро позавтракал и ускакал. Куда — бог весть, мне не докладывал. И осталась я снова одна, разве что запали в душу ласковые, милые слова: «Спасибо тебе, Дуня, ты меня воскресила».

Было ли с его стороны предательством добровольная уступка своей жены ближайшему другу? Я первая скажу: нет! В этом треугольнике решала я. И выбор был за мной, а не за Пан-ым. И Пан-в с этим сделанным мною выбором смирился; более того, он его устраивал. Не был мой Ваня по самому своему складу человеком семейным. Вечно хотел летать мотыльком, модно и со вкусом одеваться, радовать дамский взор приятной галантностью и молодцеватостью. Не заладилось у нас с ним с самого начала. Тянулся он к легким развратным бабенкам, неразвитым и невзыскательным. С ними было гораздо проще, чем с самолюбивой и гордой женой, зачитывающейся романами Жорж Занда. Я молчала и терпела, так как жизнь в родительском гнезде была для меня не в пример ужаснее. Держала свои чувства в себе, слезы проливала тайно, бабушки и тетушки, петербургская мужнина родня, видели меня только улыбающейся, только счастливой. Нет, Пан-в меня не предал, как не предала его я, в свой час перебравшись на половину Некр-ва. Но если спросите меня: положа руку на сердце, ответь, держишь ли обиду на Пан-ва, отвечу: держу. И только за одно держу обиду, что не поговорил со мною в то утро, не объяснился. Молча взглянул на меня, выходящую из чужой спальни, — и отвел глаза. Удалился и ни о чем не спросил. Вот это-то до сих пор меня гложет и ранит. Не по-людски мы с ним расстались. А ведь я его любила. Был он моей первой и единственной любовью, королевич мой синеглазый. Да и он меня любил, по-своему, но любил. Иначе с чего бы затеял незадолго до своей смерти разговор о переезде в деревню? Поедем, — говорит, — Дуня с тобою в деревню, хочет душа покою. Сил моих нет оставаться в этом свинячем городе. Не с Клашей и не с Маней разговор затеял — со мной, давно уже перебравшейся на другую половину, к ближайшему его другу, ставшей этому другу неофициальной женой. Но венчаны-то мы были — с ним, с Ваней. Священник пред святым алтарем соединил нас на супружество. Всю жизнь носила я его фамилию и не была с ним в разводе. И что бы там ни случилось, была ему законной женой и верным другом. Ближе меня не было у него человека. И перед смертью Ваня воззвал ко мне как к своей жене и подруге.

* * *

Что до Некр-ва, то скажу, что он меня дважды по-настоящему предал. Ничего не поделаешь — такой имел характер. Был он человеком не то, чтобы неверным, но вечно сомневающимся, мнительным, колеблющимся. Когда Пан-в умер, все вокруг ждали, и я, грешным делом, тоже ждала, что Некр-в на мне женится. Но этого не случилось. Некр-в чего-то испугался. Сидел в мужчинах того времени, особенно в тех, кто дворянских кровей, страх перед женитьбой. Николай Гаврилович и Доброл-в хорошо это видели и высмеяли в своих писаниях. Некр-в недаром дружил с Тург-ым, еще одним вечным холостяком, греющимся у чужого огня. Я думаю, основной страх у Некр-ва был связан с определенностью положения женатого мужчины. Этой определенности он боялся, желал оставаться свободным в своих холостых привычках: девки, клуб, крупная игра. Что ж, как говорится, Бог ему судья. Когда умирающий он встал под венец с этой своей Феклой, взятой им из «заведения», ничего уже этот шаг не решал, ни к чему его не обязывал. А Фекле — Зине как он ее называл — ни полушки от того не перепало, все что осталось поделили его родственнички. Некр-в был человеком небедным, деньги к нему шли. И вот деньги эти проклятые, сдается мне, сильно его испортили.

То, что Некр-в не женился на мне, к лучшему. Руки мне развязал — я вышла за Аполлона Головачева — молодого, по-новому мыслящего, влюбленного, — родила доченьку. Не было бы счастья, да несчастье помогло. Я уж считала себя заговоренной: не жили мои дети — ни от Пан-ва, ни от Некр-ва. И вдруг... Так что хорошо, что Некр-в на мне не женился, охотно прощаю ему это предательство. А вот чего никогда не прощу, так это Мари. Что по всему свету пустил слух, что я ее обобрала и обманула, что нет за ним вины. А между тем, не будь Некр-ва, никогда бы я не ввязалась в это проклятое дело. Он был в нем моим поводырем и советчиком, я следовала его указаниям как слепой котенок. Сама я в этих вещах никогда ничего не смыслила. Дело-то шло о деньгах.

Тратить деньги я любила и умела. Живучи у родителей, отказывалась надевать смешные уродливые обноски, доставшиеся от старших сестер. Сама придумывала фасоны и шила на живую нитку из блестящих портьерных тканей, сваленных в чулане, платья для «принцессы». Выйдя за Пан-ва, узнала вкус и запах модных французских лавок. Пан-в не был богат, службу оставил, жил доходами с имения и журнальными гонорарами. Распорядиться достоянием как следует не умел, приказчики вечно его обворовывали. То немногое, что посылалось барину, тратил на кутежи и прихоти. Одет был вечно с иголочки, «хлыщом» — недаром писал о них свои нескончаемые заметки для журналов. Меня тоже одевал как картинку, на показ. Если мы выезжали вместе, был недоволен, коли на мне не новая шляпка, не тонкие перчатки. Но подарков дорогих — золотых колец, брильянтовых подвесок, жемчужных ожерелий — не дарил, видно, считал, что жене их дарить не пристало, берег для смазливых актрисок и хищных дебелых вдовушек. Когда позднее Некр-в взял моду дарить мне дорогие украшения, брильянты, мне было это внове и вначале даже нравилось.

Но с Некр-ым я познакомилась года через три после замужества. Вскоре после нашего венчания Пан-в. повез меня для знакомства к своей московской родне и друзьям. Брак наш уже тогда, в самом начале, являл печальную картину. Пан-в тяготился всяческими узами и рвался прочь от домашнего очага и его олицетворения — жены. Я, хоть и была тогда молодой, застенчивой и мало что понимавшей, одно знала твердо: никто не должен услышать от меня ни слова жалобы. Я равно улыбалась и старым теткам, и пан-им друзьям, и их женам. Друзья же были прелюбопытные.

Жан был знаком с самыми впоследствии знаменитыми деятелями московского кружка, встречался с ними запросто, за столом. На семейные обеды к Щепкину и Грановскому он брал и меня. Я сидела в застолье тихо, как мышка, и старалась вме-

Николай Некрасов

стить в себя все услышанное и увиденное. В сущности, эти встречи, с громкими криками, с затяжными спорами, с энергическим обсуждением литературных и философских вопросов, часто с пением, чтением стихов и дружескими, хотя порой едкими шутками, — были моей школой и даже университетом. Сидя рядом с этими людьми, я ощущала себя малограмотной малознайкой — ведь за плечами у меня была одна куцая театральная школа, да театральные пьески, знаемые мною наизусть, да русские и французские романы, которыми я продолжала зачитываться. Французский дался мне легко, это был единственный урок, который я посещала с охотой, потому что учительницей была настоящая француженка, из Парижа. Кроме мадемуазель Лекор, ни знавшей ни слова по-русски и щебетавшей на ставшем вскоре понятном языке, в школе никто ничему путному не учил, если не говорить о танцах и драматическом искусстве. Не было даже первоначального обучения грамоте, так что писать и читать я выучилась сама по книжкам из мамашиного шкафа, а после — из театральной библиотеки.

* * *

Мне кажется, не только я, но и Пан-в слегка ежился в компании высоких университетских умов. Он тогда уже был начинающим литератором, пописывал для журналов, переводил с французского пьески (отсюда и его знакомство с отцом: Пан-в привез ему свой перевод Отелло), но большой ученостью не обладал. Правду сказать, ученые головы из московского кружка не слишком кичились своей образованностью. Не было здесь высокомерного Тург-ва, презрительной ухмылкой встречающего каждого нового собеседника. Все должны были падать ниц перед его умом и знаниями! С Тург-ым я познакомилась уже в Петербурге, хотя был он задушевным приятелем всей здешней честной компании. Странно, что Тург-в сделался впоследствии интимнейшим другом Некр-ва, недоучившегося гимназиста, не говорившего ни на одном иностранном языке, в то время как Тург-в владел как минимум четырьмя. Но связано это было, скорее всего, с тем, что Некр-в был человеком практическим, с жизненным опытом, с выдержкой и умением вести дело, чего так не хватало Тург-ву. Объединяла их и совместная работа в журнале. К тому же, оба были заядлыми охотниками и любителями поговорить с мужиком.

На обеде у Щепкина, куда привез меня Жан, я особенно заинтересовалась одной особой. Это была дама моих лет, очень изящная и живая. Что-то восточное было в ее чертах и особенно во взгляде темных искрящихся глаз. Вела она себя чрезвычайно непосредственно, словно балованное дитя. Рядом с нею сидел светловолосый господин, с нежным и выразительным лицом, на котором после каждой реплики жены появлялась страдальческая гримаса. Я сидела молча, наблюдая за происходящим. В ту пору мне едва исполнилось 19, я была дикая и молчаливая, к тому же, предмет разговора был для меня нов. Говорили о назначении человека. Коренастый большелобый господин, сидевший рядом со светловолосым, поднял бокал за великое дело человека сеять вокруг себя семена свободы и разума. С другого конца стола некто артистического вида, с черными до плеч кудрями, бросил реплику, что еще Пушкин показал несостоятельность этой попытки. Завязался спор. Коренастый, вкупе со светловолосым, отстаивали необходимость борьбы за свое предназначение. «Артист» с присоединившимся к нему рыжим вихрастым немцем — постепенный эволюционный приход человечества к самопознанию. Дамы, сидевшие тут же, в споре не участвовали. Жена коренастого, по типу точь-в-точь идеальная романтическая героиня, хотя несколько нескладная, тихим голосом повторяла: «Успокойся, Александр, тебе вредно волноваться».

И вот тут-то и вылезла жена светловолосого. Она прервала говорящих громким звоном хрусталя, несколько раз ударив ножом по бокалу.

— Господа, дайте слово женщине! — и когда все замолчали, провозгласила: — Предназначение человека, равно мужчины или женщины, — в любви.

Все снова загалдели, светловолосый попытался удержать жену от дальнейших высказываний, но она продолжала: «Любовь есть главная цель человека в этой жизни, ее смысл и содержание». Все опять начали говорить, перебивая друг друга. Слышался недовольный голос коренастого: «Любовь не может быть целью, цель — борьба!» Светловолосый опять попытался заткнуть жене рот, но она все же досказала: «Господа, давайте выпьем за мужчин, которые любят женщин, и за женщин, которые любят мужчин». Мне показалось, что она слегка покачнулась, когда садилась. Светловолосый, выведенный из терпения, весь красный, поднялся из-за стола со словами: «Мари, ты несносна, господа, она выпила слишком много вина». Застолье расстроилось, все разбрелись по углам, продолжая спорить.

Я примостилась у входа в гостиную на крохотном диванчике, полузагороженном огромным фикусом в кадке. Здесь — мне казалось — я никому не видна и смогу спокойно отсидеться. Но не тут-то было. К диванчику приближалась тоненькая грациозная фигурка. Я узнала жену светловолосого. Она извинилась, что не запомнила моего имени.

— Авдотья, — я нарочно назвала себя по-русски.

— Авдотья? Как интересно! Вам это имя идет, — проговорила она, мило улыбаясь. — Вы настоящая русская красавица.

Наверное, я покраснела, потому что она стала меня ободрять: «Не смущайтесь, я буду звать вас Евдокси, хорошо? Мне хочется с вами подружиться». Говорила она очень тихо, почти шепотом, и все время оглядывалась, но наш диванчик стоял на отшибе, до нас доносились невнятные голоса спорящих и долетал сигарный дым — почти все мужчины курили.

Я заметила, что Мари — как называл ее муж — действительно была слегка пьяна: щеки ее рдели, глаза блестели лихорадочно.

— Как вам это сборище? Для вас, наверное, многое внове — эти разглагольствования, речи, призывы... А мне, признаться, надоело. Сколько можно? Пора жить начинать.

Я не поняла и переспросила: «Что? Что вы сказали пора начинать?»

— Жить. Мне хочется нормальной жизни, чтобы меня любили, любили не как подругу по борьбе, а просто, как женщину.

Я едва нашлась, чтобы слабо возразить:

— Но ваш муж... ваш муж, он показался мне таким достойным, красивым.

— Что ж, он в самом деле очень достойный человек, но мне этого мало...

Она не докончила и остановилась, в упор глядя на меня своими черными, блестящими глазами. Я поежилась, мне представилось, что, возможно, ее проблемы в чем-то схожи с моими. Только я не стану рассказывать о своих личных бедах никому, тем более первой встречной. Наверное, она прочла что-то на моем лице.

— Вы думаете, что я пьяна, — потому разговорилась с вами, да? Но вы на самом деле мне понравились, вы не похожи на этих надутых строгих квочек, которые или безмолвствуют, или квохчут в один голос со своими муженьками. Ну да, да, — она перехватила мой взгляд и нетерпеливо продолжила, — вы тоже сидели молча, но от застенчивости, а не оттого, что вам нечего сказать.

Мне польстила такая оценка. Вообще моя новая знакомица начинала мне нравиться. Главное, что эта изящная тоненькая барыня приняла меня как свою и, мало того, добивалась моей дружбы и доверенности. В первое время после замужества я очень тяготилась своим актерским происхождением, порой не знала, как себя вести в обществе светских людей, аристократов; позднее мне было стыдно своих первоначальных ощущений и аристократам я стала предпочитать «пролетариев», вышедших из низших сословий или из духовенства, таких как Николай Гаврилович или Добр-в.

3

Мари стала моей ближайшей подругой, а я ее конфидент-кой. Тягу к исповедальным признаниям имела именно она. Я, как правило, о своих переживаниях и заботах молчала. Встречались мы с Мари каждое утро все шесть недель нашего с Пан-ым. московского проживания. Свидания наши проходили в кофейной на Кузнецком, что было совсем недалеко от горделивого особняка на Никитской, родового владения ее мужа. Мари приезжала в кофейную в роскошном экипаже с форейтором, в вуали, накинутой на лицо. В кофейной она откидывала вуаль, и могу засвидетельствовать: взоры всех посетителей — барышень, щебечущих за чашкою шоколада, юнцов, забежавших поглазеть на девиц и выпить чаю с ликером, престарелых господ, сосредоточенно изучавших «Биржевые Ведомости», — взоры всех без исключения были устремлены на нее, так победительно она держалась, так приковывали к себе ее живое, с ежесекундно меняющимся выражением лицо, ее изящная фигура в складках парижского наряда.

Мы тихо беседовали, но мне всегда было слегка не по себе, от быстрых взглядов, которые бросали на нас входившие в кофейную, особенно мужчины. Взгляды были оценивающие и сравнивающие. Сравнение, как мне казалось, всегда было в пользу Мари, и не потому, что я была менее красива. Просто было в Мари в то время (а время цветения женщины связано отнюдь не с возрастом) что-то такое, что привлекало мужчин, вселяло в них надежду, подстегивало их ухаживания. Несколько раз возле нашего столика останавливались как пораженные громом, раза два подходили с предложением своих услуг в прогулке по городу. Но эти неожиданные происшествия только веселили нас, мы не собирались менять место своих встреч из-за назойливости нескольких мужланов.

После кофейной мы обе садились в экипаж Мари и ехали на прогулку. Четверка красавцев-коней под управлением долговязого немца-форейтора везла нас на Покровку, к маленькому пруду, вдоль которого был разбит премилый бульвар для гуляний. Форейтор высаживал сначала меня, потом Мари, путавшуюся в складках чересчур длинной модной юбки, затем снимал с лысой головы круглую черную шляпу с кисточкой и, обеими руками держась за ее края, пристраивался позади нас с видом благоговейно сосредоточенным.

Иван Карлыч — так звали форейтора — был нашим стражем, в те баснословные времена (пишу сие полвека спустя, в 1889 году) без провожатого могли гулять только работницы да женщины известного сорта. Во время наших прогулок по безлюдному утреннему бульвару вдоль тихого пруда, по глади которого важно проплывали лебеди, Мари рассказала мне много такого, о чем я не решусь упомянуть даже в своих тайных записках. Была она существом необыкновенным, с пылким, легко зажигающимся характером, с сильными страстями, не находящими утоления в обычной жизни.

Мари была настоящей героиней романа, как-то она проговорилась, что мать ее происходила из древнего грузинского рода. Она показала мне старинное кольцо, доставшееся ей в наследство от умершей матери: очень простое, железное, потемневшее от времени; на тыльной его стороне были выгравированы какие-то буквы, напомнившие мне восточную вязь. Мари сказала, что грузинский алфавит гораздо древнее русского, а надпись на кольце — строчки из поэмы древнего грузинского поэта, жившего в эпоху Крестовых походов. Кольцо это она не носила — хранила в специальном кованом сундучке как большую реликвию. В другой раз она повторила мне слова своей покойной матушки, говорившей, что истинный мужчина должен обладать семью достоинствами; если память мне не изменяет, назвала она следующие: прекрасная наружность, мудрость и красноречие, сила и великодушие, богатство и пылкость чувств. Я была удивлена.

— Мари, ты жалуешься на мужа, но в твоем Ники воплотились все перечисленные добродетели. Даже красота и богатство, хотя лично для меня идеальный мужчина не обязательно должен быть красив и богат.

Помню, она засмеялась и, прищурившись, спросила: «А сила? Ты считаешь, в Ники есть сила?» — и она снова засмеялась, на этот раз громче, даже с каким-то надрывом. Отношения с мужем были постоянной темой ее разговора. Она возвращалась к ним снова и снова.

Но сейчас мне хочется вспомнить один эпизод из времени наших прогулок по московскому бульвару, вполне характеризующий Мари.

Был чудесный день середины лета, солнечный и безмятежный. На Мари было какое-то особенно легкое белое платье, казалось, подует ветерок — и она улетит. Мы шли своим обычным путем вдоль берега пруда, Мари оживленно рассказывала об их с Ники поездке на минеральные воды, где, по ее словам, не было ни одного молодого офицера, лечившего раны на курорте, не признавшегося ей в любви. Особенно ей запомнился некий Керим, сын именитого горского князя, служивший в российских войсках. Слушая рассказ, я непроизвольно взглянула направо — и увидела молодого человека в бараньей шапке, напряженно глядящего на нас из-за густых деревьев по другую сторону бульвара. Я оглянулась — молодой человек медленно, но неуклонно шел за нами, чуть в стороне от добрейшего Ивана Карловича. Я приостановилась, что заставило остановиться и Мари, недоуменно на меня взглянувшую. — Уж не тот ли это Керим крадется сейчас за нами? — спросила я шепотом, кивая в сторону незнакомца. Говорила я шутливым тоном, но на самом деле сердце мое ушло в пятки. Время от времени в обществе всплывали рассказы о бесчинствах горцев в покоренных русским оружием областях и об их жажде отмстить кровавым гяурам. Мари оглянулась, увидела юношу и отрицательно покачала головой: «Нет, не он, этот гораздо моложе, да и не военный». Тем временем Иван Карлович с поклоном к нам приблизился.

— Мадам утомился?

Мари наклонилась над ухом старичка, так как был он глуховат, и прокричала: «Иван Карлыч, ступайте на Покровку и купите нам зельтерской воды, а себе пива, и ждите нас в экипаже. Мы скоро будем».

— Мадам не боится одни? — старичок вскинул на Мари свои детские голубые глаза.

При этом вопросе я невольно взглянула на незнакомца в бараньей шапке, застывшего в нескольких шагах от нас. Как ни тщедушен был Иван Карлович, все же он служил какой-никакой защитой для нас. Неужели Мари по собственной воле хочет подвергнуть наши жизни непонятной, но очевидной опасности?

— Чего бояться? — Мари засмеялась, — мы с Евдокси дамы отважные, да и опасности тут никакой нет, — и она поверх головы простодушного немца посмотрела на незнакомца, не сводящего с нее глаз.

Иван Карлович, так и не заметивший молодого азиата и не понявший, отчего барыне срочно захотелось зельтерской, с поклоном надел на лысую голову свою шляпу с кисточкой и медленным шагом направился к белеющим впереди воротам, возле которых располагался киоск с напитками. Дождавшись пока он удалится на безопасное расстояние, Мари взяла меня под руку и приблизилась к незнакомцу, замершему в тени плакучей ивы. Тот снял с головы шапку, и стало понятно, что это юноша, почти мальчик, возраста Керубино. Скорей всего, был он татарином, пожалуй, сыном какого-нибудь торговца, приехавшего торговать коврами либо овчинами откуда-нибудь из Казани. Я немного успокоилась. Голова его была коротко острижена, что не служит к украшению, но тонкие черты лица и яркие выразительные глаза делали его весьма привлекательным. Он стоял, опустив голову, словно лишился дара речи.

Мари обратилась к нему первая:
— Вы так настойчиво шли за нами, что я подумала — у вас есть до нас какое-то дело.

Юноша молчал и не поднимал глаз.

— Так вы немы? — Мари, раздосадованная, повернулась уходить.

Мы сделали несколько шагов к воротам, как вдруг юноша, в два прыжка догнал нас, бросился к ногам Мари и поцеловал край ее ажурной юбки.

Мари повернулась к юноше, взгляд ее зажегся. «Загороди меня»,—бросила она мне, словно мы не находились на просматриваемом с обеих сторон бульваре, подошла к юноше и, притянув его голову, поцеловала в лоб. «Пусть помнит!» — с этими словами, она повернулась ко мне, крепко схватила за руку, и мы пустились бежать по бульвару, на наше счастье, безлюдному в этот час. Возле ворот остановились отдышаться. Мальчика-азиата уже и след простыл, видно, он убежал в противоположную сторону, ива, возле которой он стоял, потонула в строю таких же деревьев.

Меня переполняло негодование: «Мари, ты сошла с ума! Что за сцена? Если бы кто-нибудь застал нас! Ты рискуешь своей, да и моей репутацией».

Она рассмеялась: «Но, благодарение Богу, нас никто не застал. Зато какое романтическое приключение!»

— Неужели ты не понимаешь, что мальчишка мог на тебя наброситься?

— Да полно, Евдокси, я же видела его глаза — не разбойника, а влюбленного.

— Это безрассудство, Мари. Безрассудство и сумасшествие.

— Согласна, но иначе я не умею.

Спустя минуту мы уже сидели в экипаже, и добрейший Иван Карлович, чье настроение сильно приподняла кружка силезского пива, вез нас к особняку у Никитских ворот.

4

Сейчас, через пятьдесят лет анализируя это маленькое происшествие, я не перестаю удивляться бесшабашности своей подруги. Тогда мне было девятнадцать, ей тремя годами больше, но в то время, как я старалась видеть жизнь в ее реальном свете, без розового флера, ей всюду чудились романтические приключения, необыкновенные чувства, проявления страсти. Она электризовала окружающих, излучая какие-то особые флюиды, и жизнь порой, хотя и неохотно, откликалась на ее призывы и посылала ей нечто невиданное. Случай с околдованным ею татарским мальчиком тому подтверждение. Была Мари чрезвычайно чувствительна и чувственна. Сказывалась ее кавказская порода. К тому же, в доме ее дяди, бывшего губернатором Пензы, получила она некоторые жизненные опыты, не вполне соответствующие юному девическому возрасту. Если мое детство дало мне уроки борьбы, упорства и сопротивления семейному тиранству, то отрочество Мари протекало в тягучей атмосфере богатого сановного дома, куда девочка была допущена на правах бедной родственницы, почти приживалки; впоследствии дядюшка-губернатор, являвший собой тип щедринского градоначальника и не пропускавший ни одной юбки, стал оказывать племяннице особые знаки внимания. Не буду открывать некоторые подробности, которыми со мной делилась Мари. Дядюшка, на словах — борец за нравственность, на деле — человек растленный и распущенный, что, увы, свойственно многим чиновникам высокого ранга, все делал, чтобы удержать «маленькую пери», как он ее называл, в своей власти.

Она же, после короткого периода отчаяния, рвалась на волю и озиралась вокруг в поисках освободителя. Освободитель явился в лице сосланного за политические воззрения в пензенскую губернию молодого, красивого, знатного — в будущем наследника богатейшего в России имения — Ники Огар-ва. Чувство было мгновенным и взаимным. Они словно родились друг для друга. Она — любительница всего изящного, тонкого, и он — поэт, музыкант. Оба рано лишились матери, у обоих обстоятельства жизни были нехороши и требовали изменения. Мари искренне веровала, что его идеалы, которыми он грезил с ранней юности — свобода, равенство и братство, — начертанные на знаменах французской революции, это и ее идеалы. Поначалу он не казался ей фанатиком идеи, человеком сухим и скучным.

Наоборот, как поэтично он говорил о своих чувствах, как вдохновенно играл на гитаре, откидывая вьющуюся светлую прядь с красивого лба, как просто объяснял, что быть богатым в такой нищей стране, как Россия, — это преступление. И в ней, в своей подруге, нашел он не только изящество и грацию, но и желание идти с ним вместе и помогать по мере сил — ему, такому нерасчетливому, слабому. Мари рассказывала, как будучи невестой Ники, отбывающего политическую ссылку, ездила хлопотать о нем в обе столицы, обращалась с прошениями в секретный отдел Департамента полиции, что возымело успех: Огар-ва освободили. Он с молодой женой вернулся в Москву, в отчий дом на Никитской. И здесь... рассказывая о последующем, Мари делала долгие паузы, повторялась, не находила слов. Ясно было, что она сама еще не полностью осознает, чего ей не хватает в муже, почему пришло к ней разочарование и охлаждение.

— Он, — она искала слово, — ребенок, я чувствую себя старше, а ведь ему уже 26. Он играет в большого и многознающего, на самом же деле, не разбирается в жизни, не знает людей, не умеет вести дела. В нем нет ничего практического, основательного, он может только говорить, говорить, бесконечно говорить... о свободе.

Я узнавала в портрете, нарисованном Мари, своего собственного мужа, непрактичного, безвольного, легкомысленного. Правда, стихов Пан-в не писал и о свободе не говорил... Да и, несмотря на все его слабости, я его любила и все время ждала, что в нашей с ним жизни что-то переменится. А Мари? Что испытывала она к мужу? Любила ли? Сравнивала — постоянно. Перебирала всех его друзей, и все оказывались лучше, значительнее, мужественнее.

Несколько историй мне запомнились. Одна — о встрече, которая произошла за два года до нашего с Мари знакомства, на кавказских водах, куда, якобы для лечения, за большую сумму, отваленную пронырливому губернатору, был отпущен ссыльный со своей молодой женой. Мари тогда очень не терпелось увидеть мир, у Ники же на уме было что-то другое. Во всяком случае, я не уверена, что встреча, о которой говорила Мари, произошла случайно. А встретились они с человеком примечательным — Александром Одоев-им, сосланным на Кавказ участником декабрьского бунта 1825 года. Мари рассказывала, что повстречали они его в Пятигорске, у кислого источника, — большого, сильного, держащегося с достоинством, несмотря на солдатскую шинель на плечах. — Ники ведь на десять лет его моложе, и не прошел через сибирскую каторгу, и не был сослан рядовым под чеченские пули, — говорила Мари. Но он такой вялый в сравнении с тем, такой ни на что не способный... Александр рассказал нам, как в Сибири на поселении собственными руками срубил себе дом. А можно ли представить Ники с топором в руках?

— Ты бы хотела, чтобы твой Ники взял в руки топор?

— Евдокси, не иронизируй, ты понимаешь, о чем я говорю. Этот почти сорокалетний рядовой, бывший князь, так на меня смотрел, таким взглядом, что я, право, не знала, что подумать; у Ники никогда не будет такого взгляда... он головной человек, словно его вывели в пробирке... знаешь, есть легенда о гомункуле.

— Ты так говоришь, Мари, словно твой Ники никогда не имел дела с женщинами.

— Вот прелестно, имел он дело с женщинами! Но с какими! У него все женщины делятся на идеальных и материальных. Мне посчастливилось попасть в идеальные.

Как я уже сказала, все друзья мужа казались Мари намного его интереснее и предпочтительнее, кроме одного. Его она ненавидела всей силой своей изменчивой, но неподатливой натуры. Это был самый близкий друг Огар-ва, с которым познакомился тот еще в отрочестве и привязанность к которому превосходила все мыслимые пределы. Мари всерьез считала, что Герц-н, обладающий сильной волей и несокрушимым напором, околдовал Нику, подчинил своему влиянию и управляет им как марионеткой. Она рассказывала, что никогда не испытывала такого панического страха, как в момент, когда предстала перед Герц-ым в первый раз. Было это, кажется, во Владимире,

Иван Панаев

где Герц-н отбывал последний год своей ссылки. Подъезжая с Никой к деревянному флигельку, приютившему Герц-на и его жену, она тряслась как в лихорадке, но усилием воли заставила себя собраться и «всю сцену» провела как по маслу.

— Самое главное, — говорила она, — было найти верную интонацию и не сбиваться с нее. Интонация должна была быть, по словам Мари, тупая и линейная, голос должен был дрожать, что получилось у нее вполне естественно, так как ее действительно пробирала дрожь. Ей было забавно вспоминать, как перед лицом главного человека в Никиной жизни давала она обеты «быть верной подругой», «служить общим идеалам», «разделить судьбу» мужа и проч. Мари была убеждена, что провела зоркого и подозрительного Герц-на, что он ей поверил и на первых порах одобрил выбор своего товарища. Но у самой Мари эта сцена отняла слишком много сил, она возненавидела «экзекутора», или даже «инквизитора», — словечки, применяемые ею для характеристики Герц-на.

* * *

Долговязый Иван Карлович вез нас на Никитскую. Я обедала вместе с Мари — в светлой круглой столовой, за столом с безупречной крахмальной скатертью, кушанья подавал лакей в белых перчатках, — а потом на извозчике возвращалась в гостиницу, где занималась попеременно то чтением, то вышиванием. Пан-ва никогда не было на месте, он ездил с визитами, встречался с друзьями, наведывался в редакции, в общем вел жизнь вольного человека. Впрочем, и муж Мари вечно был в разъездах, за обедом я ни разу его не встретила. Обычно после обеда Мари предлагала мне остаться, но мне претила роскошь барского дома, я предпочитала скромные гостиничные апартаменты. Родовой особняк Огар-ва, выстроенный еще Никиным дедом, обветшал, и Мари планировала провести его грандиозный ремонт. Думала обновить дерево окон и дверей, заменить всю мебель новейшими парижскими образцами, заново настелить узорный паркет. Когда я спросила, в какую сумму это может обойтись, Мари беспечно ответила: «Какая разница! Ники достаточно богат, чтобы оплатить расходы!». После смерти отца, почти сразу по прекращении ссылки, Огар-в получил огромное, почти миллионное наследство. Одних крестьян — более двух тысяч душ. Но к своему состоянию относился он крайне легкомысленно, и с первого дня начал его проматывать, в чем помогала ему моя подруга. Основания у обоих, впрочем, были различные. Огар-в повсюду кричал, что хочет развязаться с собственностью, чтобы стать пролетарием и не эксплуатировать крестьян. Кстати сказать, большое их число отпустил он на свободу за мизерный выкуп. Мари же по характеру своему была мотовка; полученное мужем наследство развязало ей руки, она, как дитя, радовалась возможности делать дорогие покупки.

Такое отношение к деньгам было мне внове.

Рожденная в мещанском сословии и живя в среде актеров, трудом зарабатывающих себе на жизнь, я была поражена тем, с какой легкостью аристократы тратят не ими заработанные деньги. Тогда мне и в голову не приходило, что деньги Огар-ва тяжким грузом лягут на мою судьбу.

5

Судьба послала мне долгую жизнь. Сейчас, в 1889, мне почти семьдесят. Бог даст, проживу еще несколько лет, хотелось бы увидеть начало нового столетия, увижу ли? И так всех пережила. Видно, неспроста именно я пишу эти записки, ибо никого из тех, о ком в них рассказываю, нет уже в живых. Некр-в и Огар-в, муж Мари, умерли в 1877, в один год. Оба на руках у падших женщин, проявивших ангельское терпение к несчастным больным старикам. Фекла-Зина, сидела у постели умирающего день и ночь. Мне передавали, что был он так слаб, что даже рубашку на нем просил разрезать, — и рубашка давила его своей тяжестью. А Огар-в, вконец опустившийся, живший на подачки Герц-на и его семьи, так как от его собственного огромного состояния не осталось и гроша, нашел свой последний приют в каморке лондонской потаскушки. Это «погибшее, но милое созданье», в полном соответствии с Пушкиным, звали Мэри. Слышала, что был у нее сын, значит, ютились втроем: она, сын и Огар-в, под конец жизни прикованный к коляске.

Вот они люди 40-х годов, как они сами себя величали, вот их прекрасное начало и жалкий конец. Знала бы Мари, что стало с ее Ники! Впрочем, хватило ей и своих горестей. Так рано она умерла, в 36 лет, дошла лишь до середины жизненной дороги. Неожиданно пришло из Парижа сообщение: умерла жена Огар-ва. Некр-в первый узнал, пришел ко мне. Я не поверила, хотя и знала, что с Сократушкой они давно расстались, что ведет она жизнь кочевую и разгульную, но умерла? Этого быть не могло, это Некр-в сочинил!

А потом получила письмо от самого Сократа. Он писал по-деловому, без сантиментов.

Вы, наверное, знаете, что Мари умерла. В последние годы я с ней мало общался, так как вернулся в Россию. Последний раз встретил в Неаполе в обществе какого-то лысого господина, говорящего только по-французски. Она сказала: знакомьтесь, это мой врач. — Вы нуждаетесь в услугах врача? — О да, с тех пор как вы меня бросили, у меня чахотка. И она рассмеялась. Больше я ее не видел. Посылаю вам ее локон, она дала его мне перед тем, как мы расстались. У вас он будет на месте — вы ведь были и остались ее подругой, а я для умершей — чужой человек.

В письмо была вложена тонкая рыжая прядь. Я положила ее в маленький кованый сундучок, подаренный мне Мари во время нашей последней встречи в Париже, за три года до ее кончины. Прядь волос, этот сундучок и маленькое кованое колечко — вот все что осталось у меня от моей подруги. Да еще процесс, который затеял против меня Огар-в после ее смерти. Да еще слухи, которые роились вокруг меня и Некр-ва. Ну, с Некр-ва взятки гладки: не он был доверенным лицом Мари. Доверенным ее лицом была я, я посылала ей в Париж деньги, взысканные с Огар-ва. И вот мне в лицо Огар-в швырнул: воровка! И мне нужно было это снести! Ведь действительно посылала я в Париж не все деньги. Но я не думала обманывать Мари, это неправда. Я должна рассказать, как все было на самом деле. Только нужно собраться с мыслями, собраться с мыслями...

6

Любила ли я Некр-ва?. После очень долгой и изнурительной осады сдалась, приняла его условия, согласилась быть с ним, все делала для его комфорта, вела хозяйство, ведала редакцией, кормила сотрудников, устраивала редакционные обеды и банкеты для цензоров и сановных покровителей Журнала, но любила ли?

Кажется, не создан он был, чтобы женщина его любила, чтобы желала; жалела — да, особенно в те годы, когда он только входил в литературу, бледный, нескладный, говоривший с натугой из-за вечно больного горла, с мелкими невыразительными чертами лица, запавшими глазами, рано облысевший. Только и было в этом сером лице — белые ровные зубы. Казалось странным, что они такие белые и ровные, словно одолжены у другого человека. «Но и зубами своими не удержал я тебя». Да, не удержал. Хотел ли удержать? Если бы хотел, вел бы себя по-другому. Воли и упорства было ему не занимать.

Сказать по правде, первое время, когда он начал появляться на нашей с Пан-ым петербургской квартире, я никак его не выделяла. Был он для меня один из приятелей Пан-ва, менее громкий, не столь веселый и блестящий, как остальные. Года два приезжал он с Пан-ым в перерывах между вечерним посещением театра, где, бывало, шел его очередной водевиль. Пан-в уходил к себе, менял сорочку, спрыскивался одеколоном, а Некр-в шел на мою половину. Я откладывала книгу или рукоделие, поила его чаем, и мы тихо беседовали; иногда он заводил разговор о своем недавнем голодном и холодном прошлом. Я его жалела, порой до слез. Особенно, когда говорил он о матери, единственном существе, согревшем его тяжелое детство и юность.

Мать Некр-ва, жительница Варшавы, в очень юном возрасте была увезена его отцом, армейским офицером в его вотчину и обвенчалась с ним без согласия родителей. Отец

Некр-ва, грубый солдафон и семейный деспот, не показывал ни ей, ни своим детям, коих было в семье 14, ни тепла, ни заботы — только тиранство, дикие выходки да гульбу с дворовыми и деревенскими девками, составлявшими крепостную сераль. Даже на учебу сына в гимназии отец не желал раскошелиться, и тот вышел из гимназии недоучившись.

Про университет нельзя было и заикаться, хотя мать втайне мечтала, что любимый ею Николаша поступит на словесное отделение — с детских лет чуял он в себе призвание писателя. В 17 лет оказавшись в Петербурге и не желая поступать в военное училище, Некр-в полностью лишился денежной поддержки своего родителя и ужасно бедствовал. Обычно не словоохотливый, на эту тему говорил он с каким-то непонятным сладострастием, фиксируя тяжелые и унизительные детали. Так однажды, когда я потчевала его и еще нескольких литераторов чаем с домашним пирогом, он, рассказал, как бывало после долгой «голодовки» заходил в трактир на Морской и, прикрывшись газетой, брал с тарелки хлеб, предназначенный для обедающих.

В другой раз, когда за окном шел противный осенний дождь и погода была по-петербургски мерзкой, вдруг сказал, что однажды в такую вот ночь был выгнан из нанимаемой квартиры стариком-хозяином за неуплату денег.

Нет, не зря именно Некр-в позднее задумал выпускать сборники о непарадном голодном Петербурге, с его ночлежками, убогими нищими углами и темными притонами. Вызвали эти сборники смятение и интерес — читатели никогда о подобном не слыхивали. А вот издатель, сам Некр-в, прошел через все и все испытал на собственной своей шкуре. Когда стал он появляться у нас, время это было уже позади. Но неизбежно отложило оно на нем свой отпечаток. Внешне и без того неказистый, был он сильно потрепан в борениях с жизнью, не имел ни обходительности, ни приятных манер, да и сюртук сидел на нем всегда как-то криво, совсем не так, как на щеголе Пан-ве. Многим «аристократам» не понятно было, как Пан-в, вида весьма респектабельного и всегда одетый с иголочки, мог появляться в компании с этим чаще всего мрачным и насупленным плебеем. Тяжелые жизненные обстоятельства укрепили его волю, воспитали практические свойства ума и привычку находить выход из всех положений, но они же взрастили характер сумрачный, закрытый, неврастенический, с лежащими на дне души темными исступленными страстями. Как тяжело было находиться в его обществе, как порой сам он был себе в тягость! Думаю, что и его дружба с Пан-ым порождена была тягой к человеку легкому, остроумному и в, то же время, с добрым отзывчивым сердцем. Страшные образы прошлого, призраки нищеты, голода требовали вытеснения, отсюда его азартная игра, огромные проигрыши — за игрой он забывался. Если бы ни играл, точно бы начал пить. Скажу еще два слова о его стихах, которые он посвящал мне. Не то чтобы они мне не нравились, но я не любила себя в них, была в ужасе от того, что наши с ним ссоры выставляются на всеобщее обозрение и дают пищу злословию. Какой-нибудь Ф., поэт много жиже Некр-ва, писал о любимой женщине в картинах поэтических и изысканных. Некр-в же зачем-то говорил в своих стихах о моих слезах, моей иронии и наших с ним горячих объяснениях. Разве такие стихи хочет получать женщина?

Но я сильно отвлеклась от рассказа о первых годах моего знакомства с Некр-ым. Уже тогда в начале 40-х годов, отличался он практической коммерческой хваткой, петербургские сборники, о которых я упоминала, продал он с невиданным барышом. Говорил ли он мне тогда о своей любви? Нет, никогда. Да и странно было бы в той ситуации — начинающий литератор, журналист, едва выбившийся из нищеты и полного ничтожества, работник библиографического отдела журнала Краевского, к тому же ближайший приятель Пан-ва, его компаньон по посещениям театра и злачных мест Петербурга... на что мог он надеяться?

Взгляды? О, взгляды его я замечала, косвенные, быстрые. Взгляды человека словно ослепленного, взглянет — и отвернется, будто дольше не в состоянии смотреть. Или, бывало, смотрит, смотрит, пристально, без слов, не может оторваться. Это когда думает, что я не вижу, что занята другими. Но какая женщина не видит, кто и как на нее смотрит! И какой это не приятно! Но я не кокетка, заглядывались на меня многие, так что большого значения взглядам этим я не придавала. До одного случая. Было это, однако, уже года через три после нашего первого знакомства.

Помню, в гостиную вбежал Пан-в, радостно возбужденный, из его отрывистых слов я поняла, что Бел-й, до того с похвалой отзывавшийся о прозаических опытах Некр-ва и его критических разборах, в этот раз, прочитав стихотворение «В дороге», отметил его поэтический талант. При всей редакции «Отечественных записок» Бел-й назвал Некр-ва «истинным поэтом». Следом за Пан-ым медленно подошел Некр-в. Было похоже, что он еще не пришел в себя после похвалы Бел-го. Тот — первостепенный критик и человек безошибочного нравственного и поэтического чутья — никогда не ошибался в своих литературных прогнозах. Его приговор дорогого стоил. Некр-в казался бледен, на виске его нервно вздрагивала жилка. Пан-в приказал слуге принести шампанское. Мы выпили за «молодого поэта» (Некр-у было тогда 24 года, но его настоящие стихи только начинались). Пан-в, взбодренный шампанским, решился читать вслух стихотворение «В дороге». С книжкой журнала в руке встал перед нами, стал читать по-актерски, голосом

166

передавая интонации барина и мужика. Я смотрела на Некр-ва. С ним что-то делалось. Он на меня не глядел, но я чувствовала, что мое присутствие на него действует. Он перебил Пан-ва: «Довольно, Иван, дай я прочту». Удивленный и раздосадованный Пан-в протянул ему книжку журнала. Некр-в книжку отклонил.

— Нет, не это, я недавно другое написал. Хочу прочитать для Авдотьи Яковлевны.

И он впервые за все время на меня посмотрел. Теперь он был уже не бледен, а красен. И глядел прямо на меня, не отрываясь. И потом тихо и как-то очень просто спросил: «Что ты жадно глядишь на дорогу?» Помню, я даже хотела что-то ему ответить.

Но он продолжал: «В стороне от веселых подруг. Знать, забило сердечко тревогу — все лицо твое вспыхнуло вдруг».

В этот момент мое лицо точно вспыхнуло. А он, не отворачиваясь и глядя в упор, продолжал уже чуть громче — голосом, в котором жила страсть.

На тебя заглядеться не диво, полюбить тебя всякий не прочь. Вьется алая лента игриво в волосах твоих, черных как ночь.

Помню, я как загипнотизированная, дотронулась до волос, на которые часто повязывала алую ленту, в этот раз ленты не было. Я отдернула руку и оглянулась — Пан-в смотрел то на меня, то на Некр-ва, рот его был полуоткрыт, он словно силился что-то произнести. А царапающий душу, хрипловатый голос опять обращался прямо ко мне.

Сквозь румянец щеки твоей смуглой пробивается легкий пушок. Из-под брови твоей полукруглой смотрит бойко лукавый глазок.

Взгляд один чернобровой дикарки, полный чар, зажигающих кровь, старика разорит на подарки, в сердце юноши кинет любовь.

Голова моя кружилась то ли от шампанского, то ли от чего-то еще, я схватилась за спинку стула и перевела дыхание.

Поживешь и попразднуешь вволю, будет жизнь и полна, и легка.

Внезапно чтение оборвалось. Некр-в замолчал. Смущенный Пан-в обратился к нему:

— Что же ты, Николай? Читай дальше!

— Дальше не стоит. Конец мне не удался.

Он вынул из кармана сморщенный несвежий платок и стал вытирать красное вспотевшее лицо. Он не смотрел ни на меня, ни на Пан-ва.

Через четверть часа оба они уехали по своим делам. Пан-в, как всегда, вернулся заполночь, когда я уже спала. Утром за чаем, просматривая газету, он небрежно бросил: «Некр-в вчера был странен, не правда ли? Мне даже подумалось, уж не влюблен ли он в тебя, душенька!» И он снова уткнулся в свою газету.

7

Было еще одно сильное впечатление: наша совместная — втроем — поездка в Казанское имение братьев Толстых накануне начала издания «Современника». Толстые много времени проводили заграницей, знались там со всеми видными поборниками свободы, и жизнь в их имении была заведена на европейский лад. Сейчас уже трудно представить, что крестьяне в то время были крепостными и помещики типа матери Тург-ва, известной мучительницы крестьян, пороли и истязали крепостных, продавали как животных или мебель, разлучали детей с родителями... Всему этому я сама была непосредственной свидетельницей в год нашей с Пан-ым свадьбы, когда его родственники делили доставшееся им наследство. Иное дело — братья Толстые, слывшие в Казанской губернии красными. Крестьяне у них жили вольготно, о барщине не было помину.

Приезд к Толстым был связан с денежными делами. Давно уже у Пан-ва и Некр-ва зародилась мысль издавать свой журнал. Толстые обещали им помочь деньгами. В деле издания Некр-в рассчитывал на помощь Бел-го, объединившего вокруг себя все лучшие тогдашние литературные силы. Бел-й мечтал о своем журнале, где был бы он не поденщиком, а издателем и работником в одном лице. Мечта его так и не осуществилась.

День наш у Толстых проходил очень приятно. Хозяева работали, мы же наслаждались летом и отдыхом. Утром после чаю все разбредались кто куда. Пан-в гулял, оглядывая окрестности, чего был большим любителем, Некр-в спозаранку уходил на охоту с Толубеем, а я шла к небольшой речушке, одному из волжских притоков, купалась и пробовала удить рыбу. Но то ли удочка моя была плоха, то ли рыба у берега не водилась, улова у меня никакого не было. Однажды за завтраком я рассказала о своей неудаче с рыбной ловлей и Некр-в вызвался мне помочь — вывезти на лодке к тихой речной заводи возле небольшого островка, где по рассказам, во множестве водились пескари.

Было раннее июньское утро. Мы подошли к отлогому берегу. Некр-в отвязал от колышка лодку, мы сели. На мне был шерстяной жакет, спасающий от утренней прохлады, в руках целых две удочки наших хозяев — для меня и для Некр-ва. Вышло солнце, и вода под веслами стала переливаться всеми цветами радуги. Я сбросила жакет, вдыхая полной грудью речную свежесть, смешанную с запахом прибрежных трав. Достигнув середины реки, мы попали на крутящуюся быстрину, но Некр-в умело справлялся с лодкой, греб невозмутимо и спокойно, как истый волжанин, в полном молчании, иногда словно случайно на меня взглядывая. Я чувствовала его взгляды, но на него не глядела, увлеченная видом живописного маленького островка, к которому мы приближались. Вдруг мне послышалось, что кто-то рядом запел, я оглянулась на Некр-ва. Почти не раскрывая рта, задыхаясь, он выдавливал из себя мелодию. Постепенно она прояснялась, его больной осиплый голос обретал дыхание, он не пел, а скандировал — в такт рассекавшим воду веслам. Я уже понимала, что он поет «Из-за острова на стрежень».[3] Все точно совпадало — мы плыли на лодке ввиду острова, только что мы миновали речную стрежень, не хватало лишь Стеньки да персидской княжны. Я невольно рассмеялась, он замолк.

— Некр-в, да вы прекрасно поете!

— Видно, вам не очень понравилось мое пение, Авдотья Яковлевна, вы меня перебили на самом интересном месте.

— Это когда Стенька бросил персиянку в набежавшую волну?

— Именно так.

Тем временем мы уже подплывали к островку. До берега оставалось совсем недалеко, но лодку относило. Не успела я оглянуться, как Некр-в сгреб меня своими сильными большими руками в охапку и, ступая по воде, перенес на берег.

— Некр-в, вы меня до смерти испугали, я решила, что вы сейчас бросите меня в набежавшую волну. — Я говорила со смехом, но щеки мои пылали. Тело мое еще ощущало жар его рук.

Он, отвернувшись, вытаскивал лодку на берег, потом повернулся ко мне, весь пунцовый, и в несколько прыжков подбежал почти вплотную. Лицо его менялось, он перевел дыхание и произнес: — Я, если хотите знать, сам бы в воду бросился из-за вас.

— Из-за меня?

— Да что ж вы не видите, что я в вас влюблен без памяти, как мальчишка, пятый год!

— И готовы броситься в воду?

— Готов, если не полюбите.

— На обратном пути вам представится случай.

Удили мы молча, наловили целое ведерко пескарей, что в другое время меня бы порадовало, сейчас же я пребывала в замешательстве. Я не знала, как себя вести.

---

[3] Ошибка памяти мемуаристки; песня появилась много позже *(прим. автора)*.

Свести все к шутке? Но Некр-в был серьезен, он хотел ответа. Какой ответ могла ему дать я, мужняя жена? Из головы не шли слова Татьяны — «но я другому отдана, я буду век ему верна». Но вот совсем недавно в «Отечественных записках» читала я статьи Бел-го о Пушкине. Бел-й Татьяну не одобрял, в ее ответе Онегину видел страх светской дамы за свое доброе имя.

В наше время, когда законодательницей нравов стала Жорж Занд с ее проповедью свободы брака, ответ Татьяны можно было счесть порождением Домостроя. Татьяна мужа не любила, она любила Онегина, а я? Сердце мое принадлежало Ване. Так ли? Почему же оно так всколыхнулось, когда Некр-в схватил меня своими большими сильными руками? Мне было 26 лет, Некр-ву годом меньше, мы оба находились в том возрасте, когда люди живут уже не столько чувствами, сколько рассудком, как говорил Мочалов-Гамлет.

Но чувства мои были смолоду не растрачены: Пан-в не нуждался ни в моей нежности, ни в моих ласках, их заменяли ему дружеские пирушки и ласки продажных красоток. Непритворное чувство Некр-ва, выражаемое столь прямо и простодушно, не могло ни тронуть и более искушенное женское сердце. Мое же было младенчески неразвитым.

Когда ведерко наполнилось пескарями и подошло время покинуть чудный зеленый островок, признаюсь, я села в лодку со смущенной душой, хотя виду не подавала. Жизнь с Пан-ым приучила меня к необходимости скрывать свои истинные чувства от окружающих. По виду я была спокойна и весела. Мы тронулись. Некр-в греб, как и прежде, молчаливо и размеренно, глядя на меня каким-то выжидающим взглядом.

На середине реки, где крутился водоворот, он вдруг бросил весла на дно лодки и произнес: «Авдотья Яковлевна, княжна вы моя персидская, решите мою судьбу. Или будете со мной, или мне в реку», — и он сделал движение, будто хотел выпрыгнуть из лодки. Лодка, предоставленная течению, крутилась и с минуты на минуту должна была перевернуться.

— Некр-в, гребите, или мы вместе утонем, — я схватила весло и оттолкнулась от бурлящей воды, Некр-в также начал грести вторым веслом, мы миновали опасное место. Когда до берега осталось всего-ничего, я выпрыгнула из лодки в воду; к счастью, дно в этом месте было ровное, без ям.

В мокром, липнущем к ногам платье вышла на берег и, оглянувшись на стоящего в лодке Некр-ва, помахала ему рукой.

8

Наутро Некр-в должен был ехать в Петербург — договариваться с Плетневым об аренде «Современника». Пан-в, хороший друг Плетнева, вскорости должен был присоединиться к переговорам. Вопрос о деньгах кое-как был решен. Некр-в надеялся на кредиты, получать которые был он мастер, большую сумму давал Пан-в, для чего должен был продать наследственный лес. Обещали помощь казанские помещики, наши радушные хозяева в то лето. Жена Герц-на, та самая «романтическая героиня», что не слишком понравилась мне в Москве, прислала на издание журнала пять тысяч рублей. Все демократические литераторы, весь так называемый «кружок Бел-го», находились в состоянии тревожного ожидания — как-то пойдет дело. Волновалась и я, так как принимала дело Журнала близко к сердцу.

После вечернего чая Пан-в и братья Толстые отправились к цыганам, разбившим свой табор на речном берегу неподалеку от нашей деревеньки. Некр-в с ними ехать не захотел и предложил мне прогуляться. Я не отказалась. Мы вышли к реке и свернули к ее берегу, вдоль которого, над кручей, тянулся редкий березняк. Неподалеку, за березняком, располагалась деревенька, оттуда не доносилось ни звука. Было около шести вечера, небо оставалось еще светлым, солнце заметно пекло. На мне была круглая соломенная шляпа с широкими полями, спасавшими от прямых солнечных лучей. Некр-в вел меня вверх по тропе, выходящей на лесистый пригорок. На самой его вершине мы остановились. Вокруг под легким ветерком шелестели березки, внизу под обрывом река несла свои спокойные воды. Спокойные ли? Вон там, в средине течения, возле крошечного островка, бурлила и дробилась о камни быстрина. Некр-в растянулся на траве, обнял рукою березку. Я оглядывала холм. Мы оба молчали. Сорвав в траве ромашку, Некр-в принялся обрывать ее лепестки, шевеля губами. Когда оборвал последний, со значением взглянул на меня и сказал утвердительно, словно геометр, уверенный в доказательстве: «Вы меня любите».

— Да? — засмеялась я.

— Не смейтесь, даже если сейчас не любите, — полюбите обязательно. Я сумею завоевать ваше сердце.

Он помолчал, пристально глядя на меня из своего зеленого уголка, и продолжал: «К тому же, у вас просто нет иного выхода, неужели вы предпочтете быть женой человека, к вам совершенно равнодушного?» Наверное, он испугался моего взгляда, потому что проворно вскочил на ноги и встал рядом со мною на макушке холма:

— Прошу прощения, если нечаянно вас обидел, я люблю Ивана, мы с ним друзья, но только слепой не увидит, что он, что вы...

Он смешался и заговорил уже по-другому, очень быстрым горячечным шепотом, наклонившись ко мне.

— Евдокия, Дуня, поверьте мне, я вас не обману. Всю жизнь, всю мою несчастную жизнь был я одинок, не пригрет, не обласкан. Всю жизнь озирался вокруг — искал такую, какой была матушка, горячее любящее сердце, — и не находил. И как в первый раз вас увидел — прошило меня словно иглой: она. Вы — княжна моя персидская, вы — моя муза. Клянусь, вы не пожалеете, если пойдете со мной. Мне всего 25 лет, я еще молод, будете вы рядом — много чего смогу: сделаю «Современник» лучшим российским журналом, поэму напишу — что там Лермонтов! Не смейтесь, во мне ведь и вправду силы гнездятся громадные. Если пойдете со мной, и мои силы к жизни вызовете, да и своим найдете применение. Сколько дела для вас найдется! Будете помогать, делить труды, чтобы не пропадали в бездействии ни ум ваш, ни ваша деловитость, ни сердечная отзывчивость. Полюби́те меня — и я открою перед вами новые дороги, новые берега, — он взмахнул рукой, словно за этой раскинувшейся перед нами речкой видел берега какой-то другой реки, мною не виданной.

Быстро на меня взглянув и перехватив мой полный сомнения взгляд, закончил почти умоляюще:

— Пожалуйста, не глядите так насмешливо! Не нужно иронии. Лучше пока ничего не говорите. Подумайте. Завтра я еду в Петербург. Там решится судьба «Современника». Пусть там решится и моя судьба. Прошу вас, напишите мне туда только одно слово — да или нет.

9

Возвращались домой, когда уже опускался вечер, солнце садилось, но небо было по-прежнему светлым, в легких перышках облаков. На подходе к усадьбе, услышали мы поющие детские голоса — это крестьянские дети играли на большой поляне, отделяющей усадьбу от реки и деревеньки. Мы подошли поближе. Игра была мне хорошо знакома: две цепочки детей шли встречу друг другу и пели каждая в свой черед.

— Бояре, а мы к вам пришли, молодые, а мы к вам пришли.
— Бояре, вы зачем пришли? Молодые, вы зачем пришли?
— Бояре, мы невесту выбирать,
                            молодые, мы невесту выбирать.
— Бояре, а котора вам мила, молодые, а котора вам мила?
— Бояре, нам вот эта мила, молодые, нам вот эта мила.
— Бояре, она дурочка у нас, молодые, она дурочка у нас.
— Бояре, а мы плеточкой ее, молодые, а мы плеточкой ее…

Девочка, которую хотела взять к себе в невесты правая цепочка, была уже точно невеста — высокая, статная, полногрудая, со светлой косой. Она сильно отличалась ростом и сложением от соседствующей с нею мелкоты. Мы с Некр-ым остановились неподалеку от играющих, следя за происходящим. Девушка весело улыбалась и беспрестанно оглядывалась по сторонам, словно кого-то отыскивая. При громком крике: «Зинка, беги!» под свист и гогот ребятни бросилась она бежать по направлению к правой цепочке. Вырваться ей удалось почти сразу, хотя сопливая мелкота хватала ее за руки и пыталась подставить подножку, — девчушка с редким проворством освободилась от хватающих ее ручонок и кинулась прочь. Правую цепочку составляли такие же мелкие ребятишки, как и левую, за исключением одного паренька. Он был под стать Зинке, может, чуть ее помладше, чернявый, темноглазый, вертлявый, с косыми скулами.

— Муха, держи ее, — раздались голоса, я поняла, что Мухой звали чернявого подростка. Зинка бежала не к нему, а левее, туда, где всякий определил бы слабое место цепочки — две маленьких похожих как две капли воды девочки, крепко сцепивших ладошки, с выражением ужаса на смазливых загорелых личиках. Крупная Зинка вихрем пронеслась между ними, без труда разомкнув детские ручонки. Вся ребятня из двух цепочек бросилась вдогонку за Зинкой, ближе всех к ней был Муха. Мы с Некр-ым, подстегиваемые любопытством, двинулись следом за детьми — в направлении усадьбы. Зинка бежала как молодая упругая козочка, следом вихрем-скакуном мчался Муха. Большая часть детишек разбежалась кто куда, остальные присоединились к деревенским бабам и молодым мужикам, пришедшим на гулянку под окна барского дома и ставшим невольными зрителями детской игры. Отовсюду на все голоса неслось: «Держи, держи ее, малец» и «Зинка, не давайся, беги».

Все разрешилось неожиданно — Зинка, не успевшая даже ойкнуть, на всем бегу оказалась в объятиях вышедшего ей навстречу с раскинутыми руками молодого ладного мужика. В одной руке мужик нес домру, другой схватил девушку за плечо и заставил остановиться, а потом с силой наклонил к себе и поцеловал в губы. Бабы ахнули, мужики загоготали, какая-то старуха истошно завопила: «Симка, бес проклятый, ты че у своо собственного парня невесту корогодишь?» Раскрасневшаяся Зинка змейкой выскользнула из-под Симкиной руки и только ее и видели. Мы с Некр-ым поспешили войти в дом.

Некр-в пошел собирать вещи, я накинула шаль, села у окна с вышиваньем, то и дело взглядывая на улицу — на площадке перед домом начиналась деревенская гулянка.

Становилось темно, и мне, в отсутствии хозяев, пришлось приказать зажечь газовые фонари перед фасадом. Я же сидела в темноте. В поле моего зрения в круге света от фонаря верхом на бочке восседал давешний Симка и с большим мастерством то наигрывал на своей домре, то крутил ее над головой, ловко подхватывая в воздухе, чтобы затем, как ни в чем не бывало, продолжить прерванную игру. Слышались возгласы одобрения. Затем до слуха моего донеслась плясовая, которую дружно затянули бабы. Несколько баб и мужиков, среди них Симка со своей домрой, выскочили в круг. Задорный женский голос громко позвал: «Зинка, подь сюды, чего спряталась?»

В кружке света появилась Зинка, в накинутом на голые плечики цветастом платке; вокруг нее заплясал, запрыгал вприсядку мужичок с домрой. «Вдоль да по речке вдоль да по Казанке, — гремел бабий хор, — серый селезень плывет. Вдоль да по бережку, вдоль да по крутому добрый молодец идет». Веселый мотив затягивал. Я задернула занавеску на окне, сняла с плеч шаль и прошлась по темной гостиной в такт доносившейся песне.

Сам он со кудрями,
Сам он со русыми
Разговаривает:
«Кому мои кудри,
Кому мои русы
Достанутся расчесать?»

Вся моя неприкаянная жизнь с Пан-ым, вся моя печаль-тоска, накопленная за годы замужества, все, казалось, вылилось в эту мою одинокую пляску.

Доставались кудри, доставались русы
Красной девице чесать,
Уж она и чешет, уж она и гладит,
Волос к волосу кладет.

Ох, Ваня, не мне досталось чесать твои кудри. Моя ли в том вина?

Опомнилась я, только когда увидела перед собою старика Антона с масляной лампой в руках. Гостиная осветилась, на старинных деревянных часах, висящих на стене передо мною, было почти девять вечера. Как долго тянулся этот летний день! Я спросила Антона, вынесли ли на двор обычное угощенье для крестьян, выставляемое помещиками, — водку для мужиков, орешки и сласти для баб.

— А как же, боярыня вы наша, все вынесено, даром что хозяев нет, распоряжение от их дадено.

Поклонившись, он вышел. Я прислушалась: звуки гулянки затихали, не слышно было уже ни Симкиной домры, ни бабьего хора. Занудливый пьяный мужской голос за окном повторял беспрестанно одно и то ж: «Эй, Муха, тащи его. Слышь, Муха, тащи его, ты чего? Тащи, говорю! Твой батька, не мой».

— Авдотья Яковлевна, можно к вам?

Я подняла голову — в дверях стоял Некр-в. Мне показалось, что еще минута — и он бросится ко мне и поцелует в губы, как Симка Зинку, но самое страшное было то, что я не смогу, не захочу ему противиться.

— Нельзя, Некр-в! Ко мне нельзя. Вы же сами сказали, что я должна подумать. Вот я и думаю. Идите спать — завтра вам вставать рано. Спокойной ночи.

— Какая уж тут спокойная ночь, Авдотья Яковлевна! Но думаю, что и вам сегодня не до сна будет.

Дверь закрылась.

Пан-в и хозяева вернулись от цыган в два часа ночи. Все это время я сидела в гостиной, то и дело взглядывая на стенные часы. Проходя через гостиную на не слишком твердых ногах, Пан-в остановился передо мной в удивлении.

— Что, Дуня, не спится? Боюсь, что и я не засну. Эти цыгане, и особенно таборные цыганки, в них есть какая-то особая магия. Одна мне гадала и, представь, сказала, что на этих днях должна решиться моя судьба.

Он зевнул, потянулся и, уже уходя в спальню, закончил: «Я уверен, что это связано с «Современником». Вдруг он остановился и, словно в чем-то засомневавшись, повернулся ко мне лицом. «А ты, Дуня, что об этом думаешь?»

— Спокойной ночи, Жан. Это, конечно, связано с «Современником».

Успокоенный, он отправился в спальню. А я подумала, что в последнее время его густые русые кудри заметно поредели.

10

С того времени прошло 43 года, целая жизнь. Жалею ли я, что выбрала Некр-ва? Ничего не повернешь назад и все что случилось — случилось. Благодаря Некр-ву и его Журналу, жизнь моя приобрела исторический смысл, обо мне будут знать русские люди в последующих поколениях. Но обиды — человеческие, женские обиды — они остаются, и так хочется иногда облегчить сердце и выплеснуть их наружу.

Тогда, при получении известия о приобретении «Современника», написала я Ване в Петербург большое письмо. Вложила в конверт запечатанную записку — «для Некр-ва». В ней было несколько слов: «Поздравляю вас с «Современником»! Что до вашего вопроса, отвечу на него сама, когда увидимся».

Часть II

Заглуши эту музыку злобы!
Чтоб душа ощутила покой...
Николай Некрасов

1

Какая-то звуковая галлюцинация преследует меня всю жизнь. И первый раз — вскоре после моего ухода к Некр-ву. Тогда в моем дневнике, который я завела в тот знаменательный год, появилась запись:

«Ду-ня, Ду-нюшка», — мужской ласковый голос где-то совсем рядом. Я открываю глаза. Серый свет льется из окна напротив постели. Возле окна стоит Некр-в и курит, выпуская дым в форточку. Опять курит, хотя знает, что я терпеть не могу запаха папирос, да и при его чахоточном сложении не стоит шутить с огнем. Вон Бел-й, тот давно уже не курит при злой чахотке, и все равно ему недолго осталось... Снова закрываю глаза — и опять тот же голос, такой нежный, баюкающий, но и страстный, призывный: «Ду-нюшка, цветочек мой аленький...». Откуда? Может, осталось в памяти от других времен? Жан, когда мы только поженились, был очень нежен, придумывал мне всякие смешные названия: Дуняша, Авдотьюшка, Дунчик... Один раз, когда похмельным утром поднесла я ему чашку огуречного рассолу, сказал с отменным простодушием, глядя мне в лицо синими своими глазами: «Спасибо тебе, Дуня, ты меня воскресила», и это навек запомнилось. Снова, на этот раз резко открываю глаза — и вспоминаю, откуда выплыли и слова, и голос... Ночные ласковые слова. Ночной дрожащий от страсти голос.

Это он, человек стоящий у окна и курящий ненавистные мне папиросы, это он, словно оборотень, сменив дневное обличье на ночное, в каком-то самозабвенье, во мраке, шепчет: «Ду-нюшка, цветочек аленький».

И нужно быть очень доверчивой и наивной, чтобы принять эти ночные восклицанья за истину. Нет, я уже далеко не так молода, чтобы верить словам, особенно произнесенным в порыве исступления и страсти. Да и Некр-в, по годам почти мой ровесник, прошел такую жизненную школу, что, несмотря на всю свою сегодняшнюю околдованность, не может обольщаться насчет дальнейшего. Долго это не продлится...».

Ошиблась. Продлилось довольно долго, больше пятнадцати лет.

Сейчас даже дико подумать, в какой ситуации я тогда оказалась. Весть о том, что я перебралась на половину Некр-ва, мгновенно облетела весь Петербург, знакомых и незнакомых. Что до незнакомых, их мнение было мне безразлично, а вот свои... Мамаша, когда я пришла их навестить, процедила мне сквозь зубы, что таких, как я, она презирает. Отец, с театральной интонацией, так не свойственной ему вне сцены, вскричал: «Где твои глаза, дочь? Ты ослепла? Сравни твоего законного мужа — приличного человека, с именем и капиталом, и того, к кому ты, несчастная, перебежала, этого прощелыгу и оборванца, сочинителя дешевых куплетцев. Мои прозренья меня не обманули — давно я знал и говорил твоей матери, что ты плохо кончишь!» Мне в этой тираде послышались вариации на тему «Гамлета» — отцу так и не досталось играть на сцене заглавного персонажа этой пиесы, его уделом стал коварный Клавдий. Но в жизни ему не терпелось сыграть со мной эту заветную роль.

Знакомая семья, к которой я обычно заглядывала вечерком, на чай или шарады, была непривычно холодна со мной, респектабельная дама-мать и девицы-дочери смотрели в сторону, один муж дамы, человек добрый, хоть и недалекий, пытался со мною говорить, но все больше междометиями, перемежаемыми смущенным кашлем. Я поняла, что стала для этой семьи «дамой полусвета» и «якшаться» со мной они не намерены. Постепенно выяснилось, что не для них одних. Пришлось отказаться от очень многих знакомств и давних привязанностей...

Признаться, даже такие редкой нравственной чистоты люди, как историк Грановский и критик Бел-й, стали на меня посматривать как-то по-особенному, едва ли не с сочувствием. Скорее всего, им казалось, что с моей стороны свершилась уступка грубому и похотливому натиску.

Меньше всех проявлял свое отношение к случившемуся мой законный супруг. Он посчитал возможным никак не отозваться на мое переселение на половину Некр-ва. В сущности, уже давно был он мне мнимым мужем: жил своей отдельной жизнью, не отчитываясь, где, когда и с кем проводит свое время.

Гризетки и холостые попойки всегда интересовали его куда больше пресной супружеской жизни. И все же полное равнодушие Жана к свершившемуся было для меня мучительно. Если я и испытывала нравственные муки, то именно из-за него. Я прекрасно сознавала, что мой уход к Некр-ву в глазах общественного мненья рикошетом бьет по Жану. Довольный собой рогатый Сганарель, покладистый простак, чья жена становится подругой его приятеля... Такая ли роль прилична для мужчины? В мутноватых, словно вылинявших глазах Жана, когда мы с ним разговаривали — никогда о личном, всегда о делах Журнала и сотрудников, — я не читала ничего, кроме нетерпеливого желания поскорее закончить разговор и убежать.

Словно я была досадной помехой на его пути, словно вот сейчас, отвернувшись от меня, он бросится в водоворот чудесных приключений и неожиданных встреч.

Бедный Жан, как, в сущности, убоги и малоинтересны были и эти кабацкие приключения, и эти встречи с говорливой неискренней дружбой и продажной любовью. Трудно сказать, тогда ли начала скапливаться у него в душе та горечь, что роковым образом оборвала его жизнь в возрасте пятидесяти лет. Корю себя, что не смогла разглядеть его нарастающую душевную смуту, скрываемую за личиной равнодушия.

А что Некр-в? На первых порах был он счастлив безмерно. Его походка, голос — все преобразилось, морщины лица разгладились, взгляд оживился и просветлел. Его средства в ту пору были незначительны, он не мог одаривать меня драгоценностями и нарядами, что было уже гораздо позднее, но дарил меня своими планами, своими мечтами о будущем, своей верой, что во мне нашел он именно ту, которую искал всю жизнь. Один раз, в самом начале, принес мне цветок в горшке. Я видела из окна, что отпустил извозчика и что-то осторожно несет, завернутое в бумагу, и еще прикрывает сверху газетой.

Оказалось — орхидея. Стройная белая орхидея в январском, насквозь продуваемом Петербурге. Потом была у меня забота сохранить цветок, не дать ему замерзнуть в не свойственных ему широтах, в отсутствии солнечного тепла и света. И когда глядела на эту орхидею, всегда слезы закипали: представлялось, что сама я такой вот оранжерейный цветок, заброшенный в холодный, продуваемый колючими ветрами мир.

Странная была это любовь и странная полупризрачная жизнь. Некр-в был человеком ипохондрического склада, нервный, раздражительный, страшно ревнивый. Любить такого и быть им любимой — не только нелегко — невыносимо. Наше общение довольно скоро стало походить на беспрерывный спор, нескончаемое выяснение отношений. И хоть были в моем характере и игривая веселость, и потребность в красоте и гармонии, ссоры получались тяжелые, с криками, надрывными моими рыданиями и его просьбами о прощении.

В итоге все кончалось ночным примирением и временным недолгим затишьем, после чего опять следовала безобразная сцена. Некр-в не признавал любви без мучительства, без ревнивых вопросов и жалящих, едких обвинений.

Позднее, когда я читала романы Федора Дост-го, уже после его возвращения из ссылки, мне все казалось, что своих «подпольных» героев он списывал не только с самого себя, но и с Некр-ва. Чем-то были они похожи, хотя после напечатания в Журнале романа «Бедные люди», с восторгом принятого в околожурнальных кругах, Некр-в немного поостыл к его автору, даже, совместно с Тург-ым, подтрунивал над его гонором и непомерным самолюбием. А тот, почуяв охлаждение, полностью отошел от Журнала. Поговаривали — и эти слухи до меня долетали,— что свою Настасью Филипповну Дост-й списывал с меня. Что ж, возможно, я ему нравилась. Был он мне жалок, когда сидел в своем уголке, бледный, с нервическим покашливанием, и напрасно ждал, что собратья начнут обсуждать его писания. Новые его писанья общим судом, возглавляемым критиком Бел-им, признаны были неудачными, а самый их автор, как казалось, возомнил себя гением и даже кричал где-то прилюдно, что будет знаменит, когда про Бел-го и думать забудут. Мне было жаль бедняка, и я выказывала ему симпатию. Однако, от сходства с Настасьей Филипповной отрекусь. Если какое-либо сходство с нею у меня и было, то только внешнее. Внутренний же портрет взбалмошной и не знающей удержу героини Дост-го очень от меня далек, можно сказать, мне противоположен. Уж ежели я представляла себя какой-нибудь литературной героиней, то больше Парашей из «Горячего сердца» Александра Островского или его же Катериной из «Грозы». Были во мне, как я думаю, крестьянская положительность и стремление жить по правде. Если говорить о стихах Некр-ва, то ближе всего мне его Дарья из поэмы «Мороз, красный нос», та самая, про которую написано: «Есть женщины в русских селеньях». И тут имеется у меня тайное, никогда и никому не высказанное предположение, что списана она с меня.

* * *

Жить по правде не получалось. Жизнь была изломанная, прячущаяся от людских глаз, от плохо скрытых ухмылок, от тягостной неловкости, возникающей при нашем появлении. Героиня «пикантной истории»... Нет, не моя была эта роль. Была она мне невыносимо тяжела. Я завидовала хладнокровию Мари, которая, казалось, была создана для подобных ролей. После нашего с нею знакомства в Москве и мгновенно завязавшейся дружбы она пропала из поля моего зрения. Весной 1841 года они с Огар-ым отправились за границу. Оттуда доходили разноречивые слухи. Говорили, что Мари пустилась за границей во все тяжкие, что к их семье пристал некто третий, называли разные имена. Наконец, ровно через год, Огар-в вернулся. Вернулся он один. Мари осталась где-то там — то ли в Париже, то ли в Берлине, а не то в Италии. Именно оттуда, из Италии, пришло мне от нее письмо.

Милая Eudoxie,

уверена, что письмо мое тебя удивит — ты не ждешь вестей от своей легкомысленной Мари. И однако, я решилась к тебе писать — поделиться некоторыми жизненными наблюдениями. Помнится, мы с тобой хорошо сошлись в Москве, ты всегда казалась мне надежной подругой, хотя и слишком «добронравной», на мой вкус. Скажу тебе, что Европа — это единственное место, где можно получать удовольствие от жизни. В любом уголке нашей бедной родины чувствуешь на себе безумную жизненную тягость — то ли от казенных порядков, то ли от угрюмства и непросвещенности людей, то ли от сурового климата и дурной погоды… но умолкаю, ибо посылаю мое письмо обыкновенной почтой.

Посмотрела бы ты, как свободно и красиво ведут себя люди где-нибудь на Лазурном берегу, под неправдоподобно голубым италианским небом!

Правда, если говорить о наших соотечественниках, далеко не все из них соответствуют названию европейца, многие еще застыли в допетровской азиатчине.

Имею в виду сразу нескольких лиц, они хорошо знакомы тебе по Москве. Расскажу про одного. Гал-хов — очень симпатичный и образованный господин, приятель Огар-ва и его догматического жестокосердого друга. Встречаясь с ним в России на наших московских «сходках», ощущала на себе его восхищенное внимание. А тут несколько месяцев пришлось провести рядом в Берлине и могу сказать: этот человек точно был в меня влюблен. И что же? Вместо того, чтобы пойти навстречу своему чувству, он написал мне длинное письмо, объясняя свою позорную нерешительность тем, что я жена Огар-ва. Ему, видите ли, было необходимо, чтобы я ушла от мужа, бывшего ему приятелем, к тому же, человека «богатого и известного»... Зная тебя, дорогая Eudoxie, боюсь, что и ты отчасти разделяешь эти старозаветные мнения, ныне ставшие соблазнительным, но ветхим прикрытием для слабых душ. Однако скажи мне, моя милая, для чего мы, женщины, читаем и восторгаемся Жорд Зандом? Только ли для того, чтобы, закрыв книгу, промолвить: все это сказки, в серой и обыденной действительности такое невозможно? Уверяю тебя — возможно. И даже среди российских мужчин находятся такие, что готовы увести избранницу от «богатого и известного мужа», да и от приятеля, если они настоящие мужчины и их толкает на то истинная страсть.

Помнишь ли петербургского художника Сократа Воробьева? По приезде в Петербург мы с Огар-ым несколько раз встречали его то тут, то там. Чуть ли не твой муж представил его Огар-ву, который, увидев его маленькие северные пейзажики, тут же загорелся и провозгласил Сократика истинным Сократом пейзажной живописи... Думаю, что он погорячился, хотя и не отрицаю наличия у Сократа некоторых способностей, что (кроме наличия отца-академика живописи) помогло ему претендовать на пенсионерство в Европе. Мы встретили его вместе с еще двумя стипендиатами Академии по дороге в Берлин.

Не буду описывать нашего романа, который сейчас в самом разгаре. Спросишь, как принял Ога-в такой оборот событий? Как мне кажется, очень разумно. Он, как ты знаешь, начисто лишен мужского самолюбия и эгоизма. Он увидел в Сократе достойного меня человека и мило устранился, сознавая всю фальшь и односторонность нашего с ним брака.

Прекрасно знаю, что кажусь тебе вульгарной и безнравственной, но тешу себя сознанием, что ты, Eudoxie, всегда прощала мне и мой «вздорный» характер, и мои «маленькие женские слабости», во всяком случае, умела их объяснить...

Огар-в, как тебе, наверное, известно, сейчас в России. Поехал, как сам мне сказал, «освобождать крестьян» и делать из них «вольных работников». Не вмешиваюсь в его хозяйственные дела, но вижу, что помещик он никудышный и, боюсь, «заводчик» будет такой же. Впрочем, деньги он обещал высылать мне исправно. Еще до нашей поездки Огар-в, по моей просьбе, распорядился насчет моей материальной независимости — на случай его смерти. Так что надеюсь подобрать хотя бы крохи когда-то мильонного, ныне быстро тающего состояния. За границей деньги уходят со сказочной быстротой. Жизнь в Европе дорога, к тому же, мы с Сократиком не сидим на одном месте. Пока можешь писать мне по этому адресу в Ниццу, к весне же мы переберемся южнее, поближе к Неаполитанскому заливу, а лето хотим провести в путешествиях по Франции, Германии и Швейцарии…

Итак, жду твоего ответа, моя милая добродетельная Eudoxie, привет ветреному Пан-ву.

Твоя Мария.

Странные капризы судьбы. Было мне невдомек, что всего через пять-шесть лет по получении этого письма сама я буду едва ли не в более двусмысленном положении, чем бедняжка Мари, а присмотр за ее денежными делами, который со временем она мне препоручит, обернется катастрофой для меня и для Некр-ва. Но напишу об этом в своем месте.

В сороковые годы все русские дворяне спешили съездить за границу. До французской революции 1848 года и прогремевшего у нас спустя год «дела Петрашевского» отправиться в заграничный вояж было довольно легко. Как правило, в просьбе о заграничном паспорте (утверждаемой на самом верху!) указывалась необходимость «поправления здоровья» и «лечения на водах», которая удостоверялась справкой от врача, выписывавшего ее, хоть и не даром, но без особых задержек.

В 1844 году и мы с Пан-ым впервые отправились в заграничное путешествие. Дабы раздобыть денег на немалые будущие расходы, Пан-в заложил имение в Опекунский совет, как делали прочие российские помещики, возжаждавшие пропитаться европейским духом за счет российских крепостных мужичков. Демократка и по происхождению, и по взглядам, я смотрела на это с неодобрением; радовало лишь то, что, по моему настоянию, Пан-в отпустил на волю часть дворовой прислуги.

Тогда-то я в первый раз оказалась в краях, о которых писала мне Мари. Тогда же с нею увиделась в просторной квартире в самом центре Берлина. В первый момент я ее не узнала. И не только из-за пышно взбитых пепельных кудрей, удивилась слегка одутловатому и потерявшему былую живость лицу, слишком полным плечам, выглядывавшим из-под широкого белого пеньюара. Признаться, я не в первую минуту догадалась, что Мари беременна. Она кинулась мне навстречу, закружила на месте, потом стала оглядывать.

— Ты нисколько не изменилась, все такая же барышня, «артисточка» с твердым неженским характером. Правильно я тебя определила? А куда ты дела своего Пан-ва?

— Мой Пан-в, как только мы приехали в Берлин, бросил меня на произвол судьбы и отправился по знакомым. Вряд ли он вернется до полуночи. Здесь пропасть русских, много журналистов из Москвы и из Петербурга.

— Например, Огар-в.

— Как, он тоже здесь?

Мари улыбнулась и показала рукой вокруг себя.

— Сейчас его здесь нет. Но он в Берлине, собирается прийти к ужину.

Она приблизила свое лицо к моему и прошептала как заговорщица:

— У меня так много накопилось для тебя рассказов.

Я была рада, что Мари оживилась. Мне уже не так больно было смотреть на ее оплывшее лицо, тяжелые складки у губ...

— Ты... ты ... извини, но мне показалось...

— И правильно тебе показалось, я жду ребенка... слава Богу, уже недолго осталось, — она вздохнула, но тут же снова заулыбалась. — Герр профессор объявил, что не позже, чем через месяц.

— Извини, Мари, это ребенок не Огар-ва?

— Конечно, не Огар-ва. Как ты могла подумать! Но он хочет его усыновить. Он для того сюда и приехал, когда я написала ему про свое положение.

— Мари, я ведь мало что знаю о твоем положении. Два года назад ты мне писала, что встретила Сократа. Кажется, я его видела пару раз в Павловске. Такой большой, кудрявый, по виду — довольно благодушный...

Мари покачала головой:

— Пьяница, как все художники, и большой любитель приударить за горничными. Мы с ним расстались... временно... Он сейчас в Италии. Пусть схлынет вся эта суета... Ты думаешь, легко удержать возле себя молодого неженатого мужчину, художника, склонного к неумеренному русскому разгулу? Впрочем, сам он говорит, что занят с утра до ночи, что ему нужно «отработать» свое пенсионерство, отчитаться перед Академией, что он должен написать по крайней мере четыре картины, а уж что до рисунков — им вообще нет числа...

В голосе Мари звучала ирония пополам с сомнением. Внезапно она прервала сама себя:

— Извини, я зарапортовалась. Тебе следует оглядеться. Я покажу тебе квартиру, а потом мы выпьем чаю и поболтаем перед ужином. Я надеюсь, ты поужинаешь со мной... и с Огар-ым. Мне не хотелось бы остаться одной в его обществе.

Квартира оказалась не по-немецки роскошной, с изящной овальной гостиной, полукруглыми окнами выходящей частью на шумную улицу и частью на зеленый внутренний дворик, и с двумя затененными уютными спальнями, одну из которых Мари собиралась превратить в детскую.

В столовой, расписанной фруктами и фазанами — в духе фламандских натюрмортов, — чай подавала костлявая, сурового вида немка, фрау Бенц. О ней Мари, не стесняясь ее присутствием (фрау по-русски не понимала) сказала, что специально подобрала такую старую уродину на случай приезда в Берлин Сократика. Собственно, именно он, Сократ Воробьев, как я поняла, был предметом ее постоянных мыслей и переживаний. Она пыталась уйти от рассказов о нем — и не могла. Ближе к ужину один за другим пришли два незнакомых мне господина, берлинские приятели Мари. Оба ничем не примечательные, довольно серой наружности, один длинный, со стеклышком в глазу, Мари представила его как театрального антрепренера, другой плотный, даже полноватый, с редеющей полуседой шевелюрой, о нем было сказано, что он профессор философии. Оба, по-видимому, были влюблены в мою подругу, так как, почти не общаясь между собой, выражали ей всевозможные знаки внимания. Длинный преподнес ей какие-то билеты, а плотный белую розу, которую Мари тотчас вдела в свои когда-то черные, а ныне пепельные волосы. Глядя на нее в этот момент, я не уставала поражаться. Куда девалась одутловатость лица, недовольная гримаска, тяжелые складки возле губ?! Складки разгладились, лицо сияло прежней молодостью и жизнью, вместо гримасы на губах играла кокетливая улыбка. Кстати, о волосах. Приглядевшись к ним внимательнее, я заметила, что это парик. Впоследствии Мари подтвердила мои предположения. Слуга доложил, что пришел герр Огарефф.

Он остановился в дверях гостиной, с некоторым удивлением оглядывая сидящих. Я догадалась, что он не ожидал, что будет не один. Огар-в совсем не переменился. В нем легко было узнать того симпатичного светловолосого господина, какого я когда-то знала в Москве. Даже выражение светлых глаз, наивное и одновременно слегка хитроватое, не поменялось. Пожалуй, гуще стала борода, а лоб выше из-за поредевших волос. Мари представила Огар-ва немцам, и, судя по их лицам, они также не ожидали встретить мужа фрау Огарефф. Мне Огарев был рад еще и потому, что я была его соотечественница, не требовавшая особого обращения. Перешли в столовую, где все тою же фрау Бенц был накрыт стол для ужина. Мари посадила нас с Огар-ым рядом, а сама села между немцами.

Ужин этот запомнился мне как комический. Со стороны Мари и немцев монотонно звучала немецкая речь, все трое, не исключая Мари, пили рейнское вино, с равномерными интервалами поднимая бокалы. Огар-в же сразу попросил водки, набрал полную тарелку еды, но ничего не ел, только пил и говорил, говорил. Обращался он ко мне, но при этом всем корпусом поворачивался в сторону Мари, добросовестно обсуждавшей по-немецки со своими двумя кавалерами проблемы театра и классической немецкой философии. Огар-в громыхал по-русски, заставляя немцев вздрагивать и нарушая стройность и порядок чинной вечерней трапезы. Помню его тост за еще не родившееся дитя, которому он, его отец (так было сказано), завидует. Этот ребенок родится среди свободных людей, в то время как на родине его родителей большая часть населения — рабы. Но он постарается, чтобы хотя бы возле себя дитя не видело людей, уподобленных скоту. Он уже освободил несчастных рабов и теперь осчастливит их вольным трудом на созданной им фабрике. Зная дальнейший ход событий, могу сказать, что писчебумажная фабрика, которую Огар-в действительно построил на последние свои деньги, рассчитывая, что она будет приносить доход, была подожжена самими же «освобожденными» им крестьянами, по-видимому, в уплату барину-благодетелю за свободный и счастливый наемный труд. А в тот вечер Огар-в выпил сверх меры и призыв к «освобождению труда» прозвучал с такой оглушительной силой, что немцы поневоле замолкли и повернули к нему свои побледневшие испуганные лица. Мари пришлось вмешаться и объяснить своим гостям, что герр Огарефф взволнован предстоящим отцовством и не может сдержать своих чувств по этому поводу... Сам Огар-в, прекрасно владевший немецким, не сказал в этот вечер ни единого немецкого слова.

2

Ребенок Мари родился преждевременно. Полагая, что успею к родам, назначенным «герром профессором» через месяц, я с Пан-ым отправилась в Дрезден. Там нас и застало известие о рождении у Мари мертвого младенца. Увидела я ее только спустя неделю после ужасного события. Не могу представить, что с нею происходило до этого, при мне она была совсем безумная. То вдруг начинала рыдать, то царапала себе лицо и рвала свои и без того негустые волосы, то вскрикивала и громко проклинала судьбу. При ней бессменно находился бедный Огар-в ст앞равшийся ее успокоить и привести в чувство. Улучив момент, когда Мари, совершенно обессиленная, прилегла, я отозвала Огар-ва в сторонку и спросила, как проходили роды. Оказывается, все случилось неожиданно. Мари, неопытная как все роженицы, только в самый последний момент попросила фрау Бенц позвать акушерку и послать за Огар-ым. Акушерка едва успела к родам, а к приходу Огар-ва все закончилось. Он увидел на руках у акушерки скрюченное синюшное тельце и постарался взглянуть в лицо мертвого дитяти. Жалобное его выражение сильно его поразило.

— Бедный, бедный недоносок! Он шел из одного мира в другой и оказался в третьем, в царстве смерти. У него была такая трогательная мордочка, такое беспомощное невесомое тело... Как может Бог допускать такие смерти! Как люди могут верить в Бога, допускающего смерть новорожденных!

Знала ли я, слушая эти горькие богохульные восклицания Огар-ва, что и мне будет суждено пройти через потерю новорожденных детей и что самое жгучее горе принесет мне смерть сына Ивана, четырехмесячного пуховолосого птенчика, как две капли воды похожего на Некр-ва.

Вполне возможно, что, если бы ребенок остался жив, Мари примирилась бы со своим супругом и оба занялись бы или сделали вид, что занимаются, воспитанием сына. Этого не случилось. А жить вдвоем рядом с Огар-ым Мари не могла и не хотела.

В Берлине я близко и почти ежедневно наблюдала картину их человеческого разлада и несовпадения. Что бы ни сказал Огар-в, Мари видела в этом тупоумие или идиотизм. Муж ее бесконечно раздражал, рядом с ним она не чувствовала себя в своей стихии и рвалась прочь. Наблюдая все это, я невольно сравнивала Мари с Пан-ым, точно так же убегавшим от меня и искавшим развлечений на стороне. Обе мы в конце концов оказались выброшенными за пределы, ограниченные нормами привычной семейной морали.

В те времена вопросы женской свободы уже начали дискутироваться в обществе. Я и моя подруга зачитывались романами Жорж Занда, поставившими любовь и свободу женщины впереди чести и долга. Но рвать со старыми представлениями, укорененными в сознании людей, было нелегко. Я первая пасовала под взглядами ревнителей Домостроя.

Вспоминается один вечер в петербургском ресторане Леграна непосредственно перед началом издания Журнала, осенью 1846 года. На этом вечере впервые обозначилось для меня мое новое положение, в чем-то очень сходное с положением Мари.

Но скажу несколько слов о том, каким образом случилось, что мы свиделись с Мари в Петербурге. Приехать на родину мою подругу вынудили вполне обычные обстоятельства: нужно было выправить новый заграничный паспорт взамен просроченного.

По своему обыкновению делать все в последнюю минуту и о своих планах не предупреждать, Мари прибыла в Петербург именно тогда, когда меня в нем не было. Огар-в был в это время в России, но Мари не искала с ним встреч, чтобы, как она говорила, «все не испортить». Их отношения достигли того градуса кипения, когда лучше общаться посредством писем.

То лето проводила я в Казанской губернии вместе с Пан-ым и Некр-ым, и было мне не до Мари. Решалась судьба еще не родившегося Журнала, задуманного обоими как рупор новых серьезных идей, провозглашаемых критиком Бел-им. Но решалась и моя судьба, вернее, судьба всех нас троих. Тогда, вблизи родной своей Волги, Некр-в потребовал от меня окончательного ответа: пойду ли я с ним или останусь с Пан-ым. Мне предстояло принять решение...

Уж не шестым ли чувством учуяла Мари грядущие перемены в моей судьбе и не потому ли примчалась на свидание со мною именно в этот переломный момент?! К осени, когда мы с Пан-ым вернулись в Петербург (Некр-в уехал раньше, чтобы предстать перед нами уже владельцем Журнала), оказалось, что Мари уже довольно давно и нетерпеливо ждет со мною встречи...

В тот вечер в ресторане Леграна Мари была не одна. Ее сопровождал Сократ Воробьев. Сократа я уже видела и прежде, но тут разглядела его во всем великолепии. Громадного роста, с красивым румяным лицом и темными кудрями, он напоминал какого-то гвардейца екатерининского времени, ставшего очередным увлечением государыни. Был он, что называется, красавец-мужчина. К тому же, к тридцати годам он сделал неплохую карьеру: вернувшись после шестилетнего отсутствия на родину и представив свидетельства своей неустанной работы над итальянскими пейзажами, получил звание академика Российской Академии художеств. Мари рядом с ним как-то побледнела и пожухла. Может быть, сказалось неудачное материнство, но на фоне победительного и вальяжного Сократа, даже в своем изысканном французском наряде, выглядела она далеко не так эффектно, как когда-то.

Мысль собраться у Леграна пришла Пан-ву. Он предложил отметить сразу несколько событий. И главное — скорый выход первого номера Журнала. Второе — намеченный на конец декабря отъезд Мари. Ну и третье — избрание Сократа академиком живописи. Собралась небольшая компания близких к Журналу людей; пригласили нескольких знакомых молодых дам, чтобы мужской элемент не возобладал. Некр-ва притащили чуть ли не насильно. В эти осенние месяцы 1846 года Некр-в был поглощен работой над первой книжкой Журнала. Все нужно было продумать до мелочей. Если читатель не придет сразу — он вообще не придет, — таков был девиз Некр-ва. Поэтому он озаботился широко оповестить обе столицы и провинцию о возобновлении пушкинского «Современника» в новом и сверхсовременном обличье. На огромных зеленых афишах печатались имена авторов и названия произведений, способные привлечь подписчиков. Вся эта суета, а также работа с авторами, цензорами, корректорами отнимала у Некр-ва все свободное время. Все же ради этого вечера он оторвался от работы.

Ресторан Леграна, впоследствии, в 50-х годах переименованный в ресторан Дюссо, по имени нового владельца, отличался всегда огромным количеством юбилеев, рождений и отличий, отмечаемых в его пышных, украшенных лепниной, расписными керамическими вазами и античными статуями залах. Когда наша компания в сопровождении метрдотеля двигалась к свободному залу, из соседнего, отмечающего очередной коммерческий «триумф», вышел некто П. К, бывший уральский заводчик, ныне приехавший в столицу писатель-неофит, пробующий себя на журналистском поприще. Я хорошо разглядела быстрый взгляд, который он устремил на нас с Некр-ым. Пан-в в это время где-то замешкался, и мы шли с Некр-ым вдвоем, оживленно беседуя. Короткий, словно принюхивающийся взгляд П. К. был для меня первым сигналом, что ничто не ускользнет от любопытных, натренированных в слежке за чужими тайнами глаз.

Помню, на этом вечере Некр-в постоянно отбивался от нападок Бот-на, только что вернувшегося из поездки по Испании. Тому очень не нравилась идея бесплатных приложений к Журналу, заветная идея Некр-ва, от которой он ждал большого притока подписчиков, главным образом, дам.

— Твои бесплатные приложения только развратят читателей. Они захотят получать вместе с журналом еще и книги. Что тогда будут делать книгоиздатели?

— Это уж, Вася, не моя забота. Мне главное — получить подписчиков для журнала. Отобрать их у Андрюшки Краевского и привести к нам.

— Ну, тогда можешь прилагать к каждому номеру бесплатный бублик или связку сушеной тарани.

— Дельное замечание, правда, для нашего читателя больше подойдет пачка английского чая или коробка французской пастилы.

— Ты смеешься, а между тем выбрал для приложения самое примитивное произведение исписавшейся Жорж Занд. Мало того, я считаю, что давать ее в переводе — значит унижать и обкрадывать читателя. Романы нужно читать на языке оригинала.

— Вася, зачем ты всех по себе меришь? Не всякий, как ты, может читать по-французски, по-английски, по-немецки, да и по-латыни. Вот я, скажем. Языками не владею, и с удовольствием прибегну к переводу, если найду время.

— Не прочитал?

— Когда, Вася! Достаточно того, что Авдотья Яковлевна, клянется и божится, что роман превосходный.

— Ох уж эти дамы, им только дай что-нибудь поаморальнее, чтобы было побольше свободы в любви.

Я промолчала.

В спор вмешалась одна из дам:

— Это кто тут дам обижает, а заодно и Жорж Занд? Вы, Василий Петрович? О каком, с позволения спросить, произведении идет речь?

— О «Лукреции Флориани». Знаете?

— Нет, не читала. Буду благодарна господину Некр-ву, если он поместит его в приложении. Что ж, он и вправду такой аморальный?

Тут вмешалась Мари, сидевшая между Сократом Воробьевым и его младшим братом, Ксенофонтом, юношей невзрачным, но очень смешливым.

— «Лукреция Флориани» — самый чистый роман из тех, что я читала у этой писательницы. Вам, Василий Петрович, не нравится, что его героиня, актриса, имея троих детей от разных мужчин, называет себя чистой и девственной? Да любая женщина под этим подпишется. Женщины любят не телом, а душой.

При последних ее словах Ксеничка Воробьев, разгрызавший куриную косточку, выронил ее из рук и забился в смехе. Глядя на него, стали покатываться с хохоту все прочие. Постепенно все мужское население стола, кроме Пан-ва, к нему присоединилось, при том, что дамы сидели с недоуменными и даже удрученными лицами, а Мари чуть не рыдала. Жан, с его характером вечного примирителя, хотел замять неприятную сцену, поднялся и провозгласил:

— Господа, мы собрались здесь не Жорж Занд обсуждать, а отметить приятные события. Любимый нами художник Сократ Воробьев мало того, что стал академиком живописи, но удостоился поощрения самого Государя, продлившего ему пребывание в Италии еще на два года, заметьте, за счет казны, и заказавшего несколько работ для своего пользования.

При упоминании Государя смех замолк, но Некр-в и Бот-н с недоумением покосились на Пан-ва, придерживавшегося, как и они, либерального направления и Государя на людях обычно не поминавшего.

Сократ, уже изрядно пьяный, так как успел попробовать все роды вин и напитков, выставленных ресторатором, вскочил из-за стола и, выплескивая вино из бокала частично на скатерть, а частично на платье Мари, счел нужным уточнить:

— Четыре картины маслом изволил заказать и Высочайше одобрил альбом с рисунками. Господа, здоровье Государя!

Некр-в и Бот-н с неподвижными лицами подняли бокалы, Ксеничка высоким фальцетом повторил здравицу, дамы переглянулись, а Мари, только что почти рыдавшая, воскликнула с просветленным лицом:

— Как я рада, Сократ, что вы не остаетесь в России!

3

Вечер в ресторане Леграна был последним, когда я сидела между Некр-ым и Пан-ым. В дальнейшем мы с Жаном делали все, чтобы не сидеть рядом на всевозможных сборищах и торжествах.

Началась для меня новая эра, и временами моя жизнь казалась мне чужой, словно и не моей. Не скажу, что я выбрала любовь, — если это и была любовь, то на редкость мучительная, с безумной ревностью, припадками злости и ненависти со стороны Некр-ва, сменяемыми мольбами о прощении и минутами просветления, когда казалось, что злые силы легко можно побороть. Но побороть не удавалось. Злые силы были сильнее. После недолгого примирения мы оба срывались, и все возвращалось на прежнее. Нет, я выбрала не столько любовь, сколько Дело. И оно на меня свалилось — огромное, важное и увлекательное, но также сверхсложное, требующее напряжения всех сил и часто утомительное. Но на первых порах счастью моему не было предела, мне казалось, что я участвую в самом Главном деле времени. Даже сейчас, когда прошло столько лет и история наверняка уже вынесла свой приговор и тем людям, которые были вокруг меня, и тому Делу, в котором мы сообща участвовали, сама я продолжаю считать, что была права. И уверена: мой приговор совпадает с судом истории. Журнал и все что с ним соприкасалось — было Главным делом времени.

Невероятным для самой себя образом из «разливательницы чая» превратилась я в писательницу, сотрудницу Журнала, под мужской фамилией — *a la Gorge Sand* — начавшую писать рассказы, повести и даже многостраничные романы на пару с Некр-ым. Как говорится, лиха беда начало. Подтолкнул меня к писанию Некр-в, поверивший в меня безгранично еще до того, как я написала хоть строчку.

— Ты не можешь не писать, — говорил он мне, — у тебя столько накопилось в памяти и в душе, что все это рано или поздно должно выплеснуться на бумагу.

И продолжал:

— Да и окружение... погляди, какое у тебя окружение, — все кругом тебя пишут, ты варишься в этом соку, слышишь разговоры... недоразумение, что до сих пор ты была только прилежной читательницей.

Надо сказать, я клюнула на эту приманку: полезно, чтобы кто-то увидел нас в малопредставимой нами роли, а уж дальше воображение начинает двигаться в направлении подсказки. Помогло еще и то, что мое первое произведение, принесшее мне много слез и горя, одобрил критик Бел-й. Причем одобрил, не зная, что я его автор.

А слезы я лила оттого, что, как ни бился Некр-в, цензура так и не пропустила в печать мою первую повесть, сочтя ее «безнравственной» и направленной на «подрыв власти родительской». Дело было в 1848 году, и наверху панически боялись проникновения в общество революционных идей. Жертвой этого патологического страха стал мой первенец — повесть, написанная по впечатлениям детства. Критик Бел-й очень помог мне в ту пору не пасть духом и продолжать писание. Сам он умер совсем скоро после этого. Ему было 37 лет.

Помню, когда я жила еще у родителей, кто-то из актеров, может быть, Саша Мартынов, принес кусок старой газеты со статьей неизвестного автора. Называлась статья «Литературные мечтания» и имела подзаголовок «элегия в прозе». Все сели вкруг стола, сестру попросили читать. От природы была она робка и застенчива, однако отец с нею много занимался, желая сделать из нее драматическую актрису. В тот год она репетировала «Дездемону» в Шекспировой пьесе, переведенной Жаном.

Сестра начала читать:

Театр!.. Любите ли вы театр так, как я люблю его, то есть всеми силами души вашей, со всем энтузиазмом, со всем исступлением, к которому только способна пылкая молодость, жадная и страстная до впечатлений изящного?

Начала сестра очень тихо и даже слегка хрипло, но потом голос выровнялся, дыхание восстановилось, она перестала бояться текста, который ложился на голос легко, словно стихи.

Не есть ли он исключительно самовластный властелин наших чувств, готовый во всякое время и при всяких обстоятельствах возбуждать и волновать их, как воздымает ураган песчаные метели в безбрежных степях Аравии?

Если элегия — это признание в любви, то строки, читаемые сестрой, действительно были элегией, любовным признанием и гимном театру. Но были ли они прозой? Так не прозаически они звучали...

...и вот поднялся занавес — и перед взорами вашими разливается бесконечный мир страстей и судеб человеческих! Вот умоляющие вопли кроткой и любящей Дездемоны мешаются с бешеными воплями ревнивого Отелло; вот, среди глубокой полночи, появляется леди Макбет, с обнаженной грудью, с растрепанными волосами, и тщетно старается стереть с своей руки кровавые пятна, которые мерещатся ей в муках мстительной совести; вот выходит бедный Гамлет с его заветным вопросом: быть или не быть...

Дойдя до Дездемоны, сестра заметно заволновалась, голос ее задрожал... я боялась, что она лишится чувств. Роль в «Отелло» давалась сестре тяжело. Была она высока ростом, красива, но отличалась, как я уже сказала, чрезмерной робостью. Сцена не была ее призванием, да и роль отважной Дездемоны, ослушавшейся отца и убежавшей из дома с мавром, не очень моей сестре подходила. Сама она вышла замуж по воле отца за человека расчетливого и малосимпатичного, издателя «Отечественных Записок».

Когда отрывок был прочитан, слушатели не сразу опомнились, как бывает в театре после удачного спектакля. Даже отец, всегдашний критик всего не свете, вечно всем недовольный, отозвался о статье с похвалой и спросил имя автора. Было названо имя Бел-го, которого тогда никто не знал. Его звезда только восходила.

Уже много после, будучи с Пан-ым в Москве, я познакомилась с Виссарионом Григорьевичем. Первый наш разговор с ним был о Мочалове, которого он так высоко поставил в своей статье как исполнителя роли Гамлета. Мне же довелось посетить весьма неудачный спектакль, где актер играл из рук вон плохо, находясь, как думаю, под действием винных паров.

На следующий день мы были вместе с Пан-ым в одном из московских домов, и Жан, подойдя к Бел-му, сказал, что вчера имел удовольствие видеть Гамлета-Мочалова. Бел-й встрепенулся, спросил о впечатлении. Пан-в, не желая критиковать большого актера, высказался очень туманно, в том смысле, что Шекспир требует особой игры, не свойственной русской традиции. Бел-й возразил, что никакой особой русской традиции нет, а есть умение или неумение верно раскрыть характер в указанных обстоятельствах. Завязался спор, в котором Пан-в беспрестанно пасовал. Я, тогда еще очень наивная, бросилась ему на помощь и сказала, что мы вчера увидели именно то, что боялся увидеть Бел-й (он говорит об этом в статье), а именно: пародию на Гамлета. Я смогла произнести эту фразу только потому, что при всей моей тогдашней робости перед «высокими умами», человек, стоящий передо мной, не казался мне страшным. Был он белокурый, невысокого роста, бледный, почти изможденный, с живым и пристальным выражением серых глаз. Взгляд его, на меня обращенный, был исполнен неподдельного любопытства, но отнюдь не превосходства. Мне захотелось смягчить свою резкость и высказать Бел-му, как важны для меня его статьи. В той же его работе о Гамлете я наизусть запомнила одно место, которое сделалось моим нравственным водителем:

И если у него злодей представляется палачом самого себя, то это не для назидательности и не по ненависти ко злу, а потому, что это так бывает в действительности, по вечному закону разума, вследствие которого кто добровольно отвергся от любви и света, тот живет в удушливой и мучительной атмосфере тьмы и ненависти. И если у него добрый в самом страдании находит какую-то точку опоры, что-то такое, что выше и счастия и бедствия, то опять не для назидательности и не по пристрастию к добру, а потому, что это так бывает в действительности, по вечному закону разума, вследствие которого любовь и свет есть естественная атмосфера человека, в которой ему легко и свободно дышать даже и под тяжким гнетом судьбы.

Но в ту минуту, как я раскрыла рот, кто-то подошел к Бел-му и увел его в сторону.

Меня всегда поражали такие натуры, как Бел-й, нежданно появляющиеся на русской почве. В жизни я знала еще двух, похожих на него, — Николая Гавриловича и Добр-ва. Со всеми тремя я дружила, все трое были пророками, двух из них сразила чахотка, сразила прежде, чем власть заточила их в тюрьму или убила. Третий прошел свой крестный путь до конца.

Потом, когда я поближе узнала Бел-го, я полюбила его еще больше.

Однажды он рассказал, что в юности, будучи студентом, написал трагедию о крепостном юноше, который восстал против своего состояния.

— У меня было полное ощущение, что герой — это я сам, и я должен — даже ценою жизни — перестать быть рабом, высказать все в лицо рабовладельцу. Я кожей ощущал, что за моей спиной выстроилась нескончаемая цепь крепостных русских людей, умерших голодом, на войне, от бесчинств властей и помещиков. Сколько их было во времена Ивана Грозного, во времена Петра Первого? — безмолвных, но взывающих к отмщению жертв произвола? Почему их жизни не шли в расчет? Даже в Вавилоне пленным платили за строительство укреплений. А город, где вы живете, наша Северная Пальмира, построен согнанными отовсюду крепостными рабами. Построен рабами, на их же костях. Неужели судьба России из века в век приносить человеческие жертвы во славу извергов на троне?

— И что сталось с вашим сочинением?

— Мне пришлось его уничтожить. Профессора Московского университета были ужасно напуганы, прочили мне тюрьму и Сибирь. Они так усердно принялись за мной следить, что я заболел.

— И что было дальше?

— Меня выгнали из университета... по отсутствию способностей. Началось мое шатанье по журналам. А жаль было расстаться с ученьем, особливо с друзьями-студентами. У нас образовался к тому времени преинтереснейший кружок.

— Остался у вас страх?

— Как не остаться! Только ненависти осталось больше. Обидно, что не могу в статьях высказываться впрямую, и даже то, что говорю обиняками, цензура кромсает. Может, придет еще мой час...

Час Бел-го пришел, когда уже перед самой своей смертью, находясь на леченье в Силезии, написал он «Письмо к Гоголю». За публичное его чтение Дост-го приговорили к смертной казни; я знаю это письмо лишь благодаря лондонской вольной русской типографии — в России до сих пор оно не напечатано. А Бел-го от крепости спасла только скорая смерть. Удивительно, как пугал власть этот хилый, чахоточного сложения человек — настоящий гладиатор по свойствам и силе характера.

* * *

По переезде Бел-го в Петербург в конце 1839 года, мы с ним тесно сошлись. Переезд его из Москвы в большой степени был инициирован Пан-ым, который переманил его в сотрудники главного тогдашнего толстого журнала «Отечественные записки».

Андрей Краевский, редактор «Отечественных записок», приходился мне зятем, но у меня не было к нему добрых чувств. После ранней смерти сестры, приходилось мне у него бывать, чтобы помочь оставшимся без матери детям, но общение с ним меня угнетало. Был он человеком приземленным, журнал издавал исключительно для наживы, направления не имел никакого, острым нюхом вылавливая на литературном рынке то, что сулило интерес читателей, а стало быть, и доход. Сотрудники журнала были для него не товарищи по работе, а наемные работники. В помине не было тех дружеских свободных отношений, которая царила впоследствии в редакции нашего Журнала.

Помню наш разговор с Краевским по поводу Бел-го:

— Андрей, какого ценного сотрудника вы приобрели...

— Вы про Бел-го? Но я и деньги плачу ему хорошие.

— Он за эти «хорошие» деньги работает по-черному, один ведет отдел критики и библиографии, должен рецензировать все вышедшие книги, вплоть до азбук и пособий по истреблению клопов... Вы плохо используете его критический талант.

— Чего вы хотите? У меня нет лишних людей! Бел-й делает свое дело и получает за это хорошие деньги...

Все видели и понимали, что Бел-му не место у Краевского, но семь лет пришлось критику батрачить на алчного издателя, прежде чем он взбунтовался и ушел в расчете начать свой журнал.

На этой почве и произошло его драматическое столкновение с Некр-ым.

Не мне судить, кто в этом столкновении прав, кто виноват. И тогда, и впоследствии звучал хор голосов, обвинявших Некр-ва в том, что он воспользовался материалами, собранными Бел-м для огромного сборника, где должны были поместиться все самые главные литературные приманки эпохи: «Обыкновенная история» Гонч-ва, «Кто виноват» Искандера-Герц-на, охотничьи рассказы Тург-ва... Но самым тяжким обвинением было другое. Некр-в обвинялся в том, что устранил Бел-го от управления Журналом.

Так и стоит в ушах грубый, разболтанный голос Николая Кетчера, «разъясняющего» своим друзьям из московского кружка, как этот «пройдоха» Некр-в надул простодушного Бел-го.

Я этих «разъяснений», естественно, не слыхала, но представить себе могу: — Некр-в ничем не лучше Андрюшки Краевского! Тот был кулак и эксплоататор, таков же и Некр-в. Воспользовался именем Бел-го и его материалами, чтобы набрать подписчиков, а самого Виссариона привязал к тачке и заставил, как при Краевском, по-черному рубить уголек...

И все московские друзья Бел-го прислушиваются к Кетчеровой брани, согласно кивают головами, отпускают злые шуточки в адрес Некр-ва. Одобрительно кивает даже ближайший друг Бел-го, будущий лондонский изгнанник, ставший впоследствии ненавистником Некр-ва.

И я кричу им из своего сегодняшнего дня, через сорок два года: «Неправда! Некр-в, при всей своей практической жилке, не был похож на Краевского. Цель того — сделать на журнале деньги, цель Некр-ва — раздобыть денег, чтобы делать Журнал. Тянуть на себе Журнал, бывший на подозрении у правительства, — ноша не из легких. Делать на этом деньги — весьма сомнительное предприятие, особенно в первый год существования».

Бедный больной Бел-й! Конечно, он хотел получить в руки Журнал, стать у его руля. Но всякому было видно, что чахотка его в последней стадии и он обречен, что нет у него необходимых качеств для ведения дела, что, в случае его смерти, вдова его затребует таких компенсаций, что Журналу не выдержать...

Не сомневаюсь, что все это приходило в голову Некр-ву. Мне он на ту пору ничего не говорил, был в неустанной работе, и только один раз, словно предчувствуя позднейшие упреки, проговорил с нехорошим огоньком в глазах: «Что это Пан-ев вздумал командовать? Здесь должен быть один командующий, иначе выйдет как в басне Крылова — рак пятится назад, а щука тянет в воду». И он был прав. Плохо одно: все последующие годы он жил в сознании некоего совершенного предательства по отношению к учителю. «Удушливая, мучительная атмосфера тьмы», о которой писал Бел-й, затягивала его ученика, и тот из последних сил пытался вырваться из западни людского злоязычия и собственного безостановочного самоедства, грозящих далеко увести его от «любви и света». Не было у него исповедника, перед которым мог бы он облегчить истерзанную душу.

4

Подозреваю, что потомки будут склонны расценивать все поступки Некр-ва как расчетливые, корыстные и аморальные. Уже упомянутый мною бывший уральский заводчик П.К, невзначай ставший литератором, как-то зайдя ко мне на огонек, когда Некр-ва уже не было в живых, так высказался по его поводу:

— В сущности Некр-в был великий притворщик. Всю свою жизнь он только и делал, что «зарабатывал свой миллион». Из самой грязи, из нищеты рвался вверх — к богатству и довольству. Все его поэтические страдания по поводу мужика — дань тенденции и моде. Положение редактора левого журнала — обязывало. А на самом деле, интересовали его только деньги, игра, Английский клуб и возможность содержать женщин...

Видимо, П. К. думал, что найдет во мне понимание: рядом с Некр-ым все последние годы была другая женщина, я вышла замуж за Аполлона Головачева, и журналист-заводчик мог подумать, что, если я и питаю какие-то чувства к Некр-ву, то они ближе к ненависти, чем к любви. Он ошибался. Я не стала ничего ему доказывать. П. К. довольно часто одалживал мне деньги, когда я оказывалась в стесненном положении, — а после смерти Головачева, одна, с дочерью на руках, — я постоянно нуждалась в деньгах. Нет, я не стала опровергать П. К., пусть потешит свое самолюбие, восхищаясь собственной проницательностью. Как же — разгадал великого поэта, который был всего лишь притворщиком, горевал в стихах о доле крестьянина, а в душе мечтал о миллионе...

Тогда-то я и подумала: а что, если таково будет и мнение потомков?

Вспоминается мне, как вскоре после похорон Некр-ва я встретила на заснеженном, продуваемом январскими ветрами Невском Сашу Пыпина, племянника Николая Гавриловича. И вот Саша сказал мне, что получил письмо от Николая Гавриловича, с места его поселения, из гиблого Вилюйска. Тот знал, что Некр-в при смерти, и написал для передачи ему примерно следующее: «Если Некр-в еще жив, передай ему, что я любил его как человека, что он гениальнейший и благороднейший из русских поэтов. Я рыдаю о нем — человеке высокого благородства души и великого ума».

Никто не заподозрит Николая Гавриловича в криводушии. Никто не усомнится в его честности и проницательности (кроме людей завистливых и жаждущих легкой славы). Будучи сыном священника, он сам готовился стать духовным лицом. То, что написал он Некр-ву, похоже на отпущение грехов. Он отпустил умирающего Некр-ва с миром и, зная о ходящих о нем слухах и мучительных его самооговорах, проводил его в загробье словом, которым не часто баловали его современники: благороден.

Вопросы, однако, остались. Был ли благороден Некр-в по отношению к Бел-му, не сделав его пайщиком Журнала? Благородно ли поступил Некр-в со своим близким другом Пан-ым, практически переведя его из соредакторов в обыкновенные сотрудники? Был ли он благороден со мной, когда в сентябре 1857-го бросил мне в лицо: ты обобрала и предала Мари!

Тяжело судить человека «по делам его»! Дел так много — крупных и мелких. Может быть, не по всем делам нужно судить? И вообще не по делам, а по помышлениям, тайным желаниям, несбывшимся устремлениям и надеждам?

Когда томительной бессонной ночью я в очередной раз перебирала в уме годы своей жизни с Некр-ым, неожиданно встала перед глазами одна сцена.

Случилось это в Италии, в местечке Альбано, куда поехали мы из Рима большой русской компанией. Италия, куда Некр-в впервые попал на 36 году жизни, произвела на него впечатление небывалое, одуряющее. Он не мог опомниться: так красиво, нарядно и весело текла перед его глазами итальянская жизнь, так свободно вели себя люди, так легко дышалось этим упоительным, пропитанным запахами моря и горных растений воздухом. Правда, даже там, в этом благодатном краю, он часто впадал в тоску и по нескольку дней не выходил из комнаты: тени прошлого его тревожили, из-за них он не мог наслаждаться красотой и dolce fa niente, счастливым ничегонеделанием, в духе праздных итальянцев.

Но тот майский день последнего воскресенья перед католической Пасхой запомнился мне как почти ничем не омраченный. С нами было несколько художников, которые, приехав в Альбано, излюбленное место гуляний и пикников для жителей Рима и туристов, быстро расставили свои мольберты и принялись за рисование. Мы с Некр-ым гуляли вдоль прекрасного озера, рассматривая попадающихся на пути маленьких осликов с поклажей на спине, погоняемых белозубыми черноглазыми сорванцами-мальчишками. Казалось, ослики больше нужны туристам в качестве занятного зрелища, чем самим погонщикам в роли носильщиков груза. Вышли к церкви. Возле дверей притулилась девочка-итальянка лет семи, в поношенной, не по росту одежде, с корзиной, наполненной связанными в пучок и раскрашенными золотой краской веточками оливы. Тут же, на каменной ступеньке, помещалась такая же плетеная корзинка для приношений. Было Пальмовое Воскресение, то, что у нас на родине зовется Вербным. Я взяла протянутую мне девочкой веточку, а Некр-в. бросил в корзинку несколько сольди. Завязался разговор:

— Come ti chiami?

— Marinetta.

— Dov' è tua madre?

— Non c' è. Lei è morta, quando sono nata.

— Dove vivi?

— In chiesa. Mi ha preso la famiglia del portinaio. La chiesa mi aiuta.[4]

Я перевела наш разговор Некр-ву, который понимал по-итальянски гораздо хуже моего. Некр-в быстро взглянул на ребенка, в ответ девочка улыбнулась так широко и беззаботно, словно и не она жила без матери, у чужих людей, на средства церкви.

Я видела, что Некр-в взволнован, он вынул из кошелька купюру в пять лир и положил на маленькую ладошку:

— I soldi per te, solo для тебя, — он с отчаянной мимикой тыкал в малютку пальцем, силясь пояснить, что деньги эти — только для нее. Девочка кивнула, сжала купюру пальчиками и улыбнулась еще лучезарнее.

Вокруг было довольно много зевак, люди парами и поодиночке выходили из церкви, кто-то останавливался возле корзинки с монетами и с любопытством следил за разговором иностранца и сиротки. Когда мы с Некр-ым отошли от Маринетты, я оглянулась. Возле нее стоял коренастый лысый муж-

---

[4] — Как тебя зовут?

— Маринетта.

— Где твоя мама?

— У меня ее нет. Она умерла при моем рождении.

— Где ты живешь?

— В церкви. Меня взяла к себе семья привратника. Церковь мне помогает (*итал.*).

чина и своей коротконалой волосатой лапой старался разжать детский кулачок. Кулачок разжался, бумажка выпала, коренастый ее поднял и бросил в корзинку с монетами. До нас донеслись звуки надрывного детского плача. Девочка возмущалась несправедливостью, ведь иностранец подарил бумажку ей. Наверняка она даже не понимала цену этой бумажки... Некр-в на плач не оглянулся, только втянул голову в плечи и ускорил шаг.

Конечно же, он прекрасно понял, какая сцена разыгралась у церковных дверей.

Это была единственная шероховатость того долгого майского дня, включившего, кроме прогулки, шумный обед в траттории, забавные истории, рассказываемые художниками, с бокалом в руках, под многократно повторяющийся «чин-чин», и позднее возвращение в гостиницу в до отказа набитом дилижансе, из окна которого можно было наблюдать мерцающее звездами глубокое римское небо.

Кстати, на озере ко мне подошел один из художников, к нашей компании не принадлежавший, немолодой, с очень русской внешностью и косолапой походкой, и, извинившись, спросил по-итальянски: «Scusatemi, signora. Volevo dir Vi, che Voi assomigliate molto alla Madonna Sistina del maestro Raffaello. Il suo modello era la sua bella amica Fornarina. Mi sembra, Voi abbiate il suo stesso viso, come una sorella gemella».[5]

Пока он говорил, я все думала, сказать ему, что я русская, или нет? Однако, художник догадался сам. Окинув нас с Некр-ым внимательным взглядом, он внезапно спросил: «Siete russi?»,[6] и после нашего утвердительного кивка покраснел, смешался, быстро раскланялся и отошел. Так я и не задала ему вопроса, вертевшегося у меня на языке: на кого, в таком случае, я больше похожа — на Мадонну или на натурщицу Рафаэля?

---

[5] Извините меня, синьора. Я хотел Вам сказать, что Вы очень похожи на Сикстинскую мадонну Рафаэля. Моделью для него была его прекрасная подруга Форнарина. Мне кажется, что у вас с нею одно лицо, словно вы сестры» *(итал.).*

[6] Вы русские? *(итал.).*

Впоследствии, случайно попав на квартиру к художнику Александру Иван-ву, великому, но уже страдавшему помрачением рассудка творцу «Явления мессии», я узнала в хозяине того самого странного русского, встреченного нами в Альбано.

В гостинице Некр-в долго не ложился спать, пробовал читать, откладывал книжку, вздыхал, открывал и закрывал окно. Что-то его тревожило.

— Как вам сегодняшняя прогулка? — я спрашивала, зная, что ему хочется чем-то поделиться.

— Прогулка-то хороша, а вот с девочкой получилось скверно. Нужно было оставить для нее деньги у опекуна.

— И он спокойно бы их проел вместе со всей своей семьей.

— Тебе не показалось... что она... похожа на тебя?

Я поневоле засмеялась, слишком многие в этот день оказывались похожи на меня.

Некр-в продолжал:

— Если бы ее приодеть, она вполне могла бы сойти за твою дочку. Глаза, волосы — все твое. Только улыбка другая, у взрослого никогда не будет такой улыбки.

Он задумался и молча стал укладываться спать.

Под утро Некр-в прибежал к моей кровати и, наклонившись, зашептал мне прямо в ухо:

— Мне пришло в голову: что, если взять девочку к себе? Я знаю, ты переживаешь, что дети наши не живут. Может, выход в том, чтобы воспитать чужого ребенка?

В ту минуту он сам выглядел совершенным ребенком, задавшимся несоразмерной его силам целью. Я стала было возражать, что задача для нас непосильна — не только будет невозможно выцарапать девочку у опекуна, получающего за нее деньги от церкви, но и придется вступить в тяжбу с самой католической церковью... Но он уже и сам понял, что мечта эта неосуществима... Махнул рукой и сказал почти сухо: «Я ночью придумывал сказку для нее — про Мороза-воеводу; она, небось, сроду снега не видела...».

В следующее воскресенье, в самую католическую Пасху, мы с Некр-ым снова приехали в Альбано и поспешили к церкви. Но то ли из-за большого скопления людей внутри и возле храма, то ли по каким-то другим причинам, Маринетты мы так и не нашли.

5

Деньги нужны были Журналу как воздух. Подписчики, прихлынувшие вначале — подкупленные обещаниями бесплатных беллетристических приложений и иллюстрированных альбомов, привлеченные афишками с именами знаменитых авторов-сотрудников нового издания, — эти подписчики в последующие два года сократились вдвое. Цензура, озабоченная революциями в Европе и брожением умов в самой России, потеряла всякий разум и не пропускала в печать повесть, если там встречались слова: общество, насилие, философия и даже сознание и воля. Журнал зачастую, по вине цензоров, не мог выполнить своих обещаний подписчикам, и те, недовольные, уходили.

Мы на пару с Некр-ым, взамен выброшенных «опасных» повестей, от номера к номеру строчили куски невинного занимательного романа, не ведая, что произвел каждый в своей части и где окажется герой в следующей главе.

И даже наши беззубые писания нуждались в одобрении цензоров, без «подмазки» работавших медленно и без настроения. «Подмазка», по русскому обычаю, нужна была во всяком деле, да и без того большие деньги уходили на оплату типографии и жалованье сотрудникам, на гонорары авторам и ежемесячные редакционные обеды, на которые Некр-в не жалел средств...

Вопрос денег был главнейшим. Деньги висели в воздухе, но нужно было суметь их ухватить. Некр-в мог добывать их разными способами, его умения по этой части были выработаны жизнью и вызывали удивление людей непрактических. Был он бог денежных операций, считался в этой сфере своим — впоследствии на обедах в Английском клубе на равных водил дружбу с отборными тузами и денежными воротилами. Нагляде́вшись на них вдоволь, вполне узнаваемо и зло изобразил всю компанию в своей сатире «Современники».

Был ли Некр-в жаден или скуп? Отвечаю отрицательно. Скажут: а Пиотровский? Несчастный 21-летний студент, работник редакции, задолжавший кредиторам и застрелившийся после того, как Некр-в не одолжил ему 300 рублей. Я уже писала в своих опубликованных Воспоминаниях, что Некр-в не дал ему денег из суеверия — вечером ему предстояла большая игра.

Я думаю, что все связанное с деньгами было для Некр-ва сферой заповедною и мистической. Перед игрой он не одалживал денег; «на счастье», чтобы повезло в игре, клал в середину своих купюр несколько тысяч, взятых из сейфа Журнала... Категорически не позволяя Пан-ву залезать в журнальную кассу, сам Некр-в свободно манипулировал деньгами в том и в другом направлении. Получая крупные выигрыши, латал прорехи Журнала, испытывая недостаток в деньгах, занимал в кассе. Но в ту пору, о которой я пишу, Некр-в еще не принялся за крупную игру, и подписчики еще не создали финансового благополучия его Журналу, долгов у издателей накопилось великое множество. Нужно было срочно найти надежный и постоянный денежный источник для издания Журнала.

Как раз в это время Мари надумала взыскать весь капитал с Огар-ва.

Мари жила в Риме, но житье это было неспокойное. По-видимому, Сократ от нее ускользал, что-то у них не ладилось. В письмах моя подруга жаловалась на непостоянный нрав «Сократика», его долгие отлучки и на веселую хмельную компанию, неизменным членом которой он сделался. Наверное, не все художники из русской колонии в Риме вели затворническую жизнь по примеру великого Александра Иван-ва, 20 лет пишущего свою картину и затратившего годы на многочисленные к ней этюды. Когда в 1857 году мы смогли увидеть «Явление Мессии» в Петербурге, меня в этом огромном и завораживающем полотне поразило почти полное отсутствие женщин.

Не знаю, играли ли женщины какую-либо роль в судьбе этого живописца, но в жизни его молодого и менее прославленного собрата, Сократа Воробьева, они играли определяющую роль. Смириться с этим моя подруга не желала, устраивала истерики, уезжала надолго в Париж, грозила разрывом... Но разрыв был и так весьма недалек.

Срок Сократова пенсионерства в Италии истекал. Его ждала академическая карьера в Петербурге, а Мари — что было делать в Петербурге Мари? Что было делать в Петербурге ей, чужой жене, в компании свободного и беспутного возлюбленного? В письмах она делилась со мною планами. В Россию возвращаться не собиралась. «Лучше, — писала, — умереть за границей, чем жить на презираемой и немилой родине». Увы, спустя совсем небольшое время первая часть этого утверждения сделалась явью.

Во время одной из своих отлучек в Париж, Мари встретила там молодую девушку, американку, по имени Елена Хазатт. Елена училась живописи в ателье у профессора-француза, родом была из Бостона, ее отец имел адвокатскую контору в центре этого города и дом в предместье. Рассказы Елены об Америке Мари восприняла как откровение.

Она писала:

> Эта девушка живет и дышит Парижем, но как она отлична от жеманных и неискренних парижанок! Ее родина — страна, в чем-то похожая на Россию, но без ее ужасных гримас,— наложила на нее свой отпечаток. Она естественна в чувствах и в их проявлении, смеется, когда смешно, плачет, когда грустно, чем напоминает мне забытое детство; порой она безуспешно бьется над плохим мазком или неудачной композицией и в то же время легко и быстро решает проблемы обычной жизни: найма квартиры, поиска портнихи, врача или

парикмахера. Может быть, такую свободу дают деньги? Елена не задумываясь тратит крупные суммы, видно, профессия ее батюшки-адвоката весьма прибыльна в Америке. Елена рассказывает, что в Вустере, где живет ее семья, земля стоит совсем недорого и можно за сущую безделицу купить хороший дом с садом. Я спросила про тамошний климат. Он более суров, чем в Париже,—зимой там бывают снегопады, зато лето отличается жарой, от которой легко спастись на дачах, во множестве расположенных на Океане.

Ах, моя стойкая Eudoxie, я признаться, подумала: как было бы хорошо нам с тобою поселиться где-нибудь в подобном месте!»

В другой раз она писала:

Елена Хазатт собирается покинуть своего профессора-академика, она предпочитает «людей с талантом и идеями» тем, кто обладает только академической выучкой. Среди «талантливых и идейных» она выделяет некоего Gustave Courbet, написавшего ряд, по ее словам, «умопомрачительных» автопортретов. Сейчас он работает над большой картиной, в которой изображает похороны простого крестьянина в родном для него селении Орнане. Елена говорит, что это совсем не «жанр», как выражаются художники, а изображение подлинной человеческой трагедии. Как ты думаешь, милая Eudoxie, кого я сразу вспомнила, услышав этот рассказ? Конечно же, твоего сутулого Некр-ва, так бесконечно преданного крестьянской теме. А еще я подумала, что негодный Сократик ни разу даже не попробовал написать мой портрет. Отчего это? От недостатка умения или любви?

Я написала Сократу в Рим и даже получила от него ответ — несколько (по счету десять!) коротких предложений... Среди прочего он пишет: «Твоя американка — дура, Courbet — неуч, о коем даже до Рима докатились нелестные слухи, а ты сама — неисправимая фантазистка. Зачем тебе Америка? Выбрось это из головы». Как ты полагаешь, милая Eudoxie, стоило ли ему тратиться на конверт? Я все чаще и чаще думаю об Америке. Хорошо бы купить там клочок земли и поселиться вместе с тобой на этой чудесной земле, в противуположном от России полушарии.

Из писем Мари было понятно, что она мечется, что продолжает любить своего легкомысленного Сократика, что не знает, как переломить и устроить свою судьбу. Вот почему возникла в ее мыслях Америка. В ту эпоху отношение русских к Америке было двойственное. Новые люди во главе с Николаем Гавриловичем ее приветствовали как место, где человек сам может руководить своей судьбой. Консерваторы же из лагеря славянофилов и почвенников, подобно Дост-му, проклинали ее как царство индивидуализма. Мари же видела в ней просто какую-то сказочную страну. Ухватившись за идею купить клочок земли, чтобы убежать от мира в тихое спасительное укрытие, Мари стала думать о получении не только процентов с капитала Огар-ва, но и всего отписанного ей капитала.

За помощью обратилась она ко мне. Некр-в с необыкновенным вниманием отнесся к денежным делам моей подруги и к моим с ней переговорам. Можно сказать, что он руководил этими переговорами и добился того, что Мари, отбросив всех иных кандидатов, включая честнейшего Грановского, сделала меня своим доверенным лицом. Приискался дальний мой родственник Шаншиев, также взявшийся помогать Мари в ее законных притязаниях. Впоследствии этот бесчестный человек заполучил имение Огар-ва, что было, по-видимому, его единственной и желанной целью.

Против Огар-ва, запутавшегося в долгах, закладных, проданных и заложенных имениях, выпущенных на свободу безденежно и с частичным выкупом крестьянах, была начата судебная тяжба. К большой нашей радости, тяжба эта была нами выиграна. В наших руках оказалась довольно крупная сумма, которую следовало частями отсылать Мари.

6

Что делал Огар-в, в то время как решался вопрос о последних крохах его когда-то миллионного наследства? О, он не унывал — обдумывал вопросы мирового порядка и между делом пленил сердце уездной барышни. Барышню звали Наталья Тучк-ва, была она младшей дочерью соседа Огар-ва по имению, бывшего декабриста.

Не перестаю удивляться мужчинам, в особенности своим современникам. Как безобразно складывались их личные судьбы, как не умели они удержать женщину, как даже не думали бороться за нее, как не удавалось им сделать ее счастливой! И сами, вследствие этого, были они несчастливы и жалки.

Из окружавших меня мужчин только Николай Гаврилович проявлял подлинно мужские качества в семейной сфере. Остальные, такие как избалованный женским вниманием, но так и оставшийся холостым Тург-в; променявший семейный очаг на кафешантан Пан-в; женившийся в преддверии смерти на девушке, взятой им из «заведения», Некр-в; побывавший в краткосрочном браке с французской модисткой, а затем занятый исключительно собой Бот-н; и наконец, покинутый двумя женами, кончивший жизнь в компании женщины с лондонского дна Огар-в, — все они являют собой образцы тогдашнего «слабого» мужчины, не способного взять на себя ответственность за женщину и семью. Есть еще одна — потаенная — сторона проблемы. Слабые развращенные мужчины были по большей части завсегдатаями злачных мест и передавали своим подругам и женам подхваченные ими «под красным фонарем» болезни. Бедные жены страдали безвинно! Нет, я не устану повторять, что всякая женщина моего времени была намного нравственнее и благороднее практически любого встретившегося на ее пути мужчины. Таков итог моего печального опыта.

Удивительный парадокс! Мари, за несколько лет до того решительно оставившая своего мужа, Мари, «влюбленная» в Сократа Воробьева, Мари, которую охватывало раздражение при первых звуках голоса Огар-ва, — эта самая Мари безумно ревновала его к его новому увлечению. Впоследствии, при личной встрече с Мари в Париже в 1850 году, у нас беспрестанно возникал разговор о молодой Тучк-ой. Мари не терпелось узнать о ней как можно больше. Красива? Умна? Чем могла привлечь Огар-ва? Я с легким сердцем могла сообщить своей страдающей от ревности подруге, что Тучк-ва собою не хороша. В этом смысле Мари, с ее яркой внешностью, изяществом, горячим взором черных глаз и присущей ей светскостью, — могла запросто уничтожить двадцатилетнюю провинциалку. Однако, я не могла скрыть и того, что Наталья, как женщина нового поколения, имеет перед Мари свои преимущества. Во-первых, преимущество молодости. Разница в 16 лет между нею и Огар-ым делала эту пару более похожей на отца с моло-денькой дочерью, нежели на мужа и жену, что мужчинам сред-него возраста всегда приятно. Во-вторых, была эта девушка от природы весьма решительного и независимого нрава. Воз-можно, Огар-ву, человеку по природе созерцательному, жен-ский характер, побуждавший его к деятельности, мог пока-заться на первых порах привлекательным. И, наконец, третье: если Мари была далека от политических убеждений Огар-ва, то Наталья Тучк-ва их разделяла. По всем этим пунктам моло-дая Тучк-ва гораздо больше подходила Огар-ву, чем моя по-друга. Другое дело, что много лет спустя, уже после их отъезда из России, обнаружилось, что он ей не подходит и она пред-почитает ему его лучшего друга, к тому времени овдовевшего.

В Париже Мари располагалась далеко не так роскошно, как в Берлине. Жила одна, в крохотной квартирке в предместье, куда извозчик вез меня более часа. Обитатели дома, увиденные мною прежде, чем я взошла в квартиру Мари, поразили меня своей бедностью и неопрятностью. Сгорбленная старушка, поднималась по лестнице, неся в руке початый батон хлеба, мальчишка-подросток, в грязной свалявшейся одежде, посви-стывая, промчался мимо, чуть не сбив старушку с ног... Неуже-ли это соседи моей избалованной подруги?

Жилище Мари, на первый взгляд, показалось мне вполне сносным, и я перевела дух. Две небольшие светлые комнатки, оклеенные цветными обоями, в одной располагалась столовая, в другой спальня, миниатюрная кухонька, в которую вел узкий заставленный мебелью коридор. Лишь потом я разглядела потеки воды на стенах и потолке, ветхие рамы на окнах, ржавую раковину... Мари бодрилась, я видела, как хотела она показать, что в Париже ей неплохо, совсем не скучно и не одиноко, что недавний отъезд Сократа в Россию, где получил он

Николай Огарев

место штатного профессора в петербургской Академии художеств, оказался для нее вовсе не так сокрушителен...

Бледная, с распущенными, разлетающимися по сторонам волосами, со страдальческой складкой на лбу, с глазами, потерявшими блеск и способность смеяться... Как порой нужно увидеть себя со стороны, чтобы понять, что утаенное в словах легко читается во взгляде, вздохе, дрожании рук. Руки у Мари действительно дрожали, и я заметила, что во время нашей встречи, за разговором, она слишком много пила.

Мой рассказ также был не особенно радостен. Приехала я в Париж после тяжелой болезни, последовавшей за неудачными родами. Психическое мое состояние было под стать физическому. Нервы расшатались, потеря ребенка — а это было уже второе дитя, погибшее со времени моего ухода к Некр-ву, — переживалась мною тяжело, с нервическими срывами и приступами ненависти к человеку, который, изменив мою жизнь и наполнив ее новым смыслом, не смог мне дать обыкновенного женского счастья.

Именно тогда, в одном из таких состояний, я написала Некр-ву письмо, в котором объявляла, что наш союз ошибка и я к нему не вернусь. Темнота, охватившая душу, мутила сознание и побуждала к диким, безрассудным действиям. Через некоторое время, опомнившись, я написала, что письмо мое было шуткой. Вольно было Некр-у переложить все случившееся в стихотворение, чтобы показать изломанность и коварство своей легко узнаваемой подруги. Нужно быть женщиной, чтобы понять истоки и причины тогдашнего моего безумия... В Мари в этот момент я видела такую же, как сама, несчастную раздавленную женщину. Естественно, я не рассказала Мари и половины того, что меня волновало и мучило. Привыкшая не раскрывать душу, я больше слушала. А Мари все говорила и говорила...

Говорила она о том, о чем я сама хорошо знала: примерно год назад Огар-в попросил у нее развода. Она не дала. И если раньше я недоумевала, почему Мари не хочет развестись с постылым мужем и в письмах уговаривала ее одуматься, то сейчас, находясь рядом с нею, я вдруг ясно осознала ее логику — логику подкошенного жизнью, раненого существа...

Прошлой зимой Огар-в вместе со всем семейством Тучк-ых внезапно нагрянул в Петербург из своей пензенской деревни. Тогда–то я и увидела Наталью Тучк-ву, она неизменно сопровождала Огар-ва, заходившего в редакцию на «чаек». Раза два с ними был и ее отец — человек пожилой, но далеко не отживший, статный красивый старик, с благородной сединой и бесстрашным взором, каковой и приличествует нераскаявшемуся декабристу.

Когда уже после моего возвращения в Петербург, поползли слухи, что по доносу были арестованы старик Тучк-в и два его «зятя», обвиненные в создании «коммунистической секты», больше всех было мне жаль благородного старика, без сомнения, оклеветанного. Именно отец, по словам Натальи, настаивал на скорейшем заключении ее брака с Огар-ым, говоря, что их свободный союз подает крестьянам «дурной пример». Но чтобы заключить новый брак, Огар-ву надобно было расторгнуть старый. Именно с этой целью вся компания и прибыла в Петербург.

Меня удивило, что отнюдь не Огар-в, а Наталья первая обратилась ко мне с просьбой о содействии. Быстрая, резкая в движениях и словах, с короткими стрижеными волосами — большая редкость в ту пору, — она стала для меня образчиком женщины нового поколения, намного более свободной и смелой, чем мы. Впоследствии я в этом уверилась, когда услышала, что во время ареста мужчин Наталья повела себя умно и решительно. Она сумела предупредить Огар-ва о возможном аресте, своей искренней и горячей защитой настроила судей в пользу оклеветанных, и тем самым способствовала их освобождению. Но все это происходило много позже.

Тогда, в Петербурге, просьба Натальи Тучк-ой казалась мне вполне естественной, и я обещала похлопотать о разводе. Могла ли я подумать, что Мари бешено ему воспротивится? Словно вовсе не она покинула Огар-ва, не она не пожелала возвратиться с ним в Россию, не она — предпочла ему другого. И вот теперь в доме на окраине Парижа, сидя друг против друга по обеим сторонам чайного стола, мы с Мари вновь и вновь возвращались к этой болезненной для нее теме.

— Ты не представляешь, — говорила Мари, — и щеки ее начинали рдеть — то ли от волнения, то ли от красного вина, которое она пила не переставая, — ты не представляешь, Eudoxie, как дружно взялись за меня так называемые «друзья Огар-ва». Из Петербурга шли письма от вас — с бесконечными заклинаниями: дай развод, дай развод, дай развод. Здесь в Париже меня осаждали Герц-н, его жена и неразлучные с ними Гервеги, Георг и Эмма.

Какое отношение к Огар-ву — хочу я спросить — имела Эмма Гервег? Возможно, ее муж мимолетно видел Огар-ва в Париже, но Эмма... она никогда о нем даже не слыхала. И вот эти четверо на все лады, на русском, французском и родном для Гервегов немецком вдували мне в уши одну и ту же нехитрую мелодию: дай развод, дай развод, дай развод.

Вот им, развод, — она сделала пальцами неприличный жест, — пусть получат! Разве будет честно, Eudoxie, если человек, принесший мне столько страданий, не оправдавший моих девических надежд, тот, на кого я потратила столько свежих сил, будет теперь смеяться надо мною на пару со своей «молодой женой»? Разве это не верх несправедливости?

Она смотрела на меня, и глаза ее горели ненавистью и отчаянием. Бедная, бедная Мари! Как была я похожа на нее, когда писала свое злое письмо к Некр-ву! Как душила меня такая же непонятная ненависть, как отвратителен был мне тот, кто, потеряв ребенка, мог спокойно есть бифштекс, играть в карты, делать свои обычные дела... О бедное, бедное, больное и изломанное женское сердце...

Мари не отпускала меня до самой ночи, так что мне пришлось остаться у нее ночевать на старом диване, вытащенном из коридора. На следующее утро за чашкой кофе Мари принялась строить планы, как она переедет из этого гадкого места, как отправится путешествовать... Она знала, что ее денежные дела теперь в моих руках и ждала улучшения своего положения. Я, однако, не могла ей не сказать:

— Не уверена, Мари, что тебе хватит денег на покупку дома. Кстати, как твоя мечта перебраться в Америку? Продолжаешь ли ты видеться с Еленой Хазатт?

— Она уехала на родину и не подает о себе вестей. Возможно, вышла замуж и сделалась плантаторшей... Или у них в Бостоне нет плантаций? Некоторое время назад ко мне заходил ее младший брат, Пол, будущий адвокат — весьма забавное создание. Он приехал в Париж развлечься после тяжелой учебы и удивил меня знанием всех самых пикантных и пряных парижских уголков. Может, только Сократик знал столько же...

Она закашлялась и закрыла рот рукой.

— Извини меня, Мари, ты упомянула Сократа. Вы с ним расстались... навсегда?

— Ты думаешь, я по-прежнему его люблю? Нет, Eudoxie, Сократик — одно из моих увлечений, не более. Я думаю, что и он уже полностью освободился от мыслей обо мне.

И прекрасно.

Кофейная ложечка в ее руках дрожала, она положила ее на блюдце.

— Сейчас ко мне ходит один польский музыкант, кларне-тист, слабое утонченное существо, сущий ребенок...— Ее го-лос пресекся. — И тоже не то. Всю жизнь я искала и продолжаю искать мужчину своей жизни. Где он? Почему его нет?

Она опустила голову и прикрыла глаза рукой, слезы капали в чашку. Мари поднялась, быстро подошла к буфету и вынула оттуда бутылку лафита.

— Выпьешь со мной?

— Что ты! Утром! Побойся Бога!

— Какая разница — утром ли, вечером, — если душа болит?

Она плеснула вина в высокий бокал и выпила как лекарство, зажмурившись, до дна. Когда она заговорила, голос ее был уже более уверенным:

— Ты знаешь, моя мать была из грузинских княжон, а в Гру-зии мужчина — доблестный воин, храбрец, готовый с барсом сразиться ради избранницы. В детстве маман читала нам с се-строй стихи, она сама перевела на русский строчки из одного древнего поэта. Вот послушай. Девушка-царевна в заточенье пишет письмо своему любезному:

> Я гляжу вокруг, мой милый, —
> Вижу только мрак постылый.
> Ты сразись со злою силой —
> Или встречусь я с могилой.

Мари так искренне произнесла эти безыскусные строки, словно они были ее исповедью.

— Почему, почему, Eudoxie, эти достойные витязи, эти на-стоящие мужчины являются только в сказках? Как тяжело быть женщиной в отсутствии настоящего мужчины!

В тот раз я смогла уйти от нее, только когда солнце начало садиться за крыши домов.

Помню, я стояла у дороги и ждала омнибуса. Вдруг окно на втором этаже дома распахнулось, и из него выглянула голов-ка Мари — с воздушными прядями волос, взметаемых ветром, с неестественно ярким румянцем щек, с бледной тонкой рукой, державшей бокал с красным вином. Мари высоко поднимала бокал, показывая мимикой, что пьет за меня! Я кивнула ей издали. Мой взгляд невольно задержался на закатном зареве, разгоравшемся на небе, прямо над головой моей подруги. Я подумала, что это недобрый знак.

7

Мари умерла через три года. Страшная весть пришла ко мне от Сократушки — вместе с невесомо воздушным локоном рыжих волос. Никому не пожелаю такой смерти — одинокой, ранней, никем не оплаканной. Наверное, я одна из немногих ее знакомых знала, что умерла она совсем не от пьянства, как шептали по углам, а оттого, что Он не явился, не помог и не спас. Возможно, что перед смертью в воспаленном сознании Мари что-то повернулось, и взор ее обратился к прошлому, к ее браку с Огар-ым, которого ее меркнущий разум стал превращать в какого-то «идеального героя». Да, как это ни странно, под конец жизни Огар-в сделался для Мари почти святой личностью. Иначе — почему именно ему завещала она несколько пачек старых писем и оставшуюся скудную наличность, поделенную ею между «мужем» и дальним родственником? Все это оставила она не мне, своей единственной подруге, а человеку, который должен был сильно ее не любить. Еще бы — она не дала ему развода, помешав его законному браку с новой избранницей. Но мало того — ее пьяница-отец, едва ли не под ее диктовку, написал донос на всю огар-ую новую семью, а ее дядюшка-губернатор поддержал донос своего спивающегося родственника своим, официальным. Чудо, что высокие чиновники не послали несчастных прямиком в Сибирь, а сумели разобраться в их «деле» и ограничились не столь суровым наказанием.

Говорят, что старому декабристу вменяли в вину, что он сажает крепостного бурмистра за один с собой стол, Огар-ва обвиняли в сожительстве с обеими сестрами Тучк-ми... В итоге Огар-ва заставили частично сбрить бороду — признак бунта и крамолы еще со времен Петра — и поставили под полицейский надзор, а честного старика отрешили от должности предводителя дворянства и запретили жить в деревне... О российское правосудие!

Все эти «прелести» в жизни Огар-ва были связаны с Мари. Она кричала мне в Париже: «Он мне за все ответит!» Однако же именно он получил от нее по завещанию скудные ее пожитки. Все это было бы мне досадно — и только. Кто мог тогда предположить, что из этих старых, давно прочитанных писем выйдет новое разбирательство, что опять завяжется бесконечный судебный процесс, порожденный все теми же огар-ими деньгами, что как только Огар-ву удастся вырваться из России и попасть за границу, «дело» закрутится...

Журнал рос, запоем читался передовой интеллигенцией и молодежью, становился силой, направляющей умственную жизнь образованной части общества. Именно тогда Нек-в взял сотрудника для работы в отделе критики и библиографии. Это был Николай Гаврилович, чья светлая личность и трагическая судьба никогда уже не отделятся от судьбы Журнала.

Корю себя за то, что не навестила Николая Гавриловича после его возвращения из двадцатилетней ссылки; но для встречи надо было ехать в место его поселения — Астрахань, потом, через какое-то время, — в Саратов... сил, да и денег на поездку уже не было.

И вот совсем недавно, осенью 1889 года, до меня донеслось, что его не стало.

* * *

Той ночью, когда я услышала о смерти Николая Гавриловича, он мне привиделся во сне — подошел своей незаметной походкой, глаза из-под очков глядели как обычно, спокойно и внимательно, и мы с ним немного поговорили.

— Николай Гаврилович, обидно вам было, что суд вас судил неправый, что приговорил по фальшивым доказательствам и что вместо 7 лет вас держали на каторге 20?

— Обидно, Авдотья Яковлевна, но больше за жену — осталась одна с тремя детьми. А неправым судом никого в России не удивишь!

— Верно ли, что вы, Николай Гаврилович, не хотели подавать прошения о помиловании?

— За что же меня было миловать, Авдотья Яковлевна? Меня же судили за «направление мыслей», а я его менять не собирался...

— Говорят, Николай Гаврилович, что Александр Второй считал вас своим заклятым врагом. Я, грешным делом, думаю: уж не потому ли его, сердечного, народовольцы убили, чтобы новый царь выпустил вас из Вилюйска? Убийством царя мстили за вас?

— Что я за персона, Авдотья Яковлевна, чтобы из-за меня царя убивать? Но боялся меня царь — это правда, надеялся, что умру сидючи в остроге посреди тайги и болот. Да я — вот он, а где царь-батюшка? Вы бы не стояли на сквозняке, голубушка,— простудитесь. Кто тогда за больным Николай Алексеичем присмотрит!

И он удалился своей неслышной походкой, ступая не совсем уверенно, так как был сильно близорук.

Я свидетельница, что роман, написанный Николаем Гавриловичем в каземате Петропавловки и тогда же волею чудесных обстоятельств напечатанный в Журнале, очень многих спас от безнадежности, подсказал, как жить и что делать. Меня же при первом чтении бросило в жар — я увидела в героине себя. Все совпадало: безрадостное детство, деспотичная, алчная и хитрая мать, готовая торговать дочерью... человек, который спас девушку из семейного ада и «вывел из подвала», и даже новая любовь, пробудившаяся у нее к другу этого человека...

Мне казалось тогда, что все прочитавшие роман смотрят на меня с особенным любопытством — как на прототип для Николая Гавриловича. Какова же была моя радость, когда я обнаружила, что и здесь Николай Гаврилович обхитрил всех. Знакомые литераторы искали и находили «прототипов» романа где угодно, только не у себя под носом, в редакции Журнала.

Да и то верно, что не подходили Пан-в и Некр-в под категорию «новых людей». Мне же невозможно было избавиться от тайной уверенности, что Вера Павловна в своем зародыше — это я.

Много раз я слышала, что жена Николая Гавриловича, послужившая прототипом для «дамы в трауре», оказалась «сильно приукрашенной». Жена-де была ему неверна, изменяла даже до его ареста, а он, человек в быту близорукий и рассеянный, или не замечал этого или не хотел замечать. Какие странные люди! Он любил ее, любовался ее живостью и женской прелестью, ему нравилось, что она весела, что всегда окружена поклонниками. Он предоставлял ей полную свободу и, что бы они ни делала, готов был понять и оправдать.

Не в этом ли тайна любви? Любящий видит в любимой то, чего не видят другие, — лучшее, сокровенное, может быть, и то, чего нет, — на то и любовь. И в главном оказалась она ему вровень. Родила ему трех сыновей, подняла их одна, без мужа. Издалека давала ему силы переносить ежедневную каторгу. Как только перевели его из Вилюйска в Астрахань, поспешила на пароход, чтобы жить вместе. Если бы в Сибири жил он в человеческих местах и условиях, поселилась бы с ним и там...

Мне Ольга Сократовна нравилась, она сильно отличалась от типичной «писательской» жены — злобно ревнивой, скучной, питающейся сплетнями. Жена Бел-го (а он женился поздно на сухой классной даме) запрещала мужу приходить к нам в дом, так как «ей говорили», что он «подозрительно» весел в моем обществе. От Ольги Сократовны ничего подобного ждать не приходилось. А характер... у кого из нас он ангельский?

Повторюсь: из всех окружавших меня мужчин только Николай Гаврилович вел себя по отношению к женщине как подобает. Без сомнения, и в будущем этот особенный человек останется нравственным примером для человечества, если только в ком-нибудь не возобладает зависть и тяга к сомнительной и дешевой славе «ниспровергателя».

* * *

В тот зимний день 1855 года редакция бурлила. Вечером должен был состояться традиционный ежемесячный обед, знаменующий выход очередной книжки Журнала. В такие дни, падающие на паузу между номерами, в редакцию набивалось большое число посетителей: литераторы, печатающиеся в Журнале, читатели, сочувствующие направлению, праздношатающаяся публика, разносящая новости, слухи и свежие сплетни, провинциалы, недавно приехавшие в столицу и мечтающие «приобщиться» к новейшим идеям...

Центром кружка, образовавшегося в приемной, как всегда в отсутствие Тург-ва, был остроумный и верткий полуфранцуз Григ-ч. Он рассказывал какие-то последние анекдоты, занесенные с «полей войны». Смеялись невесело, так как военные «успехи» не радовали. Некр-в долго не появлялся, он — что было необычно — заперся в своем кабинете с Тург-ым и о чем-то с ним совещался.

После полудня, когда они оба вышли в приемную — к этому времени праздный народ уже разошелся, — неожиданно явился молодой, сильно смущающийся и прятавший свое смущение под бравадой граф Л. Тол-й. Всего несколько месяцев как он вернулся из-под Севастополя, а за три года до этого, служа на Кавказе, прислал в редакцию рукопись своего первого произведения, подписанного инициалами. Повесть называлась «Детство», и Некр-в, увидев в начинающем авторе признаки крупного таланта, опубликовал ее в Журнале. Так граф Тол-й сначала заочно, а затем и во плоти — явившись в редакцию — сделался нашим весьма привечаемым сотрудником.

В тот раз он остановился в уголке, у окна, скрестив руки на груди; всех так и подмывало на него взглянуть — молодого, бодрого, в военном мундире, еще хранящем запах передовой...

Некр-в сидел в своем обширном «редакторском» кресле посреди комнаты, обмякнув и осев всеми мускулами тела, закутанный в теплый шотландский плед, с шерстяным кашне, обмотанным вкруг шеи. Уже несколько лет как он болел неизвестной болезнью. В последнее время усилилась боль в горле, к ней присоединились испарина, озноб, полная потеря голоса. Врачи недоумевали, не умея поставить диагноз, сам он считал себя обреченным и беспрестанно хандрил. Обычно не настроенный говорить на людях о своих недугах, в тот раз он сам завел о них разговор:

— Черт возьми моих шарлатанов-докторов, столько потратил денег на всю их свору — и никакого толку. Вот прекрасный метод — лечить от больного горла холодной водой. Неплохо придумано? Называется метод профессора Иноземцева. Утром, днем и вечером — только холодная вода в питье и примочках.

Тут вмешался Тург-в, как всегда раньше всех понявший суть разговора и имевший на всякий его поворот свои «прибавления»:

— Не думаю, Николай, что это так уж глупо. Давно и не нами замечено, что вода лечит. Люди во все века лечились у источников. Может быть, твой профессор Иноземцев и шарлатан, но водолечение к этому отношения не имеет.

Он помолчал и, глядя на закутанного Некр-ва, задумчиво прибавил:

— Ты давно собирался за границу — не съездить ли тебе в Карлсбад? Вот где замечательно целебные воды.

— А почему, с позволения спросить, в Карлсбад? — подал из своего угла голос граф Тол-й. — Есть и свои источники, внутри России, например, на Кавказе. На Запад из-за войны сейчас никого не выпускают, а во Владикавказ или Пятигорск вы могли бы съездить. Ручаюсь, ничем не хуже Карлсбада.

Почему-то всегда, с самого первого появления графа Тол-го в редакции, так получалось, что все его мнения противуречили мнениям Тург-ва. Тург-в промолчал, только пожал плечами и иронически взглянул на говорившего. Хотя здоровье Некр-ва было моей постоянной мыслью, два эти предложения сильно меня позабавили. Я подумала про себя, что, если бы здесь сейчас оказался комедиограф Остр-й, он мог бы посоветовать Некр-ву пить воду из какого-нибудь святого колодца в его родном Замоскворечье.

Некр-в не сразу отозвался, процесс говорения отнимал у него много сил:

— Хотелось бы махнуть за границу, да как получить паспорт? Может, в самом деле отправиться лечиться на Кавказ, по стопам поручика Михаила Юрьевича, а теперь и подпоручика Льва Николаевича? Говоря это, он зорко оглядывал пространство, так что сумел углядеть Николая Гавриловича, шедшего своей неслышной походкой мимо нас по коридору.

— Николай Гаврилыч, а Николай Гаврилыч! — окликнул его Некр-в. — Можно тебя на минутку. Тот подошел, близоруко щурясь.

— Вот скажи, брат, куда бы ты меня отправил на леченье — в Карлсбад или на Кавказ? Как скажешь, так и сделаю.

Николай Гаврилович улыбнулся своей обычной мудрой и слегка смущенной улыбкой и сказал убежденно:

— Вам, Николай Алексеевич, нужна только Италия. Слышите? Только Италия.

И кивнув всем собравшимся, вышел в коридор и пошел по своим делам — писать очередную статью в следующий номер.

Я тогда подумала: как он говорит? Откуда знает? Ведь ни разу за границу не выезжал и никакой Италии в глаза не видел. А ведь догадался, что Некр-ву не столько лечение нужно, сколько красота. Душа его нуждалась в Италии.

Пора было начинать приготовления к редакционному обеду. Приемная опустела. Я поднялась, чтобы сделать распоряжение разносчикам посуды и кушаний и ресторанным служащим, нанятым на вечер. Некр-в тихо сидел в своем кресле, прикрыв глаза, но, когда я встала, пошевелился и произнес: «Погоди, мне нужно тебе кое-что сказать».

Я замерла. Ожидала услышать все что угодно, только не то, что услышала.

— Огар-в болтает про тебя и Шаншиева, что вы обворовали Марью Львовну, а про меня — что я проиграл в карты принадлежащие ей деньги. Она, якобы, никаких денег не получала и умерла в страшной нищете.

Я молчала. Некр-в, словно предвидя мой вопрос, пояснил:

— Он копается в оставшихся от нее старых письмах.

Я опять не издала ни звука, новость была слишком неожиданной. Мне казалось, что все связанное с Мари уже покрылось пылью. Некр-в, не дождавшись от меня слов, продолжил:

— Но письма есть и у нас. Кое-что интересное Марья Львовна нам переслала. Так что, если Огар-в хочет спокойно отбыть за границу со своей любезной Натальей Алексеевной, лучше ему оставить старую бумагу в покое. Иначе некоторые упоминаемые им имена и прокламируемые мысли, предъявленные по инстанции, могут послужить препятствием к его отъезду. Мы сегодня говорили об этом с Тург-ым. Он также считает, что всеми средствами должно защитить себя от позорящих слухов.

Он наконец открыл глаза и посмотрел на меня в упор. Наверное, мое лицо его сильно поразило. Он отбросил плед и встал с кресла. Подошел ко мне близко и погладил по голове:

— Ничего, ничего, Дунюшка, как-нибудь. Ты как-нибудь того, тебе сейчас нельзя волноваться. Скоро уже? — он указал на мой выступающий из-под широкой юбки живот.

Я кивнула. Слезы закапали сами, без моей воли, я опустилась на стул, схватилась за его спинку и отвернула лицо от Некр-ва. А он все ходил вокруг моего стула и приговаривал:

— Ничего, ничего, Дунюшка, как-нибудь, не впервой...

Трудно было понять, говорит ли он о слухах, распространяемых Огар-ым, или о ребенке, который вот-вот должен был появиться на свет.

Наконец, я поднялась со стула, лицо было мокрое, но глаза уже сухие.

— Успокойтесь. Главное, чтобы вы были здоровы. А я... а мне нужно идти распорядиться по хозяйству.

И я вышла.

8

Ваня родился совсем скоро, в панаев-ом имении Фарфоровый завод, что под Петербургом. Конечно же, мне хотелось оказаться подальше от петербургских кумушек. Пан-в все это время был со мной и ждал появления ребенка как своего. В этой тяжелой, болезненной для самолюбия ситуации вел он себя достойно. Малыш был крупный, неповоротливый, с нежно-желтыми, птичьими волосенками на головке. Ежеутренне и ежевечерне я посылала к Богу одну молитву: сохрани его, Господи! Но — не получилось.

Ребенок дожил до четырех месяцев — и умер, подхватив какую-то непонятную инфекцию. Я не хотела, чтобы Некр-в приезжал на похороны, но он приехал — сам еле живой, сипящий, еле двигающийся. С тоской взглянул на безжизненное тельце, на слипшиеся птичьи волосенки. Я прочитала его мысли: очередь за мной. Не услышала от него ни слова ласки или утешения. Весь он был закупоренный в броню своей болезни и близящегося, как он предполагал, конца. Мое состояние было не лучше. Единственный выход, приходивший мне в голову, — было срочно, без промедления уехать куда-нибудь за границу. И я уехала.

Перед моим отъездом у нас с Некр-ым произошла дикая ссора, после которой я начала жечь его письма прямо у него на глазах. И понимала, что это лишнее мучительство, и не могла себя остановить — такой мрак был на душе. Мне казалось, что вместе с этими письмами жгу я и нашу любовь, и все-все, что случилось за эти тяжелые, принесшие много муки и горести годы... Нет, Некр-в не был повинен в смерти Ванечки, но в моем помутившемся сознании был он многократно виновен: и в том, что при родах должна я была скрываться от людей, и в том, что не был он со мною, когда я так нуждалась в поддержке, и в том, что из трусливого эгоизма отгородил он себя от меня и ребенка. На дне сознания копошилась еще одна мысль: болезнь Некр-ва, диагноз которой недавно конфиденциально был ему сообщен, могла серьезно повлиять как на мое здоровье, так и на здоровье родившегося дитяти. В этом случае, смерть Ванечки была следствием невоздержанной жизни его отца. Но эту мысль я хранила под спудом и никогда своих обвинений не высказывала. «Болезнь горла» — так официально именовалось недомогание Некр-ва.

Я металась от одной страны к другой, от одного города к другому — Берлин, Вена, Берн, Рим, Париж... Не считая, тратила деньги, перед отъездом полученные от Пан-ва. Обедала в шикарных ресторанах, посещала театры и кафешантаны. Вокруг меня вились юркие молодые люди, видящие во мне красивую, еще не старую иностранку, которая не прочь поразвлечься. Меня мутило от одной мысли, что можно остаться наедине с подобным напомаженным и пахнущим парфюмерией субъектом. Тянуло в парк, на скамейку, где сидели молодые мамы и няни и где на лужайках играли дети. Порой я так пристально смотрела на хорошеньких маленьких девочек — почему-то именно девочки меня притягивали,— что их нянюшки на меня косились и уводили своих подопечных подальше «от странной дамы».

В Париже я взяла извозчика и поехала «к Мари». Адрес я хорошо помнила. Дом стоял на том же месте. Я поднялась по старой, еще более запущенной, чем тогда, лестнице на третий этаж. Постояла возле двери. Из квартиры доносились звуки то ли деревенского рожка, то ли дудочки. Просунутая в медную рамку бумажка на двери гласила, что здесь проживает: Karol Bragel. Внизу хлопнула дверь, кто-то поднимался по лестнице, и, мгновение поколебавшись, я позвонила. Дверь открыл юноша в потертой бархатной безрукавке, в руке он держал кларнет. Посмотрев на меня без удивления, он впустил меня внутрь и уже потом спросил по-французски с сильным славянским акцентом: «Вы по объявлению? Насчет уроков?». Пришлось объяснить, что я подруга женщины, которая жила здесь до него. Он заулыбался:

— Я ее знаю. Мадам Мари. Я поселился здесь, когда ее не стало. Он запнулся... Я уезжал на родину... а когда вернулся, эта квартира уже сдавалась. Мне она подходила по цене... и... здесь осталась мебель...

Я посмотрела вокруг. Все было таким, как несколько лет назад, только более старым и истрепанным. Веселенькие обои ободрались и кое-где висели клочьями. Диван, на котором я когда-то ночевала, облезлый и ничем не покрытый, стоял посредине комнаты. Лучи солнца падали на пыльный буфет, в нем Мари держала бутылки с лафитом. Все вместе больше напоминало берлогу, чем жилище.

Я поблагодарила хозяина и хотела было удалиться. Он меня задержал:

— Подождите.

Сбегал в соседнюю комнату и что-то оттуда принес.

— Что это?

Он раскрыл ладонь. На ней лежало простое железное колечко с кованым узором по краям.

— Посмотрите, может, оно вам подойдет. Это подарок мадам Мари. Мне оно не налезает даже на мизинец.

Колечко оказалось мне впору. Я поблагодарила Кароля, снова взглянула на убогую обстановку и подумала, что обязательно должна сюда вернуться.

Через неделю я привезла на извозчике несколько коробок — занавески, покрывало для дивана, посуду, постельное белье... Хозяин с открытым ртом смотрел, как преображается его жилище. Был он одиноким, слабым, мало защищенным от жизни музыкантом. Я вспомнила, что именно о нем Мари сказала когда-то: не то. Но «того» не было. Когда мне становилось совсем плохо, я брала извозчика и ехала на окраину Парижа, теперь уже не «к Мари», а к Каролю.

* * *

Была ли я виновата перед Мари? Растратила ли я ее деньги? Нет, все операции производили мужчины. Некр-в прятался за моей спиной, как за ширмой. И когда в сентябре 1857 года я получила от него из России то ужасное письмо, я подумала,

232

что он сошел с ума: ведь он прекрасно знал, что не я воспользовалась деньгами Мари.

Но было, было на моей совести одно дело, которое мучило и продолжает меня мучить. Оно тоже связано с огар-ими деньгами. В тот год, когда умерла Мари, не стало и моего отца. Они ушли одновременно, и смерть Мари отняла у меня единственную подругу, а смерть отца — человека бесконечно далекого и чужого, но от которого зависело мое благосостояние. Отец выплачивал мне ежегодный пенсион, с его уходом я лишилась этих, хотя и небольших, но верных денег.

Мои заработки одного из авторов «Современника» были ненадежны, я знала, что, уйди я от Некр-ва, и меня тут же перестанут печатать, а стало быть, прекратятся и мои гонорары. Впоследствии так и произошло. Небольшие деньги шли от Пан-ва, но финансовой основы для жизни у меня не было никакой. Я с ужасом это поняла, когда лишилась денежной поддержки отца. Страх закрался в душу, я почувствовала себя висящей над пропастью безмужней и бездетной стареющей женщиной, не имеющей никакого капитала за душой. И тут, как на грех, подвернулся Шаншиев. Он посоветовал мне взять «взаймы» часть огар-ских денег и пустить их в рост. К этому совету он присовокупил адрес вполне солидной банковской конторы, торгующей акциями.

Страх загнал меня в тупик, и выбора у меня не было — или прибегнуть к деньгам Огар-ва и заработать на них капитал, чтобы потом вернуть взятое, или остаться без копейки на черный день. Контора, куда вложила я деньги, прогорела буквально в том же году. Деньги испарились. Но сумма была совсем небольшая, и Мари уже не было в живых...

* * *

Поездка в Италию стала рубежной вехой наших отношений с Некр-ым. Была она одновременно и взлетом — чувств, желаний, умолкнувших было надежд — и глубокой скалистой пропастью, куда все это безвозвратно кануло. Италия стала и храмом, и кладбищем нашей любви.

В конце лета я оставила Париж и отправилась в Вену. Вот уже несколько месяцев я ничего не знала о Некр-ве. Как вдруг получила от него письмо, где он сообщал, что едет на леченье в Италию, проездом будет в Вене, и, если мне «будет угодно», мы могли бы встретиться — в три часа дня в Венском зоосаде.

Ровно в три часа я стояла у желто-зеленого, похожего на китайский домик замка Шенбрунн, в парке которого помещался зоосад. С подножки извозчичьей кареты спрыгнул господин в надвинутой на лоб шляпе. В руке у него было что-то завернутое в тонкую бумагу. Я не сразу узнала Некр-ва — он был в коротком модном сюртуке, шел бодрой походкой и — что было невероятно — улыбался. Подошел — и улыбка погасла, словно он испугался меня. Мы стояли и глядели друг на друга, всматриваясь в новые, изменившиеся черты. Я отвернулась, чтобы скрыть слезы, он тер кулаком покрасневшие глаза.

Я схватилась за пакет.

— Что здесь?

В пакете оказалась чайная роза на длинном нежном стебле. С нею в руке я ходила от клетки к клетке, рассматривая маленьких пони, оленей с рогами, напоминающими чугунные петербургские решетки, пингвинов и греющихся на солнышке ленивых котиков. Некр-в радовался зверям как родным: здесь была его стихия; он по-мальчишески строил гримасы обезьянам, каким-то особым рычаньем приветствовал медведя. Перед дверью в птичник мы остановились. Некр-в рвался к павлинам, журавлям и фазанам, виднеющимся сквозь стекло, чуть не силой увлекал меня за собой. Но птичник осматривал он один. Я туда не пошла.

* * *

Сентябрьский Рим оказался еще лучезарней, чем августовская Вена.

Лечебным было все — небо, воздух, здания и сами римляне, красивые, беззаботные, будто созданные для счастья. Здоровье возвращалось к Некр-ву с каждым глотком этого воздуха, с каждым проведенным под этим солнцем днем. Гостиница на площади Испании, нас приютившая, была удобна и располагалась в самом центре города. Отсюда мы совершали долгие прогулки по Риму, на каждом шагу встречая знакомых и незнакомых соотечественников. Неподалеку от нас поселился тот самый бывший уральский заводчик-литератор П. К., который так пристально глядел на меня и Некр-ва в самом начале нашего сближения.

При всем внешнем благополучии я слышала приближающиеся громовые раскаты, чувствовала: что-то темное затаилось рядом. Некр-в все чаще хандрил, хмурился, глядел в сторону. В нашей жизни был некий непоправимый изъян, сломалась какая-то важная ось — и коляска ежесекундно могла перевернуться. Ночью я просыпалась с мыслью: вот оно, случилось. Но ничего не происходило. А произошло, когда я не ждала, — солнечным зимним утром, примерно через полгода после нашей с Некр-ым встречи в Вене. Я встала, чтобы раздвинуть шторы, мешавшие пробиться солнечным лучам, и увидела записку на круглом столике возле окна: «Поехал в Париж к Тург-ву, когда вернусь — не знаю». Вместо подписи внизу стояла маленькая неказистая закорючка.

Пол поплыл у меня под ногами. Чтобы не упасть, я ухватилась за подоконник. Вот оно — уехал, а вернее — убежал, оставил одну в Риме в двухместном номере на потеху слугам. Тайно собрал вещи — и был таков... И к кому убежал — к Тург-ву, человеку, который меня сильно не любит, — и взаимно. Я была уверена, что Тург-в, накрепко привязанный к некрасивой и жадной мадам Виар-о, наговаривает Некр-ву против меня, мечтает «освободить» друга от «дурной» привязанности. Вот кому хорошо бы напомнить древнюю истину: врачу — исцелися сам.

Не зная, как успокоиться, я быстро оделась и выбежала на улицу. В глаза ударил свет, было тепло, словно уже наступила весна, навстречу, как назло, попадались красивые и нарядные женщины, на лицах которых читалось, что они любят и любимы... Слезы меня душили, я делала усилие, чтобы не разрыдаться на глазах у прохожих.

Остановившись посреди тротуара, я увидела, что кто-то мне машет с другой стороны улицы. Это был П. К. Не помню, как он оказался рядом. Кажется, я спросила, где его жена — эта милая женщина нравилась мне гораздо больше, чем ее супруг.

Он ответил, что она приболела и кашляет.

— А где господин Некр-в? — он глядел как когда-то — не сводя глаз, точно ищейка, напавшая на след.

— Некр-в уехал в Париж, — мой голос не дрогнул, и я выдержала его взгляд.

— Если хотите, могу поделиться с вашей женой горчичниками, привезла их из России. Он хотел — и мы направились к гостинице.

В номере он схватил меня за руку и стал шептать, что не может без меня жить, что я давно уже свела его с ума и что ради меня он готов оставить жену. Дыхание его было горячо, руки сильны. Он был мне не только не люб — противен, но какая-то злая сила, вселившаяся в меня, шептала: сделай это, пусть это будет твоей местью, твоим ответом на полученный удар.

— Погодите, — я задернула шторы и без сил опустилась на кровать — прямо в его жадные, бесстыдные руки.

9

В знаменательном для России 1861 году умер Добр-в, гениальный критик, «железный человек» — по мнению людей с отжившими, замшелыми взглядами, а на самом деле — мальчик, с нежной и чуткой душой. Он умер у меня на руках и — по какой-то магии — смерть его точно совпала с описанием кончины Базарова в известном романе Тург-ва, опубликованном год спустя. Понятно, что никакая я не Одинцова, но именно за мной послал умирающий Добр-в, я ухаживал за ним все последние дни его недолгой жизни, мою руку он держал в своей перед уходом в иной мир.

Наблюдая все это, тогда еще не арестованный Николая Гавриловича посвятил мне подготовленное им собрание сочиний своего младшего коллеги и друга. Я любила Добр-ва по-матерински, он относился ко мне — целомудренно и почти благоговейно, вольно же было досужим сплетникам судачить на наш счет.

Материальное благосостояние Журнала — популярнейшего и самого острополитического издания эпохи — все возрастало. Некр-в обогащался. Не думаю, что он сильно обеднел, истратив двенадцать тысяч серебром из журнальной кассы на погашение судебного иска по огар-ому делу. Иск предписывал мне и Шаншиеву «вернуть присвоенные деньги Огар-ва». Была эта формулировка для меня обидной и несправедливой. Но самым обидным и несправедливым было то, что сам Некр-в, подыгрывая судебному решению, взвалил всю ответственность на меня.

Осенью 1857 года я получила от него письмо, простить которое не смогу никогда. Я обвинялась в нем в «преступлении» против своей «всеми оставленной» подруги.

Однако нужно сказать, что предшествовало письму.

Убежав от меня в Париж, Некр-в вернулся оттуда неожиданно быстро и совсем в ином расположении духа. Думаю, грешным делом, уж не ужасы ли жизни Тург-ва в обществе мадам Виар-о и всего ее многочисленного семейства направили Некр-ва назад в Рим, где никто не управлял его волей, не вил из него веревок и не требовал беспрекословного повиновения?! Именно это, чему сама я была свидетельницей, проделывала со слабым и безвольным Тург-ым его жесткая и хищная правительница. Вернувшись, Некр-в был со мной — сама нежность.

Наутро по его приезде мы, взяв извозчика, отправились с ним на луг возле виллы Боргезе — дело было ранней весной — собирать первые луговые цветы — фиалки и ландыши. На следующий день поехали по лавкам покупать подарки к католической Пасхе, и Некр-в истратил большие деньги на женские драгоценности и наряды, настояв, чтобы я купила сразу несколько брильянтовых украшений и платьев.

Я видела: этими тратами он как бы просит прощения за свой «побег». Здоровье Некр-ва заметно поправилось, настроение улучшилось, правда, припадки ипохондрии и ревнивых подозрений продолжали его мучить. Однажды во время своего очередного «помешательства» он сказал с гадкой улыбкой, доводившей меня до исступления:

— Уверен, что не успел я уехать, как ты мне изменила. Признайся.

Что-то во мне взыграло, и я ответила с вызовом:

— Вы правы, все было именно так: вы уехали — и я вам изменила.

А дальше последовала долгая и изнурительная ссора, закончившаяся новым и, как тогда казалось, уже окончательным разрывом.

* * *

Лживое это письмо я сожгла сразу по получении. Но осталось чувство, что оно написано не для меня, а для тех, кто в нем упоминался: Огар-ва и Герц-на, и гуляет где-то в предназначенных для них копиях. Письма, содержавшие запрещенные в печати имена «лондонских беглецов», обычно посылались через проверенных лиц и передавались из рук в руки. В этом случае письмо было отправлено по обычной почте, что наводило на размышления. Сам его тон — обличительный, словно это не частная переписка, а журнальная статья, убеждал меня в одном: Некр-в хотел любыми способами оправдаться перед Огар-ым и его лучшим другом, указав им на главного виновника случившегося. Что ж, женщинам не привыкать к тому, что они оказываются главными виновницами всех не самых славных дел, совершаемых мужчинами.

Удушливая атмосфера тьмы и ненависти в этот раз захлестнула Некр-ва, уведя его в сторону от мужского благородства и чувства справедливости, то есть от «любви и света», о которых писал еще Бел-й. Но я-то знаю, что не дешево далось ему это отравленное письмо!

С другой стороны, дело об огар-ом наследстве тянулось так долго и обросло такими дополнительными подробностями — справками, обязательствами, закладными, выплаченными и невыплаченными долгами, — что Некр-в сам мог в нем запутаться. И это мне тоже понятно. Деньги имеют способность жить по своим — мистическим — законам и испаряться неведомо куда. Я слышала, что после смерти Некр-ва все были удивлены, не найдя тех огромных сумм, которые он накопил за свою жизнь. Деньги исчезли, испарились, растаяли — в соответствии с мистическими законами их круговращения.

* * *

Так совпало, что самое тяжелое время жизни — моей и Журнала — пришлось на один год.

В 1862-м был арестован Николай Гаврилович, издание Журнала было приостановлено; тогда же случилось еще одно событие, сделавшее этот год для меня непоправимо черным, — умер Пан-в.

Уже давно я замечала легшую на его лицо тень недовольства и даже озлобления.

Бывший всю жизнь человеком легким, компанейским, своим для всех и каждого, в последнее время он помрачнел, замкнулся, глядел исподлобья — эдаким хмурым волчонком.

И главная вина за это лежала опять-таки на Некр-ве. Официально считаясь редактором Журнала, Пан-в не был таковым на самом деле. Все бразды правления были у его друга, он же был низведен до положения обычного сотрудника, получающего гонорар. Не раз я замечала, как грубо Некр-в отвечал на вопросы Пан-ва, как презрительно относился к его работе, как не выносил его слабостей. Дружба эта распалась на моих глазах; спустя десять лет после совместного начала Журнала Пан-в стал для Некр-ва всего лишь ничтожным и опустившимся человеком. А уж начальственное мнение подхватывали прочие, и Пан-в не мог этого не видеть.

Несколько раз за последнее время Пан-в заговаривал со мной о совместном отъезде:

— Поедем-ка, Дуня, прочь из этого свинского Петербурга. Будем жить с тобою в деревне!

Понимая всю неосуществимость этой мечты, я, однако, соглашалась:

— Да, Жан, поедем, я готова.

У меня и в мыслях не было, что скоро он уедет — один — и в те края, откуда не возвращаются.

Я сидела в театре — вдруг стало мне нехорошо, сердце всколыхнулось — и я ни жива, ни мертва поехала домой. С Пан-ым в это время случился обморок, его уложили, он беспрестанно спрашивал обо мне. Увидев меня, он просиял и приподнялся на постели:

— Дуня, как я рад, что ты вернулась. Ты одна можешь мне помочь — увези меня отсюда!

Я просила его успокоиться, полежать до прихода врача, но он нетерпеливо махнул рукой:

— Я должен сказать. Прости меня, я во мно...

Тут голос его пресекся и дыхание замерло. Он скончался. Без памяти меня вынесли из комнаты. Последняя ниточка, связывающая меня с прошлым, оборвалась.

* * *

Жизнь моя на этом не прекратилась, но закончилась одна долгая ее глава.

Часто ночью я просыпаюсь от звуков: сначала слышится простая мелодия деревенской дудочки или рожка, потом она замирает, и в тишине раздается страстный мужской шепот: «Дунюшка, цветочек мой аленький», он повторяется много раз, отраженный эхом, и уходит в ночное небытие, и уже оттуда возвращается одним страшным нечеловеческим звуком: — А-ааа — аааа!

Это голос Мари, она зовет меня и окликает в ночи. Но, слава Богу, с первыми утренними лучами звуки меня оставляют...

2006–2009

Повесть о Висяше Белинском
в четырех сновидениях

Сновидение первое
Никанор

Диван тащили вдвоем — дворник и мальчишка из соседней мелочной лавочки. Когда Мари вывела его во двор, он успел увидеть, как эти двое, дворник пыхтя, а мальчишка шмыгая носом и сплевывая, затаскивали зеленое чудище под два чахоточных деревца, что одиноко жались около дома. Два чахоточных, чахлых и безлистых деревца, под которыми будет отдыхать он, умирающий от чахотки... Мари подвела его к дивану. Он попробовал лечь, положить голову на подушку, захлебнулся, закашлялся. Мари подняла подушку повыше. Мальчишка с любопытством смотрел на больного, шмыгнул носом и утерся рукавом. Кого-то он ему напоминал. Мари обкладывала его одеялами, подтыкала со всех сторон; для начала мая было довольно тепло, но петербургское тепло обманчиво; к тому же, он постоянно мерз, кровь перестала греть, как бывает у стариков, но ему-то нет и тридцати семи. Он прикрыл глаза. Мальчишка, кажется, уже ушел. Ему вдруг ясно вспомнилось, кого тот напоминал. Так же шмыгал носом его младший брат, Никанор, сгинувший в военной службе на Кавказе. Сгинувший в двадцать три года и отчасти не по его ли вине?.. Разве?

— Виссарион, вы меня слышите? — голос Агриппины, сестры жены. — У вас такой смешной вид в этой шапке! Настоящий колпак!

Это она пришла полюбоваться на свою работу — шапку из толстой баварской шерсти вязала она. Однако невозможно было открыть глаза и заставить себя что-то отвечать. Агрип-

Виссарион Белинский

пина постояла, потрогала шерстяные волокна рукой и ушла. А он стал думать о Никаноре. Вернее, обо всем, что было связано с Никанором и с его ранней ужасной гибелью.

Почему-то Никанора все всегда звали Никанор — и никак иначе. Так было принято в семье. Ведь и его, Виссариона, мать никогда не называла как-нибудь ласково, по-домашнему, например, Висяша — как звал его добрый батюшка, учитель закона божьего в чембарском уездном училище, а позже называли Вася Боткин и Мишель Бакунин, близкие друзья. Нет, в семье Белынских — а свою фамилию он облагородил буквой и при подаче своих бумаг в Московский университет, до того были они Белынские, — так вот в их семье детей окликали без фамильярности: Виссарион, Константин — так звали среднего брата, его погодка, и Никанор, бывшего десятью годами его моложе. И никаких тебе Висяш, Никаш и Костюней. Сестру прозывали Александра — заколдованное имя в его жизни, — и никогда Саша, Сашенька. Виссарион — старший ребенок — родился в семье военного лекаря, сына священника...

В дворянстве и отец, да и все они, дети, ощущали себя париями; какие они дворяне с их одной крепостной девкой Авдотьей, ставшей к старости отца предметом его греховных домогательств, с их бедностью, доходящей почти до нищеты, с истерическими причитаниями маменьки и грубой издевательской руганью отца? Папенька с маменькой жили неспокойно, вечно ругались. Отец доводил мать до белого каления не столько своими «похождениями», скорее мнимыми, сколько издевкой и неуважением. Был он человеком с гордым и неуживчивым нравом, ипохондрик, в молодости бил француза на

242

Балтийском море, споспешествуя изгнанию из России морских сил Наполеона Бонапарта. Участие ли в сем эпохальном событии, учение ли в Санкт-Петербургской медико-хирургической академии, произвело на бывшего семинариста из села Белыни Пензенской губернии, неожиданное действие. В нищей должности уездного лекаря возомнил себя незаслуженно ущемленным, отвернулся от людей, ушел в пьянство и сарказм. То и другое не нравилось маменьке Марии Ивановне, женщине не знавшей грамоте и столь обидчивой, что грубые реплики мужа, вызывали у нее судороги и истерику.

Семья служила отрицательным нравственным примером для подрастающего Никанора! И как же ему, Виссариону, всегда хотелось вытащить младшего из этого смрадного болота! Сам Никанор, с детства отличавшийся неудержимой проказливостью и буйством, несколько раз самовольно пускался в бега, по два-три дня пропадая незнамо где, скрываясь от папашиной ругани и тяжелой руки.

Виссарион помнит один разговор насчет Никанора с бывшим своим учителем по пензенской гимназии Михаилом Максимовичем Поповым. Разговор тот случился уже в Москве, где оба оказались по сходной причине — искали свое будущее: Виссарион, поступив в Московский университет, учитель гимназии — на государственную службу. То короткое время, что Михаил Максимович обретался в Москве, они несколько раз виделись: Висяша приходил проведать учителя. А уж после дела государственные затребовали присутствия Михаила Максимовича в Петербурге, и он уже с высоты своего нового положения следил за Висяшиной судьбой.

В бытность свою пензенским гимназистом (хотя курса так и не закончившим), Висяша тянулся к Попову. Был тот для него светом в окошке; больше, кроме Михаила Максимовича, ведущего классы естественной истории, в гимназии и не было никого. Молодой — лет 28 — (между ними разница в годах была нечувствительная, всего лет одиннадцать), высокий и видный, преподаватель естественной истории был в гимназии, что павлин среди воробьев. Закончил он Казанский университет по филологическому отделению и с предмета своего, заложенного еще Плинием Старшим и доконченного трудами французского естествоиспытателя Бюффона, постоянно сворачивал на словесность. А Виссариону — учитель звал его строго этим именем — только того и нужно было. Встречались и после классов, когда Висяша, друживший с племянником учителя, тоже гимназистом, приходил вместе с ним в дом «дяди». А уж дядя потчевал их чаем, а затем читал литературные новинки, после чего случалось бурное их обсуждение.

Висяша уже тогда отличался ненасытной любовью к литературе и взгляды свои отстаивал неистово, со страстью, как что-то заветное. Уже в то время Михаил Максимович угадал в нем натуру недюжинную, только учил, что страсть до добра не доводит и о Шекспире, Шиллере и Пушкине рассуждать следует с холодной головой и выключенным сердцем.

В Москве разговор коснулся судьбы Никанора. Висяша высказался в том смысле, что как только появится возможность, вытребует брата к себе.

— Зачем? — Михаил Максимович, сидящий в удобном кресле посреди просторной комнаты, затянулся. Курил он не дурные разъедающие грудь папиросы, как сокурсники Висяши, да и он сам, а английскую трубку. Апартамент занимал отличный, с видом на самый Кремль, и глядел на взъерошенного, худого, одетого в студенческую шинель Висяшу — осень в Москве стояла дождливая и промозглая — слегка прищурившись, словно оценивая.

— Как? Вы не одобряете? Но Чембар... разве он место для молодого человека? Да и семья моя... вы ведь знаете. Отец, кроме колотушек, не даст ему ничего из того, что нужно юности.

— Виссарион, не идеальничайте, не мерьте по себе. Кто такой ваш Никанор? По вашим рассказам, отрок без особых способностей и пристрастий, склонный к дракам и побегам из дому. Чему вы сможете его научить, да и зачем? Пусть пройдет гимназический курс, пусть приищет себе в городишке какую-никакую работенку. Не всем же кончать университеты! У всякого свой предел.

— Но человеколюбие...

— Оставьте! Вы говорите, ваш отец его бьет — и славно. Как еще воспитать смирение в диком отроке? Ваша беда, Виссарион, что вы всех мерите по себе. Но не все, как вы, обладают дарами фортуны — умом, умением понимать язык словесности и чувствовать ее красоты. У вас — дар. Но ваша семья, судя по всему, не имеет к этому дару никакого отношения, не так ли?

Он вытряхнул пепел из трубки в стоящую на мраморном столике вазу и вновь затянулся. Висяша стоял перед ним, сидящим в глубоком мягком кресле, словно нашкодивший ученик, глядя в пол, насупившийся и понурый. Учитель продолжал: «Сейчас России нужны светлые головы — такие как ваша. Планы у империи обширные — Босфор, Дарданеллы... Впрочем, у вас другие задачи... вы по литературной части».

Его перебил звон колоколов — звонили неподалеку, судя по многозвонью, у Ивана Великого. Михаил Максимович перекрестился, поднялся с кресла и подошел к Висяше.

— Пишешь? — переход на «ты» знаменовал высшую фазу внимания учителя. Висяша кивнул.

— Критику? Художественное?

— Трагедию.

— В Шекспировом духе? В Шиллеровом?

— В своем. У меня герой — будучи свободным человеком — по воле судьбы и злых людей обращается в крепостного. И убивает себя.

Висяша в первый раз прямо взглянул на учителя. Их взгляды встретились. Михаил Максимович хмыкнул, подошел к окну, взглянул, словно ненароком, не ходит ли кто под окнами. Потом приблизился к Висяше и горячо зашептал, почти касаясь его уха: «Да, крепостное состояние крестьян... Я понимаю, как болезненно отдаются эти слова в юном сознании. Я и сам когда-то негодовал, плакал, читая пушкинские запрещенные сочинения... Бывало ругал маменьку за то, что секла крестьян... Порой даже...

В коридоре послышались шаги, потом кто-то громко выругался. Михаил Максимович опасливо оглянулся на дверь, голос его пресекся. Он отошел от Висяши и снова сел в кресло. Помолчав, прежним спокойным тоном продолжил: «Империя крепка, ты даже представить себе не можешь, как она крепка, как надежна, как пригнаны в ней все колесики. То, что на многих государственных местах сидят дураки и неучи, — еще не самая большая беда. Беда — во французской заразе. Говорю о болезни ума, а не тела. Россия должна спасти Европу от революций, в этом ее историческое предназначение. Горе, если ей помешают его свершить господа разрушители, в попытках поменять ее вековечный уклад!»

При сих словах учитель встал и, вынув трубку изо рта, аккуратно положил ее на мраморный столик, давая понять, что разговор исчерпан.

— Что до твоего меньшого брата, о судьбе коего ты хотел со мною посоветоваться, то не стоит столь пристально о нем думать. У тебя сейчас своя дорога, и вот тебе, милый Виссарион, мое пожелание: постарайся не делать на ней опрометчивых шагов.

* * *

В ту холерную осень 1830-го года Висяша писал свою трагедию «Дмитрий Калинин». После поражался, что одновременно с ним и совсем неподалеку творил Пушкин, но если пушкинская творческая осень, названная впоследствии «болдинской», принесла поэту славу, то его многомесячное сидение над трагедией обернулось катастрофой, горем и унижением, а через недолгое время даже и изгнанием из университета.

— Виссарио-он, ты удобно лежишь? — голос Мари вывел его из полусна. Он постарался открыть глаза, получилось не сразу.

— Я принесла тебе чаю с вареньем — твоим любимым, райскими яблочками. Поднимайся.

Мари поставила поднос на пробивающуюся траву под деревьями, стала помогать ему приподняться, перекладывая подушки. Чай был уже холодным, а варенье убегало из ложки, янтарные мелкие яблочки на плодоножке нужно было схватывать руками. Правда, были они вкусные, сочные. Идет пятый год их супружества, и Мари постепенно становится хозяйкой. Прошлой осенью, когда он вернулся из многомесячной поездки в Европу, Мари встречала его этим вареньем. Какое же было счастье после долгого мучительного путешествия на корабле, венчавшего его несуразную, не принесшую выздоровление поездку за границу, выпить дома горячего чаю с домашним вареньем! Мари радовалась вместе с ним, а после чаепития запрятала баночку с райскими яблочками подальше от глаз — чтобы сразу не съел. Была бережлива, к тому же считала его обжорой и лакомкой и прятала от него лакомства как от малого дитяти.

Он и вправду знал за собой некий «безудерж», на него нападало: когда в 26 лет впервые попал на Северный Кавказ (тоже ездил для исцеления) и увидел там висящие на деревьях плоды, а в садах созревающие ягоды и овощи, накинулся на них неудержимо, мог съесть зараз фунт инжиру или десяток восхитительных зрелых персиков. Да и в не столь давней поездке с Михаилом Семеновичем Щепкиным по Украине и Крыму, также предпринятой им с лечебной целью, объедался абрикосами, сливами и дынями,— благо были невероятно дешевы, а потом даже надумал, по совету того же Щепкина, лечить свои слабые больные легкие отборным крымским виноградом. Вот было леченье! Владело им прямо-таки детское счастье, за которым, увы, следовало наказание в виде поноса, нестерпимых болей в животе и желания никогда больше не притрагиваться ни к одному фрукту.

Ребяческая любовь к фруктам-ягодам коренилась в его скудном детстве; город Чембар, где он рос, располагался в континентальном, бедном солнцем климате, да и не было у его родителей сада — только голый огород с грядками картошки и капусты. Потому варенье из «китайки» — так маменька называла райские яблочки, покупаемые ею по копейке за ведро у вороватых пришлых мальчишек,— было отрадным воспоминанием его детства. Бывало, маменька просила помочь ей протыкать щепочкой маленькие цветные яблочки. Иначе,— говорила,— варенье будет сухим и невкусным. Мари, хоть и не сразу, научилась варить райские яблочки, — да и странно было бы, если бы сразу: откуда ей, институтке, а затем классной даме, городской жительнице, росшей без матери, было получить сведения о ведении домашнего хозяйства?

Ему показалось, что что-то происходит поблизости. Стояла какая-то суета. Мари, унесшая пустую чашку и опустевшее блюдечко из-под варенья в дом, несколько раз пробегала мимо него по двору. Пробегая, она старалась на ходу то поправить ему подушку, то подоткнуть одеяло. Что-то или кого-то она искала. Спустя какое-то время послышался громкий крик Агриппины — она звала дворника. Хотя они уже почти полгода как жили в этом доме, из-за обострения болезни и почти постоянного пребывания в постели он почти не знал здесь никого, не знал и как зовут дворника. Агриппина тоже звала не по имени, кричала: «Дворник, дворник!». Какой визгливый, вульгарный звук... Сумасбродная девица эта Агриппина, всегда с ней что-то происходит или она выдумывает, что происходит; а когда над ее страхами посмеешься, злится и дуется, словно ребенок. Поднималось привычное волнение, тревога за дочку — трехлетняя Олечка находилась на попечении Агриппины. Что там у них случилось? Ничего, ничего, скорее всего, какие-нибудь пустяки как обычно. Нужно успокоиться. Скоро все разъяснится.

Он прикрыл глаза и снова легко очутился в своем прошедшем. Каким же глупцом был он в двадцать лет! Думал, что благодаря написанной им трагедии, буде ее опубликуют, сумеет разжиться деньгами — и покинуть ненавистный казенный кошт, с его неудобоваримым «кормом» и постоянными унижениями со стороны даже мелких университетских чинов. Чины отчего-то всегда его не любили.

В тот день, когда его позвали в цензурный комитет, он еще на что-то надеялся. Даже сейчас при воспоминании об учиненной над ним экзекуции он бледнеет и задыхается. Процедура была такая, что ему, бедному казеннокоштному студенту, мудрено было не испугаться, не задрожать, не слечь в горячке. В огромной зале под портретом государя императора, перед синклитом цензоров-профессоров, сидящих за длинным зеленым столом, было ему объявлено, что опус его найден глубоко безнравственным и бесчестящим университет.

Уважаемый профессор словесности Ц., по совместительству цензор, с орденской лентой через плечо, размахивая папкой с его трагедией, громогласно и горестно восклицал: «Опомнитесь, молодой человек, да верите ли вы в Бога! Ваш герой богохульствует, сомневаясь в доброй воле Творца, он, хотя и невольный, но кровосмеситель, преступающий законы божеской морали, он посягает на человеческую жизнь, становясь убийцей! Где, откуда почерпнули вы материал для сего безнравственного и политически опасного сочинения? Вы весьма еще молоды, но даже юности такое не простительно. Сибирь, солдатчина — единственное что может ждать сочинителя подобных опусов!»

И профессор с тяжким вздохом, словно бы в отчаянии, кинул папку с трагедией на зеленое сукно.

Члены синклита, как китайские болванчики, согласно кивали головами, а государь император глядел со стены сурово и враждебно. Висяша пошатнулся. Сибирь, солдатчина — это смерть, — пронеслось в голове. Ужас проник в самое сердце, он не помнит, как покинул залу, как дошел до кровати, как уткнулся в подушку, повторяя: «Пропал, пропал, Сибирь, солдатчина, Сибирь, солдатчина» ...

Приятель вместе с университетским сторожем, подхватив беднягу под руки, препроводили его в больницу для казеннокоштных, по соседству с которой располагались анатомический театр и морг. Тогда он провел в больничной палате более пяти месяцев. Следствием болезни и соответствующего негласного распоряжения тех, кто следил за направлением юных умов, явилось его исключение из ставшего ненавистным университета «по слабости здоровья и ограниченности способностей».

Висяша оказался на вольных хлебах, без поддержки и без денег. Около года не решался он оповестить родителей об ужасном фиаско. Отец помогал ему скудно, не часто посылая считанные рубли, — и те, после долгих и унизительных просьб, требуя отчета за каждый потраченный грош, — гордость не позволяла дольше находиться на родительской шее. В тяжелую годину приютили Висяшу двоюродные братья Ивановы, примерно в одно время с ним прибывшие в Москву, потихоньку закончившие университет и служившие на мелких канцелярских должностях. В то время был он как потерянный: серьезно подумывал о службе в российских северо-американских владениях, где полагалось тройное жалованье и каждый год считался за три. Но выдержит ли его никудышное здоровье столь жестокий климат и дорогу в три тысячи верст, и стоит ли обрекать себя на такую добровольную каторгу? Может, найдется для него другое, менее суровое поприще?

И, слава богу, нашлось. Стал понемногу сотрудничать в московских журналах, свел знакомство с издателями — Надеждиным, Полевым, Погодиным... начал с переводов и понемногу перешел к критическим статьям, рецензиям, разборам. Элегия в прозе «Литературные мечтания», кусками публиковавшаяся в десяти номерах газеты «Молва», хотя и неподписанная, вызвала интерес к доселе неизвестному и явно даровитому автору. Вырисовывалась его настоящая дорога — критика, журналистика. И все это время он думал о судьбе Никанора. Сведения, доходившие из дому, не радовали: четырнадцатилетний отрок совсем отбился от рук, бездельничал, не посещал школы; отец же воспитывал его по-своему, кулаками, даже и не думая, что младший сын должен продолжить учение.

И тогда он взял Никанора к себе. И это при том, что сам едва сводил концы с концами. Правда, года через три к журнальной работе прибавилось преподавание в Межевом институте; появилось бесплатное жилье, завелись кое-какие денежки. На толкучем рынке Висяша купил Никанору одежонку, справил сапоги. Был Никанор туповат и ленив, но брата первое время побаивался и даже вытягивался при его появлении. Зато как радовался Висяша, что брат живет у него, что открыл он для Никанора мир, что обретается тот в белокаменной, а не в паршивом Чембаре, что вместо отцовских колотушек видит братнюю ласку. За всегдашними литературными занятиями и часами, проведенными на уроках — учил он русской грамматике великовозрастных олухов из Межевого института, — не всегда удавалось уследить за младшим братом.

Однажды — было это сразу после уроков, когда Висяше нестерпимо хотелось поесть и отдохнуть, — явился к нему Куприян, местный дворник. Переминался с ноги на ногу, не зная, как приступить к делу. Был он совсем не по-дворницки худ и невысок, с узенькой седой бороденкой, с лысиной, обнажившейся, когда снял шапку и поклонился барину, и с неуловимой лукавинкой в казалось бы простодушном взгляде.

— Ты чего, Куприян? Случилось что-нибудь?

— Да как сказать, сударь, может, и случилось. Никанор ваш мою Дуняшку, внучку то есть, облапил и хотел повалить, да она не далась и убежала. Поцарапала его малость. Вы ему, сударь, запретите в другой раз на девчонку бросаться, она у нас нервеная, горячая, может брату вашему глаз выцарапать или нос откусить. Девчонка, одно слово, бедовая. Да и я в другой раз ей подмогну, коли увижу.

Висяша почувствовал, что краснеет.

— Конечно, конечно, Куприян, какой разговор. Я Никанору строго прикажу, чтобы не глупил, не повесничал... — Он порылся в карманах. Нащупал за подкладкой гривенник. — Вот, Куприян, денежку возьми — и будь благонадежен. Не повторится это.

Старик взял монету, истово поклонился барину — глядя на него все с тем же лукавым простодушием, и вышел. А Висяша, весь красный, потный и взволнованный, направился к Никанору.

Застал его сидящим на кровати и внимательно разглядывающим лубочные картинки из «Московского листка». Прежде чем он захлопнул страницу, Висяша успел разглядеть голую дебелую девицу в подвязках, над которой склонился молодцеватый военный с аршинными усами. Подумал: вот чем занимается, олух, вместо русской грамматики да арифметики... Никанор, застигнутый врасплох, вскочил с кровати и вытянулся, словно перед начальником. Висяша прокашлялся. Он не знал, какой тон выбрать, боялся излишней резкостью напугать и без того испуганного брата.

— Здорово, Никанор, — голос был фальшивый и дрожал, — ко мне сейчас дворник приходил, Куприян...

Никанор молчал. Висяша продолжил:

— Он на тебя жаловался, что ты, Никанор, приставал к его внучке. Правда это?

Ни минуты Висяша не сомневался в том, что Куприян говорил правду, но слова выходили из него словно без его участия.

— Да она сама ко мне приставала, драться лезла, вон по носу вдарила. — Действительно нос у парня был разбит, кровь под ним запеклась.

— Не вдарила нужно говорить, Никанор, а ударила. Ты должен чисто выговаривать русские слова, если хочешь поступить в университет. Поди сейчас же умойся и возьми на полке примочку!

Никанор поспешно скрылся с глаз, а Висяша глубоко вздохнул, в общем-то довольный, что все кончилось мирно, он не повысил голоса на брата, а тот не зашмыгал носом и не начал тереть глаза кулаком, как уже бывало в сходных случаях. Куприян, впрочем, жаловался на непотребство Никанора в первый раз. Но и дурак бы понял, даже не видя шкодливого прыщавого юнца, что безделье и даровая кормежка не могут не пробудить в нем скрытых мужских инстинктов. А он, Висяша, разве свободен от этих инстинктов? Разве не внятна ему озабоченность Никанора? Он подумал, что еще совсем недавно ездил к «Никитским воротам», вспомнил и девку, своею могучей телесностью и бесстыдством напоминавшую красотку из «Московского листка». А симпатичная «гризетка» из модной лавки, с влажным маленьким ртом и хищными острыми зубками, к которой он ходит, когда заводятся деньги и когда душа просится из тела, а тело, в горячечном нетерпении, о душе забывает? Это как? Ведь последние рубли тратит на нее да на винцо для хозяйки этого вертепа, чьи работницы лишь для видимости заняты шитьем и глажкой... А у Никанора сапоги прохудились, да и самому уже стыдно на люди показаться в старой, чуть не истрепанной одежонке. А на вертеп тратится... Что сказать на это?

Года через два, когда он, Висяша, став сотрудником «Отечественных записок», переселился в Петербург, оставив Никанора в Москве на попечении двоюродного брата Дмитрия Петровича Иванова, он обиняками пытался того наставить насчет Никанора и его «инстинктов», мол, может, какая служанка найдется или молодуха по соседству... Было неприятно писать на эту тему в письме, но в Москву наведывался он редко — и только посылал из Питера деньги на Никанорово содержание семейству смиренного, душевно привязанного к нему Дмитрия, оставил которому не только тяжелую обузу в лице Никанора, но и вожделенное место преподавателя русского языка в Межевом институте.

Бог ты мой, сколько же денег уходило на парня! На одни только сапоги, которые снашивались, словно на этих подметках Никанор ежедневно пускался в присядку или бегал как угорелый по всей Москве. Так нет же, как миленький, сидел над учебниками. Брат Дмитрий строго, не в пример Висяше, организовал регулярное расписание для «кузена» — русской грамматикой и законом божьим занимался с ним сам, выкраивая время между уроками и заботой о все пребывающем семействе, остальные предметы проходили с «недорослем» московские друзья Висяши: Константин Аксаков — немецкий, Корш — математику и французский, даже нескладный нелепый Кетчер забегал вечерами, чтобы натаскать олуха по латыни. По отзывам Дмитрия, в орфографии делал Никанор некоторые успехи, это значило, что писать грамотно по-прежнему не умел, но хотя бы не оставлял на странице бесчисленных клякс. Что до остальных предметов, Висяша почему-то был уверен в полной неспособности туповатого ленивого парня, в свои двадцать не выказавшего ни малейшего желания самому определить свою судьбу, выучиться немецкому (его он и сам не знал), французскому и тем более латыни.

Тем удивительнее пришло известие (а было это уже году в 1841-м), что Никанор смело отправился сдавать экзамены в Московский университет на словесное отделение и даже получил приличные баллы из латинского и закона божия. Поступить он не поступил, провалившись по всем прочим предметам, но ведь на экзамен-то пошел, не убоялся. Видно, не зря брат Дмитрий считал характер Никанора упрямым и диким.

И еще Дмитрий писал, что если бы не профессор русской словесности Шевырев, немилосердно придиравшийся к Никанору (а был Шевырка постоянной мишенью критических разборов Висяши, называвшего его не иначе, как «славенопердом»), то, возможно, Никанор не пошел бы ко дну и выплыл. Висяша был в высшей степени удивлен и решил, что возьмет Никанора в Питер для приготовления его в Петербургский университет. Пусть попробует еще раз. Хоть и придется восьмой год тянуть на себе эту ношу, да ведь своя ноша, родной брат, без его, Висяши, помощи так бы и проживший всю жизнь в проклятом Чембаре. Однако что-то сломалось в Никаноре. Готовиться и сдавать экзамены по второму разу отказался.

Глядя с утра на унылое заспанное лицо брата (а с января 1842 года Никанор жил у него в Петербурге), Висяша негодовал: ты почему не умылся, не сменил белье, почему сморкаешься в руку, где твой носовой платок — я ведь купил тебе целую дюжину? Дурень все так же уныло достал из кармана неопрятного халата скомканный несвежий платок и показал его брату. И снова негодующий крик Висяши: зачем ты мне его показываешь? платок для того, чтобы в него сморкаться. Ты ведь взрослый уже...

Взрослый? Приходило в голову, что Никанор за эти прожитые в столицах семь лет так и не повзрослел, не сумел приноровиться к здешней жизни, что-то в ней понять. Был почти так же дик и неопрятен, как когда впервые прибыл из Чембара. А ведь двадцать лет олуху. Он, Висяша, в двадцать лет уже давал уроки, переводил романы с французского, стремясь поскорее избавиться от унизительной зависимости от малоимущих родителей, от скупых отцовских рублей и грошей, тайно скопленных матерью для умного, но не очень удачливого старшего сына. А Никанор? Ест и пьет за семерых, одежды на него не напасешься, а заработал ли хоть один рубль на свой прокорм?

И почему он, Висяша, должен гробить свою жизнь, терять здоровье, не заводить собственной семьи, чтобы это малопривлекательное, так и не повзрослевшее существо — ни дать ни взять Калибан — жило в свое удовольствие за его счет? Насчет того, чтобы завести семью, он стал подумывать недавно. И даже была на примете одна особа в Москве, некая Мария Васильевна Орлова, он состоял с нею в переписке. Но Никанор... Никанор был препятствием. Нужно было его пристроить, да вот беда: к канцелярскому делу был он так же неспособен, как и к ученью (хотя все эти семь лет только тем и занимался, что учился!), не имел никаких особых склонностей и собственных жизненных планов. Может, в полк? Солдатом?

От этой мысли бросало в жар. Все же было это решение слишком жестоким. Для самого Висяши солдатчина была бы гибелью. «В Сибирь, в солдаты» — нет, он не забыл катастрофу своей юности... Но Никанор — он человек другой закваски; они с Дмитрием были очень наивны, думая, что «Калибан» сможет поступить в университет и, главное, сумеет в нем удержаться. Для этого нужны способности, воля, желание. Ничего такого у Никанора нет. А вот стоять во фрунте, исполнять приказы — это он сумеет, сумеет и выучиться стрелять, бегать, прыгать, ездить на лошади. Сумеет ли? Все же столько лет сидел Никанор над учебниками, полностью был выключен из практической жизни... Сомнения сомнениями, но решение необходимо было принять.

В тот день, когда он объявил Никанору свое решение, стояла на удивление тихая безветренная погода, весьма редкая для Петербурга, даже летом. Никанор только что вернулся со двора — он повадился часами лежать на траве возле дома, разглядывая травинки, букашек или просто бесцельно глядя в июльское лазурное, без единого облачка, небо. И тут Висяша, не глядя на брата, быстро, почти скороговоркой, проговорил, что считает, что Никанору следует идти в военную службу. И лучше, чтобы он определился в полк уже в августе...

* * *

— Виссари-о-он! Открой же глаза, сколько можно над тобою стоять!

Он разлепил веки: над ним склонилась Мари, нахмуренная, и, как он сразу понял, в одном из тяжелых своих состояний.

— Что-то случилось? Почему ты дрожишь?

— Да уж случилось. Поднимайся, тебе пора, здесь уже стало прохладно.

Она довела его до двери парадной, возле которой он постоял несколько минут, отдуваясь и тяжело дыша, потом с ее помощью добрел до кровати. Лег, после улицы его бил озноб, Мари накрыла его поверх одеяла теплым немецким халатом на алой фланелевой подстежке, память о Берлине. Наклонилась над ним:

— Ты спишь?

— Нет.

— У нас тут произошла одна история.

Сердце сразу бешено заколотилось, не дай бог, что-то с Олечкой.

— Оля?

— Нет, нет. Успокойся. Помнишь, я принесла тебе варенье? Райские яблоки?

— И что?

— А когда вернулась в дом, зашла в комнату, увидела, что там чужой человек, солдат.

— И что он там делал?

— Ел варенье... из банки, а ложки — сверху там лежала ложка, — ложки там уже не было, видно, спрятал в рукав. Ложка даже не серебряная. Неужели ради оловянной ложки он к нам забрался? Он больше ничего не взял, я проверила. И даже не убежал. Так и стоял, пока Агриппина не позвала дворника.

— И что дальше?

— Дворник, Николай его зовут, сказал, что тут неподалеку есть казарма. Солдат, по всему, пришел оттуда. Николай вызвался туда сходить и рассказать про... кражу. А солдата к тому времени и след простыл, убежал. Ложку я после нашла на столе.

— Какой он?

— Солдат? Да я не разглядела с испугу, молодой очень, глаза светлые... Агриппина пусть скажет. Они с Олей сидели в соседней комнате, а я тут как раз закричала.

Агриппина уже несколько минут стояла рядом, видно, Олечка заснула.

— Какой солдат, Агриппина?

— Да что вы пристали, какой да какой. Обыкновенный. Ложку хотел украсть, да мы не дали. Это я дворника позвала. А дворник потом привел офицера из канцелярии. Они спрашивали, нужно ли заводить протокол, верно, Мари?

Мари кивнула, ее снова била дрожь. Эти нервные припадки после недавней смерти четырехмесячного сына Володи повторялись с нею все чаще.

— Протокол? И что... что вы сказали?

Агриппина продолжала все на той же ноте, словно не чувствуя и не понимая его волнения:

— Я сказала, что вора узнать не смогу, потому как, когда он вошел, меня в комнате не было, а потом он и вовсе убежал. Я его не успела разглядеть. А Мари сказала...

— Остановись, Агриппина, — Мари резко оборвала младшую сестру, — о себе я буду говорить сама. Я сказала, Виссарион, что ложку он вернул, да и была она не очень ценная, поэтому протокола составлять не нужно. Я правильно сказала?

Он тяжело дышал, лоб покрылся испариной, воздуха не хватало.

— Откройте форточку ради бога!

И когда Агриппина открыла форточку и в комнату пошел свежий, пахнущий весенней землей воздух, он произнес:

— Правильно. Вы обе сказали правильно. Теперь солдатика не засудят. И не прогонят сквозь строй. И не сгноят в карцере... За кражу оловянной ложки.

Он застонал, и кровь полилась у него из горла прямо на берлинский халат.

* * *

После вечерней суматохи, после экстренного визита доктора Тельмана, прописавшего больному полный покой, после того как Олечка, подученная Агриппиной, робко подойдя к его кровати, пугливо произнесла: «Ты хороший мишка, я тебя не боюсь» — и тут же убежала, после того как Мари молчаливо поправила его подушки и одеяло, а Агриппина бодро пожелала: «Спокойной ночи нам всем!», его оставили наконец в покое.

Мысли сами собой вернулись к Никанору, вернее, к приходившему в дом солдатику. Почему-то ему казалось, что солдатик и Никанор — одно и то же лицо, хотя брат, определившийся в полк на Кавказе, очень быстро там сгинул. Спустя два года после отъезда Никанора, Висячее пришло уведомление из военной канцелярии, что вольноопределившийся действующего Грузинского гренадерского полка Никанор Белынский, сын Григорьев, двадцати трех лет от роду, погиб в Тифлисе при невыясненных обстоятельствах. Висяша не видел ни мертвого тела Никанора, ни его могилы, и в голову лезла дичь: а вдруг брат жив-здоров, только служит уже не на Кавказе, а в Питере... Но нет, Мари сказала, что солдат был молоденький, а Никанору было бы сейчас под тридцать... Солдатик, должно быть, еще сосунок, залез в чужой дом, ел варенье, видно, соскучился по сладкому в своей казарме...

Висяша дал Никанору с собой 100 рублей и оплатил его проезд до Ставрополя, но денег на экипировку брата у него не было, сдуру обещал выслать ему нужную сумму на место, да так и не выслал. Негде было взять. Из Тифлиса Никанор прислал записку, в которой косолапым своим почерком и с обычными кляксами слезно молил Висяшу посодействовать присылке документов — свидетельства о рождении и справки о бедности, без коих в полку была ему смерть. Но и этого Висяша не мог сделать. Все документы, буде они существовали, находились в Чембаре, и извлечь их из канцелярских архивов — при желании и большой удаче — мог только брат Константин. Однако брат Константин отмалчивался. И все эти тяжкие грехи неподъемным грузом повисли на Висяше, терзая его сознанием непоправимой вины перед Никанором.

Да был ли Никанор хоть немного счастлив? Хоть немного за те семь лет, что провел в столицах, готовясь в университет? И если нет, то зачем были все эти лишения, жертвы, отказ Висяши от своей личной жизни? Эти мысли не давали ему покоя во всю ночь.

Под утро, однако, он задремал и привиделось ему, как однажды в Москве на Масляной, когда под окном заиграла шарманка, Никанор и Петя, племянник Висяши, — обоих недорослей он в то время держал при себе, кормил и одевал, — выскочили в одних рубахах на двор и давай отплясывать русского. Вся улица сбежалась поглазеть на куролесников, выбежал и Висяша. Никанор и Петя, гогоча и посвистывая, вертелись волчками, пускались в присядку. Слепой шарманщик знай крутил ручку; шарманка, скрипя, наигрывала камаринского; детвора шныряла под ногами; дворник Куприян, грозил мальчишкам пальцем, дескать, угомонитесь; а из-за его плеча с любопытством выглядывала задорная Дуняшкина головка, перевитая алой лентой. Шум, хохот, веселое зубоскальство и два гогочущих дурачка посреди мостовой отплясывающие русского.

На рассвете Агриппина проснулась от странных звуков, доносившихся из спальни Виссариона. Она прислушалась, звуки были незнакомые, уж точно не кашель, обычно мучивший зятя по утрам. Из комнаты Виссариона раздавался смех... Слегка удивившись, Агриппина зевнула и повернулась на другой бок: в последнее время ей никак не удавалось выспаться.

Сновидение второе
Мари

С утра было пасмурно и прохладно — типичная петербургская погода начала мая; Висяша целый день оставался дома, в постели. Мари была грустна. Когда он спросил — почему, оказалось, что она получила письмо от своей бывшей сослуживицы по московскому Александровскому институту. Та писала, что их начальница, директриса института, мадам Шарпьо, умерла. Умерла в одночасье, нестарая, ей не было сорока. Причина смерти не называлась. Мари не могла припомнить, чем болела начальница, у нее было впечатление, что та никогда ничем не болела; возможно, смерть произошла от несчастного случая...

Мари отошла от Висяши и принялась за утренние дела, как-то: мытье полов, протирка пыли, наблюдение за очередной «недобросовестной» кухаркой, готовившей в кухне обед, и Агриппиной, чьи занятия с Олечкой также нуждались в контроле. А еще висел на ней Моншерка, любимая Висяшей овчарка, которую надо было покормить и выпустить погулять...

Имя ни разу не виденной им мадам Шарпьо, названное женою, вызвало в Висяше прилив странного раздражения. Дело в том, что в их добрачной переписке с Мари эта мадам появлялась довольно часто и в малоприятной роли. А вообще, если отбросить мадам Шарпьо, да еще «дядюшку», двух его невидимых врагов, против которых он вел тогда неутомимую войну, славное то было время. Тревожно будоражащее, полное ожиданий... И вот теперь, пока Мари не очень умело, но старательно занималась утренней уборкой, он лежал и вспоминал удивительное лето 1843-го, когда ему, фатальному, забрезжило вдруг счастье. Его — этого не могло быть! — полюбила женщина. Когда-то, исповедуясь в письме к Мишелю Бакунину, он писал, что, ненавидит свое лицо — в нем, этом лице, есть что-то такое, что отвращает от него женщин. Он чудовище — в этом у него не было сомнений, невзрачен лицом и телом, болезнен и нервен, не пригрет фортуной. Но если бы нашлась женщина, готовая его полюбить, о, тогда, тогда... Чудовище, как в той сказке про аленький цветочек милого старика Аксакова, обернулось бы принцем, любящим, благодарным...

Самый вид женщины — особенно если была она молода и хороша — всегда вызывал у него горячечную реакцию: он покрывался потом, краснел, бледнел, терял всякую способность соображать. Опыт общения его с «приличными» женщинами был невелик. Сашенька Бакунина... Любовь к ней, безответная и горькая, еще не отлетела, еще отзывалась болью, как вдруг появилась другая — та, что в ответ на его слова: «Мари, я люблю вас, любите ли вы меня?» — крепко-крепко зажмурив глаза, словно в сомнамбулическом сне, выдохнула: «Да».

О, какое то было невыразимое счастье! Он тогда едва не лишился чувств. Происходило все на белой свежеокрашенной скамейке, в Сокольниках, «их» скамейке, случайно обнаруженной ими в самом конце березовой аллеи и с тех пор облюбованной для свиданий. Если бы знала Мари, что она сделала с ним и с его жизнью своим еле слышным «да»! Ему было тридцать два года. И он погибал. Все в его жизни шло кувырком и молило о перемене, все слиплось в один склизкий и неудобоваримый комок, не лезущий в горло...

Журнал и его скаредный ненасытный редактор — надоели, писать статьи не было ни сил, ни желания. Изводили придирки цензуры. Вид листов, исполосованных красным карандашом цензора — словно подвергнутых унизительному и жестокому бичеванию — с изъятием самых важных мест, самых задушевных строк, всего того, чем так хотелось поделиться с читателем, доводил до исступления. Везде и во всем палаческий карандаш находил крамолу — то не согласуется с воззрениями христовой церкви, это идет вразрез с постулатами монархического правления...

Свободы жаждала душа, той свободы, которой искал так рано сгинувший земляк по Чембару Лермонтов, гениально исповедовавшийся в стихах о Парусе, той, к которой тщетно рвался также недавно умерший — в тридцать три года уморенный мерзостью захолустного существования — Алеша Кольцов. О Россия, о унылый казенный Петербург, с какою бы радостью он вас покинул, уехал бы к черту на рога, за границу, куда-нибудь за тридевять земель — были бы деньги! Уехал бы, как уедет скоро его близкий друг Вася Боткин, которому так же приелась Россия с ее «неразумной», бестолковой и временами прямо-таки гнусной действительностью. Но что делать, если даже для вожделенной поездки в Москву с заездом в Прямухино, райский уголок, где обитала Сашенька, даже для этой поездки — нет у него денег!

С горя начал играть в преферанс на квартире пустейшего Панаева — и пристрастился, к себе приходил ночью или под утро, терзаемый кашлем, угаром от пустяшных карточных страстей и мучимый тяжкими угрызениями совести. Очень было похоже, что скоро он останется «без шести в сюрах», то есть отойдет в мир иной от необоримой чахотки, от тоски, от мысли, что не дается ему даже самое малое человеческое счастье.

Но — в который раз — пришли на помощь друзья, Герцен и Вася Боткин ссудили деньгами; Краевский, хотя и не без ворчанья, отпустил на время своего наемного раба — и он оказался в Москве. А там… с Мари, болезненной и немолодой классной дамой из Александровского института, увиденной мельком на одном из московских вечеров, уже с год шла у него переписка. Мало того, он переписал для нее от первой до последней строки лермонтовского «Демона», запрещенного цензурой к печати… И когда переписывал, представлял, как она читает его вечером при свете лампы, как близоруко вглядывается в написанные его рукой жгучие, напитанные космической свободой и скорбью слова.

А тут оказалось, что на лето переехала она к дядюшке в Сокольники. Приглашала навестить. Они встретились. Навстречу ему шла худая невысокая дама — в шляпке, с болезненно сжатым ртом и опущенными глазами. Бледное неулыбчивое лицо, когда-то, возможно, бывшее красивым, а ныне застывшее, потерявшее выражение. О, как ему заранее было все это дорого — и то, что немолода, и то, что нездорова… Ведь и он не может похвастаться здоровьем, да и молодость ему не нужна, во всяком случае такая, о которой все последнее время говорит ему Вася Боткин, чей роман с юной и легкомысленной француженкой Арманс, вряд ли закончится благополучно…

А когда она подошла и, стараясь на него не глядеть, глухо выдохнула: «Извините. Я думала вы меня не дождетесь. Перед самым выходом мне стало дурно, да и сейчас я едва держусь на ногах», — он узнал в ней себя. Ведь и ему было плохо перед выходом, и он едва держался на ногах, поджидая ее в парке. Они медленно пошли по аллее, он подхватил ее под руку — так им обоим было устойчивее идти, а внутри у него поднималась и клокотала радость: она.

В Прямухино на обратном пути из Москвы он не заехал.

* * *

Мари кончила уборку в его комнате и, открыв дверь, позвала: «Агриппина, можешь нести завтрак. Олю оставь с собакой!» Она вышла. А через несколько минут Агриппина, толкнув ногой дверь, — ибо руки были у нее заняты подносом — растворила ее настежь, и тут же в проем устремился радостный Моншерка, в минуту облизавший Висяшу с ног до головы. Недовольная Агриппина, поставив поднос на тумбочку, быстро схватила Моншерку за поводок и вывела из комнаты. Зато привела Олечку и, усадив ее на зеленый диван, положила рядом цветные картинки из картона. Олечка принялась их перебирать, что-то приговаривая, а Агриппина, скривив лицо, чем-то разозленная, поставила перед ним тарелку с гречневой кашей.

— Вы что-то хмуритесь, Агриппина. Отчего?

Он никогда не знал, почему свояченица не в духе, настроение у нее менялось каждую минуту и по каким-то неведомым ему причинам

— Так. Моншерка, поганец, расстроил. Он так, как к вам, никогда ко мне не кидался, а ведь я ему хозяйка, кормлю эту неблагодарную тварь по два раза на дню. Висяша вздохнул, свояченица, как всегда, была ему непонятна. Агриппина, стоя поодаль, наблюдала, как он ест кашу.

— Вкусная?

Он кивнул.

— Это я у Пелагеи сегодня для вас на завтрак заказала, свари, говорю, гречневую, он ее лучше всех любит.

Висяша подумал, что Агриппина говорит как кухарка, ученье в институте не пошло ей впрок. В сравнении со старшей сестрой была она несдержанной на язык, грубоватой и вульгарной. Обидно, что у Олечки такая воспитательница, да где взять другую?

Олечка, между тем, подняв над головой картинку, громко произнесла: «А вот мишка. Он холоший. Не кусает. Он меня не съест». Висяша подыграл дочке: «Конечно, не съест, он кушает гречневую кашу, и она для него вкуснее всех девочек на свете, и даже вкуснее пирожных». Еще недавно он играл с Олечкой в «Машу и Медведя», изображая мишку в своем черном немецком халате с красной подкладкой и красными же обшлагами. Ходил вразвалку и говорил басом, а Олечка от него с криком и визгом убегала. Потом он попытался залезть под кровать, чтобы было повеселее, но из этого вышел только приступ удушья и кашля, напугавший не только ребенка, но и Мари, и без того бесконечно его пилившую за все на свете, в частности за опасные «детские шалости».

Агриппина, подойдя к Олечке, выбрала одну из картинок: -А это кто?

Олечка, видно, уже обученная теткой, выкрикнула: — Это лиса, хитлая поганка.

— А это?

Олечка выкрикнула еще громче, радуясь выученному уроку:
— Это волк, злючка и вонючка.

Свояченица хохотала. Висяша снова подумал, что Олечкина учительница сама нуждается в воспитателе. Непременно нужно будет сказать Агриппине, что учить ребенка бранным словам,—безбожно.

— Ну, пойдем.

Агриппина сняла Олечку с дивана, поставила на ноги, собрала картинки и положила их в кармашек Олечкиного передничка. Та тут же начала хлопать себя по животу: «У меня тепель в животике мишка, лиса и волк. Оля всех съела».—Поглядела на лежащего на постели отца.—«И тебя съела. Ты мишка». И побежала впереди Агриппины к двери. И дверь за ними закрылась.

Как, однако не похожи две сестры! При всех недостатках Мари, она была «дама», и ему не приходилось морщиться от вульгарности ее поведения или выражений... При всех недостатках. Один из них, и очень тяжелый,—упрямство. Оба, Мари и он, были упрямы. Оба хотели настоять на своем — отсюда происходили их нескончаемые стычки по мелким будничным вопросам по принципу: кто кого.

И первая приходится на «добрачный период», когда в каждом из своих почти ежедневных писем к «невесте» — о, как ненавидел он все эти слова домостроевского лексикона: невеста, жених, сноха, теща, сват и сватья,—в каждом письме он умолял Мари приехать к нему в Петербург для венчанья. В ответных письмах — а она писала их строго два раза в неделю — Мари, напротив, звала его приехать для венчанья в Москву. И выставляла каждый раз все новые и новые резоны, вплоть до «белой горячки», которой-де непременно заболеет по дороге в неудобном, страшном для нее ночном дилижансе.

Но главные резоны были «дядюшка» и «мадам Шарпьо». Мари непременно хотела показать его перед венчаньем своему ближайшему «родственнику» и своей любимой «начальнице». Иначе они «обидятся», не будет соблюден «этикет», и вообще дядюшка говорит, что негоже невесте самой ехать к жениху: по исконным укоренившимся обычаям именно жених должен приехать к невесте, а не наоборот.

Сколько же изворотливости, красноречия и того самого присущего ему упрямства понадобилось ему, чтобы убедить Мари в противном. Как можно венчаться в этой сонной и неподвижной сточной канаве Москве, отдавая себя на потеху «дядюшкам» и всевозможным «мадам Шарпьо», когда брак — дело двоих, и никого более? Зачем эти средневековые смешные и зловещие обряды, эти пьяные крики «горько», эти вывешенные на следующее утро простыни? Неужели ей, Мари, не кажется все это дикостью и варварством? Иное дело венчанье в Питере, в присутствии двух–трех друзей. О, в Питере сложился целый круг людей, которые живут по своим законам и которым дела нет до «исконных укоренившихся обычаев». Впрочем, такие люди есть и в Москве, среди его друзей. Вот Василий Боткин...

Совсем недавно приехал он со своей избранницей Арманс в Питер, поселился с нею у него, Висяши, и в один прекрасный день отправился с юной подругой в Казанский собор — венчаться (Скороспелый брак развалился тотчас, но Висяша писал, когда друг Василий и его француженка были еще вместе). Или, например, Александр Герцен, с ним вообще чудесная история. Он умыкнул свою будущую жену из-под носа ее попечительницы-княгини, попрекавшей сироту каждым куском, и на тройке увез под венец в свой Владимир, где отбывал ссылку. Каково? Где здесь исконные обряды, где дурацкие, никому не нужные обычаи?

Мари не сдавалась. Она писала, что больна, что ехать одна не может. Висяша, в свою очередь, напоминал ей, что для приезда в Москву должен оторваться от журнала, чего рабовладелец Краевский не допустит, что на двойной проезд туда и обратно должен будет потратить уйму денег, которых у него нет… Мари упрямо стояла на своем. Наконец, он сообщил ей, что едет, что отпросился у Краевского, занял денег и вот-вот должен купить билет на дилижанс. И тут… Он до сих пор приписывает это чуду. Мари прислала записку, в которой сообщала, что едет в Петербург. Сама. В дилижансе, который внушал ей ужас. Больная. И однако она решилась. Висяша не верил глазам, в который раз читая записку. Что же это такое? Едет! Неужели едет? Как это может быть?! Признаться, он не ждал, что Мари согласится приехать…

* * *

Вошла Мари. Остановилась возле его кровати. Лицо бледное, синие губы, худая, с поникшими плечами. Похудела она со смерти сына Володи, и с тех пор никак не оправится, хотя почти год прошел с того ужасного мартовского дня. В Зальцбрунне он все боялся, что и ее потеряет, со страхом раскрывал письма, боясь найти слова о смертельной ее болезни…

— Виссарио-он! — Он вздрогнул, ему хотелось, чтобы она говорила не так громко, но тише у нее не получалось. — Ты спишь? Я вот что подумала. Мы задолжали хозяину за квартиру, деньги из «Современника» давно кончились. И знаешь, что мне пришло в голову?

Он ждал. Разговор о деньгах всегда выводил его из равновесия. Вот можно сказать, умирает, а денег нет даже на прокорм, не то, чтобы на похороны... Если бы Бог дал ему сил и здоровья, если бы он поправился и смог работать... Некрасов обещал ему на следующий год повысить жалованье...

Мари между тем все так же громко — по привычке классной дамы — продолжала:

— Помнишь, ты привез из Одессы дюжину рубашек, пошитых на заказ? Что им лежать без применения? Мы могли бы их продать или заложить в ломбард. Я бы послала в ломбард Агриппину. Рубашки тонкого полотна, за них могут дать приличную цену.

Отозвался он не сразу:

— Мари, ты думаешь, мне они уже не пригодятся?

Он знал, что она уже не надеется, и все в нем восставало против этого. Хотелось, чтобы она надеялась, как он, несмотря ни на что.

Жена вспыхнула от негодования и закричала тонким высоким голосом:

— Что ты хочешь сказать? У тебя уже готово обвинение. Я же говорю: заложить в ломбард. Их можно будет выкупить, когда... когда ты поправишься.

В голосе зазвучали слезы:

— Как ты смеешь подозревать меня в том, что я жду твоей смерти! Ты всегда был эгоистом и думал только о себе. Но у тебя семья, маленькая дочь. Где прикажешь взять денег?

Он вздохнул:

— Ты права, Мари, — следует продать рубашки. Денег взять негде, а мне они уже, наверное, не пригодятся, — и он со стоном повернулся на бок, лицом к стене.

* * *

В полдень пришел доктор Тильман. Был как всегда подтянут, любезен, в меру оптимистичен. Уже несколько раз за последние два года он говорил Мари — а она передавала мужу, — что больной безнадежен, что в легких снова образовались раны-каверны, что кровавый кашель говорит о близящемся конце.

И несколько раз Висяша каким-то чудом выбирался из лап смерти: раны затягивались, кровохарканье останавливалось, он понемногу приходил в себя, а доктор Тильман разводил руками: невероятно.

Последний раз Висяша ожил после Зальцбрунна, куда поехал полутрупом. Сейчас, на расстоянии, маленький плюгавый и молчаливый немец — доктор Цемплин — заставлявший пациентов в Зальцбрунне стаканами пить минеральную воду, а в промежутках сыворотку из коровьего, козьего и ослиного молока в особой пропорции — сейчас он, этот человечишка, казался мошенником и шарлатаном. Но ведь помогало! И кашель пропал, и порозовел...

Приехал туда полутрупом, что легко может подтвердить и Тургенев, некоторое время там с ним обретавшийся, но потом ускакавший к своей любезной m-me Viardo, и толстый благодушный Павлуша Анненков, бывший его добровольным компаньоном весь европейский вояж. В марте умер четырехмесячный Володя, сын, к которому сразу прилепилась его душа, а в мае он — полутруп — отправился на воды. Тильман тогда говорил, что, если Зальцбрунн не поможет, то уже ничто не поможет. Но говорил в том смысле, что должен, должен помочь, что чудодейственны и сами силезские воды, и чудодей его коллега, доктор Цемплин, изобретатель нового метода лечения чахотки.

И первое время, оказавшись на этих чудодейственных водах, он верил в их силу и в хитрого проныру Цемплина, поставившего свой метод на поток и за лето пользовавшего тысячи три таких, как Висяша, олухов со всей Европы. Первое время казалось — выздоровею. Жаль было оставшейся в Петербурге бедной Мари, которая сразу после смерти Володи словно лишилась рассудка, пыталась выброситься из окна — он по случайности увидел и ухватил за подол — и так до самого его отъезда не оправилась от потрясения. Что говорить! Тогда, после смерти младенца и случившегося с Мари, он впервые подумал, что все это не случайно, что «в наказание», что все это ему «за Никанора». И до сих пор, хоть и гонит он от себя эту дикую безумную мысль, а она возвращается и возвращается, отравляя сознание.

После Зальцбрунна был Париж и новый доктор — знаменитый Тира де Мальмор, похожий на волшебника из сказок Гофмана. И тоже поначалу казалось — выздоровею. С воодушевлением стал пить изобретенную доктором «грудную воду», от которой на следующий день тошнило и рвало; вдыхал при закрытых окнах мерзкий порошок, разогреваемый на жаровне с горячими угольями. Запах противного снадобья напоминал ладан, и снова мысли возвращались к смерти и похоронам сына, а от него все к тому же Никанору.

Нельзя сказать, что заграничное лечение не дало результатов. Легкие, до того словно посыпанные мукой, очистились, прошла одышка, смягчился кашель, Висяша «набрал тело», но стоило ему вернуться в осенний промозглый Петербург, как он заболел, простуда переросла в грипп, а потом вернулись и все признаки его легочной болезни. И хотя очень серьезный, франтоватый и еще молодой доктор Тильман уверял его и Мари, что грипп сейчас у всех и он, Висяша, еще не из самых страждущих, утешало это мало. К весне грипп прошел, но надежд на выздоровление почти не осталось.

Осматривая больного, доктор велел раздвинуть занавески — и в комнату неожиданно хлынул свет. Оказалось, что дождь закончился, погода разгулялась. Майское лучезарное солнце заглядывало в окна.

Все трое приободрились, доктор расправил плечи и обратился к пациенту: «С удовольствием, Виссарион Григорьевич, читаю ваш «Современник», вот в мартовском номере большая ваша статья, обзор литературы за прошлый, 1847 год. Очень, очень любопытно. Вот этот... как его, господин Тургенев, ведь действительно талант. Очень милые рассказы. И такое дыхание природы! Вы правильно написали, что «натуральная школа», что верность действительности, но ведь и какие пейзажи, согласитесь!»

Вмешалась Мари: «Виссарион эту статью не сам записывал, он мне ее диктовал, так как не мог писать из-за ужасного гриппа — да вы помните, что с ним было зимой. Некрасов даже перенес печатание второй части с февраля на март. Можете себе представить, доктор, как я мучилась. Статья огромная, у меня рука отказывала через каждые две страницы, а Виссарион... все диктовал, диктовал без остановки... безо всякой ко мне жалости...».

Она хотела продолжить, но доктор кашлянул и взялся за шляпу:

— Спешу-с. Завтра при хорошей погоде — обязательно на улицу. Вам, Виссарион Григорьевич, показаны тепло и свет, свет и тепло... обязательно.

В дверь заглянула Агриппина. Увидев доктора, она покрылась пунцовыми пятнами и, стоя в проеме дверей, сделала неловкий книксен. Висяша подумал, что свояченица влюблена во всех относительно молодых и симпатичных мужчин, но, видно, так и останется старой девушкой, уж больно нелепа. Тильман тем временем, приподняв шляпу, галантно раскланялся с застывшей в проходе Агриппиной и боком, минуя ее, протиснулся в дверь.

Агриппина принесла известие: сейчас возле их дома остановились дрожки, и кучер интересовался у дворника, здесь ли проживает литератор Белинский. Оба — Мари и он — одновременно взглянули друг на друга, оба подумали о плохом, Мари — о долгах, о кредиторах, Висяша — о политике и о Третьем отделении.

Раздался долгий звонок, и Мари, взяв себя в руки, пошла открывать. В коридоре зазвучали громкие голоса, послышался топот сапог. Неужели? Готов ли он? Висяша ждал их появления со дня на день. В ящике стола лежали два настойчивых письма от Михаила Максимовича Попова, бывшего учителя пензенской гимназии, а ныне важного чиновника из канцелярии Дубельта. Оба письма были с требованием явиться к его грозному шефу, управляющему III отделением его Императорского Величества Канцелярии Леонтию Васильевичу Дубельту.

Дверь с треском распахнулась. И вместо жандармов увидел он двух расторопных и чистых мужиков, в форменном платье, вносящих в его кабинет огромную кадку с цветущей гортензией. Вслед за ними вбежал веселый, машущий хвостом Моншерка, тут же уведенный прочь рассерженной Агриппиной, и вошла растерянная Мари. Подойдя к постели, она пояснила: «Это от «Современника», на карточке написано, что Некрасов с Панаевым шлют тебе привет, что они пока никак не могут оторваться от журнала, но обещают скоро прийти тебя проведать.

— Мари, ты не дашь мне карточку?

— Карточку? Зачем? Я же тебе сказала, что там написано.

В другое время он стал бы настаивать, но сейчас сил не было даже для того, чтобы подняться и рассмотреть эти роскошные, царственные — белые, розовые и лиловые — соцветья, превращающие комнату в подобие райских кущ.

Он знал, от кого эти цветы и знал, почему Мари не дает ему карточку. На ней женский почерк, цветы от имени Некрасова с Панаевым — куда им! — прислала Авдотья Панаева, к которой Мари ужасно его ревновала. Правда, ревновала она его ко всем без исключения женщинам, только что не к Агриппине. Но Панаева, общепризнанная красавица, умная и живая, была для Мари предметом особенной ревности. Все вокруг знали, что муж Авдотьи Яковлевны, человек пустой и легкомысленный, ведет жизнь холостяка и прожигателя жизни. Нетрудно было заметить, что к Панаевой сильно неравнодушен Некрасов. Вокруг Авдотьи Яковлевны роились сплетни, ей приписывали романы то с одним сотрудником журнала, то с другим.

Всего этого было достаточно, чтобы в Мари, обделенной женской привлекательностью и вышедшей замуж в позднем возрасте, всколыхнулось дремавшее до времени «естество», тяжелая ненависть к «сопернице». Висяша наблюдал за ревностью Мари с большой радостью. Ему нравилось, что жена не сомневается, что он может быть интересен другим женщинам, и даже таким, как очаровательная и отнюдь не легкомысленная Панаева.

Мари ничего не знала про главную в его жизни любовь — Сашеньку Бакунину. Когда-то, расставшись с нею, он накупил полную комнату цветов. Его нищий угол превратился в райский уголок, повсюду стояли горшки с нежными, тянущимися ввысь растениями. Цветы — а их в Прямухине, где обитала Сашенька, было несметно,— стали его слабостью, тайной страстью — цветы и птицы. Но как бедняку совместить свои «царские слабости» с необходимостью содержать семью и детей? К тому же, Мари не то, чтобы не любила цветы, они ей доставляли такую же боль, как и записка от Панаевой. Она инстинктивно чувствовала «замещающую» природу его пристрастия к цветам... Бедная, бедная Мари!

* * *

— Виссари-о-он!

Он открыл глаза. В комнате с зашторенными окнами было темно. Мари, освещая себе дорогу лампой, подошла к изножью кровати, резкий колеблющийся свет выхватил из темноты бледное лицо, худую руку. Неужели уже вечер? Казалось, только что солнце било в окна. Сколько же он спал?

— Виссарион, я принесла тебе поесть — на кухне осталась твоя любимая гречневая каша.

Она передала ему тарелку, он принялся за еду.

— Ты так сладко спал, я не хотела тебя будить.

Он огляделся. Кадки с цветами в комнате не было. Сердце защемило от предчувствия.

— Мари, где гортензия?

— Мне показалось, что эти цветы с сильным запахом, они бы помешали тебе спать, мы с Агриппиной вынесли их в прихожую. Ты не возражаешь?

— Мари,— он старался говорить спокойно,— я бы хотел, чтобы они стояли здесь. Они не пахнут. И даже если бы пахли, этот запах мне не мешает...

В последних словах прорвалось раздражение, и Мари в ответ повысила голос: — Виссарион, почему, что бы я ни сказала или ни сделала, все не по тебе? Чем ты все время недоволен?

Казалось бы, мог бы меня пожалеть хотя бы сегодня. Ты ведь знаешь, я получила известие о мадам Шарпьо, о чудной, великодушной мадам Шарпьо, устроившей наше с тобой счастье...

Мари присела на кровать, поставила лампу на пол, он не мог разглядеть ее лица, но знал, что по нему текут слезы, она всхлипывала.

— Я никогда тебе не рассказывала, но ведь именно мадам Шарпьо уговорила меня ехать к тебе венчаться. Я пришла к ней советоваться и была уверена, что она станет меня отговаривать, как отговаривал дядя, как отговаривали все вокруг... А она... она сказала: «Мари, поезжайте к своему жениху. Пойдите навстречу своей судьбе. Однажды, будучи юной девушкой, в Париже, я встретила мужчину своей жизни, у него были два недостатка: он был женат и был русским. Он позвал меня с собой, и я ни секунды не колебалась, хотя боялась холода и медведей. Вы спросите меня, Мари, жалею ли я о своем решении. И я скажу: нет, хотя этот человек так на мне и не женился. Жизнь моя прошла далеко от родины и от близких. Но я не уклонилась от своей судьбы. Если хотите знать мое мнение, ехать ли вам в Петербург,— я скажу: ехать».

И я поехала, Виссарион, и вот уже пятый год мы с тобою счастливы.

Висяша приподнялся на постели, в темноте нащупал мокрое лицо Мари и ладонью стал утирать ее слезы.

* * *

Ночью его мучило сновидение: маленькая Олечка вытаскивала из кучки картинки и выкликала: это Авдотья, а это Сашенька, а это мадам Шарпьо. Прибегал веселый Моншерка, стряхивал картинки с дивана, и они одна за другой улетали в небо... А там, в золотой лазури, их ловил сидящий на уютном облаке доктор Тильман.

Во сне ему нестерпимо захотелось улететь туда, куда звал доктор, в свет и тепло. Но было темно и холодно, и от этого несовпадения сердце теснила горечь и слезы лились из глаз.

Под утро ему показалось, что какая-то тень в длинном балахоне пробежала мимо, шепнула что-то вроде: Виссарион, я не все рубашки сдала, одну оставила, вы ведь обязательно выздоровеете, — и растворилась в воздухе, словно и не бывала.

А утром, когда он открыл глаза, взгляд его упал на прекрасный царственный куст — тот снова стоял в его комнате.

Мари, — подумал он, — Мари...

Сновидение третье
Сашенька

Утром он выдвинул ящик стола — и оттуда неожиданно вылетел листок, на нем мелким ровным женским почерком было выведено:

Сим подтверждаю, что должна г-ну Белинскому Виссариону Григорьевичу шесть миллионов рублей, проигранных мною в китайский бильярд.

Александра Бакунина,
город Торжок, Тверск. губ.,
23 февраля 1842 года.

Висяша оглянулся. Никого рядом не было. Мари с Олечкой с утра отправились в ближайшую церковь на праздничную службу в честь праздника Троицы, дома была только Агриппина. Даже кухарка — по причине праздника — была отпущена. Гудели колокола. К церкви Святого Симеона со всех окрестных переулков валил народ. В окно желтым спелым яблоком заглядывало солнце. Он отчетливо произнес про себя: сегодня воскресенье, 10 мая 1848 года. И еще раз: 10 мая 1848 года. Сколько же лет прошло с того февраля? Шесть? Неужели шесть? А он помнит ее тогдашнее лицо, улыбку, словно все было вчера. И эта галерея, светлая, вся в цветах, где они играли в китайский бильярд, как можно ее забыть?

Не постучавшись, вбежала Агриппина. В одной руке у нее было чайное блюдечко с чашкой чая и куском белого хлеба, в другой поводок. Поставив блюдечко на столик, свояченица занялась собакой, норовившей подбежать к Висяше и лизнуть.

— Сидеть, дурень, я кому сказала, сидеть!

Пока Агриппина приструнивала Моншерку, Висяша сумел кинуть записку поверх писем и задвинуть ящик. Довольный, он даже подмигнул Моншерке, сидевшему наконец-то смирно; однако взгляд собачьих глаз, устремленный на Висяшу, словно говорил: «Все равно ты мой хозяин, сколько она ни кричи и ни дергай за поводок».

Агриппина заговорила быстро и глядя в сторону. Видно, опять была не в духе, и в этот раз он догадывался почему: Мари не взяла ее в церковь, оставив присматривать за «больным».

— На кухне пусто, печь не топлена, Пелагея сегодня празднует Троицу,— она вздохнула,— а меня Мари попросила накормить вас завтраком и разложить складную кровать на дворе. Пойдете?

Он кивнул. После вчерашнего пребывания в четырех стенах захотелось на воздух, тем более что погода была теплая.

Быстро выпив чаю и съев кусок хлеба, он надел на себя старое зимнее пальто, вязанную Агриппиной шапку немецкой шерсти, обмотался шарфом и, опираясь на ее руку, под радостное повизгиванье Моншерки, вышел во двор. Солнце его ослепило. Как же хорош, как по-новому сладок был божий мир! Раскладная кровать была поставлена там же, где обыкновенно располагался зеленый диван,— под двумя обычно облезлыми дворовыми деревцами. Сегодня же они приняли совсем другой вид — зазеленели каким-то фиолетовым цветом, приосанились. Стало понятно, что это тополя.

Когда, подоткнув его со всех сторон одеялом, Агриппина ушла, уводя с собой Моншерку, Висяша закрыл глаза. Этой минуты он ждал все утро. Ему хотелось остаться одному и вспоминать. Записка разбередила душу, напоминая о той, которую он не забывал все эти годы, месяцы, часы и мгновения своей жизни: Сашенька...

* * *

Сашенькой он звал ее про себя; на людях же и даже наедине, в те редкие минуты, когда они оставались вдвоем, — только Александра Александровна. Как же не подходило это громоздкое имя ей, двадцатилетней — столько ей было, когда он впервые ее увидел, — земному ангелу. Ему она — тогдашняя — напомнила Ребекку с литографии, купленной им, еще студентом, в лавке старьевщика. Ребекку из романа «Иваное» Вальтера Скотта, с тем же печальным и одухотворенным лицом, каким наделил прекрасную еврейку неизвестный художник. Однако было в ней и еще что-то, проявляющееся со временем все заметнее, и это «что-то» впоследствии слилось в его сознании с еще одним художественным творением.

Прошлым летом, по дороге из Зальцбрунна в Париж, посетил он Дрезден, а в нем прославленную галерею, где видел Рафаэлеву «Мадонну». Первая мысль была: это она, Сашенька. При всей простоте были в этой божественной женщине аристократизм и царственность, а еще — сознание своей великой силы и равнодушие, а, может, и презрение к окружающей (хотя и невидимой) толпе... Как сумел художник подсмотреть эти черты, скрытые за ангельским ликом? И ведь сколькие обманулись — тот же Жуковский, видевший в «Сикстинской» исключительно божественное и святое...

Впрочем, думать, анализировать, сличать черты мог он только в отдалении, рядом же — терялся, краснел, путался в словах... Их было четыре сестры, четыре неземных существа: Любовь, Варвара, Татьяна и она, самая младшая, Сашенька. А ввел его в дом, привез в родовое имение Прямухино их старший брат, Мишель Бакунин... И, если бы не он и не это райское место, кто знает, что случилось бы с Висяшей. То было очередное тяжкое для него время. Катастрофическое. Журнал «Телескоп» вместе с его главным редактором Надеждиным, пригревшим Висяшу, давшим работу, кров, возможность писать и печататься, пошел ко дну. Бурю вызвало «Философическое письмо», опубликованное в журнале без подписи. Но и при отсутствии подписи вся Москва знала, что автор его

Петр Чаадаев, и вся Москва громко возмущалась его непатриотическими жесткими высказываниями.

«Мы живем лишь в самом ограниченном настоящем без прошедшего и без будущего, среди плоского застоя», — писал он.

«По мере движения вперед пережитое пропадает для нас безвозвратно», — писал он.

«Века и поколения протекли для нас бесследно», — писал он. И наконец:

«Мы принадлежим к тем народам, которые... существуют лишь для того, чтобы преподать великий урок миру».

Страшные в своей беспощадной наготе утверждения ранили душу, пудовые литые слова придавливали к земле, крушили легенду о великой и славной империи и об ее благословенном народе. Только и оставалось, что зацепиться за мысль о «великом уроке», да кто же знает, в чем состоит этот великий урок? И не на потеху ли миру написал о нем автор?

Висяша втайне восхищался храбрецом и одновременно с беспокойством ждал продолжения: что будет. И возмездие не заставило себя ждать. Личным распоряжением императора журнал закрыли, беднягу редактора сослали в Усть-Сысольск, цензора, человека заслуженного и пожилого, прогнали с должности, а самого Чаадаева официально объявили сумасшедшим, что влекло за собой ежедневное освидетельствование императорским лейб-медиком на предмет утраты рассудка.

Висяша тогда отделался довольно легко: у него на квартире произвели обыск и изъяли все до одной бумаги, принадлежавшие несчастному Надеждину.

«Что было бы, если бы Чаадаев отдал статью мне?» — думал в те дни Висяша. Больше года он заменял Николая Ивановича на посту редактора, пока тот был в заграничном вояже. Пребывание в Европе, свободный европейский дух, видно, лишили Надеждина привычной осторожности и редакторского чутья, вернувшись, он тут же опубликовал крамольное чаадаевское сочинение.

Надеждина Висяша навестил незадолго перед тем, как тот отправился в ссылку, — сморщенного, жалкого, почти старика, — а было ему всего 32 года, — хватающего себя за голову, стенающего, что теперь никогда в жизни, ни при каких обстоятельствах, что проклинает тот день, когда взялся за издательское дело... Висяше было его жаль: Надеждин, как и он, пробивался из низов, из духовного сословия, блестящими способностями добился университетской кафедры, сделал себе имя среди издателей... и вот как повернулось. И опять в голову лезла назойливая мысль: а если бы не он, а я?

Михаил Максимович Попов, прежний Висяшин учитель, ныне большой чин в тайной полиции, обретавшийся в Петербурге, как невидимый господь Саваоф с небесной высоты, грозно хмурил брови, посылая бывшему ученику свое предупреждение: не сметь! благоразумие и умеренность, благоразумие и умеренность, благоразумие и уме...

Лежать в пальто под громоздким одеялом было неудобно, тело тосковало. Висяша постарался поменять положение. Какая-то тень на него наползала, он приоткрыл глаза — и увидел идущего к нему по дороге огромного Мишеля Бакунина, с тростью в руке, в черном фраке с развевающимися фалдами. Странное дело: Мишель шел, но не приближался, так что пришлось изо всех сил напрячь гортань и крикнуть: «Мишель! Ты ко мне? Иди сюда, я здесь!»

Мишель в ответ начал чертить руками в воздухе какие-то фигуры — треугольники, квадраты, окружности, наверное, он думал, что Висяша поймет его, сумеет перевести его абстрактные формы на человечий язык, но Висяша не понимал. Набрав воздуха в легкие, он снова крикнул: «Мишель, я виноват перед тобой — прости. Я злился и ревновал тебя к твоему дому, к твоим сестрам, к твоему полученному ни за что, как подарок, родовому гнезду, мне казалось, что ты обошел меня по всем статьям — богатырским здоровьем, стальными нервами, отсутствием сантиментальности, знанием языков...

Сейчас ты далеко, Мишель, ты занят европейскими революциями, и ходу тебе в Россию нет, здесь ты государственный преступник. Прости меня, Мишель, и прими мою благодарность. Ты ведь даже не знаешь, что ты тогда сделал со мной и для меня, когда привез меня в это место, в этот земной рай, — Прямухино.

Ты подарил мне мечту, разумеется, метафизическую: когда-нибудь в той жизни, которая однажды наступит, построить себе дом — копирующий прямухинскую усадьбу, разбить вокруг него прекрасный парк — с прудами, каскадами, аллеями и лужайками, такими же, как в Прямухине, поместить на пригорке такую же, как там, мельницу, возвести стройную белую церковку — и чтобы в аллее мелькала временами легкая тень, слышался серебристый голосок и звучал девичий смех, такой, как тогда, в стеклянной, полной растений галерее, где Сашенька, хохоча, писала расписку о выплате мне долга в шесть миллионов за проигрыш в китайский бильярд»...

* * *

Фигура Мишеля растаяла в воздухе, рядом явственно зазвучал смех. Висяша открыл глаза. Над ним стояла хохочущая Агриппина, она водила по его лицу тонкой березовой веткой.

— Проснитесь же, Виссарион, пора пить микстуру. Смотрите, сколько на вас сору с тополей нападало.

Веткой она отшвыривала от его лица и с одеяла нежные фиолетовые сережки, упавшие с тополей. Странно, что за своими грезами он даже не почувствовал их прикосновения. Противную, пахнущую йодом микстуру, прописанную доктором Тильманом, он выпил одним духом. Сегодня было ему на удивление легко, кашель его не душил, радовало солнце и тепло.

Агриппина протягивала ему пирожок: «Пока вы спали, приходила Пелагея, принесла для вас гостинчик — вот пирожков с капустой напекла. Говорит, передай барину больному». Есть ему не хотелось и пирожок он не взял: «Спасибо, Агриппина, съем за обедом, когда вернутся Мари с Олечкой».

Он снова закрыл глаза, свояченица, передернув плечом, отошла от кровати.

* * *

И опять он начал вспоминать, разматывая клубочек своей горестной и трудной любви. И снова Мишель Бакунин зашагал по дороге по направлению к нему, и фалды его фрака развевались на остром весеннем ветру. Подумалось: Мишель похож на дьявола в этом черном одеянии, с двумя хвостами сзади.

Мишель отчасти и был дьяволом. Сухой рационалист, совершенно чуждый того, что он, Висяша, называл «москводушием» — а именно: чувствительного сердца, склонного к идеальному. Как раз с идеальным вел Мишель непримиримую борьбу, опираясь во всех своих действиях не на чувство, а на разум. Дерзкий и своевольный, легко мог походя обидеть, сам того не замечая, — ибо занят был исключительно собой — и миром. Миром и человечеством, для которых желал абсолютной свободы и абсолютного освобождения. Отдельный человек интересовал его меньше.

Громадного роста, сильный, в хорошие минуты — певун и душа общества, был он, еще и незаменимым конфидентом и другом, с которым можно было говорить о «них», о «ней». Висяша пользовался этой возможностью, по-глупому исповедовался, выговаривал душу перед едким, легко обходящимся без женской любви Мишелем. Исповедовался, пока однажды еще один ближайший друг, Вася Боткин, неожиданно ставший соперником, не передал ему слова Мишеля: «Висяша любит Александру, а она его нет...».

Но до этого было далеко, между первой встречей и этими безнадежными словами лежало пространство спрессованного времени, в каждой точке которого Висяшино сердце переворачивалось и дрожало от сладкой боли: Сашенька...

* * *

Дьявол Мишель внезапно остановился и, незаметным образом, в мгновение ока, обернулся капельмейстером; трое точка в его руке сделалась дирижерской палочкой. Отвернувшись от Висяши и встав лицом к публике, он раскланялся и объявил номер. Висяша слов не услышал и не понял, что будут исполнять.

Место он узнал — это была круглая гостиная в прямухинской усадьбе, где часто устраивались концерты. Присмотревшись, он увидел «стариков» Бакуниных, сидевших в креслах прямо против рояля. Седовласый Александр Михайлович щурился подслеповато, тогда он еще не окончательно ослеп, это случилось с ним позднее; а Варвара Александровна в красивой кружевной наколке на пышных полуседых волосах пристроилась вплотную к роялю, чтобы помочь переворачивать ноты пианистке, дочери Варваре, полной своей тезке. Муж младшей Варвары Александровны, Николай Дьяков, тучный добродушный помещик, придерживал медвежьей лапищей хлипкую ладошку сына Саши, норовившего ускользнуть из гостиной, от надоевших взрослых. Среди публики Висяша разглядел статную высокую фигуру Николая Станкевича, жениха старшей дочери Бакуниных Любеньки; он стоял возле стены, держась рукою за спинку стула, с серьезным и вместе выжидательным выражением лица.

По присутствию Станкевича Висяша понял, что это 1836 год, год его первого посещения Прямухина, в следующем Николай отбудет в Европу, с тем чтобы учиться немецкой философии и брать уроки общественной и гражданской жизни.

Висяше ужасно хотелось поговорить с другом. Когда еще, если не сейчас? Давно уже Николай живет только в Висяшином сознании, в памяти, в разговорах с друзьями — умер на чужбине в 27 лет от злой чахотки, не осуществив ничего из предназначенного. Висяша открыл было рот, чтобы поприветствовать Станкевича, как вдруг публика зашевелилась и зааплодировала. Перед гостями одна за другой явились три грации, Любенька, Татьяна и Александра. Варвара Дьякова села к роялю. Музыка полилась. Это был какой-то немецкий «лидер», разложенный на голоса. Слов Висяша не понимал, в музыку не вслушивался, — просто пребывал в состоянии блаженства.

Он смотрел на сестер Бакуниных и привычно думал, что не может грешная земля породить такое чудо, такое совершенство, такую гармонию. Все три певуньи были и похожи, и непохожи. Любенька — старшая — в зените величавой красоты, темноглазая и темнобровая, словно итальянка (вспомнилось, что старик Бакунин много лет жил и учился в Италии!), средняя Татьяна — будто явилась из пушкинского романа, такая же мечтательница, любительница чтения, привлекательная при всей своей бледности и худобе, и наконец, младшая — Сашенька. Собственно, только на нее он и смотрел, наблюдая за ее подвижным, небесной прелести лицом, вычленяя ее звонкий высокий голосок из голосов сестер.

Пение оборвалось, и Мишель Бакунин занял место у фортепьяно, вокруг столпилась прямухинская молодежь, слышался смех, сыпались шутки. Мишель наигрывал и вполголоса напевал то политически острые, то соленые юнкерские куплеты — вперемешку. Мужская молодежь хохотала и подтягивала. Варвара Александровна— старшая, привстав с кресла, шутливо грозила сыну пальцем, старик Бакунин осудительно качал головой и, кряхтя, закуривал трубку, сестры, смеясь, шептались и переглядывались. Слуга в белых перчатках обносил гостей шампанским. О, как хорошо было Висяше в тот первый его приезд, когда он ощупью осваивал новый для него мир!

* * *

Смех еще не отзвучал, куплет повис в воздухе, а громадный Мишель снова пошел по разбухшей грязной дороге навстречу Висяше, приветственно махая ему издали своей тростью.

Висяша увидел себя в той же прямухинской гостиной, но что-то в ней изменилось, ощущалось какое-то другое настроение. Словно исчезла та безотчетная радость, что царила здесь когда-то... За роялем сидел нескладный костлявый господин с лохматой гривой волос, с зорким острым взглядом. Висяша узнал музыканта и композитора Леопольда Лангера — и понял, что это уже 1838 год, время второго его приезда в заветное Прямухино. В тот год Лангер стал там частым гостем, и как раз тогда Висяша привез знакомить с Бакуниными своего ближайшего друга, Васю Боткина. Привез на свою голову.

Возле Лангера образовался небольшой кружок, подошла Сашенька, музыкант поглядел на нее, как показалось Висяше, каким-то особенным взглядом — и медленно заиграл вступление. Висяша узнал песню. Лангер сочинил ее на слова из пушкинских «Песен Западных славян», ее часто певали у Бакуниных.

«С богом в дальнюю дорогу», — запел он негромко, тряхнув своей гривой, — и опять взглянул на Сашеньку, зардевшуюся под его взглядом. Или это только показалось Висяше?

С богом, в дальнюю дорогу!
Путь найдешь ты, слава богу.
Светит месяц; ночь ясна;
Чарка выпита до дна.

Песню подхватили.

— *С богом, в дальнюю дорогу!* — звучным баритоном подтянул Мишель Бакунин. Через два года, одолжив у друзей денег на поездку, он, вслед Станкевичу, отправится в Европу и больше никогда не появится в родном доме. Чарка выпита до дна.

— *С богом в дальнюю дорогу*, — красивым и сильным контральто пела Варвара Александровна Дьякова, прижимая к себе сына, непослушного Сашу, не желавшего стоять смирно. В тот год Варенька, расставшись с мужем, переехала на жительство к родителям и сестрам в Прямухино. Совсем скоро она вместе с Сашей отбудет за границу, где встретится со Станкевичем и где завяжется у них любовь. Николай умрет через два года у нее на руках. Чарка выпита до дна.

— *С богом в дальнюю дорогу*, — пела, точно молилась, Татьяна Александровна Бакунина. Душа ее давно и тщетно ждала «кого-нибудь». Ждать оставалось недолго — из далеких краев скоро явится красавец и умник, друг Мишеля, ставший другом и любимым собеседником и для Висяши, — Иван Сергеевич Тургенев. Татьяна в него влюбится и безутешно будет страдать, когда Тургенев переметнется от нее к французской диве Полине Виардо. Замуж она не выйдет. Чарка выпита до дна.

— *С богом в дальнюю дорогу*, — шептала в своей комнате умирающая Любенька, прислушиваясь к звукам, доносящимся из

гостиной. Молодой врач Петя Клюшников, приятель Висяши, лечивший ее от скоротечной чахотки, находился подле
нее неотлучно. Любенька сказала Пете, что вышла бы за него
замуж, если бы не Станкевич, с которым она помолвлена. Ей
не говорили, что Николай за границей разорвал их помолвку.
Зная друга, Висяша догадывался о причинах. Не иначе, Станкевич готовил себя для каких-то иных дел, для иного служения.
Любенька скоро умрет, так и не узнав страшной правды. Чарка
выпита до дна.

Сашенька не пела, она одиноко стояла в толпе возле рояля,
нервно оглядываясь и ища кого-то глазами. Висяша следил за
ней, он мучительно ревновал ее к Лангеру, человеку женатому
и с детьми, однако недвусмысленно показывающему, что Александра Бакунина ему нравится. Еще Висяша ревновал ее к Мишелю, особенно, когда тот обнимал сестру, гуляя с ней по пар-
ку, или фамильярно клал руку ей на плечи. Слава богу, сейчас
этого не было.

Сашенька была отчего-то растеряна и словно кого-то ждала. Вдруг она резко обернулась. Висяша обернулся вслед за
ней. В дверях гостиной стоял Вася Боткин, плешивый, но
необыкновенно милый, со своей неизменной елейной улыбкой на розовых, в темных усиках, губах. Вася глядел на Сашеньку, она на него.

«С богом, в дальнюю дорогу», — гремело вокруг.

Сашенька как-то боком стала опускаться на пол. Висяша
успел ее подхватить и не дал упасть. Музыка прекратилась,
прибежавший Петя Клюшников определил, что у Сашеньки
обморок, сбегал за нюхательной солью — и через несколько
минут щеки девушки порозовели, она пришла в себя. Вася Боткин с виноватым видом стоял с нею рядом и старался не глядеть на Висяшу.

* * *

Он открыл глаза. Видение исчезло. Он лежал на раскладной
кровати под деревьями, рука нащупала на лице новые напа-
давшие с тополей сережки. Наверху соседнего доходного дома

открылось окошко и чей-то пьяный бас, безбожно перевирая мелодию, затянул «Лучину»:

— Не житье мне, знать, без милой. С кем же я пойду к венцу? Знать сулил, сулил мне рок с могилой обвенчаться молодцу.

— Антон, оглашенный, в участок захотел? — прикрикнул на певшего визгливый женский голос из глубины апартамента, за окном раздался звон бьющейся посуды, потом послышалась пьяная брань, затем окошко захлопнулось. Народ, как понял Висяша, уже сидел за праздничным столом. А Мари с Олечкой все не возвращались.

«Ну вот, — подумал Висяша, — снова превращаюсь в мокрую курицу».

Он тер кулаком глаза. Сердце сжималось.

— Висяша! — кто-то его окликнул. Или ему показалось? В ногах кровати сидел Вася Боткин, такой же, как обычно, — в парадном бархатном камзоле, ехидно добродушный, румяный, со всегдашней своей умильной улыбкой. Однако невесомый и занимающий совсем мало места. Висяша обрадовался несказанно.

— Плешивый, какая встреча! ты пришел меня утешить? Боишься, что я стану мокрой курицей? А сам? Как ты сам после своего двойного афронта? Ведь и с Александрой Бакуниной дело не пошло, и с француженкой своей ты не ужился... Знать, плешивый, не житье тебе с милой, будешь бирюком-бобылем век вековать...

Вася молчал.

— Ты знаешь, Вася, когда Са... когда Александра Александровна упала в обморок, я тогда сразу все понял. Про нее и про тебя. И как же ты, Вася, меня обошел! Ведь ты плешивый, а я — посмотри: на краю могилы, а вон какие волосы, не облысел.

Волосы не были видны под вязаной шапкой, но Вася согласно кивал, он был какой-то уж очень бессловесный, так что говорить приходилось одному Висяше.

— Да и критик известный... Кто из нас известный критик, а, плешивый? Но женщины любят не за это... За что любят женщины, а Вася?

Вася не отвечал, но смотрел сочувственно. Висяша продолжал.

— Ты бы знал, плешивый, как я за тебя переживал, когда ты посватался к Са... к Александре Александровне. Я возненавидел старика Бакунина за его спесь сословную: ты, видишь ли, родом из купцов, хоть и почетных, потомственных, а им подавай дворянина. И ведь сумел выговорить, не поперхнулся, не покрылся краской стыда наш высокообразованный и гуманный, с изысканным вкусом и тяготением к поэзии, сам пописывающий стишки, глава обширного и редкостного семейства. И так было мне жаль тебя и Са... Александру Александровну, которая тебя, счастливца, полюбила. Но сейчас, сейчас, Вася, я чувствую по-другому, и думаю на сей счет, плешивый ты мой чаепивец и сладкоежка, иначе. Все к лучшему. Правильно, что она тебе не досталась.

Вася молчал, улыбался и кивал согласно.

— Разочти, Василий: Варвара Александровна после разрыва с мужем, после бунта против родителей, не одобрявших ее ухода от Дьякова, после своего заграничного вояжа, встречи со Станкевичем и взаимных их восторгов, а затем смерти Николая, после всего этого... к кому она устремилась? А? Да все к тому же своему толстопузому пошлому муженьку. И что? Живет себе в их деревеньке, хозяйничает, устраивает музыкальные вечера, сына воспитывает. Да ты возьми даже Са...Александру Александровну. Тому четыре года, как вышла она замуж. За кого? Да за своего, за дворянина, троюродного брата по матери, Гаврилу Вульфа. Говорят, не сразу согласилась, вначале отказала,— но согласилась же... Своя деревенька, муж-помещик, соседи, хозяйство, чай на террасе, детки... Вот что, плешивый, для них привлекательно. Вот что им нужно, даже таким, как...Александра Александровна. А ты думал — известность? имя? работа в журналах?

Вася продолжал улыбаться.

— Теперь вообрази: женился ты на...Александре Бакуниной. Ну и как? Не страшно? Ведь ангел же, небесное создание, мадонна Сикстинская... Да можно ли такое существо представить своей женой, а, плешивый? Ведь я, бывало, в своем жилище одиноком, в келье своей пустынной... я молился и плакал, думая о ней, плакал и молился, ты слышишь, Вася?

Васи на месте не было. Кто-то ласково и нежно прикасался к Висяшиному лицу. Это Моншерка, сорвавшись с поводка, удрал от Агриппины и прибежал к Висяше. Как настоящий друг он поддержал хозяина, быстро убрав с его лица все следы слабости и боли, слизав с него всю лишнюю ненужную влагу.

* * *

Мари с Олечкой вернулись поздно, когда он, с помощью Агриппины, уже перебрался в дом и лежал в своей постели. Задержка случилась из-за того, что в самом конце службы Мари стало плохо. Матушка попадья отвела ее к себе на квартиру, что находилась при церкви, уложила, дала липового чаю и побрызгала святой водой. Олечка играла поблизости, и попадья, у которой два сына были уже взрослые, умилялась, что ребенок не плачет и не шалит. Дома Олечка сразу же заснула; Мари, с головной болью и ужасной слабостью, удалилась к себе, так что праздничного обеда не получилось.

В сумерках кто-то пробрался в его комнату — он слышал шуршанье платья и видел мелькнувшую тень — и положил рядом с его подушкой венок из березовых листьев. Венок был вполне реальный — он трогал его рукой и обонял запах молодой листвы. Тень тоже была вполне реальной; Висяша подозревал, что венок положила Агриппина, существо эксцентричное и непредсказуемое.

* * *

Ночь вознаградила его за все переживания прошедшего дня, послав праздничное сновидение. Ему приснилось, что они с Сашенькой играют в китайский бильярд и он беспрестанно выигрывает.

Собственно, так оно и было в тот его приезд в Торжок, в именье младшего Сашенькиного брата Николая Бакунина, необыкновенно на нее похожего, недавно женившегося. В застекленной светлой галерее, по углам которой располагались кадки с экзотическими вьющимися растениями, стоял стол для игры в китайский бильярд. Они с Сашенькой провели за ним все утро, играя, разговаривая и дурачась. Простая незамысловатая игра превратила обоих в детей. Играли не на деньги, а «понарошку».

Оба, вооружившись длинными палками, гоняли шарик вниз и вверх по пространству стола. Каждое попадание шарика в ямку приносило сто очков. Висяше везло — он выигрывал, счет рос. В то утро он выиграл у Сашеньки целых шесть тысяч. Раскрасневшаяся Сашенька в духе их продолжавшейся игры посетовала, что нет у нее сейчас таких денег, чтобы расплатиться. Висяша — и откуда только взялась смелость? — сказал, что в одной читанной им сказке принцесса расплатилась за свой долг всего одним поцелуем.

В этом месте Сашенька, — а было ей уже не двадцать, а двадцать шесть лет, — ужасно покраснела. Висяша, и сам смутившийся, быстро продолжил: «Но я, Александра Александровна, такой награды от вас не прошу, я даже готов вовсе отказаться от причитающихся мне денег».

— Зачем же, Виссарион Григорьевич, — Сашенька снова была весела и глядела с улыбкой, хотя и слегка отстраненно, — зачем же отказываться? Я заплачу вам не шесть тысяч, а шесть миллионов... но не сейчас. Хотите расписку? И она вынула из своего ридикюля письменный прибор, листок бумаги и быстренько своим изящным почерком, бисерными буковками написала расписку. Написавши, подала Висяше, а тот принял ее с поклоном и даже как настоящий кавалер поцеловал Сашеньке ручку.

— Можете прийти за долгом, когда захотите, — проговорила принцесса, — шесть миллионов за мной!

Нет, никогда не придет лекарский сын за своими миллионами, спи спокойно, милая принцесса!

Висяша глубоко вздохнул и погрузился в легкий и ровный сон, уже без сновидений.

Сновидение четвертое
Свобода

В то утро он встал с ощущением счастья. Почувствовал, что болезнь отступила, что сегодня он здоров, что может подняться и пройтись по комнате. Окна были зашторены, он раздвинул занавески и впустил в комнату еще робкие утренние лучи, растворил окно — в грудь ударил ветер, несущий запах свежей земли и травы, — и постоял так несколько минут, не прячась от упругой холодной струи, вдыхая живительный весенний воздух. Закашлялся — и опасливо косясь на дверь, быстро затворил окно. Обычно с утра к нему приходила Мари, но сегодня ее не было, и он пошел к ней сам. Она лежала в постели, бледная, неприбранная, со вчерашнего дня ей нездоровилось.

— Мари, давай позовем доктора Тильмана, говорят, что он хороший диагностик.

Мари смотрела строго, потом вдруг улыбнулась:

— Свой диагноз, Виссарион, я поставила себе сама, он не такой страшный, как ты думаешь. — Она приподнялась на постели и тихо, одними губами, прошептала: «Я беременна».

В своем сегодняшнем счастливом настроении он принял эту весть как благую, как дополнительное подтверждение того, что он должен и будет жить. Он издал радостное восклицание, поцеловал Мари в бледную щеку и отправился за чаем для нее в темную чадную кухню, где уже колдовала рыхлая Пелагея, собирательница новостей, вечно чем-то озабоченная. Вот и в этот раз, пока он ждал самовара — тот все не вскипал, — она успела ему рассказать очередную «новость».

— Дворник-от, Николай, говорит, что по квартерам цыганки ходят, одна, говорит, с дитем, кто не прочь, тем про судьбу гадают. За три, говорит, копейки все тебе скажут, что было и что будет.

Пелагея оторвалась от плиты, повернулась всем туловищем к Висяше.

— И вот я думаю, Сарион Григорьевич, может, попросить цыганку погадать на мово Капитона (Капитоном звали ее сына) ведь от уже пятый годочек, как ушел из дому и пропал, — то ли в солдаты подался, то ли в тюрьме сидит по пьяному делу, то ли лиходей какой его прирезал, — она перекрестилась. Бог весть, что за жеребий ему выпал, кровиночке, забулдыжной головушке… Что вы мне, Сарион Григорьевич, посоветуете?

— Не знаю, Пелагеюшка, что тебе посоветовать. Сколько, говоришь, цыганка за гаданье берет? Три копейки? Ну вот и цена ему такая же, три копейки. Не верю я этим гаданьям.

Самовар вскипел, он налил кипяток в чашку, добавил заварки из заварочного чайника, плеснул из крынки молока и понес в комнату Мари. По дороге вспомнил про одно гаданье, которому и верил, и не верил… Когда восемнадцатилетний недоучившийся гимназист, взятый из милости в кибитку дальних чембарских родственников, Висяша ехал поступать в Московский университет, позади них ехала цыганка. Уже немолодая, ликом суровая, вся в звонких монистах. Она вызвалась погадать Висяше. Гаданье ее он помнит до сих пор: «Люди почитают и уважают тебя за разум. Ты едешь получить — и получишь, хотя и сверх чаяния».

Многажды он читал и слышал, как великие люди в начале жизни получали «знак», говорящий об их грядущем величии. Пример из латинской хрестоматии: зацветшая сухая ветка при рождении будущего римского императора Веспасиана…

Предсказанье цыганки и было таким «знаком».

И то сказать, когда Висяша ехал в Москву, честолюбивые помыслы, мечты о великой и славной будущности роились в его голове. С годами надежд на великую будущность поубавилось, хотя дело, которым он занялся, — литературная критика, — было прямым его делом, в нем он мог бы полностью осуществиться. Мешали бедность и болезнь. Чтобы как-то прокормиться, должен был, не щадя себя писать, писать и писать, так что немела рука и перед глазами плыли круги. Эксплуататор редактор (сколько раз недобрым словом поминал он безжалостного Краевского!) требовал от своего «крепостного» непосильной и срочной работы, включавшей обзор всей текущей литературы, вплоть до немецких букварей и итальянской грамматики... Но более всего мешало ему отсутствие свободы, в журнале он не мог прямо, без обиняков, говорить о самом главном, волновавшем и мучившем не только его — лучших людей общества, — ждущих от него, «своего критика», слова правды. Рожденный с темпераментом тигра, вынужден был мурлыкать кошкой, боец-гладиатор, сдерживал себя, задыхаясь от невозможности высказаться до конца.

Мари спала. Он оставил чашку чаю подле кровати и на цыпочках вышел. Какая однако радость — у них с Мари будет еще одно дитя, возможно, сын. В Олечке он не чаял души, но умерший год назад крохотный Володя будто унес с собой и его собственную жизнь. Если будет сын, он возродится, у него появится новый смысл в этой жизни. Хотя, если подумать, как тяжело вырастить даже одно дитя, сколько болезней, разнообразных преград нужно преодолеть, чтобы ребенок не умер, укрепился, получил образование... и не будет ли труд напрасен, если дитятко вырастет в результате этаким бессловесным Акакием Акакиевичем, или пустышкой вроде Хлестакова, или самодовольным поручиком Пироговым? На что, для чего человек рождается? И для каких целей в его груди силы прямо-таки необъятные, как у лермонтовского Печорина, как у того же Миши Лермонтова, младшего современника, уже семь лет спящего в могиле? отчего, почему нельзя осуществить свое поприще на родине?

Одевшись, он вышел во двор, отвязал Моншерку и сделал с ним несколько кругов вдоль забора, по пробивающейся травке, ко взаимному удовольствию. Моншерка махал хвостом, был радостно возбужден и по-собачьи улыбался. Потом из дому вышли Агриппина с Олечкой, и он подхватил Олечку на руки и закружил. Правда, после долго приходил в себя и налаживал дыхание.

Подозвал дворника и вместе с ним вынес из дому зеленое чудище –диван — под деревья. В этот раз не лежал на нем, а сидел;

вокруг дивана, будто ошалелые, носились Олечка с Моншеркой, а Агриппина, то и дело поднимая голову от вышиванья, — она пристроилась с работой напротив дивана, — грозно окликала то собаку, то ребенка:

— Моншерка, паршивец, ты у меня доиграешься!

— Оля, я кому сказала, довольно бегать!

Ни собака, ни ребенок ее не слушались. Кончилось все тем, что Олечка упала и разодрала себе коленку. Агриппина подхватила плачущую девочку, дав ей предварительно несколько шлепков, и потащила в дом. А он до самого обеда оставался на улице.

Он сидел на диване, подставив лицо солнцу, когда к нему приблизился незнакомый военный, судя по форме, генерал. За генералом, в небольшом от него отдалении, следовал солдат, несший портфель. Сердце в нем замерло; хотя он и ждал, что за ним придут, «приход» застал его врасплох. Почему сегодня, в так счастливо начавшийся день? — мелькнуло в голове. И еще он подумал: как хорошо, что Мари и Олечки нет сейчас рядом.

Генерал остановился в двух шагах от дивана, сидящий на нем остался сидеть и даже не приподнялся.

— Имею честь говорить с Виссарионом Григорьевичем Белинским? — Лицо и вся фигура военного были ему знакомы, то ли он уже его видел, то ли встречал кого-то похожего. — Позвольте представиться, — генерал приложил пальцы к козырьку, — Анненков Иван Васильевич, флигель — адъютант его Императорского величества.

Теперь легко было догадаться, кого тот напоминал. Был он как две капли воды похож на милого человека, Павла Васильевича Анненкова, трогательно опекавшего Висяшу в прошлогодней поездке на силезские воды. Павел Анненков сейчас в Париже, ему, с помощью Мари, было уже написано несколько писем.

Не дождавшись ответа, генерал продолжил:

— Зная, что вы больны, решил я, не адресуясь к услугам посыльного, заехать к вам сам, по дороге в Главный штаб. Брат мой, Павел Васильевич, просил передать вам письмо из Парижа, да к тому же, скажу прямо, хотелось мне на вас взглянуть, потому как много наслышан...

Он сделал знак солдату, стоящему поодаль по стойке смирно, с выпученными от усердия глазами, и тот почтительно подал генералу портфель, из коего был извлечен конверт с письмом Павлуши Анненкова. Из рук брата Павлуши конверт перекочевал в руки Висяши, мгновенно и густо покрасневшего. Он понял, что ошибся: генерал не был послан к нему «по именному повелению», понял — и вознегодовал на себя. Почему он в таком волнении? Он же знает, что рано или поздно за ним все равно придут и нужно быть готовым встретить их достойно, без малодушия.

Следовало что-то сказать в ответ. Он закашлялся, потом произнес: «Когда Павел Васильевич возвращается? Говорил, что рассчитывает пробыть в Париже до весны».

Генерал махнул рукой солдату, стоящему все таким же истуканом, с бессмысленным выражением лица: «Ступай, братец, проведай Федора, побалакай с ним, не все ж ему дремать на козлах, а я скоро буду», — и повернулся к спрашивающему.

— Павел Васильевич наш задерживается. Пишет, что планы его поменялись. В Париже — революция, ради нее и остался. Там глядишь, статейку подготовит по свежим следам для «Современника».

— Про революцию цензура не пропустит.

— Это смотря как написать, с каких позиций. Можно ведь в поучение прочим народам, чтобы остерегались. С другой стороны, взять хотя бы ваше воззвание к Гоголю, что сейчас в списках гуляет по столице, оно вроде и не о революции, а дух в нем бунтовщический. Чистая прокламация.

Генерал смотрел выжидательно, словно чего-то от него хотел.

— Не желаете революции, русского бунта — освободите народ!

— Эк, куда хватили, батюшка! Скоро сказка сказывается. Народ наш к своему укладу привычен, к чему его смущать? Впрочем, он ваших сочинений не читает.

— А вы, уважаемый Иван Васильевич, что-нибудь мое читали, кроме того, что ходит в списках?

— Признаться, не читал — нет времени, я ведь сам пишу. Скоро выйдет моя четырехтомная история Лейб-гвардии конного полка, начиная с 1731 года по наши дни. Вот где слава России, вот в чем ее мощь и величие на все времена!

— Вы полагаете величие России — в военном могуществе?

— Точно так-с!

— Ну так вот вам мое предсказанье: совсем скоро эта пресловутая военная мощь обнаружит полную свою несостоятельность и обрушится, а вслед за ней пошатнется и то, что называете вы «укладом», а именно: рабство крестьян, отсутствие свобод и независимого суда, всесилье чиновников и повсеместное унижение человеческого достоинства.

Висяша говорил — и сам себе удивлялся, ведь он выступал сейчас эдаким Чацким, высказывающим свои убеждения перед лицом Скалозуба. Еще недавно он называл Чацкого «мальчиком верхом на палочке» — и вот сам туда же, в той же роли «сумасшедшего» проповедника. И перед кем? Перед флигель-адъютантом российского самодержца. Зачем? Почему? Может быть, потому что, как и Чацкий, только что вернулся из-за границы? Напитался тамошним свободным духом и забыл о российской тайной полиции?

Генерал поежился, наклонился к Висяше и, понизив голос, произнес тоном почти отеческим: «Считайте, что я вас не слышал. Иначе... я человек прямой, слуга царю, отец солдатам — как сказал один из наших поэтов, так что привык крамолу с корнем вырывать. Вам бы, Виссарион Григорьевич, следовало бы быть поосторожнее. Все же человек вы семейный, нездоровый... Впрочем, дело вашей совести». И генерал отошел от Висяши и направился к своему экипажу.

* * *

После обеда он прилег в своем кабинете. Письмо Павла Анненкова нераспечатанное лежало рядом с кроватью. Прочитает после, сейчас ему хотелось восстановить в памяти пребывание в Зальцбрунне, месте, где написал он то самое «воззвание к Гоголю», ходившее сейчас по городу в списках, о котором говорил генерал. За это «воззвание» он безусловно поплатится — свободой ли? жизнью? Имел ли он право жертвовать своей семьей? Мог ли, должен ли был остановиться — и не писать? Он лежал и вспоминал.

* * *

Поездку в Силезию, на тамошние воды, излечивающие — по слухам — от чахотки, устроили ему друзья. Вася Боткин дал на поездку две с половиной тысячи рублей, Павел Анненков пожертвовал четыреста франков и, отказавшись от поездки по Греции, решил сопровождать за границу никогда там не бывавшего друга. Помощь предложил и молодой его друг, Иван Тургенев, обещавший даже встретить приехавшего в Штеттине, — туда прибывал пароход из Петербурга. В письме Тургенев писал, что будет ждать путешественника, как Моина, бредущая по берегу в ожидании своего Фингала. Однако на пристани его не оказалось. Не знавший немецкого языка, растерянный Висяша с трудом добрался до квартиры Тургенева в Берлине.

Тургенев жил неспокойно, в вечных разъездах. В тридцать лет не обзаведясь семьей, в вечных долгах — так как его мать, деспотичная владелица крестьянских душ, то посылала ему содержание, то, когда сын переставал следовать ее воле, безжалостно отказывала в нем (сейчас как раз шел «тощий» период), — не найдя для себя определенного дела, к тому же, устремившись в Европу вослед оперной диве и чужой жене, был он в сознании старшего друга не «мужем», но «мальчиком», правда, мальчиком умным и весьма даровитым. Первые его литературные опыты — в стихах — тот не пропустил, заметил и похвалил; рассказы из жизни крепостной русской деревни — они так же, как поэмы, печатались в «Современнике», — оценил очень высоко. Автора назвал продолжателем гоголевской «натуральной школы».

Был Иван Сергеевич человеком легким в общении, добрым до святости, прекрасно знал немецкую философию, изучив ее непосредственно в Берлинском университете, владел языками, обладал обширными познаниями в словесности и искусствах. В обществе Тургенева ему было интересно и немного не по себе: все же он философиям за границей не обучался и вообще был недоучившийся гимназист и студент. И однако, хотя разговор их с обеих сторон всегда был горяч и задирист, «победителя» в нем не бывало, так как стремились спорщики не к «победе» над оппонентом, а лишь к истине.

Говорили о России, о ее настоящем и будущем. «Мальчик, берегитесь,—начинал обычно Висяша для затравки,—я вас в угол поставлю!» Но кончалось все, как правило, весьма мирно, настоящего спора не выходило. Оба видели печальное и даже отвратительное российское настоящее, оба полагали, что будущее родины связано с преобразованиями, с освобождением народа и отдельного человека. Разница была в одном: поживший на Западе Тургенев считал, что Россия должна идти по пути западных цивилизаций, в их фарватере. Он же настаивал на первоначальном толчке, который даст России западный опыт, затем же, по его мнению, она пойдет своею дорогой, обгоняя своих учителей, как это было в эпоху Петра Великого, любимого Висяшиного персонажа.

Оказавшись в Европе, он неожиданно и глубоко ощутил свою «русскость». Мелкость немецкого бюргера, с его чистым домиком и садиком, его бесила. Запад в сравнении с Россией выглядел узким, практичным, слишком деловым. Уже потом, когда путешествовал он с Тургеневым по Саксонской Швейцарии, казалось ему, что все эти ухоженные лужайки с коровками и картинными домиками с черепичными крышами он уже где-то видел, даже живописные средневековые замки на берегу Эльбы были интересны только вначале, потом стали скучны. Вспоминалось, как в минуты отчаяния от всего, что творилось дома, иногда восклицал: «Были бы деньги, махнул бы в Европу, жил бы там, как Фроловы (Фроловы была известная русская семья, прочно обосновавшаяся в Берлине), вдали от отечественных мерзостей». Сейчас думалось: нет, жить могу только в России. Кроме незнанья чужого языка, кроме тяги к семье, к Мари и Олечке, которую ощущал он чем далее, тем острее, было еще что-то, что привязывало к родине. То ли прямухинские пейзажи въелись в душу, то ли среди плотной западной застройки мерещился деревенский тын, а за ним степь, уходящая за горизонт, то ли чувствовал себя эдаким растением, что корни пускает только раз и только в родную почву...

Но было и хорошее, и главное — чувство свободы, которое он испытывал, находясь за пределами своей страны, свободы — от срочной и томительной работы, от обязанностей «кормильца и хозяина» семьи и главное — от неусыпного присмотра государевых слуг.

Из Берлина, города мало ему понравившегося, отправились в Дрезден, и там увидел он Рафаэлеву мадонну. Подумал: Сашенька. Так был похож отстраненный и, как показалось, слегка презрительный взгляд католической богородицы на взгляд, брошенный Сашенькой Бакуниной на него, в одну из последних их встреч — на светлой веранде, среди вьющихся цветущих растений, после игры в китайский бильярд.

Тургенев, вместе с ним приехавший в галерею, тихо пояснил, что рядом с мадонной изображены папа Сикст и святая Варавара. Опустившая глаза перед богородицей, словно ослепленная ее светом и красотой, святая Варвара чем-то напомнила ему Мари. О ней он много думал в поездке, письма писал ей каждый день, и только ей. Как же был он благодарен Мари за эту возможность — по-свойски писать ей длинные письма, рассказывая о мелочах и курьезах, о капризах здоровья, о ходе лечения и об увиденных диковинах. А сколько радости доставляли ему ответные ее короткие писульки (некогда расписывать!), с обращением «Милый Виссарион», подписью «твоя Мари» и драгоценными сведениями о том, как растет и чем занимается Олечка.

В Дрезденской галерее, Тургенев познакомил его с супругами Виардо. Луи — высокий, представительный господин, с несколько высокомерным видом протянул ему руку и узенько улыбнулся. Полина, черная, большеротая, быстро что-то прощебетала по-французски и явно ожидала ответа. Он не понял, о чем она спросила, возникла неловкая пауза. Однако мадам Виардо ничуть не растерялась, засмеявшись, она попробовала сказать то же по-русски, наморщила нос и стала забавно выговаривать русские слова: «Ви карош чуствоваль?» Он, наконец, понял и, в превеликом смущении, на своем неудобоговоримом «лошадином» французском отвечал, что чувствует себя хорошо. Супруги отошли, Тургенев побежал за ними, а он долго еще приходил в себя.

Вечером побывал он в оперном театре на «Гугенотах», где пела Виардо, и еще раз убедился, что ему нравятся другие женщины и другие голоса. Тоненький, нежный, как ландыш, Сашенькин голосок предпочитал он аравийскому урагану темного контральто Полины. С другой стороны, его «молодому другу» Ивану Тургеневу, наверное, и нужна была именно такая женщина — волевая, с жестким и властным характером, направляющая и ведущая за собой. Был Иван Сергеевич, по наблюдениям Висяши, человеком, хоть и богатырского вида, но весьма нерешительным и не вполне здоровым. Уже в Зальцбрунне случился с ним приступ какой-то странной болезни; лежа в постели, жаловался он на судороги в области груди, яростно раздирал себе тело, охал и старался сдерживать стоны. На шее носил красную шерстинку — от болезней горла, боялся холеры и ранней смерти — рано умерли его отец и брат. Так жаль было тридцатилетнего Тургенева, пока не обретшего в этой жизни ни семьи, ни определенного дела, ни денег; но у всех свой «период созревания».

В том, что живет в его «молодом друге» талант писателя, Висяша не сомневался, а вот личная его жизнь внушала ему опасения: что, если «мальчишка» так и будет виться мотыльком вокруг семьи Виардо?

Зальцбрунн, куда приехали они 22 мая, оказался городишком маленьким и скучным. В «сезон» его наводняли в основном чахоточные больные, по нескольку раз на дню ходившие на источник. Питье воды и посещение процедур — составляло их времяпревождение. Спать ложились рано, вставали засветло.

Висяша, по предписанию загадочно молчащего доктора Цемплина, быстро включился в этот ритм. Тургеневу же в Зальцбрунне было нестерпимо. Вначале он спасался от скуки писанием, работал над рассказом «Бурмистр» для «Современника». Когда же присоединился к ним добрый увалень Павлуша Анненков, Тургенев с чистой душой отбыл восвояси, сказав, что скоро вернется и даже оставив в своей комнате вещи. Но так и не вернулся, а вещи друзья привезли ему в Париж.

Павел Васильевич Анненков душевно был привязан к Висяше, был другом неоценимым, всегда готовым подставить плечо. Корпулентный, розовощекий, на удивление здоровый и добродушный, Павел Анненков еще больше задержался в своем «созревании», чем Тургенев. Будучи почти ровесником Висяши, бесцельно колесил по городам и весям Европы, благо крестьяне в симбирской деревне исправно платили оброк и выходили на барщину, — одинокий русский, без определенных занятий, со склонностью к филологическим наукам. Лет за шесть до того Павел Васильевич, оказавшись в Риме, помогал Гоголю переписывать первый том его «Мертвых душ», писал под диктовку образцовым каллиграфическим почерком — мастер был доволен.

В Зальцбрунне, где заняться, кроме леченья, было нечем, они с Анненковым и Тургеневым (пока тот не убежал) обсуждали всевозможные предметы, чаще всего литературные. Жгучей для обсуждения темой была недавно вышедшая книга Гоголя «Выбранные места из переписки с друзьями», всколыхнувшая и расколовшая российское общество.

Он помнил один из громких тогдашних разговоров под навесом беседки, пристроенной к двухэтажному немецкому домику. Они с Анненковым сидели за деревянным столом на грубых, срубленных топором табуретах, Тургенев кругами ходил по беседке. Завел разговор Анненков, с ностальгией вспомнивший о своем пребывании у Гоголя в Италии в 1841 году. Висяша заметил на это раздраженно:

— Бог с вами, Павел Васильевич, вы вспоминаете другого человека и другого писателя. Наш светоч, наш родоначальник «натуральной школы» преобразился в надутого религиозного моралиста... Помню, после смерти Лермонтова — вы, Павел Васильевич, были примерно тогда же у Гоголя в Риме — я в письме признавался ему в любви, написал что-то такое: «Вы у меня теперь ОДИН — и мое нравственное существование, моя любовь к творчеству тесно связаны с Вашей судьбою». И вот... Что за книгу он издал? Мало того, что сделал себя посмешищем, но еще и облил грязью всех своих почитателей, всех возлагавших на него надежды.

Вмешался Тургенев:

— Вы, Белинский, отличную написали статью в «Современнике» по поводу плачевной книги Гоголя. Когда я читал ваш разбор, то поражался, как можно, просто приводя выдержки, показать недомыслие и противоречивость рассуждений. Вы прекрасно посмеялись над этим бездарным сочинением!

— Какой тут смех, Иван Сергеич, сердце кровью обливалось, когда писал. Да вы и сами понимаете, что всего написать не мог, сдерживался, темнил, пришлось сказать, что дело идет только об искусстве. Но услышит имеющий уши — не об искусстве дело идет, о судьбе России.

— Какую, однако, нашел он точную метафору российской жизни, — примирительно вставил Анненков (он говорил и одновременно просматривал немецкие газеты) — «мертвые души». Сумел же Николай Васильевич написать эту великую книгу, сумел осилить такую громадину, охватившую всю российскую жизнь! Не будем об этом забывать!

— Кто же забывает? — Висяша, как всегда, когда доходило до главного для него, начал волноваться и повышать голос. — Это ваш Николай Васильевич забыл, забыл про живые души, про живых сегодняшних крестьян, которых изображенные им же Коробочки, Собакевичи и Ноздревы продают, обменивают на собак и проигрывают в карты... Не кажется ли вам, что пребывание за границей сыграло с нашим писателем злую шутку? Увело от главных российских вопросов, от наших язв и привело к какому-то высокомерно-смиренному кликушеству, от которого даже его друзья, московские славеноперды, шарахаются?!

Пускай потом, лет через двести, когда забудутся столетия рабства, критики согласятся, мол, да обличал Николай Васильевич в своей гениальной книге в том числе и собственные свои пороки, пусть их, согласен; но сейчас такое прочтение равносильно предательству.

— Болен, — вздохнул Анненков, — тяжело болен Николай Васильевич — физически и духовно; надо сказать, что уже при нашем с ним римском общении можно было кое-что заметить, но я тогда был под гипнозом его творения, которое он читал восхитительно, — как умел передать интонацией и пафос, и юмор! Вся передовая русская публика тогда ему рукоплескала, обрела в нем гения, сказавшего нечто важное о России, в то время как правительство встревожилось.

— Насчет правительства, — это уже вмешался Тургенев, остановившись напротив Висяши, — я слышал, что «Выбранные места...» будут изданы большим числом экземпляров для бесплатного или почти бесплатного распространения среди населения. Что скажете, Виссарион Григорьевич?

— Думаю, публика разберется, в России только дурак не понимает, что, если сочинение поддерживается правительством, — это неспроста, значит, это нужно самому правительству. Но... может быть, что-то следовало бы разъяснить, для того чтобы у читателей не осталось вопросов...

Необходимость для разъяснений скоро появилась.

Незадолго до их отъезда из Зальцбрунна к домику подкатил на велосипеде почтальон и передал Анненкову — тот хорошо изъяснялся по-немецки — два письма, для него и для «герра» Белинского. Оба были от Гоголя. Письмо для Белинского было первоначально направлено на адрес журнала «Современник», оттуда переслали его в Германию. Быстро распечатав конверт, Висяша пробежался по строчкам. Гоголь писал, что прочел его статью в «Современнике» с прискорбием, но не потому, что ему прискорбно было унижение, которому автор хотел его подвергнуть в глазах читателей, а потому, что услышал в нем голос человека, на него рассердившегося. Следующую далее фразу

Висяша запомнил дословно: «А мне не хотелось бы рассердить человека, даже не любящего меня, тем более Вас, который — думал я — любил меня».

Он даже задохнулся от внезапной нехватки воздуха. Неужели этот некогда любимый им писатель, гений русской литературы, не понимает, за что люди на него «рассердились»? Не понимает? Тогда нужно объяснить. Он напишет ему ответ.

Жребий был брошен.

Писал он этот ответ на первом этаже дома, в небольшой комнатке возле своей спальни, за круглым столом, за которым жильцы обычно играли в карты. Писал три дня, с утра и до обеда. Приходя с источника, быстро выпивал чашку «запрещенного» кофе — разрешил себе эту вольность на время работы — и садился за письмо. Сил было мало и, хотя хитрый проныра доктор Цемплин считал, что «вернул его к жизни», уставал он быстро. Откидывался на диван, отдыхал, потом снова шел к столу и снова принимался за писание. Впервые в жизни писал без оглядки на цензуру, без обиняков и иносказаний, четко и ясно выговаривая пришедшую в голову мысль. Впервые в жизни говорил не о литературе, а о вещах социальных, связанных с настоящим и будущим России. Впервые в жизни его бойцовский — гладиаторский, как называл его Искандер-Герцен, темперамент — проявился в полной мере, до конца.

Начал, оттолкнувшись от гоголевской фразы о рассердившемся человеке:

> Вы только отчасти правы, увидав в моей статье рассерженного человека: этот эпитет слишком слаб и нежен для выражения того состояния, в какое привело меня чтение Вашей книги. Но Вы вовсе не правы, приписавши это Вашим, действительно не совсем лестным отзывам о почитателях Вашего таланта. Нет, тут была причина более важная. Оскорбленное чувство самолюбия еще можно перенести, и у меня достало бы ума промолчать об этом предмете, если б все дело заклю-

чалось только в нем; но нельзя перенести оскорбленного чувства истины, человеческого достоинства; нельзя умолчать, когда под покровом религии и защитою кнута проповедуют ложь и безнравственность как истину и добродетель.

Теперь следовало написать о любви. Он подумал, что любил Гоголя как любят женщину — всепоглощающе и безоглядно, тем сильнее было разочарование.

Да, я любил Вас со всею страстью, с какою человек, кровно связанный со своей страною, может любить ее надежду, честь, славу, одного из великих вождей ее на пути сознания, развития, прогресса. И Вы имели основательную причину хоть на минуту выйти из спокойного состояния духа, потерявши право на такую любовь. Говорю это не потому, чтобы я считал любовь мою наградою великого таланта, а потому, что, в этом отношении, представляю не одно, а множество лиц, из которых ни Вы, ни я не видали самого большого числа и которые, в свою очередь, тоже никогда не видали Вас.

Перо, разбрызгивая чернила, без остановки носилось по бумаге, при том, что едва поспевало за мыслью. Он обязан был объяснить Гоголю, почему его книга тянет назад, почему неверны ее постулаты.

…Вы глубоко знаете Россию только как художник, а не как мыслящий человек, роль которого Вы так неудачно приняли на себя в своей фантастической книге. И это не потому, чтоб Вы не были мыслящим человеком, а потому, что Вы столько уже лет привыкли смотреть на Россию из Вашего прекрасного далека… Поэтому Вы не заметили, что Россия видит свое спасение не в мистицизме, не в аскетизме, не в пиетизме, а в успехах цивилизации, просвещения, гуманности. Ей нужны не проповеди (довольно она слышала их!), не молитвы (довольно она твердила их!), а пробуждение в народе чувства человеческого достоинства, столько лет потерянного в грязи и навозе, права и законы, сообразные не с учением церкви, а со здравым смыслом и справедливостью, и строгое, по возможности, их выполнение.

Теперь предстояло сказать самое главное — дать словесное наименование тому злу, что именовалось российским самодержавно-крепостническим государством. Изменится ли что-нибудь в ближайшее время или хотя бы за двести лет? Неужто этот дикий «уклад» и этот гнусный порядок вещей до конца веков присущ его стране, неужто и в двести лет не сумеют русские люди от них избавиться? Он писал и в груди нарастало негодование, а душу переполняла жалость — такие взаимоисключающие чувства вызывала в нем его родина, увиденная не просто издалека — из другого мира:

А вместо этого она представляет собою ужасное зрелище страны, где люди торгуют людьми, не имея на это и того оправдания, каким лукаво пользуются американские плантаторы, утверждая, что негр — не человек; страны, где люди сами себя называют не именами, а кличками: Ваньками, Стешками, Палашками; страны, где наконец, нет не только никаких гарантий для личности, чести и собственности, но нет даже и полицейского порядка, а есть только огромные корпорации разных служебных воров и грабителей.

Он повторил про себя удачный оборот «корпорации разных служебных воров и грабителей», порадовался его беспощадной точности и продолжил:

Самые живые, современные национальные вопросы в России теперь: уничтожение крепостного права, отменение телесного наказания, введение по возможности строгого выполнения хотя бы тех законов, которые уже есть.

Подумал, что обязательно следует написать о суде, испокон веку, соединенном в сознании русских людей с «неправдой».

А Ваше понятие о национальном русском суде и расправе, идеал которого нашли Вы в словах глупой бабы в повести Пушкина, и по разуму которого должно пороть и правого, и виноватого? Да это и так у нас делается вчастую, хотя чаще всего порют только правого, если ему нечем откупиться от преступления — быть без вины виноватым! И такая-то книга могла быть результатом трудного внутреннего процесса, высокого духовного просветления! Не может быть! Или Вы больны, и Вам надо спешить лечиться; или — не смею досказать моей мысли...

Ходили слухи, что своей новой книгой Гоголь хотел отблагодарить царствующую семью: государь и государыня каждый в свое время подарили ему по бриллиантовому перстню, государыня освободила его от платы за ученье сестер, оба ссужали ему крупные суммы на прожитие... Шептались, что Гоголь хочет стать воспитателем у сына наследника. Цитировалось гоголевское письмо к министру просвещения Уварову, где писатель говорил, что будет доволен своими произведениями, когда ими будет доволен государь император. Именно на это он намекал, скрыв свой намек за многоточием.

Завершив пассаж, он перевел дыхание, поднялся со стула и плюхнулся на диван в полном изнеможении. Сейчас он подберет с полу исписанные листы и пойдет с Анненковым обедать в плохонький местный ресторанчик. Писание отнимало последние силы, так необходимые для жизни, но одновременно поднимало тонус, давало чувство, что делает он сейчас самое важное в мире дело, и не для себя одного — для России.

На следующее утро, возвращаясь с источника, он поймал себя на том, что механически повторяет и даже почти напевает про себя уваровскую формулу «самодержавие, православие, народность», «самодержавие, православие, народность», «православие, самодержавие, народ...». Сегодня ему предстояло с ней сразиться, найти аргументы, показывающие ее фальшь и неистинность. Самодержавная власть и церковь были опорой российского государства, ему выпало поколебать эту опору хотя бы в теории. Однако стоит ли внуку сельского священника трогать православную церковь? Власть церковная туго срослась с государственной. Обе эти силы, буде дойдет до них его хула, сметут его как пылинку, не пощадят ни его, ни Мари, ни маленькой Олечки... Но какой-то вихрь уже подхватил его и не давал остановиться.

К столу он почти бежал, чтобы вывести на белом листе мощное начало следующей части:

Проповедник кнута, апостол невежества, поборник обскурантизма и мракобесия, панегирист татарских нравов — что Вы делаете? Взгляните себе под ноги: ведь Вы стоите над бездною... Что Вы подобное учение опираете на православную церковь — это я еще понимаю: она всегда была опорой кнута и угодницей деспотизма; но Христа-то зачем Вы примешали тут? Что Вы нашли общего между ним и какою-нибудь, а тем более православною, церковью? Он первый возвестил людям учение свободы, равенства и братства и мученичеством запечатлел, утвердил истину своего учения. Церковь же явилась иерархией, стало быть поборницею неравенства, льстецом власти, врагом и гонительницею братства между людьми,— чем и продолжает быть до сих пор...

...неужели Вы, автор «Ревизора» и «Мертвых душ», неужели Вы искренно, от души, пропели гимн гнусному русскому духовенству... неужели же и в самом деле Вы не знаете, что наше духовенство находится во всеобщем презрении у русского общества и русского народа? Про кого русский народ рассказывает похабную сказку? Про попа, попадью, попову дочь и попова работника. Кого русский народ называет дурья порода, колуханы, жеребцы? — Попов. Не есть ли поп на Руси, для всех русских, представитель обжорства, скупости, низкопоклонничества, бесстыдства? И будто всего этого Вы не знаете? Странно! По-Вашему, русский народ — самый религиозный в мире: ложь! Основа религиозности есть пиетизм, благоговение, страх божий. А русский человек произносит имя божие, почесывая себе задницу. Он говорит об образе: годится — молиться, не годится — горшки покрывать. Приглядитесь пристальнее, и Вы увидите, что это по натуре своей глубоко атеистический народ. В нем еще много суеверия, но нет и следа религиозности...

Он бросил исписанный лист на пол и пересел на диван — отдышаться. Потом снова принялся за писание.

Не буду распространяться о Вашем дифирамбе любовной связи русского народа с его владыками. Скажу прямо: этот дифирамб ни в ком не встретил сочувствия и уронил Вас в глазах даже людей, в других отношениях очень близких к Вам по их направлению. Что касается до меня лично, предоставляю Вашей совести упиваться созерцанием божественной красоты самодержавия (оно покойно, да, говорят, и выгодно для Вас); только продолжайте благоразумно созерцать ее из Вашего прекрасного далека: вблизи-то она не так красива и не так безопасна... Замечу только одно: когда европейцем, особенно католиком, овладевает религиозный дух, — он делается обличителем неправой власти, подобно еврейским пророкам, обличавшим в беззаконии сильных земли. У нас же наоборот, постигнет человека (даже порядочного) болезнь, известная у врачей-психиатров под именем religiosa mania, он тотчас земному богу подкурит больше, чем небесному, да еще так хватит через край, что тот и хотел бы наградить его за рабское усердие, да видит, что этим скомпрометировал бы себя в глазах общества...Бестия наш брат, русский человек!

— Баста. На сегодня хватит, завтра окончу, — сказал он сам себе и дружески кивнул спускавшемуся по лестнице Павлу Васильевичу — тот проживал в мансарде, на втором этаже. Было время обеда, и Анненков, подхватив друга под руку, отправился с ним в маленький ресторанчик на соседней улице, где он, Анненков, молодецки скрашивал безвкусную немецкую еду бутылкой рейнвейна, а его сотрапезник, глядя в тарелку, бормотал русские фразы, словно проверяя их на слух.

Утром следующего дня случилось небольшое происшествие. Когда в шестом часу, ежась от утренней прохлады, он подошел к источнику, возле одного из кранов стояла довольно странная пара: пожилой мужчина на подагрических ногах с добродушнейшей физиономией и молодая девица, в капоре на ленточках, с решительным выражением лица. Девица, скорей всего, дочь старика, подставляла стакан под струю и резким повелительным жестом подавала его отцу, словно говоря, что он просто обязан это выпить. Тот забавными гримасами, движениями тела и недовольным ворчанием показывал ей, что пить не хочет и не будет.

Он посочувствовал старику. Доктор Цемплин назначил ему, наряду с ослиным и козьим молоком, выпивать ежеутренне от двух до шести стаканов минеральной воды. Выпивать такое количество воды было для него мучительно, приходилось напрягать волю. Подойдя к своему крану, он последовательно стал наполнять свой стакан (это был последний, завершающий цикл), и одну за другой, почти без промежутков, влил в себя все шесть положенных порций. Старик, между тем, продолжал кочевряжиться, искоса наблюдая за «соседом». Когда тот уже отходил от крана, старичок подковылял к нему на своих разбитых пухлых и кривых ногах и, показывая на себя, произнес с некоторой даже гордостью несколько слов на своем языке, что-то похожее на «айм-американ, бостон».

Стало понятно, что он американец, из Бостона. Какой-нибудь коммерсант или адвокат, на старости лет надумавший полечиться в Европе. Уйти, не отозвавшись, было некрасиво (хотя обычно он избегал общения с «больными», тем более что не знал чужих языков). Но в этом случае, он видел, что старичку, сопровождаемому мегерой-дочерью, просто необходим был отклик. Растерянно ему улыбнувшись, он произнес первое, что пришло в голову: «О, Америка, Джеймс Фенимор Купер». На книгу Купера он написал в свое время рецензию, причем весьма хвалебную, вознося автора до уровня «американского» Вальтера Скотта. Старичок широко улыбнулся, сморщив красное добродушное лицо, и повторил несколько раз: «Купер... Купер...», словно ища это имя в ослабевшей памяти, после чего отрицательно покачал головой: «Купер, ноу». Он перевел взгляд на девицу, застывшую в позе оскорбленного благоразумия, но та глядела вполне равнодушно и на имя американского автора никак не отозвалась. Неужели не знают? Не знают своего знаменитого, переводимого уже даже в России писателя? Он слышал, что Америка — страна, где все заняты делом, и где искусство и литература не имеют никакой цены, но тут впервые столкнулся с этим въяве. Неловко поклонившись американской паре, он направился к дому, к своему круглому столу, к чистым листам.

Сегодня предстояло ему написать о русской публике, и случай на источнике послужил для его размышлений своеобразным толчком. Придвинув к себе лист, он сразу начал писать:

Вы сколько я вижу, не совсем хорошо понимаете русскую публику. Ее характер определяется положением русского общества, в котором кипят и рвутся наружу свежие силы, но, сдавленные тяжелым гнетом, не находя исхода, производят только уныние, тоску, апатию. Только в одной литературе, несмотря на татарскую цензуру, есть еще жизнь и движение вперед. Вот почему звание писателя у нас так почтенно, почему у нас так легок литературный успех, даже при маленьком таланте. Титло поэта, звание литератора у нас давно уже затмило мишуру эполет и разноцветных мундиров. И вот почему у нас в особенности награждается общим вниманием всякое так называемое либеральное направление, даже и при бедности таланта, и почему так скоро падает популярность великих поэтов, искренно или неискренно отдающих себя в услужение православию, самодержавию и народности...

И публика тут права: она видит в русских писателях своих единственных вождей, защитников и спасителей от мрака самодержавия, православия и народности, и потому, всегда готовая простить писателю плохую книгу, никогда не прощает ему зловредной книги. Это показывает, сколько лежит в нашем обществе, хотя еще и в зародыше, свежего, здорового чутья;

и это же показывает, что у него есть будущность. Если Вы любите Россию, порадуйтесь вместе со мною падению Вашей книги!

Время остановилось и замерло. Исписанные страницы летели на пол. Наконец дошел он до финала. Нужно было сконцентрироваться, собрать в узел все оставшиеся силы и закончить так, чтобы не уронить свою работу, чтобы читатель только руками всплеснул: ах!

Если бы я дал полную волю моему чувству, письмо это скоро превратилось бы в толстую тетрадь. Я никогда не думал писать Вам об этом предмете, хотя и мучительно желал этого… Живя в России, я не мог бы этого сделать, ибо тамошние Шпекины распечатывают чужие письма не из одного личного удовольствия, но и по долгу службы, ради доносов. Но нынешним летом начинающаяся чахотка прогнала меня за границу в Зальцбрунн, откуда я сегодня же еду с Анненковым в Париж через Франкфурт-на Майне. Неожиданное получение Вашего письма дало мне возможность высказать Вам все, что лежало у меня на душе против Вас по поводу Вашей книги. Я не умею говорить вполовину, не умею хитрить: это не в моей натуре. Пусть Вы или само время докажет мне, что я ошибался в моих о Вас заключениях — я первый порадуюсь этому, но не раскаюсь в том, что сказал Вам. Тут дело идет не о моей или Вашей личности, а о предмете, который гораздо выше не только меня, но даже и Вас: тут дело идет об истине, о русском обществе, о России…

В тот день он пропустил обед. Павел Васильевич Анненков, спустившийся со своей мансарды в урочный час, увидел, что работа закончена и что друг его сидит в бездействии, опустив голову и глядя куда-то поверх сложенных стопкой исписанных листов. Идти на обед он отказался, так и сидел над исписанными листами, а когда поднял на Анненкова глаза, в них — и дружеский взгляд мог это прочесть — вместе с бесконечной усталостью, жило осознание выполненной миссии.

* * *

— Сарион Григорьевич, а Сарион Григорьевич!

Он открыл глаза. Над ним стояла Пелагея с глубокой тарелкой в руке и с ломтем хлеба в другой.

— Принесла вам покушать, кашку вашу любимую, гречную, с молочком.

— А что Марья Васильевна? Не вставала?

— Не вставали оне, видать, нездоровится.

Он взял у Пелагеи тарелку, ложку и хлеб, принялся за еду. Кухарка не уходила.

— Ты что, Пелагеюшка, может, есть какие новости? Про цыганок не слышно ль?

— Вот я и говорю, Сарион Григорьевич, опять же про тех цыганок. Мне Николай— от дворник, когда я про их спросила, мол, хочу погадать на сына, сказывал: опоздала. Оне, говорит, в участке; словили, говорит, их, горемычных, мол, нет у их определенных занятиев. Одна, говорит, больно кричала, которая с малым дитем.

— Жаль тебе цыганку, Пелагеюшка?

— А как же не жаль, Сарион Григорьевич, тоже живая душа, да и с дитем, хоть и нехристи, а все люди, прости господи,— она перекрестилась.

— Что ж, на сына некому тебе погадать? А знаешь, Пелагеюшка, может, он и не сгинул, а добрался до какой-нибудь чужой земли — всяко бывает. И живет там теперь поживает, семья у него, жена-дети, взялся за ум, пить перестал, построил себе домик деревянный о двух этажах, садик разбил, плотницкую работу работает — от заказов отбою нет.

— А ведь точно, Сарион Григорьевич, он, Капитон мой, плотник изрядный, руки золотые. Так вы говорите, жив и пить перестал? Домком обзавелся и женой с детишками? Да неужто так? Вот радость-то какая! Может, и меня на старости лет к себе возьмет, а, Сарион Григорьевич? — Пелагея сняла с головы платок и вытерла им мокрое лицо.— Хотя... что я, баба глупая, жена его чать басурманка, не захочут оне мать старую к себе брать. Да и не надоть. Мне главное, чтобы Капитонушка–сынок жив-здоров был, а сама я как-нибудь прокормлюся...

Пелагея досуха обтерла лицо, повязала голову промокшим белым платком и вышла, подхватив пустую тарелку и в дверях поклонившись «гадателю».

Ближе к ночи он поднялся — проведать Мари. Она спала, он дотронулся до ее одеяла, подумал о ребенке, что должен появиться на свет. Как же хочется его увидеть, дожить до его рождения! Вышел на цыпочках из комнаты и вернулся к себе. На подушке лежал расшитый гладью шейный платок, видно, Агриппина закончила наконец свое рукоделье.

Взял с прикроватного столика письмо от Анненкова и, подойдя к окну, стал его читать в светлом сумраке майской ночи. Павел Васильевич писал о парижских друзьях, о том, как приняли они посланье к Гоголю. Искандер-Герцен назвал его гениальным, а Мишель Бакунин в застолье провозгласил тост за Россию, которая привиделась Висяше Белинскому.

Неудержимо захотелось выйти на воздух. Он потянул ручку входной двери и оказался на дворе. Влажный ветер, как и утром, ударил в грудь. Знакомые тополя в призрачном свете приветственно кивнули ему расцветшими ветвями; радостно, хотя и спросонья, взвизгнул привязанный к колышку Моншерка. Висяша вдохнул полной грудью острый сырой воздух — и закашлялся. А потом, под ватным одеялом, долго еще не мог согреться и унять дрожь.

После наполненного до краев дня не спалось, мешали видения: то мерещился Пелагеин Капитон, подпиливающий широкой пилой основы двухэтажного деревянного домика, то Павел Анненков в генеральской форме указывал перстом на портрет государя императора... а под утро привиделась ему Россия. Была она похожа на цыганку, когда-то предсказавшую ему судьбу; наудалую, позванивая монистами, неслась она в кибитке куда глаза глядят, и, постараниваясь, давали ей дорогу другие народы и государства.

Примечание

Чтение «Письма к Гоголю» Виссариона Белинского на одном из собраний кружка Петрашевского в 1849 году явилось причиной ареста Федора Достоевского и последующего смертного приговора (формулировка: «за недонесение о распространении преступного о религии и правительстве письма литератора Белинского...»).

Впервые «Письмо к Гоголю» было напечатано в Вольной русской типографии Александра Герцена в Лондоне в 1855 году, через восемь лет после написания.

Полностью в России «Письмо к Гоголю» было напечатано Семеном Венгеровым в 1905 году, через 58 лет после написания.

2010–2011

www.ingramcontent.com/pod-product-compliance
Lightning Source LLC
Chambersburg PA
CBHW051141030726
47504CB00004B/973